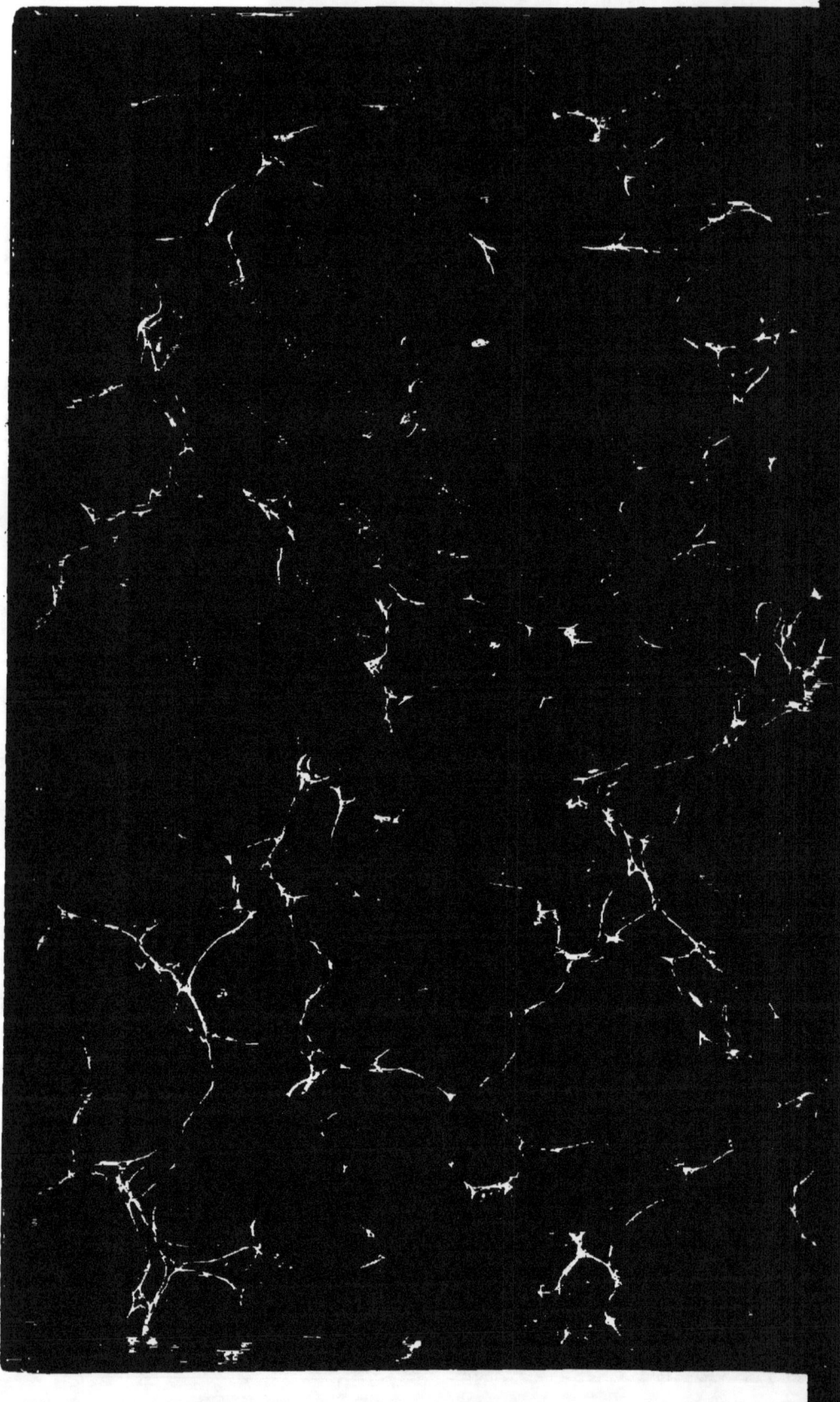

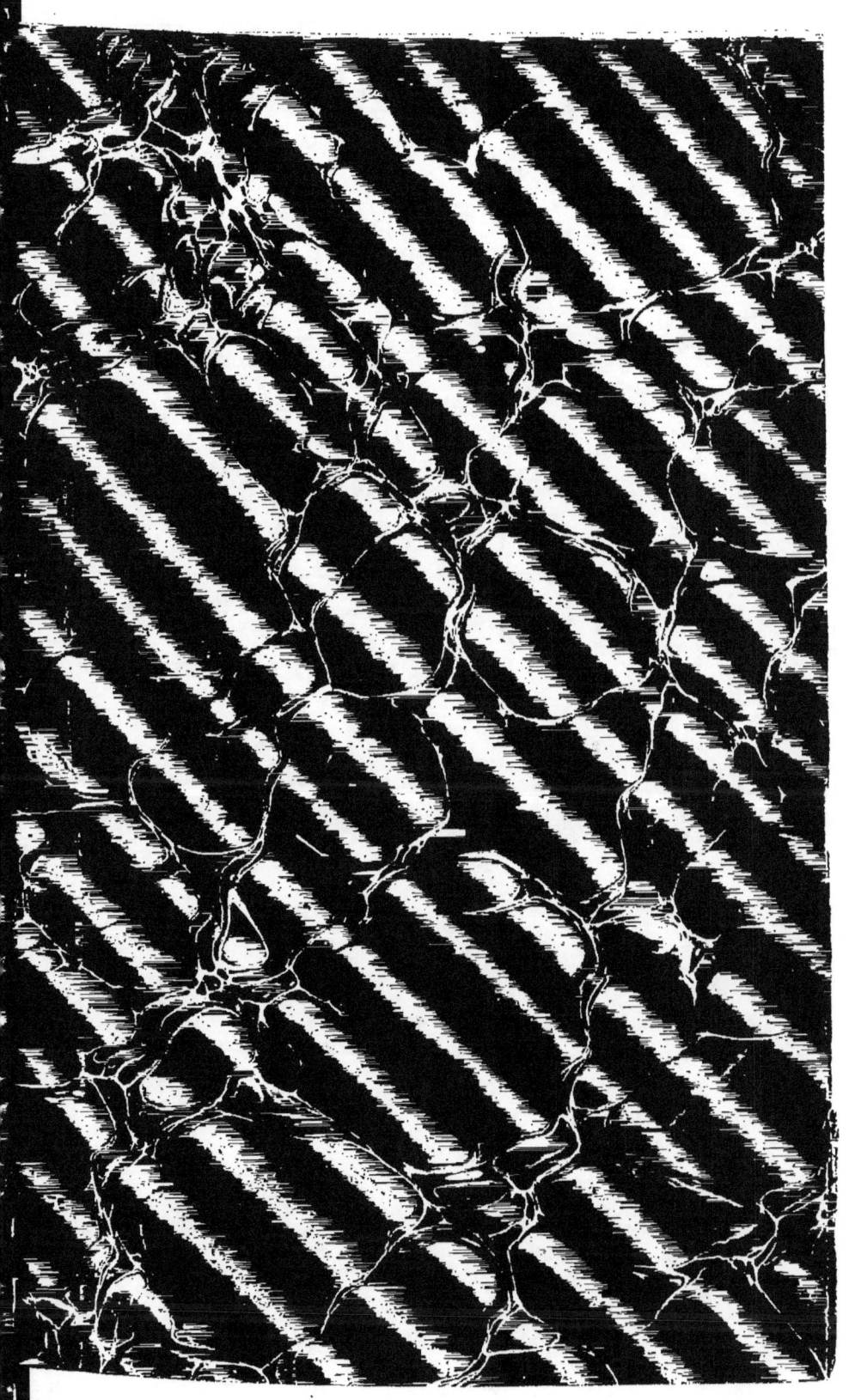

# LES

# Merveilles du Ciel

PAR

## G. DALLET

*Avec 74 figures intercalées dans le texte*

## PARIS

LIBRAIRIE J.-B. BAILLIÈRE ET FILS
RUE HAUTEFEUILLE, 19, PRÈS LE BOULEVARD SAINT-GERMAIN

# LES

# MERVEILLES DU CIEL

LIBRAIRIE J.-B. BAILLIÈRE et FILS

# Bibliothèque Scientifique Contemporaine

*Nouvelle collection de volumes in-16, comprenant 350 à 400 pages, imprimés en caractères elzéviriens et illustrés de figures intercalées dans le texte.*

### PRIX DE CHAQUE VOLUME: 3 FR. 50

30 volumes sont en vente.

## DERNIERS VOLUMES PARUS

LYON. — IMPRIMERIE PITRAT AÎNÉ, 4, RUE GENTIL.

# LES

# Merveilles du Ciel

PAR

G. DALLET

---

*74*
*Avec figures intercalées dans le texte*

# PARIS

## LIBRAIRIE J.-B. BAILLIÈRE et FILS

RUE HAUTEFEUILLE, 19, PRÈS DU BOULEVARD SAINT-GERMAIN

—

1888

—

# LES
# MERVEILLES DU CIEL

## INTRODUCTION

L'ouvrage que nous offrons au public n'a pas été écrit pour les savants, il a été rédigé spécialement pour les amateurs de science, c'est-à-dire pour ceux qui, n'ayant pas une connaissance profonde des lois mathématiques, n'en ont pas moins un grand désir de s'initier à l'étude du ciel.

Dans l'exposition des principes de cette belle science, nous avons tenté de donner, sans formules, sans difficultés matérielles, des développements suffisants sur les mouvements des astres et sur leur constitution intime ; nous avons voulu faire connaître les méthodes et les instruments employés pour saisir la nature dans ses plus sublimes manifestations.

L'astronomie n'est pas, comme on est fort tenté de le croire, une science aride et ingrate dont les spéculations dépassent la portée de l'intelligence ; loin de là, son étude recèle un charme puissant qui constitue pour ses adeptes des plaisirs calmes et profonds.

C'est une grande charmeuse dont l'abord un peu froid, peut-être, rebute souvent, mais dès qu'on a acquis quelques principes fondamentaux, on découvre toutes les beautés qu'elle cachait sous un aspect sévère : en effet, l'astronomie n'est pas seulement une science spéculative, son usage est aussi répandu que ses recherches sont profondes.

Nous verrons les applications pratiques de quelques-unes des théories que nous aurons mises en avant, laissant aux traités spéciaux le soin de compléter les connaissances que nous ne faisons qu'exposer.

Aussi, qu'on ne se rebute pas, qu'on parcoure les pages suivantes avec l'attention qu'on apporte à la lecture d'un roman pour en suivre l'intrigue et en saisir les beautés, on en recueillera une saine récompense.

Le moindre avantage qu'on en retirera se trouvera dans la satisfaction d'avoir contenté le désir de savoir, de pénétrer le secret des choses inconnues, qui constitue une des plus nobles aspirations de l'intelligence humaine.

Nous sommes habitués, dès notre enfance, aux majestueuses révélations de la nature; nous voyons avec indifférence les phénomènes journaliers les plus brillants, les tableaux de la nature terrestre les plus divers. Le lever et le coucher du Soleil n'excitent que rarement notre admiration; ces phénomènes revêtent au contraire à nos yeux un caractère de nécessité que nous considérons comme soumis à notre volonté.

Le Soleil, l'âme de notre petit monde, inonde les plantes de ses rayons vivifiants et y répand la vie en flots brûlants; aussi, pour en échauffer toutes les parties, semble-t-il tourner autour de la Terre de façon à lui laisser pendant la moitié de la course le calme et le repos;

puis il paraît de nouveau sur notre horizon et la nature entière se sent frémir.

La mise en scène se renouvelle sans cesse, les acteurs passent, puis sont remplacés sans que l'unité qui préside et domine la nature puisse être mise en défaut.

La contemplation de l'univers et des merveilles qui le remplissent a cela de particulier qu'elle produit sur nous un sentiment profond ; elle laisse à notre âme une impression de faiblesse et d'audace ; nous nous sentons, en l'admirant, plus petits et plus grands, plus savants et plus humbles.

Le souhait le plus vif qu'il me soit donné de former, c'est que quelques-uns de ceux qui voudront bien me lire, entraînés par une curiosité des plus recommandables, soient amenés à étudier quelques-uns des traités spéciaux que nous signalons et y puisent les connaissances nécessaires à des recherches personnelles.

Je n'ai pas manqué de consacrer un chapitre, bien court malheureusement, aux travaux que chacun est à même de faire sans observatoire, presque sans instruments, et à la suite d'études préliminaires, qui, si elles semblent un peu arides dès l'abord, portent leur récompense avec elles et donnent à l'esprit une maturité et un calme qui constituent une des plus grandes jouissances de la vie.

# CHAPITRE PREMIER

## L'ASTRONOMIE A TRAVERS LES SIÈCLES

### LES ORIGINES DE L'ASTRONOMIE

L'origine de l'astronomie se perd dans la nuit des siècles passés, nous savons seulement que c'est la plus ancienne de toutes les sciences.

Quelques historiens font remonter les premières études du ciel bien avant le déluge. Suivant eux, c'est chez un peuple problématique, connu sous le nom d'*Atlantes* (habitants de l'Atlantide) que devrait être placé le berceau de l'astronomie.

Si on en croit Diodore de Sicile, c'est à eux qu'on serait redevable des premières investigations faites dans le ciel. Après nous les avoir montrés comme très pieux et très hospitaliers, il ajoute :

« Leur premier roi fut Uranus qui détermina plusieurs circonstances de la révolution des astres : il mesura l'année par le cours du Soleil, les mois par celui de la Lune et il désigna le commencement et la fin des saisons. Les peuples qui ne savaient pas encore combien le mouvement des astres est égal et constant, étonnés de la justesse de ses prédictions, crurent qu'il était d'une nature plus qu'humaine, et, après sa mort, lui décernèrent les honneurs divins. »

Malgré les nombreuses recherches faites jusqu'à ce jour pour découvrir des preuves de l'existence de cette puissante nation dont parle aussi Platon [1], on n'a pu en retrouver aucune trace, et nous ne pouvons ajouter qu'une faible confiance au témoignage de ces deux écrivains.

Nous sommes néanmoins en droit d'affirmer que c'est à une antiquité très reculée que nous devons les premières idées émises sur les sciences cosmologiques. Bailly et Le Gentil ont découvert aux Indes les images de zodiaques qui reculeraient de plusieurs milliers d'années l'âge assigné à la science qui nous occupe.

L'historien Josèphe [2] raconte qu'on voyait chez les Syriens les débris d'une colonne sur laquelle, plusieurs siècles avant le déluge, les descendants de Seth auraient gravé leurs principales observations,

L'histoire de ces temps reculés n'est pas assez éclairée pour nous permettre de démêler, dans les quelques faits que nous connaissons, à quel peuple revient l'honneur des premières recherches en astronomie. Les Indiens, les Chinois et les Égyptiens semblent se partager cette gloire, sans qu'il soit possible d'assigner certainement à l'un de ces peuple la priorité sur l'autre.

Si nous en croyons des auteurs dignes de foi, les Indiens auraient transmis, plusieurs siècles avant notre ère, aux Chinois et aux Égyptiens, avec lesquels ils se trouvaient en relation, des connaissances déjà étendues en astronomie.

[1] Voir Platon, *Timée* et *Critias*.
[2] Josèphe, *Antiquités judaïques*.

Ces deux derniers peuples possédaient du reste une longue expérience et des notions fort précises de cette science pour avoir pu observer des phénomènes aussi complexes que ceux dont il nous ont transmis les résultats.

Les Chinois nous fournissent des observations d'éclipses vieilles de plus de 4000 ans; la première éclipse ayant été signalée en 2607 avant Jésus-Christ, on affirme que, antérieurement, les Égyptiens avaient observé l'équinoxe et l'alignement du Soleil à son lever et à son coucher sur les faces des Pyramides [1].

On a coutume de placer les premières études d'astronomie en Chaldée; les délicieuses contrées de l'Asie, les plaines immenses de la Chaldée, se déroulant sous un ciel toujours pur, invitaient les bergers à la rêverie : la monotonie et le calme de leur existence les portaient à contempler le ciel; les levers et les couchers du Soleil, de la Lune, le mouvement des étoiles, tout ce brillant spectacle des nuits calmes amena bientôt ces astronomes naïfs à des connaissances assez étendues des mouvements célestes.

Nous devons nous arrêter un instant ici pour faire remarquer que, suivant certains auteurs, on ne devrait pas admettre qu'il ait jamais existé de nation chaldéenne. D'après leurs recherches, des hommes connus sous le nom de *Chasdim*, c'est-à-dire hommes de Chas, Scythes ou errants, arrivèrent en Égypte longtemps avant Jérémie, La Chaldée n'était qu'un petit territoire, situé au sud de Babylone, que ces hommes habitaient; c'est là que les prêtres égyptiens s'instruisaient dans l'art de prédire les révolutions des astres.

[1] Biot, *Journal des savants.*

D'après Laertius, le nom de chaldéen s'étendait à tous ceux qui étudiaient l'astronomie et ne servait pas spécialement à désigner les habitants d'un pays.

Ce qui semble appuyer ces assertions, c'est que, en Égypte, les connaissances astronomiques n'étaient pas répandues dans le peuple : elles étaient, au contraire, conservées précieusement dans les collèges de prêtres et servaient à assurer leur influence, par les éléments qu'ils en tiraient, pour établir la durée de l'année qui était vague et les époques de débordement du Nil.

En Perse, à ceux de ces prêtres qui étaient voués au culte des dieux, on donnait, au dire de Dion Chrysostome, le nom de *mages*, nom que les Grecs appliquèrent ensuite à ceux qui s'adonnaient à la magie.

De toute antiquité [1], pour distinguer les corps célestes et reconnaître leurs mouvements, le ciel était divisé en constellations ; or, douze de ces constellations avaient été placées dans la zone, qu'on nomme *zodiaque*, où le Soleil, la Lune et les planètes se meuvent ; ces constellations étaient par suite appelées *zodiacales*. On est loin d'être d'accord sur l'origine des zodiaques, et, bien qu'on croie que les douzes signes qui y figurent sont les emblèmes des travaux de chaque mois, on ne saurait en rapporter l'invention à un peuple plutôt qu'à un autre.

Quoi qu'il en soit, les connaissances des Égyptiens étaient fort étendues ; bien longtemps avant l'ère chrétienne, ils avaient déterminé la longueur de l'année et l'avaient évaluée à 365 jours 1/4 ; c'est de cette détermination fort exacte qu'ils avaient tiré la période de

---

1 D'après les *Védas*, le plus ancien des recueils sacrés des Indous, le zodiaque semble avoir été connu dès les premiers âges de l'humanité.

1460 ans qui, selon eux, ramenait tous les phénomènes dans le même ordre. C'est la fameuse *période
sothiaque* ou *cycle caniculaire*, suivant lequel, tous les
1460 ans, le lever héliaque de *Sirius* ou *Sothis* était
ramené au jour initial de l'année civile.

### LE RÔLE DES PYRAMIDES D'ÉGYPTE EN ASTRONOMIE

Puisque nous sommes amenés à nous occuper de
l'histoire de l'astronomie chez les Égyptiens, qu'il nous
soit permis de dire un mot d'une question qui, depuis
quelques années, a beaucoup intéressé les savants de
France et d'Angleterre : je veux parler de l'étude de ces
antiques monuments qu'on rencontre à la limite du
désert d'Afrique.

A trois lieues environ du Caire, qui s'élève sur l'em-
placement de l'antique Memphis, vers l'est, on aperçoit de nombreux monuments, constructions variées,
qui affectent la forme de pyramides à base carrée et
semblent des sentinelles placées aux confins du grand
désert africain ; ce sont les pyramides de Giseh [1].

Parmi ces géants de pierre, trois se distinguent par
leur masse colossale : ce sont les pyramides de Chéops,
de Chéphren, son frère, et de Mycérinus, fils de Chéops ;
toutes les trois ont donc été édifiées par des princes
d'une même dynastie.

La pyramide de Chéops, qu'on connaît généralement
sous le nom de *Grande Pyramide*, a, au-dessus de sa base,
une hauteur évaluée à 149 mètres.

Pour se rendre compte de l'effet de cette immense

[1] Qui peut s'écrire Jeeseh, Ghisch, Dscheezeh, etc.

masse de pierre, nous devons la comparer à des monuments que nous connaissons; elle est aussi élevée que la flèche de la cathédrale de Rouen, ou bien, près de deux fois plus haute que le sommet du Panthéon au-dessus du pavé, ou bien encore, cinq fois et demie plus haute que l'Observatoire de Paris.

On sait généralement que cette pyramide a coûté plus de vingt années de travail à des milliers d'hommes et que le souvenir de la haine, que le peuple avait vouée au prince dont il devait conserver le tombeau, s'est perpétuée jusqu'à nous.

Si nous en croyons le témoignage d'Hérodote, ses successeurs récoltèrent les mêmes sentiments, bien que les pyramides qu'ils firent élever aient été loin d'égaler celle de Chéops. Les rois dont nous parlons appartenaient à la IVe dynastie, ils nous reportent donc à une antiquité reculée, à l'origine de l'histoire égyptienne, c'est-à-dire environ 4000 ans avant notre ère.

Dès l'abord, le premier phénomène qui frappe l'observateur, c'est l'orientation des Pyramides; leurs quatre faces regardent les quatre points cardinaux. Il est important de faire connaître ici qu'une intention bien marquée a présidé à l'orientation. S'il ne s'agissait que d'un monument isolé, le doute serait permis, mais tous ceux qu'on rencontre dans la plaine de Giseh se trouvent justement placés comme celui qui nous occupe, et l'exactitude de cette orientation est une preuve de la volonté bien arrêtée de ceux qui les ont ainsi établis.

La disposition particulière des faces de ces pyramides a éveillé dans l'esprit des savants l'idée que ces monuments pourraient contenir des indications précieuses sur les connaissances astronomiques des Égyptiens. On mesura les Pyramides dans tous les sens, et du rapport trouvé entre ces diverses mesures on arriva à affirmer que les Égyptiens connaissaient exactement le rapport du cercle à la circonférence, l'obliquité de l'écliptique, la distance du Soleil à la Terre, etc.

Ces curieux résultats sont dus vraisemblablement à une de ces coïncidences bizarres qui ne peuvent manquer de se produire, lorsqu'on triture une certaine quantité de chiffres et qu'on sait d'avance quels résultats on désire en tirer.

Quoi qu'il en soit, il est certaines des constatations que l'on a faites sur la Grande Pyramide qui semblent plus rationnelles et qui présentent un réel intérêt.

Si l'on cherche à retrouver, par l'archéologie, l'âge des Pyramides, en se basant sur quelques fragments de Manéthon, sur les papyrus de Turin, etc., on constate, comme nous l'avons dit plus haut, que ces édifices, les deux pyramides de Chéops et de Chéphren, datent de trente-quatre à trente-cinq siècles avant Jésus-Christ.

M. l'abbé Moigno [1] assigne à la IV^e dynastie les dates suivantes :

| N^os d'ordre des dynasties ainsi qu'elles sont décrites par Manéthon, mais qui n'ont aucun caractère absolu de vérité ou de réalité. | DATE DU COMMENCEMENT DE CHAQUE DYNASTIE, D'APRÈS | | | |
|---|---|---|---|---|
| | Lesueur, Mariette-Bey, Renau. | Lepsius, Bunsen, Fergusson. | Lasse, Gardner, Wilkinson, Rawlinson. | William, Osburn. | Sir G. C Lewis et les classiques grecs. |
| IV^e | 4956 | 3124 | 2440 | 2228 | 1012 |

Nous allons voir quelles conclusions on peut espérer tirer de l'étude de la Grande Pyramide au sujet de l'époque de sa construction. Nous avons vu que les Pyramides étaient orientées suivant les points cardinaux : si l'on

[1] Moigno, traduction des *Mesures de la Grande Pyramide*, de Piazzi Smyth.

considère leur inclinaison moyenne, on constate qu'elle est égale à 52° environ.

Quand Sirius, la plus brillante étoile du ciel, passe au méridien (comme notre Soleil, à l'heure de midi, pour le lieu que nous habitons), le rayon qu'elle nous envoie ne tombe pas perpendiculairement sur les faces méridionales de la pyramide mais sous un angle plus élevé de 5° et demi environ.

Il n'en a pas toujours été ainsi ; on verra plus loin que la précession des équinoxes fait accomplir aux étoiles un mouvement elliptique dont la durée est de 27 780 ans. Or, en appliquant la correction due à ce mouvement à l'étoile Sirius, on trouve que 3003 ans avant Jésus-Christ sa hauteur était telle que, lorsqu'elle passait au méridien, ses rayons venaient frapper perpendiculairement les faces de la Grande Pyramide.

Ce n'est pas sans raison que les Égyptiens ont bâti ces énormes édifices auxquels il semble qu'on doive donner une autre destination que celle qu'on leur avait supposée jusqu'ici.

Continuons nos investigations.

Sur les neuf pyramides que l'on rencontre dans la vallée de Giseh, six ont leurs entrées vers le nord. Pendant longtemps on n'a pas eu de preuves que la Grande Pyramide fût un tombeau. L'entrée en était introuvable, et ce n'est que dans le siècle dernier qu'on découvrit la fameuse galerie inclinée qui débouche au milieu de la face nord.

Cette inclinaison (26° 27′ avec l'horizontale) attira l'attention parce qu'on ne saisit pas la raison qui avait amené les constructeurs à faire un couloir incliné plutôt qu'un tunnel horizontal. Cette galerie n'a rien de remar-

quable, sinon son inclinaison, et conduit à la chambre
du Roi [1], au centre de la pyramide. Lorsque l'on se
trouve au fond du couloir et qu'on regarde l'entrée on
aperçoit naturellement une partie du ciel. Le point que
l'on voit alors correspond à la position qu'avait, il y a
3910 ans, dans le ciel l'étoile α du Dragon, qui était alors
l'étoile polaire.

Il y a donc lieu, d'après les constatations précédentes,
d'attribuer une date certaine à l'édification des Pyramides ;
nous en tirerons de plus une conséquence intéressante
qui a été signalée par quelques auteurs : c'est que ces
monuments avaient une relation avec le culte de Sothis
ou Sirius, le dieu qui, d'après les croyances des Égyptiens, jugeait les âmes après la mort.

### L'ASTRONOMIE ANCIENNE

Il paraît que les Grecs puisèrent leurs principales connaissances dans les Indes et en Égypte ; on croit pouvoir
affirmer qu'ils divisaient le ciel en constellations, treize
ou quatorze siècles avant l'ère chrétienne, car la sphère
d'Eudoxe semble dater de cette époque.

L'école grecque ne forma aucun observateur ; les astronomes, confinés dans des études spéculatives fort en
honneur en Grèce, dédaignèrent l'étude matérielle de la
nature.

Thalès de Milet (né 640 ans av. J.-C.) rapporta de ses
voyages l'ensemble des connaissances acquises par les
Phéniciens ; il fonda l'École ionienne où il enseigna la
sphéricité de la Terre, l'obliquité de l'écliptique ; et fit
connaître, au point de vue pratique, l'usage de la Petite

---

[1] On l'a ainsi nommée parce que c'est là qu'on a découvert le sarcophage
qui contenait probablement la dépouille du souverain.

Ourse dans la navigation. Il était très versé, comme on le voit, dans les mystères de l'astronomie, savait, du reste, calculer les éclipses et se rendit célèbre parce qu'une de celles qu'il avait prédites arriva le jour d'un sanglant combat entre les Mèdes et les Lydiens.

Anaximandre passe pour avoir été l'inventeur du gnomon et des cartes dont les Égyptiens se servaient.

Un autre disciple de Thalès, Pythagore, devint le chef d'une école célèbre. Né à Samos (590 ans av. J.-C.), il commença à voyager fort jeune ; il revint de l'Inde et de l'Égypte rapportant dans sa patrie des connaissances très étendues pour son époque ; réfugié en Italie pour fuir la tyrannie qui régnait dans son pays, il continua à enseigner les mêmes principes que Thalès, en y ajoutant l'énoncé de deux des mouvements de la Terre (ceux qu'elle accomplit sur son axe et autour du Soleil).

Dans le but de cacher au peuple, suivant l'usage égyptien, les vérités qu'il dévoilait, il exposa sa doctrine dans un langage mystérieux.

Un de ses disciples, Philolaüs, expliqua plus clairement les préceptes de l'École pythagoricienne qui enseignait, en outre, que toutes les comètes se meuvent autour du Soleil, de même que les planètes ; que ces dernières sont habitées et que les étoiles sont des soleils qui deviennent des centres d'autres systèmes planétaires.

Méton et Euctéon, qui vinrent ensuite, observèrent le solstice d'été de l'année 432 avant Jésus-Christ.

Malgré l'intérêt qui s'attache à toutes ces découvertes des savants de l'antiquité, nous sommes contraint de laisser dans l'ombre ceux dont l'éclat n'a pas illuminé l'histoire d'un rayon si puissant qu'il soit parvenu jusqu'à nous.

Nous signalerons seulement Aristarque de Samos et

Ératosthène, puis Apollonius de Serge (244 av. J.-C.), qui imagina, pour représenter les phénomènes de rétro-gradation et de station des planètes, l'ingénieux système des *épicycles* et des *déférents*.

Hipparque de Bithynie (140 ans av. J.-C.) donna la méthode de détermination des lieux terrestres par leur différence de longitude et par leur latitude ; il détermina également plusieurs irrégularités des mouvements du Soleil et de la Lune, rectifia la mesure des dimensions de la Terre donnée par Ératosthène, découvrit le mou-vement connu sous le nom de *précession des équinoxes ;* il dressa une table des éclipses et construisit, à l'occasion de l'apparition d'une étoile nouvelle, un catalogue de 1022 étoiles qu'il calcula pour la 128ᵉ année avant notre ère.

Après Hipparque, l'école d'Alexandrie ne fournit plus que deux astronomes dignes d'être cités ; ce sont : Sosi-gène, qui fut chargé par Jules César de la réforme du calendrier (46 ans av. J.-C.) et Ptolémée, dont la *Syntaxe* est le résumé des observations et des principales décou-vertes de l'astronomie ancienne ; le nom de Ptolémée rappelle la découverte du mouvement de Lune nommé *évection*.

L'incendie de la bibliothèque d'Alexandrie vint mettre fin à une décadence manifeste dans l'École égyptienne et les sciences disparurent de ce pays, à partir de cette époque (641). Les Arabes, qui s'étaient acharnés contre ces précieuses collections si péniblement amassées en Égypte, sont à peu près les seuls, vers le VIIIᵉ siècle, qui fassent quelques travaux. En 826, ils traduisirent la *Syntaxe* de Ptolémée, sous le nom d'*Almageste* qui lui est resté, et sous lequel on le connaît plus généralement.

En 975, Aboul-Wefa fit plusieurs découvertes sur le

mouvement de la Lune; après lui, Albatan ou Albate-
nius Alhacen et Ibn-Junis ont laissé quelques bonnes
observations.

## L'ASTRONOMIE MODERNE

Bien qu'à proprement parler on ne puisse pas considérer le XIII<sup>e</sup> siècle comme appartenant à l'histoire moderne, il y a si peu de progrès à signaler en astronomie
jusqu'à l'apparition de Copernic (XV<sup>e</sup> siècle) que nous
pouvons nous permettre cette licence chronologique.

Nous devons cependant rappeler qu'au XIII<sup>e</sup> siècle
l'empereur Frédéric II, qui ne voulait pas que des chrétiens restassent en arrière des Arabes pour leurs connaissances astronomiques, ordonna de traduire l'*Almageste*
en latin. Alphonse X, roi de Castille, rassembla les principaux astronomes et fit dresser, par leurs soins de nouvelles tables qui sont connues sous le nom de *Tables
alphonsines*. La protection dont il entoura les savants
se fit sentir sur les hommes éclairés de l'Europe : les
traités se multiplièrent, les instruments se perfection-
nèrent et de nouvelles méthodes virent le jour.

Nous voici arrivés à une époque célèbre où l'astronomie, se dégageant des limites étroites où elle avait été
renfermée jusqu'alors, s'élance, par des progrès constants, jusqu'à la perfection qu'elle atteint de nos jours.

Purbeck, Regiomontanus et Waltherus avaient préparé
cette renaissance par leurs longues observations; enfin
paraît Copernic de Thorn (né en 1473); c'est à lui que
doit revenir l'honneur d'établir un système rationnel des
phénomènes célestes.

Réunissant les connaissances de ses prédécesseurs, il
emprunta, avec une judicieuse intelligence, à chacun de

ceux qui les avaient proposés, les divers mouvements des astres signalés par les philosophes anciens. Il trouva que les Égyptiens avaient supposé que Mercure et Vénus faisaient leur révolution autour du Soleil, que Nicetas faisait tourner la Terre sur son axe ; il vit, dans Plutarque, que les pythagoriciens faisaient tourner la Terre et les planètes autour du Soleil qu'ils plaçaient au centre de l'univers.

Dans son mémorable ouvrage *De revolutionibus orbium cælestium* (1543), il développa le principe de sa découverte et montra qu'il était facile d'expliquer tous les phénomènes apparents en suivant les préceptes de l'École de Pythagore.

De peur d'attirer sur sa tête les foudres du clergé, il ne présenta sa théorie que comme une hypothèse : « Les astronomes, dit-il dans sa dédicace à Paul III, ayant la permission d'imaginer des cercles pour expliquer les mouvements des étoiles, je me crois également en droit d'examiner si la supposition d'un mouvement de la Terre rendrait la théorie de ces apparences plus exacte et plus simple. »

Il n'eut pas la satisfaction de voir le triomphe de son œuvre ; après avoir attendu longtemps avant de publier son système, il mourut à soixante et onze ans, au moment où il recevait la première épreuve de son livre, de ce livre dont les conclusions ne devaient pas être adoptées avant d'avoir vaincu la double opposition que ses adversaires puisaient dans les œuvres d'Aristote et dans la Bible.

Tycho-Brahé, né en 1546 à Knucksturp, en Norvège, vivait vers le même temps ; c'était un observateur infatigable. Issu d'une grande maison, il s'adonna jeune encore, malgré sa famille, à l'étude de l'astronomie.

Frédéric Ier sut le fixer en lui donnant la petite île de la Hwen, à l'entrée de la Baltique. Tycho-Brahé s'y fit construire un observatoire qu'il baptisa *Uranibourg*[1]; c'est là que, pendant vingt et un ans, il fit de nombreuses observations et des découvertes importantes.

On lui doit la connaissance de certaines inégalités de la Lune; il dressa en outre un catalogue d'étoiles assez estimé et fit de fréquentes observations des planètes qui permirent à Képler de découvrir ces lois immortelles qui forment la base de l'astronomie moderne.

Revenant aux antiques préjugés, il défendit le système de Ptolémée; suivant lui, la Terre reste immobile et le Soleil, dans sa révolution annuelle, emporte les planètes.

Un grand nom vient sous ma plume, celui de Képler[2], qui est avec Newton, la personnification la plus éclatante de l'astronomie.

Persuadé qu'il existait des relations simples entre les divers éléments du système planétaire, Képler chercha pendant plus de vingt ans les lois qui portent son nom.

Tycho-Brahé avait découvert ce que devait être Képler, d'après ses travaux sur les analogies mystérieuses des nombres, et lui avait fait donner le titre de mathématicien impérial.

La mort de Tycho-Brahé mit Képler en possession d'une riche moisson d'observations; ses études sur la planète Mars l'amenèrent à renverser une théorie qui avait plus de vingt siècles d'existence : celle de la régularité des mouvements stellaires.

L'antiquité avait posé un principe immuable qui ré-

---

[1] Ou Uranienbourg.
[2] Képler, né en 1571, mort en 1630.

pondait bien à l'idée que les cieux étaient incorruptibles, c'est que les corps célestes devaient tous se mouvoir dans une orbite circulaire. Képler énonça le premier que l'orbite de Mars est elliptique. Il était sur la voie de la découverte des lois planétaires, il en trouva trois; ces lois sont les suivantes :

1° Le mouvement de la Terre et de toutes les autres planètes s'exécute dans des ellipses ayant un foyer commun occupé par le Soleil;

2° Les aires décrites autour du Soleil par le rayon vecteur des planètes sont proportionnelles aux temps employés à les décrire;

3° Les carrés des temps des révolutions des planètes autour du Soleil sont entre eux comme les cubes de leurs moyennes distances à ces astres.

Malgré les droits sacrés qu'il avait conquis à l'admiration publique, Képler mourut dans un état voisin de la misère.

Un de ses contemporains, qui eut également à supporter les coups de l'ingratitude humaine et dont le nom est resté illustre, c'est Galilée (1564-1642). Dès l'invention du télescope, Galilée le dirigea vers le ciel et découvrit les quatre satellites de Jupiter. Cette observation montrait une nouvelle analogie entre les planètes et la Terre, car elle prouvait que les autres planètes avaient des satellites; il observa le premier les phases de la Lune, les apparences de l'anneau de Saturne, les phases de Vénus, etc. En publiant ces découvertes, il se montra partisan de l'idée du mouvement de la Terre. Ses discours, publiés en forme de dialogue, dans lesquels il donnait la préférence au système de Copernic, attirèrent sur lui les foudres de l'Inquisition. Jeté dans un cachot à soixante-dix ans, il fut contraint d'abjurer les vérités qu'il soutenait et fut condamné à une prison perpétuelle qui fut commuée sur les instantes sollicitations du duc de Toscane en une détention sur le territoire de Florence.

Les travaux d'Huygens, d'Hévélius, de D. Cassini, de Flamstead, de Halley et de Bradley[1] préparèrent la grande découverte dont la gloire était réservée à Newton.

Déjà Descartes avait changé la face des sciences mathématiques, en appliquant l'algèbre à la théorie des courbes, et son hypothèse cosmogonique des tourbillons avait préparé le terrain aux progrès que l'astronomie doit au savant anglais.

Newton naquit en 1642, à Woolstrop, en Angleterre. Dans ses *Principes mathématiques de la philosophie naturelle*, il rapprocha et généralisa, avec un rare bonheur, l'ensemble des découvertes de ses prédécesseurs, et sut en tirer une théorie grandiose, la théorie de la gravitation.

Newton aborda, sans la résoudre, la question des perturbations. Euler, Clairault, Lagrange, Laplace, complétèrent son œuvre en établissant les lois mathématiques qui régissent l'univers.

De quel essor impétueux l'astronomie ne s'est-elle pas élancée depuis la découverte de Newton! Des académies se sont fondées, des observatoires se sont élevés en 1667-1672, à Paris (fig. 1) à Greenwich, à Cambridge, etc., des voyages ont été entrepris pour compléter les connaissances acquises.

L'état de perfection auquel est arrivée l'astronomie peut sembler, à juste titre, le plus grand triomphe de l'intelligence humaine.

[1] Illustre par la découverte de l'aberration de la lumière et de la nutation de l'axe de la Terre.

En 1781, Herschel ajoutait une planète de plus au groupe connu des anciens et contribuait puissamment, à l'aide de ses merveilleux télescopes, aux progrès de l'astronomie.

Les lois de Titius semblaient indiquer, comme le disait déjà Képler, un *hiatus*, une solution de continuité, dans la série, entre Mars et Jupiter ; on ne tarda pas à y découvrir un grand nombre de petites planètes.

Pendant ce temps, les progrès des mathématiques pures suivaient une marche aussi rapide. Le Verrier, par l'application du calcul seul, parvint, en 1846, à indiquer le lieu exact de la planète Neptune, élargissant ainsi l'univers connu et reculant les bornes de la science dans ses dernières limites, là où l'œil impuissant de l'homme, borné par sa faiblesse, ne perçoit plus que des lueurs vagues et indécises.

Depuis ce temps, une branche nouvelle d'astronomie a vu le jour ; la physique du ciel a été créée et laisse pénétrer chaque jour quelqu'un de ses secrets. La photographie, l'analyse spectrale et les merveilleux instruments dont nous dote la mécanique moderne, nous ont permis, non seulement de suivre les astres dans leur cours, d'en calculer les mouvements, mais encore de pénétrer dans leur constitution intime et d'assister, pour ainsi dire, à la naissance des mondes.

Afin de simplifier autant qu'il est possible l'étude de l'astronomie, on a partagé l'ensemble de nos connaissances en trois branches distinctes : l'astronomie mathématique, l'astronomie pratique et l'astronomie physique.

Nous allons étudier les développements successifs de chacune de ces catégories dont les diverses applications se conçoivent facilement.

FIG. 1. — Fondation de l'Observatoire de Paris (1667-1672),
d'après Claude Perrault.

# CHAPITRE II

## L'ASTRONOMIE MATHÉMATIQUE

Les observatoires publics et les grands établissements scientifiques se livrent à des travaux dont nous verrons les résultats plus loin. C'est sur ces travaux qu'on a basé les principes de l'astronomie mathématique qui établit les tables indispensables aux astronomes et aux navigateurs.

### LES ÉPHÉMÉRIDES ASTRONOMIQUES

Les valeurs fournies dans les éphémérides donnent les positions calculées plusieurs années à l'avance. Ces résultats sont établis sur les observations antérieures, plus ou moins défectueuses, puisqu'à l'époque où on les a faites, les instruments étaient relativement imparfaits. C'est pourquoi il y a intérêt à renouveler ces observations, à les mettre à la hauteur de la science moderne afin d'avoir des données suffisantes pour construire des tables astronomiques représentant plus fidèlement les mouvements des corps célestes.

On sait généralement avec quel haut degré d'exactitude Le Verrier avait déterminé les différentes valeurs qui l'avaient amené à la publication de ces *Tables* qui sont un monument élevé à la gloire de l'astronomie française.

On est en train, aujourd'hui, de contrôler l'écart entre ces tables et les observations. Or, de ces variations, les astronomes tirent des lois nouvelles.

Le professeur Siméon Newcomb a montré les différences croissantes entre l'observation et la théorie relativement aux planètes et à la Lune : ce serait une erreur de croire que ce désaccord soit redoutable pour les besoins des applications de l'astronomie.

La position des astres semble aussi bien connnue que possible, les éclipses sont exactement prédites, mais à un point de vue plus élevé, et considérant le véritable but de la science moderne, on trouve un intérêt très vif dans la recherche de cette différence croissante entre la théorie et l'observation.

Si les lois des attractions réciproques sont les seules causes des changements dans les mouvements des planètes, il est mathématiquement possible de les réduire en tables qui les représenteront fidèlement pendant une longue période de temps; il est également possible que ces différences tiennent à des imperfections dans les théories mathématiques.

Lorsqu'on recherche de plus près les causes de ces discordances, on se trouve en présence d'une impossibilité absolue de représenter les observations par l'application des théories mathématiques et physiques adoptées à notre époque.

A quoi cet état de chose doit-il son origine ? Aux in-

certitudes de la théorie, à la brièveté du temps de comparaison dans les périodes d'observations exactes ?

On accorde généralement que les observations sérieuses
ne commencent qu'avec Bradley, c'est-à-dire dans le
milieu du siècle passé. Nous devons réserver les observations de la Lune, dont les plus anciennes remontent
aux Babyloniens. Il faut bien reconnaître cependant que,
depuis cette époque, l'optique et la mécanique ont fait les
plus grands progrès.

Le point le plus important de la discussion dont il
s'agit, c'est de prouver que l'observation est en désaccord réel avec les lois de la gravitation.

Or, il semble difficile de toucher à cette théorie, surtout quand on sait avec quel génie Laplace[1] a construit,
d'après les méthodes les plus rigoureuses, une théorie
complète des perturbations planétaires.

### LES TABLES ASTRONOMIQUES

Lindenau et Bouvard publièrent, au commencement
de notre siècle, des *Tables* basées sur ces travaux ; pour
leur donner la consécration requise en pareil cas, on
devait en corriger les éléments par une comparaison
avec les observations. C'est à Le Verrier qu'était réservé
l'honneur d'élaborer ce merveilleux travail qu'il publia
de 1875 à 1877 avec la discussion de la théorie.

Ces tables laissaient encore des incertitudes dont
Le Verrier rendait compte, mais dont la valeur s'est
augmentée avec le temps, surtout pour les tables d'Uranus
et de Neptune.

---

[1] Laplace, *Mécanique céleste*, troisième volume.

Aujourd'hui la précision des éléments fondamentaux s'est encore accrue; les passages de Vénus et de Mars sur le Soleil, l'emploi d'instruments plus parfaits, la détermination plus exacte des positions des étoiles et la découverte d'anciennes observations, amènent les théories modernes à la perfection que l'on demande aux résultats de l'astronomie mathématique.

La théorie de la Lune recevra de notables améliorations de l'étude des éclipses à laquelle se livre M. Newcomb.

On voit, par le court résumé qui précède, de quelle nature sont les travaux que réclame l'astronomie mathématique; on est en droit d'en conclure que l'on est arrivé, dans cette voie, à une exactitude telle que des méthodes de calcul ou des théories nouvelles sont indispensables pour continuer l'œuvre gigantesque des mathématiciens.

# CHAPITRE III

## L'ASTRONOMIE PRATIQUE

### LES PREMIERS INSTRUMENTS

L'astronomie pratique comporte la description des instruments employés en astronomie ainsi que l'étude des méthodes dont se servent les astronomes dans leurs travaux pour explorer le ciel et le mesurer et aussi pour déterminer les positions de la Terre par rapport aux corps célestes.

Les instruments destinés par les anciens aux observations célestes sont simples et peu variés; nous allons les indiquer très brièvement.

Les principaux, ceux que l'on doit connaître, sont le gnomon et l'astrolabe ou sphère armillaire.

Le gnomon est un instrument qui sert à mesurer la longueur de l'ombre projetée sur le sol par le Soleil et par suite à déterminer la hauteur de cet astre; la différence entre les longueurs d'ombre au solstice d'été et au solstice d'hiver représente l'obliquité de l'écliptique ou la plus grande déclinaison du Soleil. Or, on peut en conclure la latitude du lieu d'observation. C'est à l'aide de cet instrument que Pythias, qui vivait à l'époque

d'Alexandre le Grand détermina l'obliquité de l'écliptique.
Cet appareil, qui semble le premier dont on se soit
servi dans les observations astronomiques, était en usage
chez les Chinois, chez les Égyptiens et même chez les
Péruviens. On a dit, sans preuve, je crois, que les obé-
lisques d'Égypte servaient de styles pour l'étude des longueurs d'ombre dans ce pays.

Quoi qu'il en soit, les observations ainsi obtenues
manquent de précision, l'ombre n'étant jamais assez
exactement déterminée.

La principale application du gnomon est l'utilisation
qu'on en fait dans les cadrans solaires[1]. La *gnomonique*
apprend à construire des appareils spéciaux qui permettent de connaître l'heure du jour. C'était un grand point
de gagné pour les observations astronomiques, où la
détermination de l'heure joue un rôle important. Cette
détermination se fit plus tard avec beaucoup plus d'exactitude à l'aide des clepsydres, puis des horloges.

On a construit des gnomons de diverses grandeurs ;
le plus élevé est celui qu'érigea Ouloug-Beg, en 1437, à
Samarcand et qui atteignait 53ᵐ,60.

Le gnomon était un instrument rudimentaire à côté
de l'*astrolabe* dont l'invention est due à Hipparque. Cet
instrument se compose essentiellement de deux ou d'un
plus grand nombre de cercles, qui ont un centre commun
et qui sont inclinés, les uns par rapport aux autres, de
manière à permettre à l'astronome d'observer dans les
différents cercles de la sphère.

Si ces cercles sont à angle droit, l'instrument donnera

[1] On croit que le gnomon a été connu des Chinois, au temps du règne
de l'empereur Yao (2300 av. J.-C.).

la longitude et la latitude de l'ascension droite et la déclinaison de l'astre.

Lorsqu'il présente cette forme, cet appareil prend le nom d'*armillaire*[1]. Ptolémée le réduisit à une surface plane à laquelle il donna le nom de *planisphère*.

L'astrolabe a été complètement délaissé depuis qu'on a inventé des instruments tels que l'équatorial, la lunette méridienne, le théodolite qui remplissent beaucoup mieux le but qu'on s'est proposé et rendent les mêmes services que ceux qu'on demandait à l'astrolabe.

Dès le Moyen Age, au temps de Tycho-Brahé, l'astronome avait à sa disposition tout un arsenal d'instruments dont la liste est donnée par S. Samuel Brewster[2] et qui compte vingt-six numéros.

L'application des quadrants, sextants ou octants à la mesure des angles fut un véritable progrès, mais le véritable instrument d'observation fut connu le jour ou on fut en possession de la première lunette.

### LA DÉCOUVERTE DE LA LUNETTE

Une antiquité très reculée nous a légué le souvenir des premières idées émises sur la science astronomique, dont les observations indiquent une connaissance approfondie des mouvements célestes. On peut donc croire, avec quelque raison, que cette antiquité, presque aussi savante que notre siècle, n'a pas été réduite aux seules ressources de sa vue et qu'elle est arrivée à l'amplifier à l'aide d'instruments dont le souvenir a péri.

[1] Du latin *armilla*, bracelet, à cause de l'apparence que présentaient ces cercles.
[2] Brewster, *Martyrs de la science.*

Certains savants ont cru trouver des preuves de la connaissance des lunettes chez les anciens : Démocrite, en effet, dit que la voie lactée est formée par la condensation d'une masse d'étoiles; Sénèque annonce qu'il y a bien plus de planètes dans le ciel que celles qui étaient connues de son temps. Dans ce cas, l'hypothèse de la disparition des instruments n'est pas applicable, car il serait bien étonnant qu'aucune notion ne nous fût restée de ces expériences relativement récentes. Il y a donc là simplement une preuve de la force que peut acquérir le raisonnement d'un philosophe; par le simple jeu d'organes défectueux, l'homme peut percer la nuit qui environne ses sens et montrer au monde émerveillé des résultats que l'expérience viendra confirmer plusieurs siècles plus tard.

Dans un vieux manuscrit, on voit Ptolémée représenté un long tube à la main; mais ce fait n'apporte aucune lumière sur la question; on sait, en effet, que depuis bien longtemps on se servait de ces tubes sans verres, pour observer les étoiles et les objets lointains. Nous les trouvons représentés dans de vieilles sculptures sous la forme même de nos télescopes actuels.

Après cet exposé, nous ne pouvons qu'admirer les résultats étonnants que les anciens ont obtenus; mais la pureté presque constante du ciel et probablement aussi une plus grande puissance de vision due à des causes multiples nous expliquent comment certaines observations qui nous semblent si bizarres leur étaient facilitées[1].

---

[1] La perfection de la vue tient à deux causes : à la sensibilité de la rétine qui fait percevoir des différences de lumière fort peu appréciables, et à la perfection du globe oculaire qui permet de voir des objets très petits

G. DALLET, Les Merveilles du ciel.

3

Les Japonais, dépourvus autrefois de moyens artificiels pour l'*amplification* de la vision, représentaient Jupiter avec deux satellites; cependant ces lunes s'éloignent peu de la planète et se trouvent noyées dans son éclat. Ces mêmes satellites ont été aperçus un certain nombre de fois à l'œil nu, particulièrement lorsqu'ils étaient près l'un de l'autre; même, le tailleur Schœn, de Breslau, voyait dans leur plus grand éloignement le premier et le quatrième de ces satellites. Le premier était cependant plus difficile à séparer à cause de sa faible distance à la planète (deux minutes un quart environ).

Il a, de plus, été établi que Mercure avait été vu sur le Soleil; mais alors les taches solaires n'étaient pas encore découvertes; le baron de Humboldt rapporte plusieurs de ces observations qu'il a recueillies dans ses voyages et qui sont fort intéressantes.

Nous possédons aussi, il est vrai, de très vieux catalogues détaillés d'une fort grande richesse; mais, d'après Heis à Munster, et Gould à Cordoba, on peut distinguer environ onze mille étoiles sans instrument. M. Houzeau en a étudié six mille à l'œil nu.

Dans le groupe brillant des pléiades où des vues ordinaires ne distinguent que six étoiles, M. Heis en voit dix, Denning onze et Mœstlin, le maître de Képler, en distinguait quatorze.

Nous ne quitterons pas ce sujet sans rappeler qu'un

---

et d'une faible lumière. Il est un fait reconnu qu'il est bon de signaler à ce sujet : c'est que, en regardant de côté, on voit des étoiles dont la clarté ne frappe pas la vue quand on regarde de face, probablement parce que, les rayons parvenant obliquement dans l'œil, leur faible éclat impressionne les portions de la rétine plus délicates et plus sensibles, car l'observateur s'en sert rarement.

bailli de Dantzig faisait toutes ses observations à l'œil nu, avec une précision et une délicatesse remarquables.

Il fut défié par l'homme le plus savant de son temps, qui se servait du télescope [1] et les observations des deux rivaux concordèrent d'une façon vraiment remarquable. Le digne bailli de Dantzig continua néanmoins à observer sans instrument, ce qui ne l'empêcha pas de doter la science de remarques précieuses.

Nous avons encore d'autres exemples de la puissance de la vision humaine : Roger Bacon rapporte que César, des côtes de la Gaule, observait l'Angleterre au travers d'un long tube, et il ajoute que la connaissance de l'optique est nécessaire pour la fabrication des instruments astronomiques. Une tradition semblable à celle qu'il rapporte pour César semble exister pour Ptolémée Évergète. Mais nous ne nous arrêterons pas à ces recherches, car ces tubes ne semblent être autre chose, comme nous l'avons dit plus haut, que ceux dont on se servait dans l'antiquité pour observer les étoiles, et qui étaient dépourvus de verres.

Il est certain que le génie éminemment pratique de Roger Bacon a pu produire une invention aussi puissante que celle du télescope. Il avait des connaissances très étendues pour son siècle (on lui attribue même l'invention de la poudre); dans un passage remarquable de son *Opus majus*, il dit que de grandes images peuvent être formées par la lumière réfractée, et qu'il est facile de voir les grands objets très petits, les lointains très proches *et vice versa*.

---

[1] Nous nous servirons indifféremment des mots *lunette* et *télescope* dont l'étymologie s'applique à tous les instruments destinés à rapprocher les distances.

Il avait une très grande connaissance des lois fondamentales de la physique; mais il ne semble pas qu'il s[e]
soit éloigné de l'expérience que l'on peut faire avec un[e]
simple lentille; on lui attribue du reste l'invention de[s]
lunettes dites *besicles*[1].

Ses immenses connaissances le firent considérer comm[e]
sorcier, et en récompense de ses superbes recherches, d[e]
ses immenses travaux, il fit quatorze années de prison[.]
Qui sait si les plus ingénieuses idées n'ont pas été per-
dues pour la science, dans ces siècles de barbarie?

Nous n'avons cependant aucune preuve que le télescope ait apparu avant le commencement du XVIIe siècle[;]
à cette époque, les idées germèrent avec une rapidit[é]
remarquable, et c'est dans cette pléiade d'inventeurs qu[e]
nous allons chercher celui qui, le premier, arriva à cett[e]
grande conception. L'œuvre est difficile, car les auteur[s]
contemporains nous donnent peu de détails; nous allon[s]
mettre les pièces du procès entre les mains du lecteu[r.]
A lui de juger.

Un noble napolitain, Baptista Porta, parle de la possib[i-]
lité de grossir les objets au moyen de verres; mais cett[e]
idée, émise en 1469, était si bien enfouie parmi d'obscures élucubrations que, vers 1589, Képler, voulant l[a]
étudier, déclara « qu'il n'y pouvait rien comprendre »[.]

Mabillon dit que dans les manuscrits d'un moine d[e]
son ordre (bénédictin bourguignon), manuscrits d[u]
XIIIe siècle copiés par un certain Codanus, il est questio[n]
d'une invention de cette sorte[2].

---

1 De *bis*, deux, *oculus*, œil, parce qu'ils remplaçaient les yeux affaibl[is]
des malades; ou de *bis*, deux, *cyclus*, cercle, de la forme même de l'obje[t,]
car les premières besicles étaient formées de deux verres ronds.

2 Le père Mabillon produit ce manuscrit dans son *Itinéraire d'Allemagne*.

On a dit aussi que l'honneur de la découverte du grossissement des verres était dû à Sylvio di Glamarti, mort
en 1317.

D'après une inscription latine gravée sur le tombeau
d'Alexandre di Spina, mort vers 1313, il aurait « en-
seigné à construire les lunettes qu'un autre avait déjà
construites et refusait de faire connaître ».

D'autre part, le frère de Jordanus de Rivalto, mort en
1311, écrivait en 1305 que depuis vingt ans on avait
trouvé l'art de polir les verres à lunettes. Fracastor et
Digge en avaient aussi parlé dans leurs écrits.

C'est donc vers la fin du XIIIe siècle que le pouvoir
grossissant des lunettes ordinaires fut connu[1].

Schylœus de Rheita[2] dit que le télescope est dû à
Lippensus, que d'autres appellent Jan Lapprey ou Hans
Lippersheim (1609).

Le 2 octobre 1608, voulant s'assurer la propriété de sa
découverte, il faisait connaître son invention aux États
généraux.

Le marquis de Spinola acheta l'instrument et en fit
don à l'archiduc Albert d'Autriche, alors gouverneur
espagnol en Belgique. On croit que le marquis de Spinola
a été dans ce pays vers l'automne de 1608.

Descartes[3] rapporte que cette invention aussi illustre
qu'utile est due à un certain Jacob Metius, qui n'avait
jamais étudié, quoique son père et son frère fussent professeurs de mathématiques.

---

[1] Cysatus, dans son *Dialogue sur la comète* de 1618, parle d'un manuscrit
datant au moins de quatre cents ans, dans lequel il est dit que le télescope
était fort commun parmi les instruments des anciens astronomes ; mais ce doit
être une fausse interprétation du sens vrai qui a conduit à cette conclusion.

[2] *Oculus Enoch et Eliæ seu radius sidero-mysticus*,

[3] *Dioptrique*, 1637.

Il éprouvait, dit-il, un grand plaisir à faire des miroirs; dans une caisse de verre, il trouva deux lentilles et, les ajustant sur un tube, il avait ainsi inventé le télescope sans le chercher.

Le vrai nom de cet inventeur, d'après Schott et Harsdöffer, était Jacob Adrianus, le frère de cet Adrien Metius qui détermina la relation $\pi = \frac{355}{113}$ du diamètre à la circonférence.

Le 17 octobre 1608, il adressa d'Alckmaar une pétition dans laquelle il invoquait le témoignage du prince Maurice de Nassau, ainsi que celui d'autres personnages auxquels il avait depuis longtemps montré une longue-vue, s'en occupant, disait-il, depuis deux ans.

Les ambassadeurs français tâchèrent d'avoir un télescope de Lapprey; les négociations n'eurent aucun succès, car il s'était engagé à ne travailler que pour son pays.

Mais un soldat de l'armée de Maurice avait appris à construire des télescopes aussi bons que ceux que faisait l'inventeur. L'ambassadeur écrivait, le 28 décembre 1608, à Sully, qu'il était en marché pour acheter une longue-vue destinée au roi Henri IV.

Pierre Borel[1], physicien et mathématicien du roi de France, réclamait la priorité pour Zacharias Jansen, que d'autres écrivent Hansen, dont le fils racontait que son père avait toujours passé pour le véritable inventeur du télescope et qu'il avait déjà construit un de ces instruments en 1590.

Vers le mois de mai 1609, Galilée avait reçu une lettre de son ami Badovère qui se trouvait alors à Paris. Dans

---

[1] *De vero telescopii inventore*, 1655.

cette lettre, il lui révélait l'invention que venait de faire
un lunetier de Middelbourg.

D'autre part, à cette époque, dans le nord de l'Italie,
cette découverte était déjà connue.

Galilée dit lui-même qu'en 1609, il sut qu'à Venise,
un lunetier construisait un instrument au travers duquel
on voyait distinctement les objets. Pendant son retour
à Padoue, il aurait formé par pure spéculation, dans ce
temps fort court, le télescope qui porte son nom. Cependant l'invention lui fut contestée avec juste raison.

G. Fuccari écrivait à Képler : « Galilée aurait désiré
être considéré comme l'inventeur du télescope ; malgré
cela, il savait, comme moi et les autres, qu'un certain
lunetier avait fabriqué un de ces instruments à Venise,
et ce qu'il a inventé est fort peu de chose[1]. »

Ces faits concordent, du reste, avec le caractère de
Galilée, qui, non content de ses belles découvertes dans
les sciences exactes, s'attribuait encore volontiers celles
des autres, cela dit sans que je veuille ternir en rien ce
génie neuf et inventif.

Galilée se vantait hautement d'avoir, le premier, observé les taches du Soleil tant à Padoue qu'à Venise et
d'en avoir parlé à plusieurs personnes qu'il ne nommait
pas. Scheiner[2], le véritable auteur de cette découverte,
qui, ayant eu déjà à subir, en Allemagne, les attaques
de Marc Welser, en était sorti vainqueur, trouva en Italie
une résistance plus énergique ; c'est à ce moment qu'il
en appela à tous les tribunaux. Mais Galilée, qui composait alors ces quatre mémoires immortels dans lesquels

---

[1] Ceci est tiré d'une étude de M. Doberck insérée dans *The Observatory*.
[2] S'il y avait contestation, il n'y aurait que Jean Fabricius à qui on pût
attribuer cette découverte.

il donnait la préférence au système de Copernic sur celui de Ptolémée, Galilée traita le jésuite avec le dernier mépris et parla de lui comme d'un visionnaire.

Il alla jusqu'à dire de Scheiner : « Cet homme va, figurant les causes dont il a besoin pour prouver sa proposition et n'accommode pas ses propositions aux causes qui existent. »

Scheiner, piqué jusqu'au vif, se laissa entraîner par une idée de basse vengeance à dénoncer au tribunal de l'Inquisition les quatre dialogues de Galilée.

La *récompense* qu'il en tira fut sa nomination de commissaire de l'Inquisition.

Nous laisserons ces tristes événements de côté en même temps que le jugement de Galilée, et nous ferons remarquer que, par de justes représailles, s'il s'était attribué la découverte de Scheiner, s'il avait voulu passer pour l'inventeur du télescope, le tort qu'il fit au jésuite et à celui qui découvrit les lunettes lui fut rendu par Huyghens, qui s'attribua l'invention du pendule simple, quoiqu'il sût parfaitement qu'avant 1639, Galilée l'avait employé dans ses observations [1] et que son fils, Vincent Galilée, l'avait appliqué aux horloges [2].

Pour terminer nos recherches sur l'invention du télescope, il nous reste à dire que les réclamations de Fontana n'étaient pas fondées, quoiqu'il assurât avoir fait l'essai du télescope en 1608 et produisît en témoignage deux autres jésuites; mais il ne posséda d'instrument avec deux verres convexes qu'en 1614.

[1] Galilée publia, en 1639, un traité sur l'*Emploi du pendule comme horloge physique universelle*.
[2] On a prétendu, mais sans preuves, qu'un Suisse, du nom de Juste Byrge, avait utilisé cet appareil pour la mesure du temps en 1552.

Le frère Paolo Sarpi, qui fut si cruellement persécuté pendant sa vieillesse et qui mourut à Venise (?) en 1623, est aussi indiqué comme l'inventeur du télescope et du thermomètre; mais il ne put posséder ces instruments qu'en 1617, c'est-à-dire onze ans après les premières expériences.

Nous voici arrivés au moment de tirer une conclusion et la chose est fort embarrassante; cependant, par l'étude approfondie des faits, on peut circonscrire à trois inventeurs seulement la découverte du télescope : Hans Lippersheim (de Middelbourg), Jacques Metius et Zacharie Jansen.

Il est croyable que tout l'honneur de la découverte doit se reporter sur Hans Lippersheim[1], quoique les titres de ses concurrents soient des plus sérieux.

Cependant on peut voir que l'étude du télescope était amenée par les découvertes préalables qui avaient été faites dans la recherche des lunettes depuis le XIIIe siècle; du reste, la rapidité avec laquelle cette idée se fit jour parmi les peuples semble prouver qu'elle avait germé dans plusieurs cerveaux à la fois.

## LES PERFECTIONNEMENTS DES INSTRUMENTS

Il nous serait fort difficile de faire tenir dans les limites que nous nous sommes imposées, une étude des divers instruments qui composent l'arsenal des astronomes : nous les supposerons connus.

Avant l'invention du télescope, il était impossible de faire des observations suivies; aussi, au XVIIe siècle, alors que Képler, discutant les travaux de Tycho-Brahé, établissait ces lois remarquables qui portent son nom, quelques années avant que l'immortel Newton eût posé les fameux principes qui fondaient la découverte, Galilée dirigeait l'un des premiers télescopes vers les espaces célestes.

Après Galilée, J. D. Cassini, Huyghens, scrutaient les profondeurs des cieux et dressaient les catalogues de tout ce qu'il était possible de voir avec les instruments qu'ils employaient. Une gravure fort répandue montre comment, à l'époque de Cassini, les astronomes étaient outillés. Cassini installait ses objectifs à long foyer, soit au sommet de l'Observatoire, soit sur une tour élevée qui avait servi à la construction de la machine de Marly. Bianchini, dans son curieux ouvrage sur Vénus, donne un spécimen des lunettes employées de son temps, qui dépassaient 100 pieds. Les lunettes d'Hévélius atteignirent jusqu'à 150 pieds de longueur. Ces appareils énormes ne satisfaisaient point encore et on espérait, en agrandissant la lunette lui donner un pouvoir plus considérable ; aussi, sous Louis XIV, proposa-t-on de construire une lunette de 10 000 pieds. Dans quel but ? Pour voir les habitants de la Lune !

Dollon, en 1758, dotait la science d'une remarquable découverte, l'achromatisme des objectifs, mais la difficulté où l'on était à cette époque de fabriquer les deux verres nécessaires fit le plus grand tort à l'emploi des lunettes et il faut arriver jusqu'à l'époque de W. Herschel pour trouver un élan nouveau donné à la science. En effet, grâce à sa prodigieuse habileté, W. Herschel arriva à construire des télescopes gigantesques. Il ne faut pas croire cependant que ce soient ces énormes instruments qui l'aient amené à faire les découvertes brillantes qui restent attachées à son nom. Tous les astronomes savent

qu'à son télescope géant, il préférait, pour les observations délicates, un petit appareil de 20 pieds.

Aujourd'hui, dans l'état actuel de la science et de la

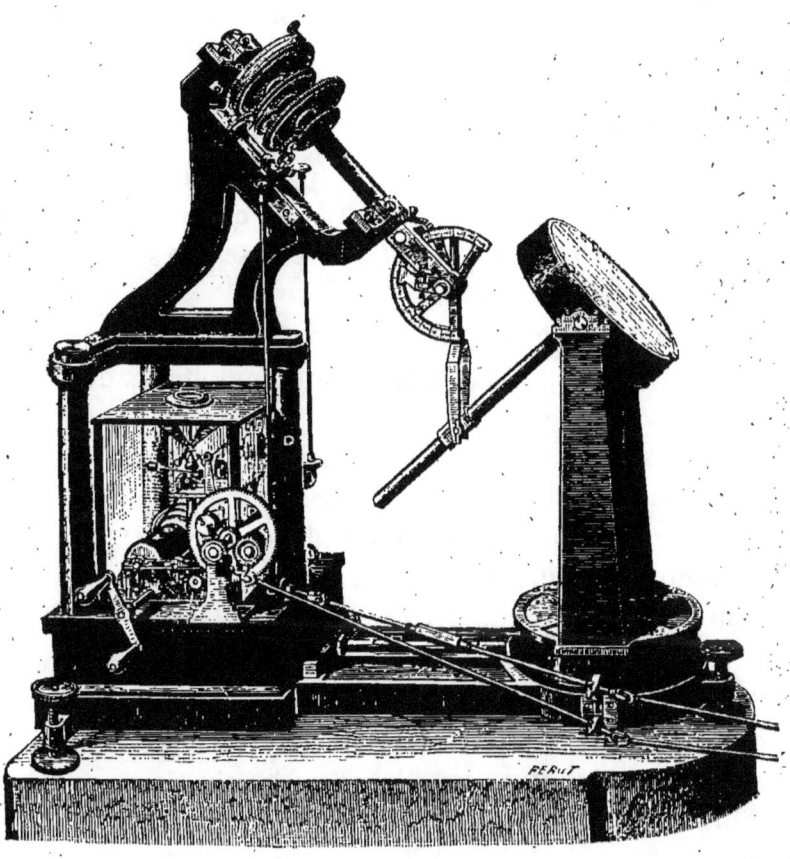

FIG. 2. — Sidérostat de L. Foucault.

mécanique, on préfère de bonnes lunettes qui permettent de faire les recherches les plus minutieuses. La
construction des verres d'optique ne date pour ainsi
dire que du commencement de notre siècle ; Guinand
et Fraunhofer surent lui faire accomplir des progrès

merveilleux ; par une circonstance heureuse, la mécanique était assez avancée à cette époque pour qu'on
pût donner des montures équatoriales aux instruments employés qui pouvaient, sous l'impulsion d'un
mouvement d'horlogerie, suivre la marche diurne des
astres.

Le sidérostat (fig. 2) a été présenté à l'Académie par
L. Foucault, le 13 décembre 1839. Son mouvement est
régi par une horloge de façon à ce qu'un astre dont
l'image se reflète dans le miroir puisse y rester malgré
le mouvement diurne.

La monture équatoriale offre de tels avantages que, de
nos jours, la plupart des instruments sont établis de cette
manière.

On a supposé pendant longtemps que plus l'instrument que l'on devait employer serait grand, plus il devrait donner de résultats merveilleux ; c'était l'opinion
d'Arago quand il demandait des crédits pour faire construire un objectif de 38 centimètres : il croyait qu'en
portant à six mille fois le grossissement des lunettes,
il pourrait voir sur la Lune des objets de 20 mètres de
long et même un objet allongé de 2 mètres de large
seulement, tel que remblai de chemin de fer, monument ou fortification que l'on construit sur notre
terre.

Un grand obstacle, sur lequel on n'avait pas compté,
est venu entraver ce beau projet : les images obtenues
n'étaient plus assez lumineuses pour qu'on pût en distinguer les détails : on se trouve donc dans un cercle
vicieux. Ou bien les lunettes seront de petit diamètre et
donneront des images très claires, ou bien elles auront un
champ assez vaste, mais ne seront pas assez lumineuses.

On a fait des télescopes parfaits dont les miroirs atteignent $1^m,20$ de diamètre (Paris et Melbourne), des réfracteurs de 65 centimètres (Washington) et même de 1 mètre.

Si ces superbes appareils permettent de faire des observations d'une grande délicatesse, quelques appareils de petit diamètre ne le leur cèdent en rien.

Pour donner une idée plus exacte de la finesse des détails que l'on peut arriver à obtenir avec un bon instrument, M. Wolf rappelle que Schiaparelli, dans ses observations de Mars, faites à Milan, avec une lunette de Merz de 218 millimètres d'ouverture (Mars étant à la distance de 14 millions de lieues, pendant l'opposition de 1877), pouvait distinguer une tache ronde de 137 kilomètres de large. De Mars on aurait vu sur la Terre une île telle que la Sicile, un lac de la grandeur du lac Ladoga ou Tschad, une bande de 70 kilomètres aurait été perceptible, on aurait donc aperçu le Jutland, Cuba ou Panama.

La lunette de Washington, de 65 centimètres, montrerait des détails trois fois plus petits, c'est-à-dire de 44 à 24 kilomètres sur la Lune; les plus faibles détails seraient de 315 mètres, sur le Soleil de 177 kilomètres, sur Vénus 36 kilomètres, sur Jupiter 555 kilomètres.

L'expérience a démontré que l'ouverture la plus favorable est de 38 à 40 centimètres.

Nous donnons ici un tableau des instruments dont le diamètre est plus fort que 38 centimètres. — Nous pouvons dire que le nombre des verres de diamètre supérieur à 245 millimètres ne dépasse pas sensiblement 62.

| OBSERVATOIRE ou propriétaire. | OUVERTURE en centimètres. | CONSTRUCTEUR et époque de l'exécution. |
|---|---|---|
| Observatoire Lick en Californie. . . . | 91,5 | A. Clark et fils. |
| — de Pulkowa. . . . . | 76,0 | A. Clark et fils. |
| — de Nice. . . . . . | 76,0 | Frères Henry, de Paris. |
| — de Paris. . . . . . | 73,5 | Martin, à Paris. |
| — de Vienne. . . . . | 68,5 | Grubb, à Dublin (1881). |
| — de Washington. . . . | 66,0 | Clark (1873). |
| M. Cormick, à Chicago.. . . . . | 66,0 | Clark (1879). |
| M. Newal, à Gateshead . . . . . | 63,5 | F.Cook et fils, à York (1868). |
| Observatoire de Princeton à New-Jersey. | 58,5 | C'ark (1881). |
| Observatoire de Strasbourg. . . . . | 48,5 | Merz (1879). |
| — de Milan. . . . . . | 48,5 | Merz (1881). |
| — de Deaborn, à Chicago. . | 47,0 | Clark (1863). |
| Van der Zee, à Buffalo (New-York) . | 46,0 | Fitz. |
| Observatoire de Rochester (New-York). | 40,5 | Clark (1880). |
| Observatoire Madison. . . . . . | 39,5 | Clark (1879). |
| Lord Lindsay, Aberdeen (Écosse). . . | 39,5 | Grubb (1875). |

## L'APPLICATION DES INSTRUMENTS

Je rappellerai d'une manière générale que les lunettes peuvent se ranger en deux catégories distinctes d'après le genre des observations qu'elles permettent d'exécuter.

Les unes ne peuvent se mouvoir que dans un plan fixe. Ce sont : la lunette méridienne, le cercle mural et le cercle méridien ; les autres se meuvent dans tous les sens, ce sont les équatoriaux.

On sait, généralement, que la lunette méridienne[1], aussi appelée instrument *des passages*, n'est autre chose qu'une lunette portée sur un axe de rotation dont les extrémités s'appuient sur deux montants à peu près comme un canon sur son affût; l'axe de rotation du cercle méridien est monté sur deux solides massifs de pierre ou sur des montants métalliques et porte un cercle divisé, sur lequel on lit les déclinaisons (fig. 3 et 4).

[1] Imaginée à la fin du xviie siècle par le Danois Rœmer.

Fig. 3. — Cercle méridien portatif.

Fig. 4. — Cercle méridien fixe.

En tournant sur cet axe, la lunette décrit un plan vertical qui est celui du méridien du lieu ; de telle sorte que
l'observateur peut apercevoir les différents astres au mo-

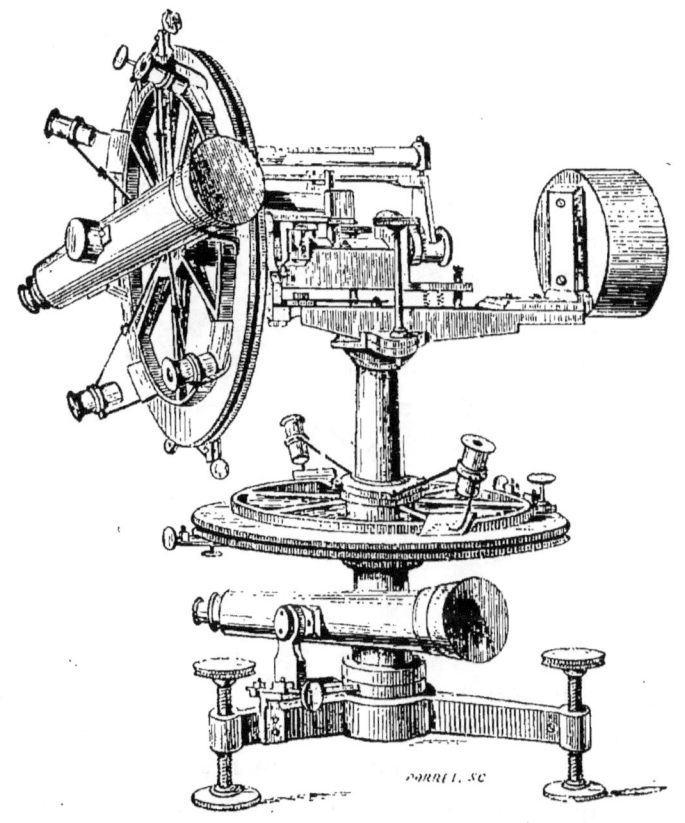

FIG. 5. — Théodolite double répétiteur à cercle horizontal et vertical.

ment où ils passent dans ce plan. On place ordinairement dans la partie réservée à l'objectif un *réticule* mobile ; c'est-à-dire une pièce qui supporte des fils fins
placés à angle droit, de façon à avoir un point fixe pour
apprécier l'instant du passage d'un astre.

Un instrument fort usité en astronomie et qui présente

G. DALLET, Les Merveilles du ciel. 4

les plus grands avantages par sa disposition, qui permet de faire les deux lectures en même temps, c'est le théodolite (fig. 5).

Une lunette murale d'amateur est fournie par M. Molteni au prix de 250 francs et permet de faire tous les travaux que l'on réclame de ces sortes d'instruments (fig. 6).

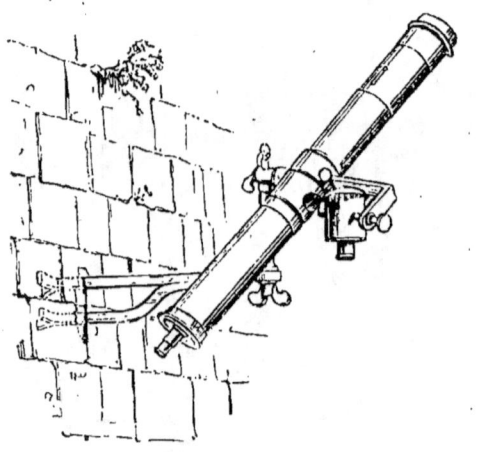

Fig. 6. — Lunette murale.

Le cercle mural, destiné à faire connaître la hauteur des étoiles ou leur déclinaison, se compose d'un cercle exactement divisé, monté sur un mur solidement construit dans le plan du méridien. Il porte à son centre une lunette munie d'un réticule qui, suivant le mouvement de ce cercle, tourne dans le plan du méridien comme la lunette des passages. Pour faire une observation, on ramène l'étoile qui passe au méridien derrière le point où se croisent les fils du réticule et on lit sur les divisions du cercle l'angle que donne cet instrument

Pour les lunettes que nous venons de considérer, il n'y aura qu'un seul instant où on pourra observer les astres: ce sera celui où ils passeront, emportés par le mouvement diurne, dans le plan du méridien.

Cet instant sera bien court, car il ne dépasse pas quelques secondes pour les astres éloignés du pôle, mais ces quelques secondes sont suffisantes pour fixer la position de ces astres dans le ciel (longitudes).

Si au contraire, on veut étudier la marche d'un astre, en dehors du méridien, ce qui a lieu quand on se propose d'observer un astre nouveau, on doit profiter de toutes les circonstances qui permettent de fixer le lieu qu'il occupe.

Dans ce cas, on doit avoir recours à une catégorie d'instruments connue sous le nom de *lunettes mobiles*, parce qu'on peut leur faire opérer des mouvements dans tous les sens. L'instrument type de cette classe, celui qui nous intéresse spécialement, est la *lunette équatoriale* ou l'*équatorial*.

On sait généralement que, si, par une nuit calme et sereine, on fixe ses regards vers le ciel, on a devant soi l'étoile *polaire* qui semble être le pivot autour duquel tourne, tout d'une pièce, le ciel étoilé. Rappelons en passant que ce mouvement est dû à une erreur de nos sens. Ce ne sont pas les cieux qui se meuvent, c'est la Terre qui roule sur elle-même et nous emporte dans son mouvement. Nous pouvons même, de ce fait, tirer des conclusions philosophiques intéressantes. Les astres ne sont pas, en effet, fixés à la voûte mouvante, mais se trouvent disséminés dans les espaces à des distances énormes : ils demeurent immuables, tandis que notre petit monde pirouette sur lui-même.

Pour se rendre un compte exact de l'illusion qui nous occupe, il suffit de se rappeler l'impression que l'on ressent lorsqu'on est dans un bateau léger qui glisse au fil de l'eau : couché sur le fond de la barque, si l'on regarde les arbres du rivage, on les voit passer et disparaître devant les yeux et l'on éprouve une sensation de mouvement. Comme on participe à la marche de la barque et qu'on n'en a aucune notion, on est porté à croire que ce sont les arbres qui se déplacent.

Le mouvement de la Terre sur elle-même, dans lequel nous sommes emportés, s'exécute en vingt-quatre heures, c'est donc dans ce laps de temps que les astres paraissent décrire dans la voûte céleste, des cercles dont le diamètre s'agrandit en allant du pôle vers l'équateur.

Ce déplacement, déjà sensible à l'œil nu, quand on compare leur astre à un point fixe pris sur la terre, devient très appréciable quand on le suit dans une lunette.

En quelques instants, l'astre brillant a parcouru le champ de l'instrument, c'est-à-dire l'espace circulaire du ciel que l'on aperçoit en plaçant l'œil devant la lunette, et a disparu ; on est alors obligé de mouvoir l'instrument, si on veut le suivre dans sa course. On conçoit que, plus le grossissement de l'appareil est fort, plus l'étoile considérée passe rapidement.

Cet obstacle a excité l'imagination des savants et on a cherché à donner aux lunettes une monture telle que, ayant amené un astre dans le champ de l'insrument, on pût l'y maintenir pendant un certain temps. La monture équatoriale répond parfaitement à ce but (fig. 7).

Nous croyons devoir entrer dans quelques détails, à ce sujet, car l'équatorial est un instrument tellement employé en astronomie que nous aurons maintes fois l'occasion d'en parler.

On a proposé de nombreux systèmes de montures

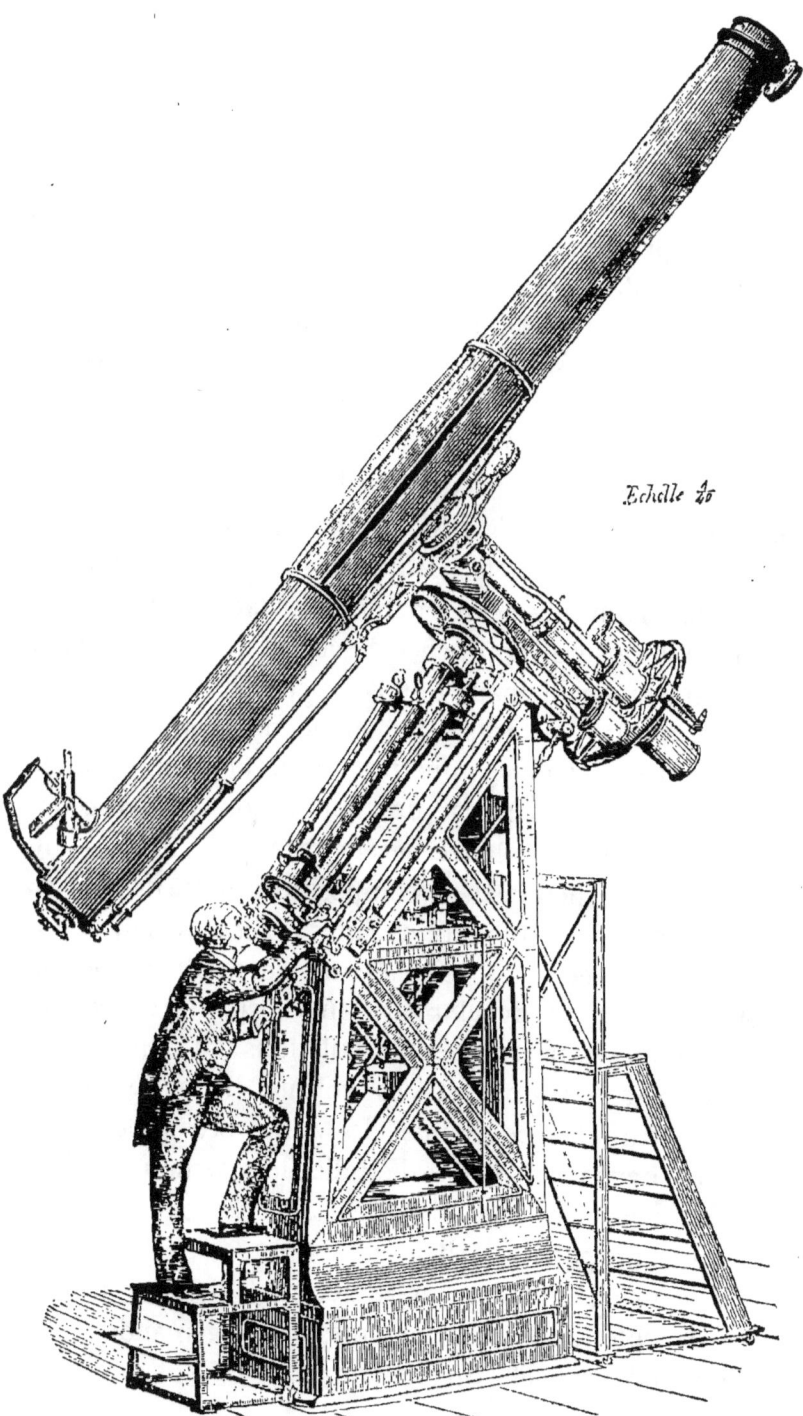

Echelle $\frac{1}{25}$

Fig. 7. — Grand équatorial de la cour de l'ouest, à l'Observatoire de Paris.

équatoriales : ils diffèrent peu, du reste, les uns des autres et reposent invariablement sur les bases que nous allons indiquer.

L'axe principal de l'instrument ou *axe horaire* est incliné sur l'horizon d'un angle égal à la latitude du lieu. Cet axe peut être animé d'un mouvement sur lui-même et entraîner, dans sa course, un second axe ou *axe de déclinaison* qui lui est perpendiculaire et autour duquel la lunette peut se mouvoir.

Le mouvement de rotation de l'axe horaire se donne à la main, ou mieux, à l'aide d'un mouvement d'horlogerie.

La grande lunette en porte plusieurs petites (appelées *chercheurs*) qui cherchent à déterminer facilement et avec rapidité la position approchée des astres que l'on cherche.

Les travaux principaux que l'on peut exécuter à l'équatorial sont les suivants : recherche des comètes, astéroïdes ou étoiles, détermination de leur position et étude de leurs propriétés physiques, applications des procédés photographiques à la recherche des phénomènes du prisme, à la recherche de la composition intime des corps.

A la suite des observations faites à l'équatorial, le Soleil montre avec détail les éléments de sa structure ; on voit se former, se développer, puis disparaître ses protubérances, ses taches, ses granulations. La Lune étale à nos yeux ses plaines et ses volcans. Nous pourrons enfin décrire la géographie de Mars. Les anneaux de Saturne nous permettront d'étudier leur structure merveilleuse, etc., et tant d'autres observations curieuses que nous ne pouvons citer.

La construction des instruments devient si précise qu'il semble que l'on ne puisse lui demander plus d'exactitude que celle qu'elle donne.

# CHAPITRE IV

## L'ASTRONOMIE PHYSIQUE

### LES MÉTHODES NOUVELLES

Nous avons vu plus haut ce qu'elle entend par astronomie mathématique et pratique.

Une troisième branche n'a pas tardé à se greffer à côté des premières et l'on est en droit de lui accorder une large place dans les études, par suite des résultats remarquables qu'elle a déjà donnés. L'astronomie physique nous indique les procédés et les méthodes à employer pour arriver à la connaissance de la constitution intime des corps célestes.

C'est elle qui nous apprend, pour les astres les plus éloignés, ce que nous connaissons sur la Terre sous le nom de *géologie, géographie, minéralogie* et *météorologie.* C'est encore elle qui nous fait assister à la genèse des mondes, à leurs transformations, ainsi qu'aux évolutions qu'ils devront suivre pour arriver à leur forme finale.

Cette partie de l'astronomie est de beaucoup la plus

accessible ; ses résultats sont plus facilement appréciables
que ceux de l'astronomie mathématique et par conséquent rencontrent plus d'adhérents. Il y a aussi une telle
diversité dans les sujets qu'elle traite, une philosophie
si grandiose et si calme que l'esprit se laisse entraîner
sans fatigue dans ces spéculations.

Euler, un philosophe mathématicien du plus grand
mérite, rencontra, dit-on, un jour, à Berlin, un prédicateur de ses amis, qui regagnait sa demeure d'un air
accablé. » Grand Dieu ! qu'avez-vous ? s'écrie le grand
géomètre. — Hélas! reprend son interlocuteur, il n'y a
plus de foi ! J'avais préparé avec le plus grand soin un
prêche sur l'existence de Dieu prouvée par le sentiment
de la conscience. — Eh bien? — Eh bien ! j'ai vu tous
mes auditeurs bâiller ou s'endormir...» Ils firent quelques
pas sans continuer l'entretien, lorsque Euler reprit :
« Que n'essayez-vous de chercher vos preuves parmi les
lois physiques de la création ? Que ne dites-vous les
innombrables mystères des cieux... ces astres puissants
roulant dans l'espace... Peut-être réussirez-vous mieux
ainsi... — Je tenterai encore, fit le prédicateur », et il
s'en alla pensif.

A quelques jours de là, le hasard les fit rencontrer
de nouveau. Le malheureux prédicateur se laissant
aller à une tristesse profonde... « Vous avez encore
échoué ? demanda Euler. — Hélas ! je vous l'avais bien
dit, la foi se perd, la foi est perdue ! ils n'ont même
pas respecté le saint lieu... les malheureux ! ils m'ont
applaudi. »

On peut donner aux branches diverses de l'astronomie
un ordre d'évolution logique. En effet, l'astronomie des
mouvements ne demandait, dès l'abord, que des yeux

et un peu de raisonnement, puis des instruments fort simples, aussi est-elle la première qui fut cultivée par les savants.

La découverte des grandes lois mathématiques vint ensuite lui donner une nouvelle direction ; elle devint géométrique et s'épanouit dans la *mécanique céleste*.

Quant à l'astronomie physique, née d'hier, elle a déjà non seulement révolutionné nos connaissances scientifiques dans le domaine de l'astronomie, mais encore ouvert à la philosophie un champ nouveau. Si elle n'est pas apparue plus tôt, c'est qu'elle demandait, pour se développer, le soutien des autres sciences : il fallait que l'on eût une connaissance approfondie des propriétés de la lumière, soit qu'on la considère en elle-même, soit qu'on l'étudie dans ses rapports avec les corps étrangers. Les découvertes et les perfectionnements nombreux qui ont signalé notre siècle devaient la doter des instruments précis qu'elle réclame.

Trois de ces conquêtes, qui servent de base à l'astronomie physique, présentent une étude fort intéressante que nous allons entreprendre : elles sont dues à l'invention des lunettes, à l'application de l'analyse spectrale et aux progrès de la photographie.

## LES LUNETTES

L'astronomie physique ne pouvait se contenter des appréciations des premiers astronomes; en effet, si on excepte le Soleil et la Lune, les étoiles ne semblent, à l'œil nu, que des points lumineux qui scintillent plus ou moins. Aussi devait-on se contenter de suivre les mouvements de ces astres sans chercher à pénétrer le mystère de leur forme, de leur rôle ou de leur constitution.

Galilée créa donc la branche de l'astronomie qui nous occupe, le jour où il dirigea le premier télescope vers le ciel, dès qu'il put se convaincre que ces points brillants se résolvaient dans sa lunette en un disque bien défini, quand il aperçut sur certains d'entre eux des continents et des formes géographiques, des satellites jouant auprès des planètes le rôle de la Lune près de la Terre.

La découverte des taches du Soleil, de sa rotation ébranlait les bases déjà sapées des théories anciennes et préparait les lois sublimes de la physique du ciel.

Nous avons vu quels sont les desiderata des astronomes au sujet des lunettes qu'ils emploient et quelle est la limite de grossissement qu'ils peuvent obtenir.

On sait généralement que l'étoile la plus proche de nous est à 200 000 fois notre distance au Soleil; il faudrait donc, en ne tenant pas compte des diverses perturbations dues à l'atmosphère, une lunette grossissant plus de 200 000 fois pour voir une étoile avec le diamètre apparent que présente le Soleil à l'œil nu; or, c'est un pouvoir 100 fois plus considérable que celui qu'on a pu utiliser jusqu'à ce jour.

Il y a donc dans cet ordre d'idées une impossibilité complète à sortir des limites de notre système solaire. Lorsque nous voulons scruter l'inconnu des mondes éloignés, nous sommes obligés de les étudier par comparaison avec ceux dont nous avons quelque connaissance : c'est l'œuvre de Galilée et celle de Copernic.

Le progrès des sciences nous a mis en possession d'un instrument merveilleux qui, par la pratique des savants habiles, nous a ouvert les portes de l'infini. Avec Kirch-hoff et Huggins l'astronomie physique a pu pénétrer aussi avant que possible dans la constitution des corps des espaces lointains.

Nous ne pouvons passer sous silence les mémorables études du grand Herschel qui sont venues apporter des bases nouvelles d'une haute portée générale.

Son œuvre peut se diviser en deux parties. Au point de vue pratique, il changea la forme de l'instrument, sut, avec une remarquable habileté, en construire d'excel-lents, qui se prêtaient à la réalisation des recherches qu'il voulait entreprendre. Au point de vue théorique, par son étude des nébuleuses, par ses découvertes des étoiles doubles ou multiples, il a jeté les bases théoriques de la genèse du monde ; il a également apporté la notion des mondes à centres multiples dont le système solaire ne pouvait nous donner la moindre connaissance.

## L'ANALYSE SPECTRALE

Quand nous avons dit que Kirchhoff avait fait faire un pas énorme à l'astronomie physique, nous aurions pu dire qu'il l'avait créée.

En effet, les remarquables découvertes que l'on doit aux procédés d'étude qu'il a signalés, complétées par des méthodes que nous étudierons plus loin, nous ont permis de pénétrer pour ainsi dire jusque dans l'âme du monde.

Les travaux d'Herschel avaient laissé peu de place à des découvertes grandioses et, dès cette époque, on sen-tait qu'il fallait trouver des procédés nouveaux.

Les travaux d'Arago préparèrent la voie ; on crut un

instant que l'étude des propriétés de la lumière devait donner la clef des problèmes encore irrésolus. Mais malgré les belles applications des théories de la polarisation, on dut s'avouer que le résultat laissait encore un vaste champ à des découvertes prochaines.

Il existe dans la nature un messager rapide qui nous apporte en un instant les nouvelles des mondes les plus éloignés. Il suffit de savoir l'interroger et la variété de ses réponses suffira pour récompenser des peines que l'on aura prises pour le consulter. Ce messager, c'est la lumière.

Il importe tout d'abord de faire connaissance avec lui. Or, nous savons que la lumière qui, au premier abord, paraît blanche, est composée de rayons, liés en faisceau, dont chacun possède une coloration et des propriétés spéciales.

On peut se rendre compte que la réflexion d'un pinceau lumineux sur une surface plane n'apporte aucun changement à la nature de la lumière. La surface réfléchissante peut, suivant sa composition, en absorber une partie, mais tous ceux qui n'ont pas été absorbés la traversent parallèlement.

Ici, nous demandons quelque attention à nos lecteurs. Nous venons de voir que, dans un même milieu, la lumière se propage en ligne droite ; si le milieu vient à changer de densité les rayons ne suivront plus la même voie. Ainsi, supposons qu'un rayon lumineux vienne à frapper la surface d'un milieu d'une autre densité que celle du milieu qu'il vient de traverser, sa direction est déviée au point d'immersion dans le second milieu et affecte la forme d'une ligne brisée. C'est ce qu'on appelle le phénomène de la *réfraction ;* or, la réfraction brise inégalement les rayons qui forment la lumière blanche et qu'on peut ainsi isoler les uns des autres.

C'est à Newton que revient la gloire d'avoir découvert le moyen de séparer les rayons qui composent la lumière blanche, en en faisant passer un pinceau au travers d'un prisme de cristal.

Le faisceau ainsi décomposé était reçu sur un écran et s'étalait en forme de ruban où se découvraient les tons les plus variés des diverses couleurs qui offraient dans l'ordre suivant les couleurs primitives connues :

Violet, — indigo, — bleu. — vert, — jaune, — orange, — rouge.

C'est ce qu'on appelle les couleurs du *spectre*.

Une expérience du plus haut intérêt permet de faire la synthèse du spectre. En plaçant sur le chemin d'un pinceau lumineux un premier prisme on décompose la lumière ; si on reçoit alors les rayons déviés sur un second prisme, placé en sens inverse, on reconstitue la lumière blanche.

Les raies sombres dans le spectre furent aperçues en 1802 par Wollaston qui en nota quelques-unes ; mais elles furent découvertes réellement en 1814 par Fraunhofer, qui en dessina 576. Les premiers pas dans l'analyse spectrale proprement dite furent faits par sir John Herschel, Fox Talbot et Wollaston. Ce dernier savant montra que le spectre émis par la vapeur incandescente d'un métal était formé de raies brillantes, et que ces raies, constantes pour chaque métal, différaient d'un métal à un autre. Nous avons ainsi, disait-il, un procédé d'examen plus rapide que celui de l'analyse chimique, et qui peut être employé dans les recherches usuelles. Ce procédé est aussi plus délicat, puisque des quantités infinitésimales de matière peuvent ainsi être décelées, et c'est de cette manière que de nouveaux éléments chimiques ont été trouvés.

Il est nécessaire que nous indiquions brièvement les bases sur lesquelles les savants ont établi les belles découvertes de la spectroscopie.

Tout d'abord étudions l'instrument à l'aide duquel on recueille les indications des curieux phénomènes dont nous nous occupons. Dès l'année 1859, Kirchhoff avait imaginé le *spectroscope* (fig. 8) qui devait amener les découvertes les plus merveilleuses.

L'analyse spectrale repose sur les principes suivants, établis pour la plupart par Kirchhoff : « Les gaz sous une pression considérable, les solides et les liquides portés à l'incandescence, donnent un spectre *continu*, c'est-à-dire une bande de lumière dont toutes les teintes sont fondues par gradations insensibles; ces corps, introduits dans l'arc électrique ou dans la flamme pâle et peu éclairante d'un brûleur de Bunsen, donnent des raies dont le nombre, la position et la couleur deviennent les caractéristiques de chaque corps. Au contraire, les gaz qui ne sont pas soumis à une forte pression donnent un spectre *discontinu*, formé de lignes brillantes variables avec les gaz considérés. Un corps qui émet une certaine lumière a la propriété d'absorber cette même lumière émise par un autre corps. »

Cette dernière observation, qui est connue sous le nom de *renversement du spectre*, a été signalée pour la première fois par Léon Foucault, en 1849, et définitivement établie par les travaux de Kirchhoff, en 1859.

Ainsi, par exemple, la vapeur d'argent donna un spectre caractérisé par deux lignes vertes très éclatantes.

Le zinc se révèle par une raie rouge et un système de trois bandes bleues. Dans le spectre du cuivre on remarque des bandes vertes, orangées et rouges.

Un procédé d'analyse aussi délicat qui permet de reconnaître dans la vapeur incandescente d'un alliage les

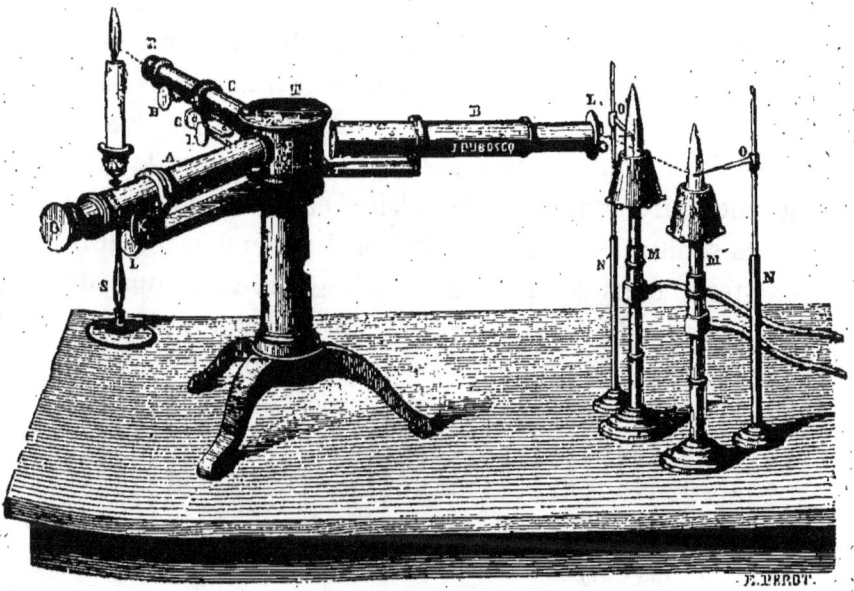

Fig. 8. — Spectroscope.

parties constituantes de chacun des corps, a donné aux savants un nouveau mode d'expérimentation dans leurs patientes recherches.

C'est l'analyse spectrale qui a fait découvrir le rubidium, le cæsium, le thallium, l'iridium, le gallium, etc.

L'analyse spectrale devait nous donner des résultats encore plus surprenants et plus inattendus. Fraunhofer avait remarqué la coïncidence entre la double raie D du spectre solaire et une double raie qui était observée dans le spectre des flammes ordinaires, et Stokes avait indiqué

que ces raies étaient dues à la présence du sodium. Mais
c'est Kirchhoff et Bunsen qui eurent l'idée de rechercher
systématiquement la relation existant entre les raies de
Fraunhofer et les raies brillantes du spectre des métaux
incandescents, et pour cela ils comparèrent directement
le spectre de ces métaux avec le spectre solaire en dispo-
sant leur spectroscope de manière à observer en même
temps la lumière du Soleil et celle de la matière gazeuse
à examiner. Ils constatèrent immédiatement la coïncidence de la double raie brillante du sodium avec la double raie noire D du spectre solaire, et ils en conclurent
que le sodium existait dans le Soleil. Ils établirent ainsi
l'existence dans cet astre de l'hydrogène, du sodium, du
magnésium, du calcium, du fer, du nickel, du chrome,
du manganèse, du titane et du cobalt. Depuis lors, Ang-
strom, Thalèn et Lockyer ont considérablement augmenté cette liste.

Nous pouvons dire, en résumé, que c'est l'analyse spectrale qui nous donne des notions parfois très précises sur
la nature des corps célestes. C'est elle qui vérifie les lois
de la réflexion de la lumière dans leur application aux
planètes. Elle indique encore l'existence probable d'atmosphère dans quelques-unes d'entre elles. Ce n'est
pas tout : elle corrobore la distinction établie entre les
nébuleuses résolubles en systèmes d'étoiles et celles qui
semblent n'être encore que des corps entièrement gazeux,
peut-être des mondes en voie de formation ! Enfin, c'est
à l'aide du spectroscope qu'on détermine des éléments
de calcul pour la vitesse du déplacement propre des
étoiles et qu'on peut reconnaître dans ces astres et spécialement dans le Soleil, la plupart des corps simples,
métalloïdes et métaux, qui composent l'écorce terrestre.

## LES APPLICATIONS DE LA PHOTOGRAPHIE

De toutes les méthodes d'observation employées jusqu'à ce jour, aucune n'a pu arriver à satisfaire complètement aux besoins de la science moderne ; en effet, basés sur l'application de l'un de nos organes, dont l'action se modifie suivant une infinité de circonstances, ces procédés varient avec le degré de sensibilité du sens de celui qui les emploie.

La détermination d'un phénomène céleste par deux astronomes donne lieu à ce que l'on appelle l'*équation personnelle*, c'est-à-dire à une correction mathématique dépendant d'un état physiologique dont on ne peut tenir compte que dans des limites relativement restreintes.

Or, en 1850, une révolution scientifique se produisit dans la manière d'observer le ciel. Le professeur Bond avait obtenu un daguerréotype de la Lune [1] : c'était un grand pas, un immense avantage que de pouvoir posséder une image impersonnelle, exacte et qui constituait un document comparable pour les séries d'observations dans l'avenir.

On comprend tous les bénéfices que l'astronomie devait tirer de ce résultat, mais là ne s'arrêta pas le progrès. Depuis cette année 1850 jusqu'à notre époque, on a travaillé et ce sont les résultats de ces investigations, de ces applications nouvelles que je vais exposer.

L'étude des services que rend la photographie aux sciences d'observation prouve qu'elle a devant elle une

---

[1] En 1840, Daguerre tentait vainement d'obtenir une photographie de la Lune dans une lunette dont il avait enlevé l'oculaire, et au foyer de laquelle il avait placé une plaque sensible.

longue carrière et même, sans crainte de paraître trop en-
thousiaste, on peut affirmer que seule, dans l'avenir, elle
propagera le souvenir des grands phénomènes du ciel.

Nous passerons sous silence les avantages multiples
que les sciences connexes à l'astronomie peuvent reti-
rer de la photographie et nous retracerons les progrès
rapides obtenus par les hommes remarquables qui se
sont appliqués à l'étude de la photographie du ciel.

Les deux savants qui ouvrirent la voie dans ce genre
de recherches furent, après Bond, dont nous avons déjà
parlé, un Anglais et un Américain, Warren de la Rue et
Rutherfurd.

La lutte entre ces deux savants, qui se suivaient de près
dans des découvertes de procédés nouveaux, qui complétaient leurs œuvres à l'aide des recherches de leur adver-
saire, a tenu fort longtemps tous les savants en éveil.

Le magnifique ouvrage de M. de la Rue fut commencé en 1852.

En 1857, M. de la Rue adaptait un mouvement d'horlogerie à son réflecteur de 30 pouces d'ouverture et pre-
nait ces admirables photographies de la Lune qui sont
encore classées parmi les plus belles qui aient été faites.
Ensuite, il reproduisit les phases différentes de notre satellite.

En 1839, Arago, qui prévoyait avec la puissante intelligence d'un génie profond les développements de la
science naissante, disait au sujet de la photographie :
« Nous ne pouvons guère, en parlant de l'utilité scientifique de l'invention de notre compatriote, procéder que
par voie de conjectures ; mais les faits sont palpables et
nous avons peu à craindre que l'avenir ne nous démente.
Il est permis d'espérer que l'on pourra faire des cartes de

la Lune et qu'on obtiendra ainsi en quelques minutes un des travaux les plus longs, les plus minutieux, les plus délicats de l'astronomie [1]. »

Vers cette époque, l'Association britannique annonçait qu'à l'Observatoire de Kew, au moyen d'une installation convenable, on devait photographier le Soleil plusieurs fois par an. Le résultat n'a pas déçu les espérances, car, dans l'espace de dix années, on a pu avoir près de trois mille clichés représentant les phénomènes qui se passaient sur le Soleil.

Encouragé par ce succès, M. de la Rue osa braquer son objectif sur les planètes Jupiter et Saturne, ainsi que sur quelques étoiles brillantes.

Il découvrit de plus que, dans le stéréoscope, les photographies de la Lune peuvent être combinées de telle sorte qu'on la voie parfaitement globulaire. Dans ce but, il obtint l'image de notre satellite dans différentes positions, lorsque la Lune, dans la même phase, a tourné légèrement sur son axe, découvrant un peu le côté qui nous est inconnu. De cette façon, on avait un effet distinct dû à la libration.

Enfin, en 1859, M. Warren de la Rue combinait les photographies solaires et le stéréoscope.

Dès 1851, on pouvait tirer une épreuve d'une éclipse. En 1860, M. de la Rue, faisant un pas immense dans cette voie, montrait sur une série d'épreuves l'existence de proéminences sur le Soleil. En 1868, ces proéminences furent de nouveau photographiées. En 1869, enfin, l'Amérique donnait le signal de l'observation de la cou-

[1] La Hire, entre autres, avait passé sa vie à tracer la carte des montagnes de la Lune; aujourd'hui, en quelques minutes, nous pouvons obtenir le même résultat, et même corriger les dessins obtenus par de si rudes labeurs.

ronne, et les photographies des années 1870, 1871 et
1875 venaient prouver la fidélité du premier résultat.

L'Amérique ne restait pas en arrière. M. Rutherfurd,
en 1857 et 1878, à l'aide d'un réfracteur de 11 pouces
d'ouverture environ, donnait des photographies de la
Lune et d'étoiles doubles.

Il était assez heureux pour obtenir des impressions
d'étoiles [1], et, continuant ses succès, pouvait présenter
l'image de l'anneau de Saturne et des *phénomènes* de
Jupiter dont il représenta les satellites ; de plus, indé-
pendamment de M. de la Rue, il combinait en 1858 sa
première épreuve stéréographique.

La photographie du Soleil, poursuivie par MM. de la
Rue et Stewart, permet de suivre la périodicité des changements sur la surface du globe solaire et d'établir leur
corrélation avec certains phénomènes magnétiques et
physiques ; de même, les travaux de Schwabe, Spærer et
Carrington ont ouvert un champ nouveau à l'étude de
la physique du globe.

Outre les services qu'elle rendait comme enregistreur
des phénomènes célestes, la photographie était bientôt
lancée sur une voie plus large.

Becquerel et Draper obtenaient eux-mêmes l'image
du spectre du Soleil dont la plus belle épreuve est due à
M. Rutherfurd.

Le Dr Huggins s'attaquait ainsi que Draper au spectre
des étoiles et en obtenait l'impression.

---

[1] C'est à M. Rutherfurd que nous devons d'avoir pu lever une difficulté
insurmontable dans la photographie des étoiles : l'image d'une étoile n'étant
qu'un point sur la glace pouvait être confondue avec une tache. M. Rutherfurd
a imaginé, après une première pose, de déplacer un peu la glace, et, après
une deuxième pose, il obtient une double représentation de la même étoile
qui ne peut plus être confondue avec une impureté.

Nous allons passer rapidement en revue les travaux de l'un de nos compatriotes qui a dévoué sa puissante énergie et sa rare intelligence au développement et à l'étude de l'application de la photographie à l'astronomie : nous avons nommé M. Janssen, le directeur de l'Observatoire d'astronomie physique de Meudon.

Dès 1881, M. Davanne, dans une de ses conférences si intéressantes sur la photographie, pouvait projeter devant ses auditeurs des épreuves d'étoiles et même de nébuleuses tirées à l'Observatoire de Meudon.

On avait déjà obtenu la représentation des taches et des facules qui se produisent sur la surface solaire, mais on n'avait jamais pu franchir cette limite.

M. Langley avait cependant aperçu, rarement, il est vrai, sur le Soleil des granulations ou grains de riz qui en couvraient la surface.

M. Janssen, en agrandissant le diamètre de ses appareils, et en diminuant considérablement le temps de pose, grâce à une étude approfondie des conditions du problème, eut le bonheur d'obtenir les détails de ces granulations sphéroïdales de la photosphère.

Les belles photographies de la Lune et du Soleil que tout le monde connaît nous permirent enfin de lutter avec nos devanciers, et même la perfection et la finesse des images obtenues à Meudon sont encore, pour tous, des modèles de la photographie astronomique.

## LA PHOTOGRAPHIE DES COMÈTES

Nous devons à M. Janssen une étude sur la photographie des comètes qui jette le plus grand jour sur ce que l'on est en droit d'attendre de l'avenir pour la détermination de la constitution et du mode de propagation de la queue des comètes.

En 1881 seulement, la belle comète (b 1881), qui a, pendant quelques mois, éveillé la curiosité publique, a pu être photographiée.

M. Janssen n'hésite pas à dire que l'on peut, sur les épreuves ainsi obtenues, se rendre compte de certains détails de structure que les lunettes ne laissent pas apercevoir, et même l'orientation de la queue ; mais le point capital, à son avis, c'est que la photographie peut se prêter à des études de photométrie sur les pouvoirs rayonnants de ces queues, études qui sont absolument circonscrites à ce genre de représentation du phénomène.

Pour réussir, il fallait vaincre deux obstacles, qui semblaient alliés pour rendre la photographie impossible. D'un côté, le très faible pouvoir photographique de queues de comètes, d'autre part, leur mouvement excessivement rapide. En effet, si l'objet éclaire faiblement, il faut un temps de pose très long pendant lequel l'astre s'est considérablement déplacé.

Or, d'après M. Janssen, avec les anciens procédés, il faudrait environ trois jours pour impressionner la plaque.

L'emploi des plaques au gélatino-bromure réduisit ce temps de pose à deux heures.

Nous empruntons au savant directeur les lignes suivantes dans lesquelles sont expliqués les principes et les résultats de la méthode qu'il a été amené à expérimenter :

« L'examen de la queue présente un intérêt particulier. Cet appendice est formé, sur l'image photographique, par des faisceaux lumineux, presque rectilignes, qui partent de la tête et vont en divergeant. Dans la partie médiane, règne un grand faisceau très étroit et très marqué, qui sort tangentiellement du côté occidental du noyau, traverse toute la queue, et se prolonge à plus d'un demi-degré au delà. Ce grand faisceau figure comme une épine dorsale, et, d'après nos mesures, basées sur la position des étoiles voisines, photographiées en même temps que la comète, il est exactement dirigé (à 1' près) dans le prolongement de la ligne qui joint le Soleil au noyau de la comète. Du côté de l'ouest partent de la tête plusieurs autres faisceaux, dont les longueurs augmentent à mesure qu'ils se rapprochent du faisceau.

« Cette structure en faisceaux rayonnants est accusée de la manière la plus nette par la photographie, et c'est elle qui nous la révèle, car l'examen de la queue cométaire avec l'œil, soit libre, soit armé d'une bonne lunette, ne l'indiquait pas au moment où l'on obtenait ces photographies.

« Une circonstance très intéressante, et qui pouvait être prévue, s'est présentée à l'égard des étoiles. Une action lumineuse, maintenue pendant une demi-heure avec un instrument extra-lumineux et des plaques d'une sensibilité si étonnante, devait amener l'enregistrement des phénomènes lumineux les plus délicats de la région explorée. C'est ce qui est arrivé. La photographie montre, en effet, dans la région occupée par la queue de la comète, nombre de très petites étoiles dont plusieurs ne figurent sur aucun atlas.

« Ainsi, la photographie nous révèle une structure dont il faudra tenir compte dans les discussions sur la nature des queues cométaires ; elle permet des mesures rigoureuses sur la direction des éléments de cet appendice, et, par là, pourra aider à remonter à la nature des forces dont les actions combinées ont déterminé sa figure. »

Quant aux études de photométrie que l'on peut espérer faire sur les photographies des queues des comètes, le procédé, des plus élégants, conduit à des déductions nouvelles. On opère avec le même appareil, les mêmes plaques sensibles et on emploie des temps de pose variés.

M. Janssen admet que deux sources lumineuses sont inversement proportionnelles aux temps qui donnent une même valeur photographique, c'est-à-dire que, dans des conditions identiques, quand une lumière demande deux fois plus de temps pour produire ce même phénomène, la puissance photographique de la seconde est double de l'autre.

Le télescope employé pour la comparaison des valeurs lumineuses de la comète et de la Lune donnait une belle image de la pleine Lune en 1/200 de seconde. Or, on a trouvé que l'image de la lune, correspondant à celles de la queue de la comète étaient d'environ 1/160 à 1/180 ; étant donné ce rapport, il fallait trouver le rapport numérique des temps qui est représenté par le rapport de 30 minutes à 1/170 de seconde = 306 000, ce qui indique que la lumière de la queue de la comète est environ 300 000 fois plus faible que celle de la pleine Lune.

Cette méthode nouvelle laisse encore bien à désirer au point de vue de la possibilité de la comparaison des résultats, mais elle a l'immense avantage de donner une première approximation des résultats qu'une étude suivie peut fournir.

Reportant ses études sur la physique des comètes, qui

est encore dans une phase d'enfantement, M. Janssen cherche le rapport qui existe entre la quantité de lumière réfléchie et de lumière directe qui constitue le rayonnement de ces astres, et il arrive, par une combinaison analogue à la précédente, à une conclusion théorique destinée à compléter les indications que nous a déjà fournies la spectroscopie.

Nous aurons occasion de parler, dans la suite, à chacun des chapitres auxquels elles devront se rapporter, des applications de la photographie à l'étude spéciale du Soleil, des planètes ou des étoiles.

# CHAPITRE V

## CONSTITUTION PHYSIQUE DU SOLEIL

### I. ÉTUDE DU SOLEIL

Si on observe le Soleil avec un instrument d'un grossissement moyen, en prenant les précautions nécessaires
pour ne pas être aveuglé par sa lumière, toute sa surface
est d'un blanc laiteux et uniforme, excepté les régions
occupées par les *taches* qui se détachent sur le disque.

Si on augmente le pouvoir grossissant de l'appareil, on
s'aperçoit que cette teinte blanche, nette et lisse provient
d'une masse de petits points brillants baignés dans un
milieu moins lumineux dont l'impression sur la rétine
donne une sensation de blanc parfait. On nomme généralement cette surface *photosphère*.

Les points blancs de la photosphère ont reçu des
noms divers : on les appelle pores ou granulations,
grains de riz ou feuilles de saules, etc., suivant les
différentes appréciations des astronomes.

Au-dessus de cette photosphère, tout autour du globe
solaire, s'étend une sorte d'atmosphère lumineuse qui
s'élève jusqu'à 1800 lieues; c'est une couche peu trans-
parente de gaz d'une couleur rosée.

Pendant l'éclipse de 1857, M. Liais, un de nos compatriotes, qui est directeur de l'observatoire de Rio Janeiro,
avait remarqué autour du Soleil, alors que le disque obs-
curci laissait apercevoir les protubérances lumineuses,

Fig. 9. — Couronne et protubérances roses, observées pendant l'éclipse totale
du 18 juillet 1830.

une sorte de couronne brillante qui entourait le Soleil.
L'année suivante, des photographies de l'éclipse de 1858
permettaient de fixer ce point curieux et, en 1860, Warren de la Rue, à l'aide de ses belles épreuves, tranchait
définitivement la difficulté.

Autour du disque solaire, caché par la Lune pendant

les éclipses totales, il existe une couche irrégulière de matière gazeuse, de couleur rouge ou rosée, que l'on appelle la *chromosphère*. De cette masse, on voit sortir des projections de nuages enflammés, affectant les formes les plus bizarres, qui ont reçu le nom de *proéminences* ou même de *protubérances* roses (fig. 9).

Au-dessus de la chromosphère, existe le vide ou du moins ce que nous pouvons supposer être un vide relatif, car on y aperçoit au spectroscope des traces d'un gaz incandescent qui forme ce qu'on appelle la *couronne* (fig. 9) et qu'on suppose être de l'hydrogène ou un gaz analogue encore inconnu.

D'après ce que nous venons de voir, nous connaissons les particularités qui se remarquent à la surface du Soleil; si nous voulons approfondir nos connaissances à ce sujet, nous étudierons les taches que nous avons signalées plus haut.

Ce sont de simples trouées dans la photosphère. Généralement, elles débutent par un point noir qui grandit peu à peu et affecte les formes les plus variées. Elles se présentent sous l'aspect d'un noyau circulaire très sombre, entouré d'une pénombre moins noire que le noyau, mais plus foncée cependant que la surface du Soleil. Au milieu du noyau noir se détache un trou plus noir encore qui constitue le centre de la tache.

L'existence de ces taches, cependant presque invisibles à l'œil nu, a été signalée dans les annales chinoises; en Europe, elles ont été l'objet de nombreuses observations, et il est assez difficile de savoir à qui revient l'honneur de leur découverte. Il paraît que c'est à Jean Fabricius qu'on en doit reporter toute la gloire.

## HISTOIRE DE LA DÉCOUVERTE DES TACHES SOLAIRES

Il arrive quelquefois, ainsi que le fait observer de Humboldt, que d'heureux pressentiments ou des jeux de l'imagination, longtemps avant une observation réelle, contiennent le germe de découvertes remarquables et les préparent en quelque sorte. Le cardinal Nicolas de Cusa[1], mort en 1464, émit une théorie offrant de grandes ressemblances avec les idées admises actuellement au sujet du Soleil et de ses atmosphères. De même, Giordano Bruno, qui monta sur le bûcher huit ans avant l'invention du télescope et onze ans avant la découverte des taches solaires, crut à la rotation du Soleil autour de son axe.

Mais abandonnons les questions théoriques qui ne sont pas en cause : de Humboldt[2] établit que les taches solaires ne furent reconnues réellement ni par Galilée, ni par Scheiner, ni par Harriot, mais par Jean Fabricius, de la Frise orientale, qui fit un voyage en Hollande où il apprit à construire les télescopes par réfraction. Il eut le premier l'idée de diriger cet instrument vers le Soleil; l'histoire de cette découverte est même fort intéressante.

Vers la fin de 1610, Jean Fabricius aperçut des taches sur cet astre (fig. 10), pendant que les vapeurs de l'horizon affaiblissaient l'éclat du Soleil levant, car on n'avait pas encore pensé à appliquer les verres colorés aux instruments. Il le fit remarquer à son père David Fabricius, et tous deux, après plusieurs jours de mauvais temps

[1] Au IIᵉ livre du traité *De docta ignorantia*, publié vers 1444.
[2] *Cosmos*, t. II, p. 385-388, 606-607, notes 49-53

passés dans la plus fiévreuse impatience, eurent l'idée de recevoir sur un carton blanc l'image du Soleil passant à travers une petite ouverture ; ils reconnurent ainsi la réalité des taches et le mouvement du Soleil, soupçonné par Giordano Bruno. Il est certain que les anciens, même à l'œil nu, avaient quelquefois aperçu des taches ; mais jamais aucune observation suivie n'en avait été faite.

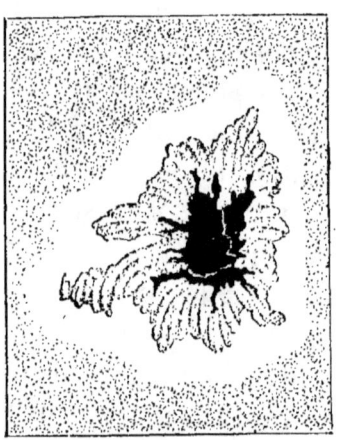

FIG. 10 — Aspect d'une tache sur le disque granulé du Soleil.

Fabricius fut le premier qui reconnut que ces apparences étaient réelles, se mouvant avec le Soleil[1], qu'elles devaient lui adhérer et que la rondeur de ce globe était la cause de la diminution remarquée dans ces taches vers les bords [2].

[1] Ce n'est pas Galilée qui imagina que les taches adhéraient au globe solaire, c'est Fabricius, ainsi qu'on peut le voir dans une lettre du 25 mai 1612 adressée par Galilée au prince Cesi.

[2] J. Fabricius, *De maculis in sole observatis et apparente eorum cum sole conversione narratio*. Wittenberg, 1611. L'épître dédicatoire est datée du 13 juin 1611.

Scheiner est le second savant qui ait publié des observations. Il était professeur de mathématiques a Ingolstadt et appartenait à l'ordre des jésuites. Regardant au travers d'un télescope, il aperçut sur le disque du Soleil des taches noirâtres vers le mois de mai 1611.

Mais, d'après son propre témoignage, il n'y fit que peu d'attention : cependant, au mois d'octobre 1611, ce phénomène l'occupa de nouveau ainsi que son compagnon d'observation. Après bien des raisonnements et bien des examens, il avait conclu que ces taches se trouvaient sur le Soleil ou dans les environs. Il fit part de ses observations à son provincial, le P. Théodore Busée, qui, si l'on en croit la légende, lui répondit qu'il avait lu deux fois les œuvres d'Aristote et qu'il n'y avait rien trouvé de semblable ; qu'apparemment c'était une illusion ou un défaut de son instrument. Il lui enjoignit en conséquence de supprimer cette observation comme inutile et comme opposée à la doctrine d'Aristote, *lui défendant de la publier sous son nom*, en lui permettant cependant d'en informer Marc Welser, sénateur d'Augsbourg : ce qui fut fait aussitôt.

Alors parurent ces trois lettres imprimées à Augsbourg où Scheiner se cacha sous le pseudonyme d'*Apelles post tabulam latens* ; dans les pièces de la correspondance imprimée de Galilée, la première lettre est datée du 12 novembre 1611 [1].

Quand Welser envoya au maître qu'il vénérait les trois lettres de Scheiner, dont nous nous occuperons tout à l'heure, Galilée, qui était en correspondance assez suivie

---

[1] *Tres epistolæ de maculis solaribus ad Marcum Velserum Apellis post tabulam latentis*, in-4. Augsbourg, 5 janvier 1612.

avec Welser depuis le 29 octobre 1610[1], répondit immédiatement, en parlant des taches : *Galileo Galilei a Marco Velseri in riposta della precedente...* « Et d'abord c'est une cause réelle et non une simple apparence ou une illusion d'optique ou de verres ; il n'y a aucun doute comme l'a bien démontré votre ami dans la première lettre, et je l'ai observé depuis dix-huit mois pendant lesquels je l'ai fait voir à diverses personnes, et pendant l'année passée, à peu près vers cette époque, je l'ai fait observer à plusieurs prélats et à d'autres seigneurs. »

Galilée aurait donc pu, alors qu'on mettait en doute ses droits à la découverte des taches, invoquer le témoignage de ces seigneurs et de ces prélats ; son silence, à ce sujet, laisse intacte la probabilité de priorité que l'on accorde à Scheiner ; pour défendre ses prétentions, il sortit parfois de la dignité qu'il aurait dû conserver et en vint à traiter Scheiner de visionnaire, supposant les expériences et les observations pour les ajuster à ses idées.

« *Quest' huomo si va de mano in mano figurando le cose qua li bisognerebbe ch' elle furono per servire al suo proposito e non va accomodando i suoi proposili di mano in mano alle cose, quali elle sono.* »

On comprend la valeur que devait acquérir aux yeux des savants une telle insulte, lancée par un homme d'aussi grande valeur que Galilée[2].

---

[1] Welser, grand admirateur de Galilée, lui écrivit sa première lettre, *Lettere di Marco Velseri d'Augusta a Galileo colla quale accompagna una lettera da Gio. Georgeo Bruggero*, le 29 octobre 1610, au sujet des montagnes de la Lune (*Opere*, t. III, édition de E. Alberi. 16 vol. gr. in-8, p. 105 à 508 ; Florence, 1842-56).

[2] Pour s'en rendre compte, on n'a qu'à se rappeler l'impression profonde que produisit la découverte des prétendues supercheries du chevalier Dangos qu'on soupçonna d'avoir inventé des observations.

Je regrette d'être obligé de montrer le côté faible du grand homme ; mais quand on en est réduit à défendre sa cause par des injures, c'est qu'on a bien peu de bonnes raisons à produire, surtout quand on est un dialecticien aussi habile que Galilée.

Dans l'étude précédente, qui est peut-être un peu longue, mais qui présente un intérêt considérable, j'ai pu paraître animé d'un parti pris hostile à Galilée : je dois dire qu'il n'en est rien, bien que la tâche que je me suis impose soit des plus ingrates. On sait que, lorsqu'en dépit des admirateurs passionnés, on veut, au nom de l'équité, ne laisser à un savant que la pure et saine gloire due à son génie, on paraît animé d'un esprit de contradiction peu enviable. Mais, pour effacer ce que cette supposition pourrait avoir de désagréable, je crois devoir affirmer que je puis compter parmi les fervents admirateurs et non les adorateurs du génie de Galilée ; la vérité mérite bien qu'on se dévoue un peu pour la défendre.

Les découvertes successives des trois savants dont nous venons d'étudier les titres [1] permirent rapidement de fixer la durée de rotation du Soleil autour de son axe à une période de 25 à 26 jours environ.

Les taches du Soleil durent assez longtemps, de 10 à 20 jours, souvent plus, mais elles sont loin de con-

---

[1] Suivant un précepte d'Arago, « il n'y a qu'une manière rationnelle et juste d'écrire l'histoire des sciences : c'est de s'appuyer exclusivement sur des publications ayant dates certaines ; hors de là, tout est confusion et obscurité ».

Si nous appliquons la méthode qui nous est indiquée par l'illustre astronome, Fabricius publie son livre en juin 1611 ;

Scheiner écrit ses lettres à Welser à partir du 12 novembre 1611 ;

Galilée ne fait connaître ses observations que le 4 mai 1612 :.

Il n'y a donc pas de difficultés dans l'interprétation de ces faits.

Toute la gloire de la découverte se reporte donc sur J. Fabricius.

server leur forme initiale. En grandissant, elles s'allongent, s'étirent et, se fractionnant, forment plusieurs petites taches semblables à celle qui les a engendrées (fig. 11).

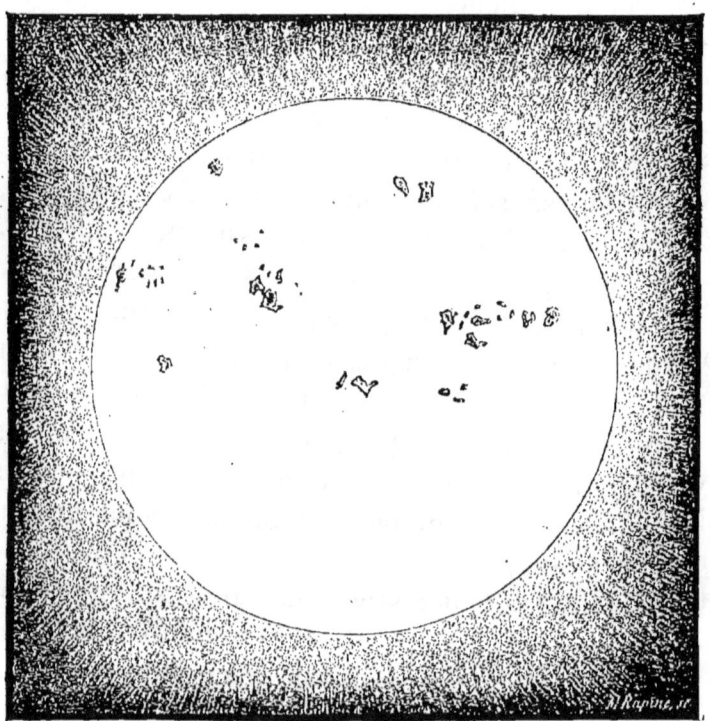

Fig. 11. — Taches du Soleil le 2 septembre 1839, d'après Warren de la Rue et A. Guillemin.

## LES PÉRIODES EN ASTRONOMIE

On a remarqué que les taches suivent dans leur apparition une fluctuation dont l'amplitude est d'un peu plus de 11 années. On est arrivé, par une discussion habile des observations, à suivre la période de développement dans l'activité des taches. R. Wolf, de Zurich, fut un des promoteurs de cette idée de périodicité, quand elle fut indiquée par Schwabe[1], de Dessau; d'après cet observateur, tous les 11 ans, le nombre des taches arrive à son maximum, diminue pendant 7 ans 1/2, et on constate un ralentissement considérable dans les éruptions, c'est l'époque du minimum; de ce moment et pendant 3 ans 1/2, les observations signalent un accroissement rapide qui continue jusqu'à l'époque du maximum, puis la période s'accomplit de nouveau.

Cette étude des périodes nous ramène à celle qui a été faite par R. Wolf, à l'époque de l'étude de la période de 11 ans, sur une des taches du Soleil.

Ce nombre $11^{ans},1$, se rapprochait beaucoup du temps de la durée de révolution de Jupiter, $11^{ans},861979$. Quand les travaux ultérieurs eurent prouvé l'impossibilité de ces rapports, on pensa à utiliser les périodes des phénomènes observés sur notre planète, puisque les mondes extérieurs ne pouvaient contribuer à l'établissement des coïncidences que l'on cherchait.

A l'époque où M. Lamont venait de découvrir que les variations annuelles de l'oscillation diurne de la boussole avaient une période de 10 ans 1/2, et où Schwabe assignait à la fréquence des taches une période à peu près semblable, trois observateurs distingués, MM. Sabine, E. Gauthier et Wolf, signalaient cette concordance. Ici la différence était moindre : l'intervalle des variations

---

[1] Le plus beau trait de patientes recherches tentées par un astronome amateur nous est fourni par un obscur conseiller d'État, de Dessau, Schwabe, qui, pendant trente années, continua d'envoyer ses observations des taches du Soleil au journal de Schumacher, qui les jugeait parfaitement inutiles, et qui les signalait à regret et uniquement parce qu'il s'était engagé à publier toute observation céleste inédite.

magnétiques était de $83^{ans},60$; en divisant ce temps par
le nombre 8 de périodes comptées dans cet intervalle,
on trouve $10^{ans},45$; or, la période des taches est de
$11^{ans},1$. Ces deux nombres étaient fort proches l'un de
l'autre, mais, malgré les efforts des divers savants pour
plier ces deux valeurs à leur théorie et les faire concor-
der, il est bien prouvé aujourd'hui qu'il n'existe aucun
rapport entre ces deux valeurs.

Cette étude des périodes nous rappelle la tentative
que fit M. Zenger pour prouver les rapports qui lient
divers phénomènes célestes à la rotation du Soleil sur
son axe.

Ayant d'abord réduit la durée de révolution de plusieurs comètes en multiples d'un nombre de $12^{j},56$, qui
constituait à ses yeux la durée d'une demi-révolution
du Soleil autour de son axe, M. Zenger ne craignit point
de formuler une théorie cosmogonique nouvelle.

La moyenne de ces périodes, $12^{j},56$, se rapprochait assez d'un nombre adopté pour la valeur d'une
demi-rotation du Soleil $\frac{t}{2} = 12^{j},568$.

D'après ce calculateur, l'origine des comètes doit
être liée intimement à la rotation du Soleil, car, depuis
l'époque des formations successives de ces astres, il doit
s'être écoulé un nombre pair ou impair de demi-rota-
tions du Soleil.

Il suppose deux régions d'explosions, distantes de
$100°$ environ en longitude héliocentrique, chassant la
matière des protubérances à des centaines de milliers de
kilomètres. Les chocs doivent se propager au bord de
la couronne et chasser la matière, peut-être météorique,
de la couronne devant elle.

M. Zenger passe ensuite à l'établissement d'une autre

loi, et trouve que le temps de révolution d'une comète
doit être un multiple de la durée de la demi-rotation du
Soleil et il en déduit le tableau suivant :

Tableau de la durée de révolution des comètes périodiques.

| COMÈTES | DURÉE DE RÉVOLUTION ans | DIVISEURS | DURÉE DE LA PÉRIODE jours |
|---|---|---|---|
| Encke. . . . | 3,285 | 95 | 12,630 |
| Brorsen. . . . | 5,483 | 159 | 12,383 |
| Winnecke. . . | 5,591 | 162 | 12,650 |
| Tempel. . . . | 5,963 | 173 | 12,589 |
| D'Arrest. . . | 6,567 | 191 | 12,558 |
| Biela bor. . . | 6,587 | 191 | 12,596 |
| — aust. . . | 6,629 | 193 | 12,545 |
| Faye. . . . . | 7,413 | 215 | 12,593 |
| Tuttle. . . . | 13,811 | 401 | 12,580 |
| Halley. . . . | 75,370 | 2219 | 12,570 |

Valeur moyenne de la période. . . . . . 12,5694
Valeur observée de la demi-rotation du Soleil. 12,5680

$$\Delta p. \; + \; 0,0014$$

M. Zenger est heureux de constater cette petite différence et, de là, ne craint pas d'affirmer que les comètes
ne sont que des planètes toutes petites, formées par l'action affaiblie d'un Soleil déjà vieux.

Si nous voulons savoir le degré de confiance que nous
devons accorder à cette théorie, nous verrons vite qu'elle
pèche par la base. Tout l'édifice des travaux de M. Zenger repose sur ce fait que de très longues périodes sont
des multiples presque exacts d'une constante.

Cette constante, tout arbitraire, M. Zenger l'a choisie
égale à un nombre qui, pour lui, avait une signification,
et, sur la concordance de ses moyennes, il a édifié des
lois.

M. Zenger va trop vite en besogne ; d'abord, s'il eût

choisi un nombre plus grand que $12^j,6$, il se serait con-
vaincu de la difficulté de faire cadrer ses longues périodes
avec une constante plus forte; néanmoins, s'il avait
étudié les véritables causes des concordances qui moti-
vent sa théorie, il se serait aussitôt aperçu que toute autre constante satisfaisait aux durées de révolution de ses
comètes.

M. Seeliger, de Munich, a fait prompte justice de cette
erreur; il a publié, dans le numéro 2514 des *Astronomische
Nachrichten*, une courte étude dans laquelle il discute
l'établissement de cette période de $12^j,6$, et il termine
par le tableau suivant, que nous lui empruntons; il s'est
servi des mêmes comètes périodiques que M. Zenger
avait employées, mais il a pris la période arbitraire de
17 jours, et on peut voir que son résultat donne une
concordance plus acceptable que celle de $12^j,59$.

| COMÈTES | DURÉE DES RÉVOLUTIONS ans | DIVISEURS | DURÉE DE LA PÉRIODE jours |
|---|---|---|---|
| Encke.. . . . | 3,286 | 70 | 17,141 |
| Brorsen. . . . | 5,483 | 118 | 16,971 |
| Winnecke. . . | 5,591 | 120 | 17,018 |
| Tempel. . . . | 5,963 | 129 | 16,884 |
| D'Arrest. . . . | 6,567 | 141 | 17,012 |
| Biela I. . . . | 6,587 | 142 | 16,943 |
| — II. . . . | 6,629 | 142 | 17,053 |
| Faye. . . . . | 7,413 | 160 | 16,923 |
| Tuttle. . . . | 13,811 | 296 | 17,042 |
| Halley. . . . | 76,370 | 1640 | 17,012 |
| | | Moyenne. . . | 17,000 |

On arrive à un résultat identique si on choisit 22
comme durée de période.

| COMÈTES | DURÉE DES RÉVOLUTIONS ans | DIVISEURS | DURÉE DE LA PÉRIODE jours |
|---|---|---|---|
| Encke. . . . . | 3,285 | 55 | 21,816 |
| Brorsen. . . . | 5,483 | 89 | 22,122 |
| Winnecke. . . | 5,591 | 93 | 22,035 |
| Tempel. . . . | 5,963 | 99 | 21,999 |
| D'Arrest. . . . | 6,567 | 109 | 22,005 |
| Biela I. . . . | 6,587 | 109 | 22,072 |
| — II. . . . | 6,629 | 110 | 22,011 |
| Faye. . . . . | 7,413 | 123 | 22,012 |
| Tuttle. . . . | 13,811 | 229 | 21,933 |
| Halley. . . . | 76,370 | 1268 | 21,997 |
| | | Moyenne. . . . | 22,000 |

On voit, par là, que la durée des périodes sera successivement 12$^j$,6, 17 jours, 22 jours ou tel autre nombre
que nous voudrons; c'est assez dire que cette période
n'existe pas réellement.

## LES PROGRÈS DE LA PHYSIQUE SOLAIRE

En général, les taches se présentent sur le bord orien-
tal du disque du Soleil qu'elles traversent en suivant des
lignes obliques, et après quatorze jours environ (la
période n'est pas exactement déterminée), elles disparaissent. Parfois, la tache qui est ainsi sortie du champ
de notre vue reparaît sur l'autre bord et recommence
sa course sur le disque solaire; on en a signalé qui ont
ainsi passé trois et quatre fois, et qui, par conséquent,
ont fait trois ou quatre fois le tour du Soleil, mais, généralement, elles se déforment avant même d'avoir gagné
le bord opposé du disque solaire.

Ces taches atteignent souvent des dimensions considérables; on les distingue parfois à l'œil nu; pour que
nous puissions les apercevoir ainsi, il faut qu'elles occu-

pent sur la surface solaire un espace d'au moins 30 kilomètres.

Ce serait une erreur de croire que les taches se présentent indifféremment sur n'importe quelle partie du Soleil : elles semblent se montrer exclusivement dans une zone de 20° de chaque côté de l'équateur.

Les taches, dont le nombre est fort variable, se développent au centre d'une région brillante, qu'on nomme

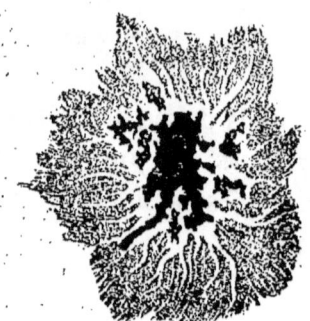

FIG. 12 — Tache et facules observées sur le disque solaire.

les *facules*[1], aux époques de grande activité; on peut estimer à deux cents ou trois cents les centres d'action qui se répartissent sur le globe du Soleil (fig. 12).

C'est pendant l'éclipse totale de 1842 qu'on observa sérieusement les protubérances solaires. Les avis les plus divers résultèrent des observations : les uns les considéraient comme des montagnes de glace éclairées par un soleil couchant, d'autres comme des flammes rouges, d'autres encore, comme des nuages enflammés. Les astronomes ne tombèrent pas mieux d'accord sur la question de l'origine de ces phénomènes.

[1] Les facules qui accompagnent fréquemment les taches du Soleil peuvent s'observer dans leur voisinage ou même absolument seules, dans des portions du disque solaire où l'on n'observe jamais de taches.

Appartenaient-elles au Soleil, à la Lune ou à l'atmosphère de la Terre? N'étaient-elles pas le résultat d'une illusion d'optique? C'est seulement pendant les éclipses de 1850 (8 août) et de 1851 (28 juillet) qu'on acquit la certitude que les protubérances provenaient bien du fait du Soleil.

La photographie donnait, le 2 avril 1845, à Fizeau et Foucault, l'image du Soleil. Entrant dans cette voie, Warren de la Rue et Rutherfurd prenaient de bonnes images de la Lune et du Soleil. On est arrivé depuis à obtenir celles des planètes et celles des nébuleuses, M. Janssen est même arrivé à prendre celle de la comète de 1881; nous aurons occasion de voir les progrès faits dans cette voie, lorsque nous nous occuperons de ces corps.

L'art de la photographie faisait également des progrès sensibles. On employa d'abord le bitume de Judée, puis l'iodure d'argent, déposé sur la plaque daguerrienne, qui n'était guère impressionné qu'après une exposition d'une vingtaine de minutes.

On utilisa ensuite le collodion, le sensibilisant à l'aide de chlorure, bromure et iodure d'argent, la durée du temps de pose diminuait déjà sensiblement. Enfin le gélatino-bromure d'argent est venu donner la solution du problème; le temps de pose nécessaire pour photographier le Soleil dans de bonnes conditions ne dépasse pas 1/4000 de seconde.

Nous avons vu que, dès l'année 1859, Kirchhoff et Bunsen avaient établi les premières bases de l'analyse spectrale; on se rappelle que nous avons dit que les gaz sous une pression considérable, les solides ou les liquides portés à l'incandescence, donnent un spectre continu dont toutes les teintes sont fondues; ces corps, introduits dans un milieu d'une température fort élevée (arc électrique, brûleur Bunsen), donnent des raies dont la disposition devient la caractéristique de ces corps. Les gaz, qui ne sont pas soumis à une forte pression, au contraire, donnent un spectre discontinu formé de lignes brillantes qui changent de place suivant le gaz étudié. Un corps qui émet une certaine lumière a la propriété d'absorber cette lumière lorsqu'elle émane d'un autre corps.

Kirchhoff a prouvé que les raies sombres du spectre solaire proviennent de l'absorption exercée par les couches gazeuses extérieures sur la lumière qui émane du centre du Soleil, et comme ces raies sombres correspondent à la place des raies caractéristiques du sodium, du calcium, du magnésium, du fer, du cuivre, du zinc, du nickel, du cobalt, du baryum, on en conclut que ces corps existent dans le Soleil où ils sont dans un état d'incandescence absolu. On a continué ces recherches, qui ont donné la certitude de la présence dans le Soleil de plus de vingt corps, parmi lesquels figurent l'hydrogène, l'oxygène et le carbone.

On a découvert, en outre, dans le spectre solaire, la présence de plusieurs raies qui n'ont pas leurs équivalents parmi celles des corps terrestres, ce qui a amené M. Frankland à supposer qu'elles appartiennent à un corps simple propre au Soleil, auquel il a donné le nom de *hélium*.

La *couronne* [1] nous offre une raie double, connue des

---

[1] En résumé, l'atmosphère du Soleil peut être assimilée à une suite d'enveloppes, composées de divers corps simples qui, en ce qui concerne les éléments qui nous sont connus, se suivent à peu près dans l'ordre suivant :
*Dans les régions élevées*. — Hydrogène.

physiciens, qu'on rencontre dans la division 1474 de Kirchhoff ou 6415,9 de Angström. On suppose qu'elle provient d'un corps nouveau dont la densité serait plus faible que celle de l'hydrogène.

Si on rencontre deux corps nouveaux sur le Soleil, nous possédons sur la Terre quarante-trois corps simples qui ne semblent pas avoir leurs représentants dans le Soleil.

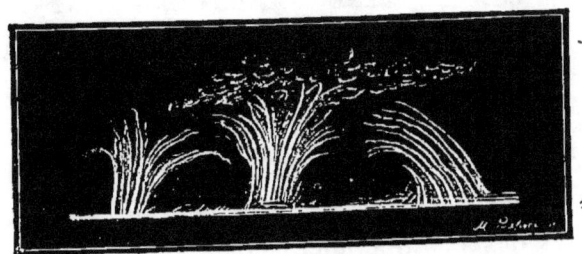

FIG. 13. — Protubérances roses, d'après le P. Secchi.

Nous ne pouvons passer sous silence la singulière coïncidence qui marqua la découverte des protubérances solaires (fig. 13, 14 et 15).

Pendant l'éclipse du 18 août 1868, les savants, en raison de la longue durée qui la caractérisait, se multiplièrent pour observer le phénomène alors peu connu des protubérances.

Le résultat de ces recherches fut des plus heureux : toutes les proéminences observées donnèrent un spectre formé de lignes brillantes, qui caractérisent l'hydrogène.

L'éclat des raies du spectre de ces protubérances était

*Dans les régions moyennes.* — Magnésium, calcium et sodium.
*Dans les régions basses.* — Fer, nickel, manganèse, chrome, cobalt, baryum, cuivre, zinc, titane et aluminium.

tel que M. Janssen pensa qu'il lui serait possible de les
voir en plein jour. Il mit aussitôt son ingénieux projet à
exécution et amena le bord du Soleil à être tangent à la

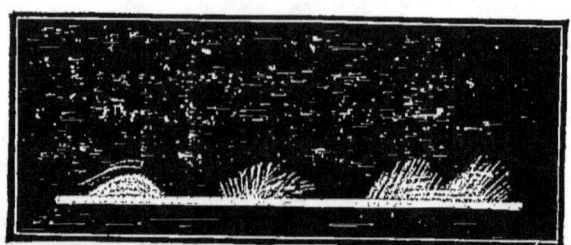

FIG. 14 — Protubérances roses, d'après le P. Secchi.

fente de son spectroscope, dans les régions solaires qu'il
avait observées la veille. Il eut la joie de revoir ces raies
brillantes des protubérances et de mesurer exactement
leur position.

FIG. 15 — Protubérances roses, d'après le P. Secchi.

Nous ne pouvons mieux faire que d'indiquer ici les
conclusions posées par M. Janssen, à la suite de ces observations :

1° Les protubérances lumineuses observées pendant
les éclipses totales appartiennent sûrement aux régions
circumsolaires;

2° Elles sont formées d'hydrogène incandescent, et ce

gaz y prédomine, s'il n'en forme la composition exclusive;

3° Ces corps circumsolaires sont le siège de mouvements dont aucun phénomène terrestre ne peut donner une idée; des amas de matière dont le volume est de plusieurs centaines de fois plus grand que celui de la Terre, se déplacent et changent complètement de forme dans l'espace de quelques minutes.

Fig. 16 — Protubérances roses, d'après le P. Secchi.

Au moment où M. Janssen faisait les belles observations qui précèdent, M. Lockyer, qui supposait avec juste raison que les protubérances du Soleil étaient formées de gaz, tentait de découvrir les raies brillantes qu'elles ne pouvaient manquer de donner.

Dès qu'il connut, par les rapports des observations de l'éclipse, la position de ces raies, il les aperçut sans peine et annonça à l'Académie des sciences la confirmation de son hypothèse.

L'Académie a conservé le souvenir de cette belle découverte en frappant une médaille qui porte l'effigie des deux astronomes dont le nom s'attache à la nouvelle conquête qui venait d'être faite.

Après l'éclipse du 7 août 1869, deux astronomes annonçaient que le spectre très peu prononcé de la cou-

ronne solaire se trouve caractérisé par la raie verte 1474
de Kirchhoff ou 6415 d'Angström dont nous avons parlé.
Ces études, continuées par M. Janssen, ont établi que,
très probablement, la couronne est formée d'abord de

FIG. 17 — Protubérances roses, d'après le P. Secchi.

matières gazeuses à l'état d'incandescence, puis d'une
sorte de matière réfléchissante (brouillard ou poussière)
qui nous renvoie de la lumière solaire.

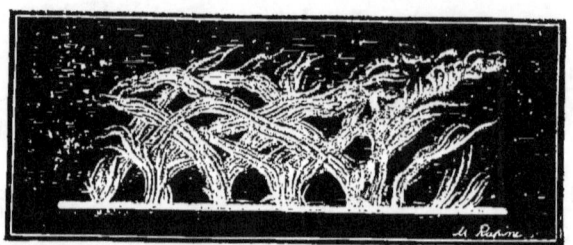

FIG. 18 — Protubérances roses d'après le P. Secchi.

Si on considère l'aspect de la couronne solaire, on est
émerveillé des gerbes énormes qui émergent de son sein
(on en a remarqué certaines qui atteignaient un développement de plus de 1 500 000 kilomètres) et présentent
les formes les plus variables (fig. 16, 17 et 18).

Jusqu'à ce jour on n'a pu donner une explication satisfaisante de ce curieux phénomène. On a proposé d'en

chercher l'origine dans des essaims d'astéroïdes incandescents, dans des changements rapides de la constitution du Soleil. La question reste encore aujourd'hui sans
solution.

Qu'il nous soit permis de mentionner ici l'hypothèse
bizarre qu'a présentée M. Palmer, en 1798 : d'après lui,
le Soleil n'est qu'une immense sphère de glace, car, dit-
il, lorsqu'on monte dans l'air, c'est-à-dire, lorsqu'on
tend à se rapprocher du Soleil, le froid devient de plus
en plus violent. Or, cette masse glacée est une lentille
convergente qui concentre sur la Terre la lumière du
Tout-Puissant. On sait assez les progrès qui ont été
accomplis depuis cette époque.

On voit les curieux problèmes qu'a soulevés l'étude du
Soleil et on imagine facilement quelle ample moisson de
découvertes remarquables reste à recueillir pour ceux
qu'inspirera le désir de pénétrer l'*essence du feu*, comme
l'appelait Zénon.

Si les théories ont fait un énorme progrès, — et on
peut s'en rendre compte en comparant l'ensemble des
connaissances actuelles que nous venons d'exposer avec
les hypothèses qui ont été mises en avant par divers astronomes, — des observations réitérées ont amené rapidement à une conception plus juste de la manière dont
notre Soleil est formé.

En résumé, malgré les faits établis, les découvertes
effectuées et les explications données, on peut encore
aujourd'hui dire avec Arago, *qu'il n'y a rien de si obscur
que la constitution du Soleil.*

# CHAPITRE VI

## CONSTITUTION PHYSIQUE DES PLANÈTES INFÉRIEURES

### RAPPORT ENTRE LE SOLEIL ET LES PLANÈTES

Képler disait, il y a près de trois siècles : « L'influence que le Soleil exerce sur le monde est incroyable et presque divine. De lui dérivent ici-bas tout mouvement et toute vie, tout ordre et tout ornement de la nature. Plus on la considère et plus elle paraît merveilleuse. Il faut que le philosophe mette en œuvre toutes les ressources de son esprit pour s'élever à une théorie digne d'un tel sujet. »

C'était fort bien dit, mais ce n'était pas à l'imagination des philosophes que Képler aurait dû s'adresser, c'est à l'expérimentation, à l'observation constante qu'il était en droit de demander l'explication de la théorie qu'il ignorait.

Tout d'abord, et avant d'étudier ce que nous savons de la constitution physique des astres, nous croyons intéressant d'appeler l'attention des lecteurs sur un phénomène merveilleux:

Il y a lieu de remarquer ici que lorsqu'un événement

ne vient pas brusquement troubler notre existence, nous nous rendons un compte bien peu exact de ses effets.

Les tableaux de la nature, perpétuellement exposés à nos regards depuis notre plus tendre enfance, n'attirent plus notre attention. Les phénomènes du lever et du coucher du Soleil, par exemple, reviennent avec une régularité si parfaite que nous perdons l'habitude de les admirer, et que nous sommes même très étonnés lorsqu'une raison quelconque vient interrompre un ordre si merveilleux.

Chaque matin, sous les rayons du Soleil, la vie succède, sur l'hémisphère qu'il éclaire, au repos dans lequel il était endormi. L'action de la chaleur et de la lumière se fait sentir sur les êtres animés, vivifie la nature entière, et les siècles s'écoulent sans que le phénomène s'interrompe ou s'arrête.

C'est justement sur ce fait merveilleux que je veux m'appesantir. Arago a montré, par une étude pleine d'intérêt, que le climat de notre pays n'a pas varié d'un degré depuis un siècle. Or, comme le climat dépend de la chaleur que le Soleil nous envoie, nous avons le droit de conclure que cette quantité est également constante.

La géographie végétale est un instrument aussi précieux, dans ce cas, que les thermomètres ou appareils similaires. Il y a des limites que les diverses espèces de végétaux ne peuvent franchir ; dans cet ordre d'idées, il est prouvé que la culture de la vigne et de l'olivier se trouve limitée aux mêmes régions qu'aux temps de Jules César. Les mêmes remarques ont été faites pour le climat de l'Égypte et de la Palestine.

En nous basant sur ces données et sur d'autres consi-

dérations qu'il serait trop long d'énumérer, il y a lieu de
constater que la radiation solaire n'a pas varié sensiblement depuis des milliers d'années.

N'est-il pas merveilleux que cette étoile autour de
laquelle nous gravitons nous envoie depuis si longtemps
sa chaleur sans en être en apparence le moindrement
affaiblie? Nous n'avons sur notre planète aucun exemple
d'une semblable combustion : c'est pourquoi les anciens,
frappés de cette merveille, en concluaient que le Soleil
et les astres brillants étaient d'une essence supérieure
à celle des corps terrestres. Aussi, le dogme de l'incor-
ruptibilité des cieux était-il inattaquable à leurs yeux.

Le Soleil était pour eux un sujet d'admiration profonde; dans l'état de leurs connaissances, ils s'en formaient les idées les plus singulières. 500 ans avant Jésus-
Christ, Anaxagore considérait le Soleil comme un rocher
enflammé dépassant peu la grandeur du Péloponèse;
Archelaüs, son disciple, pensait que cet astre brillant
n'était qu'une étoile beaucoup plus grande que les
autres. Zénon appelait le Soleil, *l'essence de feu*, et, enfin,
on trouve souvent dans la lecture des œuvres des savants
des premiers âges cette expression, qui peint si bien
l'impression que leur produisait le Soleil, « l'âme de la
nature ».

## LA LUMIÈRE ET LA CHALEUR DES ASTRES

Nous pouvons facilement nous rendre compte de la
quantité de chaleur et de lumière que les planètes reçoivent du Soleil.

On sait que cet astre ne borne pas son action bienfai-
sante à notre planète, mais qu'il l'étend sur tous les

membres du système qui gravitent autour de lui. Avec une constance parfaite, une rapidité merveilleuse, la lumière les éclaire de ses rayons éblouissants, la chaleur les enveloppe de ses ondes brûlantes qui semblent porter en elles l'essence même de la vie.

Nous savons que le Soleil n'est qu'une étoile semblable aux millions d'autres étoiles que nous apercevons au ciel (Archelaüs l'avait déjà supposé), il est d'ailleurs fort proche de nous, car nous n'en sommes pas éloignés de plus de 38 millions de lieues.

Si nous voulions évaluer la distance qui nous sépare de l'étoile la plus proche, nous serions fort embarrassés, car elle est si considérable que les valeurs qui la représentent sont énormes.

Si nous employons le *mètre* comme terme de comparaison, le nombre perd sa signification à nos yeux à cause de sa grandeur. Évaluée en kilomètres, la distance d'une des étoiles les plus proches de nous atteint 62 trillions 624 millions de kilomètres, soit environ 15 trillions 656 billions de lieues.

On se représente difficilement une pareille distance ; aussi a-t-on cherché un procédé de représentation de cette distance plus accessible à nos sens. On sait la rapidité énorme de la propagation de la lumière : elle met en moyenne $8^m 17^s$ à venir du Soleil. Dans ces conditions, elle mettrait 4 ans à parcourir l'espace qui nous sépare de l'étoile du Centaure et 16 ans à nous apporter un rayon de *Wéga* (α de la Lyre), l'une des plus brillantes étoiles de notre ciel. Et ces mondes-là sont les plus proches de nous !

Étant donnée la distance relative des différents astres, on a été amené à chercher l'éclat relatif du Soleil, c'est-à-dire le rapport de la lumière de cet astre à un autre quelconque.

On a calculé que la quantité de lumière que nous envoie α de la Lyre est 10 000 000 000 de fois moindre que celle du Soleil.

Ceci est fort bien et peut nous permettre de nous faire un semblant d'idée sur la lumière que le Soleil répand autour de lui.

Si nous poussons nos investigations plus loin, nous tenterons de comparer l'éclat du Soleil à celui de la lumière Drummond, la plus vive que nous connaissions.

On sait généralement que la lumière Drummond s'obtient en plongeant un morceau de chaux dans une flamme de gaz oxhydrique. Son éclat est tel qu'on ne peut en supporter la vue. Si on place une lumière vive devant un foyer Drummond et qu'on regarde au travers d'un verre noirci, on apercevra la seconde flamme se détachant en foncé sur la lumière oxhydrique ; de même, si on place une lampe Drummond devant la lumière solaire, sa lumière nous apparaît comme une tache sombre sur le disque du Soleil.

D'après John Herschel, nous pouvons dire que la lumière du Soleil est égale à 146 lampes Drummond dont chacune aurait la puissance du Soleil.

On se fera donc une idée de l'éclat du Soleil si on le suppose égal à 146 lampes Drummond dont chaque globe de chaux, nageant dans un océan d'hydrogène et d'oxygène, serait un million et quart de fois gros comme la Terre.

Si la quantité de lumière du Soleil nous semble si considérable et si difficile à apprécier, comment pourrons-nous porter une appréciation sur la chaleur de cet astre ?

Qu'il nous suffise de dire, d'après Tyndall, que cent millions de Terres, composées uniquement de charbon, brûlant en *1 heure*, donneraient moins de chaleur que le Soleil n'en répand en *1 seconde*.

Si nous étions exposés à une semblable température, il est fort probable que nous ne serions pas tels que nous sommes, car la Terre n'absorbe que la deux cent vingt-sept millionième partie de la chaleur solaire et nous en sommes parfois incommodés.

Si l'on veut se représenter, d'une autre manière, la puissance mécanique de la chaleur du Soleil, on peut faire le raisonnement suivant.

Le Soleil verse sur la Terre 0,4 de calorie [1] par *seconde* et par *mètre carré* de surface exposée perpendiculairement à ses rayons. Si nous transportons ce mètre carré tout près du Soleil, il recevra 46 000 fois plus de calories que dans le premier cas, soit environ 18 500 calories par seconde. Si on sait que 0,4 de calorie représentent 2 chevaux-vapeur et un quart, on se rendra compte de ce fait écrasant que, transformée en force, cette chaleur produirait plus de 100 000 chevaux-vapeur par seconde dont la Terre, en tenant compte de sa distance et de sa surface, n'utilise qu'une bien faible partie [2].

C'est de la quantité de chaleur que nous venons de déterminer que nous allons partir pour exprimer la quantité reçue par les autres planètes.

[1] La calorie est l'unité usitée dans les mesures de chaleur. C'est la quantité de chaleur nécessaire pour élever de 0 à 1° 1 kilogramme d'eau.
[2] M. Mouchot a tenté d'utiliser cette puissance. Ses appareils, qu'on a pu voir dans les diverses expositions, consistent en un grand réflecteur qui concentre les rayons lumineux en un point où se trouve une chaudière remplie d'eau, celle-ci actionne une machine par les procédés ordinaires. M. Mouchot est arrivé à faire des appareils assez puissants pour donner la force nécessaire à des presses lithographiques.

Nous savons que la chaleur se perçoit en raison inverse du carré des distances au Soleil, par conséquent : Mercure recevra 6,25 fois plus de chaleur que la Terre ; Vénus, 1,91 fois plus également ; quant à Mars, il n'en aurait que les 45/100 ; Jupiter aurait 27 fois moins de chaleur que nous ; Saturne, 90 fois ; Uranus, 330 fois environ, et enfin Neptune n'aurait plus que quelques rayons et ne recevrait plus que 900 fois moins de chaleur et de lumière que la Terre.

## LA PLANÈTE VULCAIN

Lorsqu'on s'adonne à la contemplation des cieux, on aperçoit parfois au ciel des points brillants qui suivent dans le ciel calme des routes accidentées.

Au milieu de ces astres immuables qui traversent l'espace d'un mouvement toujours uniforme, ces corps semblent déplacés.

Tout corps que l'on rencontre au ciel, dont la position n'est pas marquée sur les cartes, est une planète, une nébuleuse ou bien une comète. Le principal caractère qui distingue les planètes des étoiles, c'est leur mouvement propre, aussi peut-on les rencontrer dans les positions les plus variables sur la voûte des cieux.

A l'œil nu, les planètes sont différentes des étoiles, elles ne scintillent pas, c'est-à-dire que leur lumière reste absolument fixe, et lorsqu'on les regarde à l'aide d'une lunette, elles présentent un diamètre appréciable ; il n'en est pas de même des étoiles qui n'offrent jamais de diamètre sensible, quelle que soit la puissance de l'instrument employé.

On sait que le Soleil occupe le centre de notre système; autour de lui circulent huit planètes : Mercure, Vénus, la Terre, Mars, plus de deux cent soixante petites planètes ou astéroïdes, Jupiter, Saturne, Uranus et Neptune.

Nous devons tout d'abord faire remarquer que l'astronomie indienne, qui était si avancée dans la connaissance des phénomènes célestes, avait la notion de neuf planètes sans compter la Terre ; dans les prières que les brahmes adressent au Soleil, ils nomment cet astre « le Seigneur des *neuf* planètes ».

Les peuples étant retombés dans l'ignorance, les anciens ne connaissaient que les six premières planètes ; en 1781, Herschel découvrit Uranus, que l'on prit d'abord pour une comète, puis, en 1846, Le Verrier détermina par l'analyse, à un degré près, la position de Neptune que Galle trouva à Berlin.

En 1842, cet infatigable calculateur avait repris la théorie de Mercure qui lui semblait présenter des erreurs d'un caractère particulier.

Une augmentation de 38″ dans le mouvement du périhélie était nécessaire pour représenter les observations de cet astre. Je ne rappellerai pas ici la fameuse lettre que Le Verrier écrivait à M. Faye, lettre dans laquelle il lui présentait les principales conditions du problème.

Pour arriver à la représentation des passages de Mercure sur le disque du Soleil à une demi-seconde près, cette divergence de 38″ entre les tables et l'observation ne pouvait provenir que d'une erreur de 0,1 dans la masse de Vénus ou des perturbations d'un corps situé entre Mercure et le Soleil, ou encore d'une série de corps intérieurs à l'orbite de la planète perturbée. Or, l'hypothèse d'une évaluation fausse de la masse de Vénus était impossible à accepter, cette valeur dépendant d'autres phénomènes astronomiques devait être considérée comme exacte. On s'empressait donc de réunir toutes les observations de passages supposés de la planète quand une véritable observation d'un corps rond et noir, possédant un mouvement propre, qui avait été vu devant le Soleil, fut rapportée en 1860, par le D<sup>r</sup> Lescarbault, médecin à Orgères.

De la discussion de cette observation et de quelques autres que Le Verrier adopta (celles de 1761, juin 6, — 1802, octobre 10, — 1818, janvier 6, — 1820, février 12, — 1839, octobre 2, — 1847, fin juin, — 1849, mars 12, — 1859, mars 26, — 1862, mars 20, — 1865, mai 8), il acquit cette conviction qu'il exprima jusqu'à l'époque de sa mort : que l'existence d'une planète intramercurielle, *annoncée par la théorie, ne pouvait plus être révoquée en doute;* mais jusqu'à présent, il n'y a rien de plus incertain que ce corps que plusieurs astronomes ont vu, que d'autres ont cru voir, et que l'ensemble des faits paraît condamner; toutefois ce serait une grande déception si on ne pouvait revoir ce petit astre. Nous allons indiquer des passages de corps sur le disque du Soleil que l'on attribue à la planète en question; nous étudierons ensuite l'hypothèse d'un anneau circulant autour du Soleil.

La liste ci-dessous est empruntée à un travail de M. Ledger, qui l'a publiée d'après celle de M. R. Wolf, professeur d'astronomie à Zurich; je la donne avec quelques détails nouveaux.

778, 17 mars, d'après Lycosthène, Mercure passa sur le Soleil.
807, 16 mars, on vit sur le Soleil une tache qui fut prise pour Mercure.

840, du 28 mai au 26 août, on vit sur le Soleil une tache qui fut prise pour Vénus ; on la vit pendant 91 jours avec des interruptions de 12 à 13 jours.

1160, Aven Rodan rapporte un fait semblable ; or, à aucune de ces époques, Mercure ni Vénus ne sont passés devant le Soleil.

1607, 28 mai, Képler fit une observation analogue, mais il déclara ensuite que c'était une tache solaire qu'il avait vue.

1761, 6 juin, Abraham Scheuten, à Crefeld, vit un petit corps noir accompagner Vénus dans son passage sur le Soleil ; il crut à un satellite de cette planète.

1762, fin de février, Standacher vit un point noir et rond, et se demanda si ce n'était pas une planète nouvelle.

1762, 19 novembre, Lichtenberg vit pendant 3 heures un corps noir et rond d'environ 1/12 du disque du Soleil décrivant une corde sous-tendant un arc de 70° du N.-E. au S.

1764, vers le 5 mai, Hoffmann vit une tache d'environ 1/15 du diamètre solaire traversant le Soleil du N. au S.

1777, 17 juin, Messier vit un nombre considérable de petits corps passant sur le Soleil.

1798, 18 janvier, d'Angos vit sur le Soleil un corps qui était probablement une comète. Il se rappelait d'un fait semblable qu'il avait observé en 1784[1].

1800, 20 mars ; 1802, 7 février et 1802, 10 octobre, Fritsch vit un petit point noir traversant le Soleil.

1818, 6 janvier, MM. Capel Lofft et Acton virent une tache noire, un peu ovale, de 6 à 8″ de diamètre, possédant les caractères cométaires ou planétaires.

1819, 9 octobre, le chanoine Stark, d'Augsbourg, vit une tache ronde bien définie.

1820, 12 février, le même vit une tache ronde, de couleur orangée ; le même jour, Steinhuebel vit le même phénomène.

1822, 23 octobre ; 1823, 24 et 25 juillet, V. Pastorff vit sur le Soleil deux taches insolites.

1826, 31 juillet, Stark vit encore une tache noire près du bord N.-E. du Soleil invisible ensuite.

1834, 1836, 18 octobre et 1er novembre, et 1837 16 février, V. Pastorff vit des petites taches qu'il observa.

1837, 12 juillet, De Vico, à Rome, vit une très grande tache ronde pendant 6 heures sur le disque solaire.

1839, 2 octobre, de Cuppis vit un point opaque parcourant le Soleil en 6h.

1845, 11 mai, Cappocci fit une observation semblable à celle de Messier (1777).

1847, fin de juin, Scott et Wray aperçurent une petite tache sur le Soleil.

1847, 1849, 1850, 1855, Schmidt vit le passage rapide de petits corps opaques ; en 1823, Pons dit avoir vu comme un petit nuage sur le disque solaire.

[1] Ses travaux ne jouissent que d'une faible considération auprès des astronomes ; il fut accusé d'avoir inventé les observations de certaines comètes qu'on n'a point aperçues.

1857, 12 septembre, Orth vit un corps plus petit que Mercure près du bord N. du Soleil.

1858, 1er août, Wilson vit un corps circulaire, opaque, allant de l'E. à l'O.

1859, 26 mars, Lescarbault fit une observation complète du passage d'un corps sur le disque solaire.

1862, 20 mars, De Lummis vit une tache de 7″ de diamètre se mouvant sur le Soleil.

1865, 8 mai, Coumbary vit un petit disque obscur traverser le Soleil en 48 minutes.

### CALCUL DE L'ORBITE DE VULCAIN

D'après les calculs de Le Verrier, la planète aurait dû être observée le 18 mars 1879, mais, malgré toutes les précautions que l'on prit pour ne pas manquer son passage, la capricieuse planète ne parut pas.

Qu'il me soit permis de rappeler ici que, en 1620, le chanoine Jean Tarde et un jésuite belge, Charles Malapert, prétendirent que les taches solaires étaient causées par le passage de petites planètes, que le premier appela *Borbonia Sidera*, et le second, *Austriaca Sidera*; c'est vers cette époque que Scheiner publia la *Rosa Ursina*, où il avait consigné ses observations des taches solaires.

Près de vingt ans après, Gascoigne attribuait encore les taches à la même cause. Il suppose qu'il y a autour du Soleil un grand nombre de corps transparents, presque diaphanes, qui circulent dans des cercles de diamètres différents, mais dont aucun ne s'éloigne de la surface solaire de plus de 0,1 de rayon de l'astre. Les vitesses de ces corps doivent être inégales et d'autant plus grandes que leurs orbites ont de moindres dimensions. De tels corps sont fort souvent alors en conjonction, et c'est cette position qui fait apparaître une tache sombre.

L'une des principales objections qui se présentent à la lecture de cette hypothèse est basée sur une loi mécanique suivant laquelle la distance moyenne d'une planète doit être supérieure à celle qui donnerait un temps de révolution égal à la rotation du Soleil; car les corps qui circulent autour d'un astre sont formés, d'après la théorie de Laplace sur la genèse des planètes et des satellites, par les zones de matière nébuleuse que son atmosphère a successivement abandonnées. Cette loi se vérifie pour tous les membres de notre système solaire, à l'exception de l'anneau de Saturne. M. Roche, le savant professeur de Montpellier, a fait remarquer que cet anneau se trouve à une distance inférieure à la limite qui lui serait assignée par la loi de Laplace.

Dans tous les cas, il est probable qu'une planète placée intérieurement à l'orbite de Mercure devrait avoir une révolution plus grande que $25^j,3$.

Le Verrier a déterminé la masse de la planète supposée dans plusieurs hypothèses. Si la distance au Soleil de Vulcain était 0,17 du rayon terrestre, sa masse serait égale à celle de Mercure ; on sait qu'il faudrait augmenter cette masse à mesure que la distance de la planète diminuerait. Par la discussion de l'observation de Lescarbault, Le Verrier détermina la position du plan de Vulcain; il lui assigna une révolution de $19^j,7$, sa masse étant le 1/17 de celle de Mercure, mais cette masse serait vingt fois trop faible pour produire les perturbations observées. Plus tard, par la comparaison des passages supposés de la planète sur le Soleil, Le Verrier établit encore quatre systèmes de solutions représentant les observations ; la planète aurait alors une révolution de $24^j,25$, — $27^j,96$, — $33^j,02$, — $40^j,32$.

La durée la plus probable est celle qui correspond à $33^j,02$.

Il est bon de présenter ici un exposé rapide des idées de Le Verrier touchant la cause des perturbations de Mercure.

Il avait senti qu'il était impossible qu'un corps aussi brillant que Mercure ait pu échapper aux investigations des savants et il supposait ou qu'il y avait *des Vulcains* ou bien qu'un essaim de corpuscules circulait à proximité du Soleil.

M. Tisserand a donné dans l'*Annuaire du Bureau des longitudes* une notice sur ce sujet et il tire les conclusions suivantes de l'étude des faits observés. Ce savant astronome croit qu'il faut renoncer à *un Vulcain* unique ; que le nombre *des Vulcains* devrait, d'un côté, être considérable pour produire les perturbations du mouvement de Mercure, d'autre part que ce nombre devrait être restreint, puisque ces corps se sont soustraits aux recherches de savants consciencieux et patients ; il se range donc à l'idée d'un anneau d'astéroïdes dont quelques-uns seraient assez gros pour être observés dans leurs passages sur le Soleil.

Il me reste à dire un mot d'un certain genre de recherches dont j'emprunterai les détails à M. Radau qui les a rapportés dans le *Cosmos*.

Je veux parler des études de Kirkwood, professeur à Postville, sur le groupement des planètes en couples offrant des densités et des diamètres du même ordre.

|   | DIAMÈTRES | DENSITÉ | MASSE |
|---|---|---|---|
| ? | . . . | . . . | . . . |
| Mercure. . . . | 0,39 | 1,93 | 0,12 |
| Vénus. . . . . | 0,99 | 0,97 | 0,93 |
| Terre. . . . . | 1,00 | 1,00 | 1,00 |
| Mars. . . . . | 0,52 | 1,03 | 0,14 |
| Astéroïdes. . . | 0,58 | 1,47 | 0,29 |

| | DIAMÈTRES | DENSITÉ | MASSE |
|---|---|---|---|
| Jupiter. . . . | 11,26 | 0,24 | 338 |
| Saturne. . . . | 9,21 | 0,13 | 101 |
| Uranus. . . . | 4,43 | 0,15 | 13 |
| Neptune. . . . | 4,74 | 0,19 | 20 |

Les résultats que l'on tire de ces recherches n'ont qu'un intérêt relatif.

On voit de suite qu'il manque une planète conjuguée à Mercure, et que, s'il existe des planètes extérieures à Neptune, elles doivent former un groupe binaire de l'ordre des astres qui les précèdent.

Ces études, tout empiriques qu'elles soient, ont donné des résultats concordant avec la théorie ; elles forment la base des idées que l'on peut se faire *a priori* sur la nature d'un corps intramercuriel.

Dans les lignes qui vont suivre nous négligerons de nous occuper des divers mouvements de planètes qu'on trouvera indiqués dans les traités spéciaux ; nous nous bornerons à l'étude des propriétés physiques des corps célestes.

### MERCURE

Les Égyptiens et les Indiens avaient désigné sous deux noms différents la planète Mercure qu'ils voyaient apparaître tantôt après, tantôt avant le lever du Soleil. Les Grecs l'appelaient aussi *Apollon* (dieu du jour), et *Mercure* (dieu des voleurs).

On a remarqué que Mercure offre des phases comme la Lune, d'où l'on a conclu que c'est un astre opaque ; cette propriété s'est trouvée corroborée par les passages de la planète sur le Soleil où on observe Mercure comme un point noir sur le disque brillant.

Schrœter a signalé la troncature des cornes de Mercure,

quand il est dans son croissant ; ce phénomène s'explique par l'ombre que projetteraient sur la planète des montagnes fort élevées (de 15 à 20 000 mètres).

Les raies du spectre de Mercure sont analogues à celles du spectre solaire.

On a été amené à supposer que les matériaux qui constituent la planète dont il s'agit sont très denses, car, à la température qui règne sur Mercure, les corps connus seraient rapidement volatilisés s'ils étaient dans les mêmes conditions que sur la Terre ; en effet, la chaleur y est environ sept fois plus forte que sous notre équateur. Pour pouvoir conserver sa consistance matérielle, il est supposable que Mercure est entouré d'une atmosphère fort dense qui tempère la chaleur qu'il reçoit.

La Terre, vue de Mercure, est une magnifique étoile brillant dans le ciel (fig. 19).

Il est assez intéressant de connaître l'opinion de Fontenelle sur les habitants de Mercure.

Nous pouvons dire tout d'abord que, si cette planète est habitée, la race qui la couvre est fort dissemblable de la nôtre. En effet, sur Mercure, les saisons sont excessivement tranchées et, de plus, la pesanteur y est cinquante-sept fois moindre que sur notre globe.

Voilà deux raisons qui influent énormément sur les individus qui peuvent être nés à sa surface.

Puisque Fontenelle a eu assez de courage où d'imagination pour imaginer des êtres sur Mercure, nous extrayons le passage suivant de ses œuvres :

« Ils sont deux fois plus proches du Soleil que nous ; ils le voient neuf fois plus grand que nous ne le voyons ; il leur envoie une lumière si forte que, s'ils étaient ici, ils ne prendraient nos plus beaux jours que pour de faibles crépuscules, et peut-être n'y pourraient-ils pas distinguer les objets; la chaleur à laquelle ils sont

Fig. 19. — La Terre, vue de Mercure.

accoutumés est si excessive que celle qu'il fait ici au fond de l'Afrique les glacerait. Apparemment notre fer, notre argent, notre or, se fondraient chez eux et on ne les y verrait qu'en liqueur, comme on ne voit ordinairement ici l'eau qu'en liqueur, quoiqu'en certains temps ce soit un corps fort solide.

« Les gens de Mercure ne soupçonneraient pas que, dans un autre monde ces liqueurs-là, qui font peut-être leurs rivières, sont les corps les plus durs que l'on connaisse.

« Il faut qu'ils soient fous à force de vivacité. Je crois qu'ils n'ont point de mémoire, non plus que la plupart des nègres ; qu'ils ne font jamais réflexion sur rien ; qu'ils n'agissent qu'à l'aventure et par des mouvements subits, et qu'enfin, c'est dans Mercure que sont les Petites-Maisons de l'univers. »

Certes, voilà qui est fort bien dit, malheureusement l'opinion de Fontenelle ne s'appuie sur rien de bien sérieux.

D'ailleurs, est-il fort utile de savoir exactement la forme et la structure des habitants de Mercure? S'il était nécessaire de discuter cette question, on trouverait, je crois, un facteur considérable de la nature des habitants dans la densité de la planète et dans sa distance au Soleil.

Le seul procédé d'analyse, dans ce genre d'étude, qui soit à notre portée, c'est l'assimilation à ce qui se passe sur notre planète dans des conditions données.

Or, nous pouvons voir sur la Terre que chaque créature a une existence d'autant plus parfaite qu'elle reçoit une plus grande somme de lumière et de chaleur. L'homme, privé de lumière, devient pâle et débile et ne se rattacher à la vie que sous l'action de la chaleur.

Nous serions donc en droit d'infirmer l'opinion de Fontenelle et de supposer que les habitants de Mercure sont des êtres fort intelligents, très développés et qui sont tout aussi heureux ou malheureux que nous. En effet, pourquoi ne pas penser que l'harmonie la plus parfaite règne dans les œuvres de la nature?

Nous avons mille exemples qui nous conduisent à admirer l'*unité* de la nature dans ses diverses manifestations; pourquoi aurait-elle failli à sa loi générale et aurait-elle créé des êtres parfaits sur une des planètes qui, prise au hasard, ne vaut ni plus ni moins que n'importe quelle autre ?

## VÉNUS

Vénus, comme Mercure, apparaît tantôt après, tantôt avant le lever du Soleil; elle a attiré, par son éclat, l'attention des premiers observateurs.

On la connaissait sous le nom de *Junon*, d'*Isis*, de *Vesper* (étoile du soir), ou de *Lucifer* (étoile du matin). On lui a donné également le nom d'*Étoile du berger*.

On sait que Vénus reçoit près de deux fois plus de chaleur et de lumière que la Terre, et que celle qu'elle nous envoie est semblable à la lumière solaire, bien qu'on ait aperçu, dans son spectre, quelques raies qui se rapprocheraient de celles du spectre d'absorption de notre atmosphère et qu'on pourrait attribuer à une atmosphère qui entourerait la planète.

On a observé dès longtemps les phases de Vénus : c'est à Galilée qu'on doit cette observation ; les différents aspects de ces phases permettent de déterminer la hauteur de dénivellations qu'on attribue à des montagnes énormes qu'on rencontrerait sur Vénus. On a estimé à 44 000 mètres la hauteur des plus élevées.

Par plusieurs observations, entre autres par celle de l'ombre qui se voit sur la surface solaire, quelques secondes avant que le corps noir de Vénus touche les bords du Soleil, on est arrivé à établir que Vénus possède une atmosphère ayant avec la nôtre de sensibles analogies.

Quant aux habitants qui peuplent cette planète, on conçoit que l'imagination des poètes leur ait créé, à souhait, l'existence la plus heureuse et la plus charmante. On en fait volontiers un lieu de délices. Pourquoi? Parce que la planète a reçu le nom de la plus aimable des divinités? C'est fort probable.

Quoi qu'il en soit, la distance de Vénus au Soleil, sa densité, semblent donner raison à ceux qui veulent en faire un paradis, dans lequel nous serions probablement fort mal à l'aise, mais où les habitants de la planète doivent être fort heureux.

Espérons-le du moins, car, si nous ne trouvons pas une planète habitée par une race heureuse, ce n'est pas sur la Terre qu'il faudra venir chercher le bonheur, même relatif.

« Ses habitants, d'une taille semblable à la nôtre, puisqu'ils habitent une planète de même diamètre, mais sous une zone céleste plus fortunée, doivent donner tout leur temps aux amours. Les uns, faisant paître les troupeaux sur les croupes des montagnes, mènent la vie des bergers ; les autres, sur les rivages de leurs îles fécondes, se livrent à la danse, aux festins, s'égayent par des chansons ou se disputent des prix à la nage, comme les heureux insulaires de Taïti. »

Comme on retrouve bien l'auteur des *Harmonies de la Nature* et quelle heureuse imagination que celle qui se complaît ainsi à tracer des tableaux aussi charmants.

Supposons-nous placés au milieu d'un paysage nocturne de Vénus (fig. 20), à l'époque où la Terre passe derrière cette planète relativement au Soleil. Notre planète étincelle alors dans le ciel des habitants de Vénus, comme une blanche et brillante étoile, légèrement

FIG. 20. — La Terre, vue de Vénus.

bleuâtre, éclipsant de beaucoup les astres les plus brillants.

# CHAPITRE VII

## LE SATELLITE DE VÉNUS

### HISTORIQUE DES OBSERVATIONS

Lorsqu'en 1610 Képler reçut la nouvelle de la découverte des satellites de Jupiter, il écrivit à son ami Wachenfels : « Je suis si loin de mettre en doute l'existence des quatre planètes de Jupiter que j'attends une lunette pour vous devancer, s'il est possible, dans la découverte de deux satellites autour de Mars, six ou huit autour de Saturne et peut-être un autour de Mercure et de Vénus. »

On reste étonné de la justesse d'une si ingénieuse prédiction. A cette époque, remarquons-le, on ne connaissait pas les satellites de Saturne, à qui cependant on en a découvert huit ; de plus, les deux satellites de Mars, récemment découverts par M. Asaph Hall, sont venus pleinement confirmer l'opinion de Képler.

La planète Vénus a toujours été cependant considérée comme dépourvue de satellite.

Si nous ne raisonnons que sur les analogies que présente le système solaire, nous sommes conduits à l'hypothèse suivante :

Lorsque la nébuleuse, des flancs de laquelle nous sommes sortis, eut engendré, dans son mouvement de condensation, ces corps énormes qui gravitent aux limites de notre système, il se produisit dans sa densité, peut-être même dans sa composition, un changement remarquable. A une série de grosses planètes succédèrent des planètes plus petites et plus denses. Mars semble avoir été formée dans cette période de solidification. Son faible diamètre (la moitié de celui de la Terre) en fait un corps à part.

La Terre, plus dense, plus volumineuse, fut alors formée, ainsi que Vénus et Mercure.

Bien que ce raisonnement satisfasse peu les esprits mathématiques, il est bon de remarquer que Vénus et la Terre ont une densité sensiblement identique, un diamètre semblable, un volume presque égal. On serait presque en droit, par analogie, d'accorder un satellite à Vénus.

Voyons ce que cette hypothèse peut avoir de fondé.

Sept séries d'observations de ce satellite ont été recueillies. Nous les indiquons dans le tableau suivant :

| NUMÉROS DES OBSERVATIONS | ASTRONOMES | DATE DE L'OBSERVATION |
|---|---|---|
| 1 | Fontana. | 15 novembre 1645. |
| 2 | Cassini. | 25 janvier 1672. |
| 3 | Cassini. | 28 août 1686. |
| 4 | Schort. | 3 novembre 1740. |
| 5 | André Meier. | — 1759. |
| 6 | { Lagrange. | 10 février 1761. |
|  | { Montaigne. | 3, 7 et 11 mai 1761. |
| 7 | { Rœdkiœr et Horrebow. | 3, 4, 10 et 11 mars 1764. |
|  | { Montbarron. | 15, 28 et 29 mars 1764. |

Les astronomes de qui émanent ces observations sont tous dignes de confiance[1] et se sont fait connaître les

[1] Cassini est hors de pair et sa double observation a le plus grand poids ; après lui vient Schort, constructeur habile et observateur consciencieux. Fon-

uns et les autres par des travaux intéressants. Il semble donc que le satellite de Vénus existe réellement.

Malheureusement, deux difficultés, qui semblent insurmontables, viennent compliquer le problème.

Nous avons vu que la dernière observation date de 1764; depuis cette époque on n'avait jamais revu l'apparence de ce satellite, lorsque, le 3 février 1884, M. Struyvaert aperçut, sur le disque de Vénus, un point brillant (présentant l'aspect des satellites de Jupiter quand ils passent devant cette planète); à quelques jours de là, le 12 du même mois, M. Niesten remarqua près, de la planète un petit astre qui semblait formé d'un noyau, d'une nébulosité très faible, dans lequel on a cru, voir le compagnon de Vénus.

En résumé, sauf une observation, en 150 ans, on n'a pas revu ce satellite problématique.

La seconde objection, qui semble encore plus concluante, confirme encore dans leur opinion ceux qui rejettent absolument l'hypothèse d'un satellite :

Lors des passages de Vénus sur le Soleil, observés depuis 1761, on n'a pu découvrir aucun astre satellite de Vénus.

La possibilité de l'existence d'un compagnon de Vénus n'étant pas prouvée, on a tenté d'expliquer les apparitions observées par les passages d'Uranus, encore inconnu à cette époque.

---

tana, contemporain de Galilée, s'était fait une juste renommée d'habileté. On lui doit plusieurs découvertes sur la constitution des planètes. Montaigne 1 se fit remarquer par la découverte de trois comètes (1772, 1774, 1780). Horrebow était directeur de l'Observatoire de Copenhague.

1 La *Bibliographie* de Lalande nous apprend que Montaigne s'appelait Jacques Leibax, qu'il naquit le 6 septembre, à Narbonne, et qu'il observa longtemps à Limoges.

Le D<sup>r</sup> Koch, de Dantzig, a même prouvé que l'observation de Rœdkiœr, du 4 mars 1764, concorde avec la position d'Uranus qui n'était alors distant de Vénus que de 16' seulement.

M. Bertrand a proposé à ce sujet, de chercher si quelqu'une des petites planètes n'aurait pas pu se trouver dans ce cas, ce qui éclaircirait la question.

En 1757, le P. Hell, un astronome habile, crut apercevoir près de Vénus un point brillant; il s'aperçut bientôt que cette image était produite par la lumière réfléchie dans son œil et renvoyée par l'oculaire de l'instrument. C'était donc une pure illusion d'optique.

Il semble difficile que des astronomes de la valeur de Cassini et de l'habileté de Schort aient été abusés par cette aberration.

Le passage de Vénus sur le Soleil, de 1769, n'ayant pas laissé apercevoir l'astre cherché, le P. Hell tenta de démontrer que toutes les observations étaient produites par le phénomène qu'il avait observé.

Il lui était d'autant plus facile d'expliquer ainsi toutes les apparitions constatées que, dans presque toutes les circonstances, l'astre étudié présentait les mêmes phases que la planète principale et, par conséquent, pouvait se plier à sa théorie physique.

Récemment, M. Denning faillit être victime de la même erreur. A la date du 30 mars 1881, il notait l'observation suivante (il étudiait la planète Vénus) :

« Pendant l'observation d'aujourd'hui, deux croissants étaient visibles dans le champ de la lunette : l'un large et pâle, jusqu'au centre du champ, et l'autre petit et brillant, un peu à l'ouest du premier; ce dernier était la véritable image de la planète. Les observations d'un satellite de Vénus, qu'on trouve mentionnées dans quelques traités d'astronomie, me revinrent alors en mémoire; mais il était évident que j'étais en présence d'une simple illusion d'optique.

« Il était assez curieux que les deux croissants fussent tournés du même côté, la phase étant la même; l'un semblait la reproduction exacte de l'autre. J'estimai que le diamètre du plus petit était à peu près le 1/6 du diamètre de l'autre. Je fis tourner l'oculaire sans produire aucun déplacement dans la position relative des deux images... »

Vers 1769, époque où l'opinion du P. Hell prévalut, Lambert, partant des observations de 1764, calcula l'orbite du compagnon de Vénus avec une précision telle que personne ne douta plus de l'existence du satellite; l'empereur Frédéric proposa même de lui donner le nom de d'Alembert.

La date du 1er janvier 1777 avait été fixée par le calcul pour un passage du satellite sur le Soleil, mais l'observation ne répondit pas à l'attente générale.

### NOUVELLES OBSERVATIONS

La question semblait définitivement tranchée, et, dans tous les traités d'astronomie, on ne mentionnait le satellite de Vénus que pour prémunir les observateurs contre une illusion d'optique semblable à celles du P. Hell et de M. Denning, quand M. Houzeau[1], proposa une théorie satisfaisante de l'astre problématique.

Nous allons, après lui, développer cette hypothèse.

Commençant par étudier la possibilité du passage

[1] Houzeau, *Ciel et Terre.*

d'une planète intramercurielle sur le disque de Vénus, il démontre que « dans toutes les circonstances où l'on a cru voir, près de Vénus, une petite étoile accompagnatrice, ayant une phase comme la grande, ces astres étaient éloignés du Soleil à une distance qu'un corps contenu dans l'orbite de Mercure ne peut pas atteindre ».

Cette proposition écartée, il faut remarquer une singulière coïncidence, qui se déduit du tableau suivant, dans lequel les époques de visibilité du satellite sont formées en les groupant en séries.

| NUMÉRO DES OBSERVATIONS | DATES | INTERVALLES ans | NOMBRE DE PÉRIODES | DURÉE DE LA PÉRIODE ans |
|---|---|---|---|---|
| | | | | . . . |
| 1 | 1645.87 | . . . | . . . | 2,91 |
| 2 | 1672.07 | 26,20 | 9 | 2,92 |
| 3 | 1686.65 | 14,58 | 5 | 3,02 |
| 4 | 1740.81 | 54,16 | 18 | 2,97 |
| 5 | 1761.34 | 20,53 | 7 | 2,90 |
| 7 | 1764.24 | 2,90 | 1 | 2,90 |
| Intervalle total. . . . | | 118,37 | 40 | 2,96 |

Il est curieux de remarquer que cette période de 296 ans se trouve sensiblement multiple des intervalles de temps écoulés entre les observations. M. Houzeau en conclut l'existence d'un corps qui, s'écartant de la route de Vénus, la rejoindrait à des intervalles déterminés par cette période.

Les observations faites amenèrent à penser que l'orbite de Vénus et celle de son compagnon sont concentriques et d'un rayon fort peu différent.

M. Houzeau a proposé le nom de Neith pour désigner le satellite de Vénus.

Puisque tous les 2,96 ans, Vénus et Neith se retrouvent en conjonction, le mouvement moyen de ce dernier est ou supérieur ou inférieur à celui de Vénus.

Il est ainsi démontré que la nouvelle planète devrait avoir une durée de révolution de 283 jours et une distance moyenne de 0,844, celle de la Terre au Soleil étant 1. Si cette période de 283 jours est adoptée, on peut remarquer immédiatement que 4 révolutions de Neith égalent la durée de 5 révolutions de Vénus, ainsi que cela est prouvé dans le tableau suivant :

| NOMBRE DE RÉVOLUTIONS | DE VÉNUS | DE NEITH |
|---|---|---|
| 1 | 225 jours | 283 jours |
| 2 | 450 — | 566 — |
| 3 | 675 — | 849 — |
| 4 | 900 — | 1132 — |
| 5 | 1125 — | . . . — |

Les observations de MM. Struyvaert et Niesten, que nous avons signalées plus haut, ont paru confirmer l'hypothèse de M. Houzeau.

En effet, si ces observations sont vraiment celles de Neith, il est intéressant de remarquer que 40 ou 41 périodes de 296 ans nous amènent à l'époque actuelle.

Il est juste cependant de dire que l'incertitude de la période laisse le champ libre à toutes les suppositions.

Cette théorie est si ingénieuse que l'on a du regret de ne pouvoir l'accepter ; malheureusement, deux observations viennent démolir cette hypothèse.

La première, tirée des conclusions mêmes de l'analyse de M. Houzeau : Nous avons vu que la distance moyenne de Neith était 0,844. Or, Vénus est à 0,72 (la Terre étant à 1), c'est-à-dire que Neith est plus proche de nous que Vénus.

Cette remarque détruit la condition imposée par l'auteur que les deux planètes gravitent dans des orbites concentriques.

D'autre part, le procédé employé pour déterminer la durée de révolution de Neith rentre dans les méthodes empiriques et, bien que M. Houzeau convienne que ce serait un hasard si ces valeurs étaient l'effet d'une coïncidence fortuite, ce hasard peut exister.

## ÉTAT DE LA QUESTION

Il semble qu'on doive pour l'instant se borner à discuter les propositions sans rejeter complètement toutes les hypothèses qui tendraient à nous rendre compte de ces mystérieuses apparitions de Neith.

L'une des explications suivantes pourra peut-être, un jour, satisfaire aux observations :

Peut-être Vénus est-elle entourée comme Mercure d'un anneau d'astéroïdes dont les plus gros corpuscules ont pu être aperçus à différentes reprises.

Cette hypothèse semblerait s'appuyer sur ce fait que, pour expliquer les perturbations de Mercure, Le Verrier avait été obligé d'avoir recours à une planète spéciale (Vulcain). L'observation a prouvé que ce Vulcain ne pouvait exister et on a vu qu'un anneau d'astéroïdes, circulant autour de la planète, pouvait rendre compte des taches aperçues sur le disque solaire.

Ou bien ce satellite a-t-il existé et est-il retombé sur la planète ? L'hypothèse n'est pas impossible, car il est vraisemblable que l'orbite de Vénus, comme celle de Mercure, a dû être encombrée d'une masse de corpuscules, tombant sans cesse sur la planète, comme on le voit sur notre Terre, pour les pluies périodiques d'étoiles filantes en août et en novembre. Ces corpuscules, entravant la marche du satellite, en auront modifié l'orbite qui, se rapetissant peu à peu, l'aura fait retomber sur la planète par un mouvement hélicoïdal qui aura rendu la chute moins rapide.

Doit-on supposer que ce compagnon existe, mais que son exiguïté l'a dérobé aux recherches, du reste peu actives, du siècle dernier ? Cela est difficile à croire, car l'objet observé était égal au 1/3 de Vénus.

Est-on en droit d'attribuer ces passages à la présence de planètes alors inconnues. Ce fait pourra rendre compte de certaines observations, car, nous l'avons déjà dit, Uranus se trouvait dans le voisinage de Vénus en 1764. Peut-être quelqu'une des petites planètes a-t-elle pu se trouver dans ce cas. C'est un long travail de rechercher les positions de plus de 260 astres, et cette recherche serait probablement bien inutile.

Reste l'explication fournie par le P. Hell, qui tendrait à faire admettre que toutes les observations du satellite n'ont été que des illusions d'optique. Malheureusement pour les partisans de l'hypothèse du satellite les observations les plus sûres se prêtent remarquablement à cette interprétation.

Newcomb, dans son *Astronomie,* rapporte que l'un des objectifs du télescope de Washington montre un beau petit satellite d'Uranus ou de Neptune, lorsque l'image de la planète est presque exactement dans le centre du micromètre, mais qu'il disparaît aussitôt que l'instrument est agité; M. Newcomb fut deux fois trompé par cette apparence.

L'observation de M. Denning, que nous avons rapportée plus haut, confirme pleinement cette assertion.

Or, les premières observations, qui furent faites quand

les télescopes étaient encore grossiers, n'ont pu être à l'abri d'erreurs de ce genre.

En 1672 et en 1686, Cassini, quoique bon observateur, fut certainement dupe d'une méprise semblable.

Il vit, près de Vénus, un bel objet brillant qui avait environ 1/3 du diamètre de celle-ci et qui présentait la même phase. En 1686, il vit un astre de même diamètre et placé à une distance d'environ 3/5 du diamètre de Vénus.

L'observation de Schort, du 3 novembre 1740, présenta un objet brillant ayant un diamètre égal au 1/3 de celui de Vénus et présentant la même phase.

On ne peut attribuer la cause de ces erreurs au manque de soin des astronomes. Ces fausses images peuvent provenir de trois causes : ou bien le rayon, réfléchi par le globe de l'œil, est relancé dans l'oculaire, qui, faisant office de miroir, le renvoie dans l'œil; ou bien encore un ajustement défectueux des lentilles peut produire ces aberrations; ou enfin le jeu des rayons lumineux dans l'instrument lui-même peut en rendre compte.

Il est bien difficile de tirer une conclusion de l'étude qui précède; il semble cependant que l'ensemble des faits observés tend à faire abandonner l'idée d'un satellite; il ne s'ensuit pas cependant qu'un jour nous ne puissions ajouter Neith à la liste des astres dont nous avons calculé le cours.

## NOUVELLE FACE DE LA QUESTION

Un travail remarquable[1], que M. Paul Stroobant m'a

[1] Ce travail est inséré dans le recueil des *Mémoires couronnés et Mémoires des savants étrangers*, publiés par l'Académie royale des sciences, des lettres et des beaux-arts de Belgique.

fait l'honneur de m'adresser sur le sujet qui nous occupe, offre un intérêt capital et m'oblige à le signaler.

L'auteur, après avoir formé un tableau complet des apparitions, en discute la valeur et complète son œuvre par une sorte d'appendice qui contient le texte original de toutes les observations. Cette partie du travail de M. Stroobant suffisait pour lui assurer la gratitude des astronomes qui l'accueilleront d'autant mieux que certaines de ces citations sont à peu près introuvables.

Mais la partie la plus intéressante du mémoire de M. Stroobant est, sans contredit, celle où il examine les diverses conjectures qui ont surgi pour expliquer les apparences du satellite de Vénus.

Il discute toutes les hypothèses proposées, les réduit à néant et termine son scrupuleux examen par les observations les plus heureuses qui constituent la partie la plus originale de son mémoire.

Dans sept ou huit cas, M. Stroobant est parvenu à identifier le prétendu satellite avec des étoiles de différentes grandeurs qui se trouvaient à proximité de Vénus.

Ce résultat jette un nouveau jour sur la question et donne un poids beaucoup plus grand aux partisans de l'idée que jamais Vénus n'a eu de satellites.

Nous sommes heureux de constater, en tous cas, l'utilité de semblables recherches ainsi que l'intérêt qui s'attache aux œuvres de cette sorte; l'explication du satellite énigmatique que propose M. Stroobant a le double avantage de présenter une grande simplicité et une interprétation naturelle des faits.

# CHAPITRE VIII

## LA TERRE

### CONSTITUTION PHYSIQUE

Il ne nous appartient pas d'étudier les mouvements divers qui emportent notre globe dans l'espace; le but que nous nous sommes proposé dans cet ouvrage nous ferait un devoir d'étudier ici la constitution intime de notre planète. Cette étude, qui fait l'objet d'une des plus belles sciences, nous entraînerait trop loin; nous devons donc nous borner à une vue générale des propriétés physiques du globe que nous habitons.

L'origine de notre monde a toujours été un sujet d'études et de recherches pour l'esprit humain, et, depuis les âges les plus reculés jusqu'à nos jours, une curiosité ardente a constamment tenté de dérober à la nature le secret de ses imposants mystères.

Tous les peuples, toutes les religions, ont eu leur cosmogonie ou connaissance du monde, et mille systèmes plus ou moins follement inventés ont vu le jour. Ces hypothèses, construites en dehors de toute observation sérieuse, devaient tomber devant la lumière éclatante des progrès de notre siècle.

Aujourd'hui, laissant de côté les poétiques conceptions des philosophes anciens, le géologue marche dans l'établissement des lois de la nature d'un pas sûr et rapide. C'est au sein des ruines du vieux monde, dans ces dépôts devenus des archives, qu'on doit chercher les véritables traditions. Ce ne sont plus des médailles ou des inscriptions dont l'interprétation souvent fautive peut égarer les savants, qui nous serviront de guides; c'est le sol que nous foulons aux pieds, ce sont des pierres grossières ensevelies dans les entrailles de la terre qui seront nos annales.

Après avoir admiré, avec une parfaite jouissance, les prodiges de la nature, si belle, si imposante même dans ses sublimes horreurs, l'homme a trouvé de nouveaux sujets d'étonnement et de contemplation dans l'étude d'une ancienne nature, révélée à la science par les profondeurs de cette Terre qu'il habita si longtemps sans en interroger les merveilles.

Le problème des origines du monde a cela de particulier qu'il ne relève pas d'une seule branche de connaissances; il constitue un vaste champ d'études qui comprennent les développements de plusieurs sciences dont les résultats se contrôlent. La géologie, la paléontologie, l'ethnologie, l'anatomie comparée, la linguistique, accumulent leurs preuves.

Dans cette étude, entièrement consacrée à l'unité de la Terre et des êtres organisés qui vivent sur son sol, nous avons fait tous nos efforts pour populariser les connaissances qui doivent nous conduire à la conception d'une science générale de la nature.

Donnons d'abord une vue d'ensemble du sujet :

La surface du globe n'est point unie, on le sait; ces séries d'aspérités que l'on y rencontre et que nous nommons chaînes de montagnes offrent une disposition particulière, digne d'appeler tout d'abord notre attention.

Que l'on jette les yeux sur une mappemonde, on apercevra le globe ceint d'une suite de montagnes colossales.

La Cordillère des Andes, qui, de la pointe aiguë du continent américain se prolonge sur le Chili, couvre le Pérou, s'avance ensuite sur l'étroite langue de terre de Panama, qui demain n'existera plus, traverse l'Amérique du Nord sous le nom de montagnes Rocheuses et court vers la zone polaire, où l'œil humain n'a pu en suivre les pics neigeux. Franchissant par la pensée ces contrées désolées où la vie semble cesser, dont le froid a défendu l'entrée aux hardis explorateurs qui en ont tenté la conquête, nous retrouvons cette ceinture de sommets élevés, qui, sous le nom d'Ourals, descend du pays des Samoyèdes jusqu'au climat moins rigoureux de Sibérie, gagne le Thibet par les Altaïs, s'élève majestueusement aux yeux de l'Indou sous le nom d'Himalaya et, reparaissant en Australie, se perd dans les régions du pôle austral.

Ces chaînes de montagnes qui courent perpendiculairement à l'équateur actuel, ne nous conservent-elles pas la trace d'une ancienne ligne équatoriale? Ces crêtes sourcilleuses ne nous indiquent-elles pas le mouvement circulaire primitif du monde?

Quoi qu'il en soit, nous avons là une curieuse idée de l'ossature du monde, et, si nous nous reportons aux premiers temps de la Terre, alors que sa masse à peine condensée n'était pas encore refroidie, nous voyons les gaz se séparer, les vapeurs aqueuses se précipiter, remplir les cavités du globe et devenir des océans et des méditerranées : l'histoire de la Terre nous montrera les diverses phases par lesquelles elle a dû passer pour arriver à sa configuration actuelle.

Si notre planète n'avait obéi qu'à des influences extérieures, elle aurait probablement affecté une forme absolument sphérique; elle est, au contraire, singulièrement bosselée, non pas tant par les aspérités qui la couvrent que par des déformations géologiques que nous devons signaler.

Prenons, par exemple, sa configuration dans le plan dont la section passe par le 30e degré de latitude nord, ainsi que M. Faye l'a fait, pour bien laisser ressortir les différences de niveau. On voit apparaître, au-dessus des eaux, l'Afrique, puis l'Asie, où les plateaux de l'Himalaya, placés ici pour augmenter l'effet, peuvent atteindre jusqu'à deux lieues d'élévation ; la grande depression du Pacifique, qui dépasse une lieue et demie, vient ensuite. Le sol remonte vers l'Amérique et retombe au-dessous du niveau de la mer avec les profondeurs de l'océan Atlantique.

Ces dénivellations n'existaient pas tout d'abord, elles ne se sont produites que peu à peu ; c'est leur succession même qui forme la série des modifications de l'écorce de notre monde.

La mer primitive recouvrait un globe de granit régulier, puis, les parties moins denses se dissolvant, formèrent les premiers sédiments ; des archipels nombreux, des îles isolées, émergeaient seules de cet océan. Peu à peu, lentement, des soulèvements que l'on peut encore observer à notre époque, réunirent en continents ces terres éparses, tandis que des affaissements creusaient les bassins de nos mers. C'est l'étude de ces mouvements répétés, à travers les âges, qui constitue la géologie; une analyse profonde a permis aux savants de les classer par époques et même de leur assigner une date dans les siècles passés.

L'étude de la nature embrasse l'universalité des connaissances physiques, et la Terre doit attirer notre attention non seulement en tant que corps isolé; mais aussi dans ses rapports avec les mondes extérieurs. Tous les phénomènes qui se produisent dans les sphères du ciel et de la Terre se trouvent liés les uns aux autres par des réseaux de théories et de faits nombreux, dont parfois un des fils nous échappe, mais dont la trame constitue pour nous un corps de doctrine qui est la plus belle manifestation du génie humain.

L'homme, isolé et perdu dans l'Univers, ne peut voir que ce qui se passe autour de lui, dans une sphère infiniment petite, et les causes finales lui échapperont toujours; il peut analyser les conséquences des faits observés, mais là se borne son pouvoir

## L'UNITÉ DANS LA NATURE

La théorie qui présente le monde physique réduit à la matière et au mouvement, est tellement simple qu'elle excite une sorte de défiance par la grandeur même de sa conception.

Aussi, quel n'est pas l'attrait de l'hypothèse qui nous montre la forme soumise à une perpétuelle métamorphose dans l'individu comme dans l'espèce; la multitude des formes variables, la race, l'espèce dérivant d'une unité?

Les anciens avaient imaginé des puissances supérieures

pour représenter des phénomènes qu'ils ne pouvaient expliquer. Ils divinisèrent le vent, la pluie, les nuages, la chaleur, le jour, la nuit, etc.

A ce culte de tous les dieux succéda la religion d'un seul. Ce fut une révolution : l'idée de cette unité divine amena avec elle des principes de généralisation et l'unité régna dans la philosophie.

Nous allons voir que la nature a des tendances universelles à l'unité, que c'est ce principe qui domine dans tous les êtres que nous sommes à même d'étudier.

Nous possédons cinq sens; or, chacun de ces organes reçoit des sensations propres qui nous semblent diverses. L'œil, frappé d'un rayon lumineux, ne perçoit pas le son, tandis que les oreilles ne sentent pas; nous avons donc une idée différente de chacun de ces agents qui nous ont affectés; si nous tenons dans nos doigts les deux électrodes d'une pile, nous sentons une impression différente du son et de la lumière; tous les phénomènes physiologiques que nous pouvons observer nous amèneraient à des conclusions semblables.

Si la science moderne se contentait des spéculations métaphysiques qui avaient cours autrefois, on serait en droit de conclure à une multitude de manifestations particulières des agents physiques; il n'en est rien cependant, car l'unité la plus parfaite ordonne les phénomènes de la nature.

Deux théories partagèrent longtemps les savants : tandis que les uns faisaient de la chaleur une propriété particulière des corps, les autres n'y voyaient qu'un mode de mouvement.

Il fallut la puissante impulsion de l'expérience pour

faire abandonner les errements anciens. A la fin du
XVIIIᵉ siècle, Lavoisier et Laplace présentaient un mémoire
sur la chaleur, dans lequel ils se refusaient à conclure
pour l'une ou pour l'autre théorie, montrant ainsi combien était grande la difficulté de se prononcer à cette
époque.

Deux ans avant la fin du même siècle, le 25 janvier 1798, le comte de Rumford, esprit original et presque paradoxal, se prononçait hautement contre la maté-
rialité du calorique.

Chargé de la direction du forage des canons dans les
ateliers de l'arsenal de Munich, il avait été vivement
frappé de quelques observations qu'il avait été à même
de faire sur la chaleur dégagée par la percussion.

« Si la chaleur, disait-il, est une matière logée dans
les pores des diverses substances, on pourra l'en faire
sortir comme on exprime l'eau d'une éponge et un
même corps ne pourra en émettre indéfiniment. »

Ayant ainsi ramené la question à une expérience, il
publia l'observation suivante : Faisant tourner deux
barres de fer, l'une au-dessus de l'autre, au milieu d'un
liquide, il montrait que la température s'était élevée. Il
parvint même, dans une autre occasion, après deux
heures vingt minutes d'efforts, à faire bouillir de l'eau
à l'aide de la chaleur développée par la friction d'un
cylindre sur une caisse de bois.

« Il serait difficile, dit-il, de décrire la surprise et
l'étonnement exprimé par le visage des assistants, à la
vue d'une si grande quantité d'eau chauffée et rendue
bouillante sans le moindre feu. Quoique dans ce résultat
il n'y eût rien de bien extraordinaire, j'avoue franche-
ment qu'il me causa un plaisir enfantin si grand que

j'aurais dû certainement le cacher et non le laisser paraître si j'avais ambitionné la réputation d'un grave philosophe. »

Quel bonheur pour le savant quand il arrive par une observation intelligente et passionnée de la réalité à déchiffrer après un opiniâtre effort une syllabe de l'énigme du monde !

Les expériences de Rumford n'eurent cependant pas le retentissement qu'elles méritaient. Thomas Young paraît avoir été seul à en apprécier la portée; en 1807, il rapprochait ces résultats de ses observations sur la lumière[1], mais les vieilles idées sur le calorique prévalurent et la science retomba dans les errements des anciennes théories.

Jusqu'alors on n'avait encore saisi que l'importance des études de la physique moderne, mais il y avait davantage à faire ; puisqu'on savait déjà que la chaleur et le mouvement n'étaient qu'une modification d'un même phénomène, on devait se demander si une même quantité de mouvement donnait toujours une quantité équivalente de chaleur.

En 1839, M. Seguin, le neveu de l'illustre Montgolfier, publiait une étude sur l'*Influence des chemins de fer*, dans laquelle il donnait la première détermination expérimentale de l'équivalent mécanique de la chaleur qu'il évaluait à 440 kilogrammètres.

En 1842, un médecin, le Dr Jules Mayer (de Heilbronn), publiait un mémoire, dans lequel il résumait ses expériences sur le même sujet. Tandis que Seguin avait cherché le nombre de kilogrammes qu'un mètre cube

[1] Thomas Young, *Course of lectures on natural philosophy and the mechanical arts.* London, 1807.

de vapeur peut élever à 1 mètre de hauteur (soit 1 kilo-grammètre), Mayer se livrait à une étude semblable sur la dilatation du gaz et donnait le chiffre de 420 kilo-grammètres.

Enfin, Joule, physicien de Manchester, en suivant ses recherches sur l'électro-magnétisme, arrivait, en 1843, à donner la valeur de 423$^{kgm}$,5.

Les expériences de Régnault sur la détente des gaz donnent comme véritable valeur le nombre de 439 kilo-grammètres.

On sait que le kilogrammètre ou cheval-vapeur repré-sente le travail nécessaire pour élever 1 kilogramme à 1 mètre de hauteur, c'est donc une unité absolue. Lors-qu'on dit que l'équivalent mécanique de la chaleur est 439 kilogrammètres, on entend que la chaleur capable d'élever d'un degré du thermomètre centigrade la tem-pérature de 1 kilogramme d'eau suffit pour élever 439 kilogrammes à 1 mètre de hauteur et réciproquement.

Découverte immense! qui fut comme un phare lu-mineux éclairant les ténèbres de l'antique routine. Ce résultat, qui a ouvert des horizons immenses à la science, semble avoir été pour notre siècle une nouvelle philo-sophie de la nature.

C'est cette agitation perpétuelle des molécules qui constitue le phénomène de la chaleur, mais cette cha-leur peut se convertir en d'autres effets ; elle peut, sui-vant son degré d'agitation, devenir lumière, se changer en son ; elle peut enfin produire du travail mécanique.

Des faits multiples viennent confirmer ces théories, et s'appliquent victorieusement aux phénomènes lumi-neux et sonores. Les expériences que l'on peut répéter tous les jours sont connues et ne nous arrêteront pas.

De même que nous avons dit que la chaleur pouvait se transformer en quelque autre mode de force que ce soit, la lumière reproduit ces mêmes phénomènes.

On peut juger de l'importance de ces découvertes en songeant que la nature forme une sorte de cycle matériel, que chacun des divers effets que nous venons de mentionner constitue pour chaque molécule de matière une sorte d'énergie intrinsèque, qui se manifeste à nos sens en chaleur, lumière, etc., suivant le degré plus ou moins élevé de mouvement.

### CORRÉLATION DES FORCES PHYSIQUES

De Grove nous indique[1] l'expérience suivante, qui montre l'interversion de ces actions :

« Une plaque sensibilisée est enfermée dans une boîte remplie d'eau et fermée par une lame de verre, recouverte d'un écran mobile. Entre le verre et la plaque obturatrice se trouve placé un réseau de fils d'argent; la plaque est mise en contact avec l'une des extrémités du fil d'un galvanomètre, et le grillage d'argent avec l'extrémité d'une hélice de Bréguet (sorte de thermomètre très sensible, formé de deux métaux soudés ensemble et dont les dilatations inégales expriment les moindres changements de température); les extrémités libres du fil du galvanomètre et de l'hélice thermométrique étant reliées par un fil de métal, les aiguilles de ces deux instruments sont amenées au zéro. L'obturateur enlevé, aussitôt qu'un rayon de lumière vient à toucher la plaque, les aiguilles dévient. La force initiale

---

[1] De Grove, *Corrélation des forces physiques.*

est ici la lumière qui se transforme sur la plaque sensible en action chimique dans les fils d'argent, en courant électrique dans la bobine du galvanomètre, en magnétisme dans l'hélice, etc.

« Prenant l'électricité pour agent, nous pouvons reproduire une suite de phénomènes absolument semblables; l'expérience, disposée de la façon suivante, est indiquée par M. le professeur Marey :

« Sur une table sont rangés différents appareils, à travers lesquels on peut faire passer un courant électrique engendré par une série de piles; le courant est conduit dans un circuit elliptique reposant sur une planchette carrée. Ce circuit est formé d'un gros fil de cuivre; de distance en distance ce fil s'interrompt et plonge dans des godets à mercure d'où partent d'autres fils qui se rendent aux divers appareils que le courant devra traverser. »

Il est bon de faire remarquer cependant que ces actions multiples se nuisent les unes aux autres et que la quantité d'électricité reste constante, quelle que soit la transformation qu'on lui impose.

N'oublions pas que cette force initiale est dégagée par une action chimique dans la pile par la combustion du zinc par l'acide sulfurique (si c'est une pile de Bunsen), de même que, dans une machine à vapeur, le charbon s'est transformé en traction.

Cette force utilisable, à un moment donné, que l'on appelle *force latente* ou *force en tension*, comme le dit M. Marey, est assimilables celle d'un ressort *tendu*, qui rendra dans un temps donné la force qu'il a emmagasinée.

Amener la force à l'état de travail et la régénérer

ensuite, voilà tout le secret de la nature. Si nous jetons un coup d'œil sur la vie végétale, nous verrons qu'elle emprunte les éléments de son existence au Soleil : toute force émane de lui, tout mouvement en provient.

C'est ce point commun à l'existence de toutes les planètes que je tenais à faire ressortir tout d'abord ; toute vie, tout mouvement émane pour le système solaire de l'étoile centrale autour de laquelle gravitent les planètes.

Cette grande loi de l'unité se retrouve donc ici dans sa manifestation la plus merveilleuse.

Les observations des géologues ont permis d'établir ce fait que notre planète n'est arrivée à l'état parfait qu'elle offre à nos yeux qu'après avoir subi pendant un temps considérable [1] de nombreuses révolutions.

L'hypothèse la plus généralement admise, qui puisse s'appuyer sur des données précises, nous montre la Terre, d'abord à l'état d'incandescence, puis se refroidissant graduellement jusqu'au point où nous la voyons.

L'existence d'un foyer intérieur, fort controversée du reste, semble acceptable à cause de l'accroissement de chaleur que l'on constate dans les diverses contrées du globe à mesure que l'on se rapproche du centre.

L'unité de la nature reparaît encore. Il est juste de supposer que toutes les planètes du système solaire ont une constitution analogue et commune.

On admet aujourd'hui, qu'à l'origine, une vaste nébuleuse, animée d'un mouvement de rotation sur elle-même, s'aplatit par l'effet de la force centrifuge et abandonna des couches de matières qui, réunies au globe,

---

[1] Les appréciations les plus diverses partagent les savants ; les uns fixent à quelques milliers d'années les périodes que nous avons traversées, tandis que d'autres leur assignent des millions d'années.

auraient constitué la Terre et les planètes. On en trouve un exemple dans les nébuleuses en spirales telles que celle du Lion (fig. 21).

Cette théorie est basée sur la forme globulaire des planètes, sur l'aplatissement des pôles, et trouve une

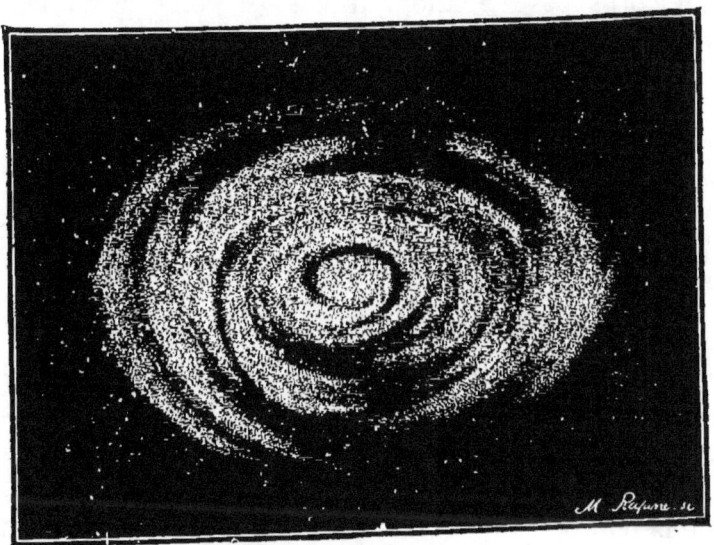

FIG. 21. — Nébuleuse du Lion.

confirmation remarquable dans l'analogie qu'on peut établir avec les phénomènes qui se passent encore dans le ciel.

Ainsi, nous devons admettre que la Terre, d'abord formée de matière gazeuse, aurait passé successivement de l'état liquide à l'état solide. Aujourd'hui, sous la faible écorce qui nous supporte (45 kilomètres d'épaisseur), les matières qui la composent seraient réduites à un état pâteux.

Les mouvements des corps célestes, depuis qu'on peut les observer, s'accordent à démontrer la justesse de deux lois découvertes par Newton et qu'on peut formuler ainsi :

1° Les corps s'attirent en raison directe des masses : c'est-à-dire que si un corps pèse 1 kilogramme, il attire avec une force proportionnelle à 1 kilogramme; si un corps pèse 2 kilogrammes, sa force attractive est doublée.

2° Les corps s'attirent en raison inverse du carré des distances. Étant donné un corps placé à 2 mètres d'un mobile, celui-ci opérera sur le corps une attraction quelconque; si on déplace le corps et qu'on le mette à 3 mètres du mobile, celui-ci aura une action 9 fois moindre.

La chute des corps suit la même loi sur la Terre; si l'on abandonne une pierre à son action propre, l'attraction s'exercera librement sur cette pierre et elle sera attirée vers le centre de la Terre.

La pesanteur se fait sentir également sur tous les corps de la nature; pour s'en rendre compte, on n'a qu'à introduire dans un tube de verre des objets de diverses natures, du papier, du plomb, etc., à extraire ensuite l'air de ce tube à l'aide d'une machine pneumatique. Le vide fait, on place le tube dans une position verticale; puis, on le retourne rapidement : tous les objets descendent avec la même vitesse, comme un seul corps.

Il est intéressant de connaître quelques détails au sujet de la découverte des lois de l'attraction qui ont immortalisé le nom de Newton.

En 1666, Newton, retiré à la campagne, s'occupa pour la première fois de la constitution du système du monde. Plusieurs auteurs avaient déjà énoncé la loi de l'attraction en raison inverse du carré des distances. Newton, en croyant vérifier cette loi sur la chute de la Lune, la trouva fausse et abandonna ses recherches.

En 1670, ayant eu connaissance de la détermination française de la mesure de la Terre, due à Picard, il reconnut que la loi de l'attraction était parfaitement rigoureuse.

On raconte que quand il reçut communication du résultat de Picard et qu'il l'eut appliqué à sa théorie, il fut tellement ému qu'il fut obligé de faire terminer son calcul par un de ses amis.

Pendant tout le temps que Newton mûrit la sublime pensée qui devait l'amener à formuler ses remarquables lois, il ne vécut que pour penser et calculer.

Quelqu'un lui demandant de quelle manière il était parvenu à ses découvertes, il répondit : « En y pensant toujours. »

Une nièce lui tenait lieu de famille. Avec les émoluments de directeur de la Monnaie, les revenus de son patrimoine sagement administrés, il trouvait moyen de faire face à la simplicité de sa manière de vivre. Newton se trouvait très riche et savait se servir de cet avantage pour faire beaucoup de bien[1]. Il ne croyait pas que donner après soi ce fût donner; aussi ne laissa-t-il point de testament; et ce fut toujours aux dépens de sa fortune présente qu'il fut généreux avec ses parents ou avec ceux de ses amis qu'il savait être dans le besoin. Il avait une figure plutôt calme qu'expressive, et un air plutôt languissant qu'animé. Sa santé se soutint toujours bonne et égale jusqu'à l'âge de quatre-vingts ans. Il ne se servit

---

[1] Voir l'*Éloge de Newton* par Fontenelle, et *Newton* dans la *Biographie* des frères Michaud.

jamais de lunettes, et ne perdit qu'une seule dent pendant toute sa vie. Newton ne souffrit beaucoup que dans les vingt derniers jours qui précédèrent sa mort. On jugea qu'il avait la pierre et qu'il n'en pouvait revenir. Dans des accès de douleur, si violents que les gouttes de sueur lui coulaient sur le visage, il ne poussa jamais un cri, ni ne donna aucun signe d'impatience ; et dès qu'il avait quelques moments de relâche, il souriait et parlait avec sa gaieté ordinaire. Jusque-là, il avait toujours lu ou écrit plusieurs heures par jour. Il parcourut les gazettes le samedi 18 mars 1727, au matin, et parla longtemps avec le docteur Mead, médecin célèbre. Il possédait parfaitement tous ses sens et surtout son esprit ; mais le soir il perdit connaissance, et ne la reprit plus, comme si les facultés de son âme n'avaient été sujettes, dit Fontenelle, qu'à s'éteindre totalement et non pas à s'affaiblir. Il mourut le lundi suivant, 20 mars 1727.

# CHAPITRE IX

## LA LUNE

### LES PROSÉLÈNES

Les premiers hommes vivaient en communication plus directe que nous avec la nature ; ils ne se brûlaient point à la vie agitée que nous menons et, dans le silence et le recueillement des nuits sans nuages, ils posaient les bases de l'astronomie.

Dans cette science, qui est la plus ancienne, la première observation fut celle de la Lune. En effet, les premiers observateurs suivaient du regard ce globe brillant qui parcourait, dans la nuit, sa course paisible.

Ils suivaient avec recueillement cet astre qui paraissait les considérer d'un œil languissant, et qui laissait tomber, dans le calme de la nuit, sa pâle clarté comme une rosée lumineuse.

Il peut paraître fort extraordinaire, pour plus d'un lecteur, d'avancer ici que des nations puissantes existaient longtemps avant que la Lune fût enchaînée à notre planète.

Ce n'est cependant pas un paradoxe historique. Plusieurs peuples se sont disputé une semblable antiquité. Les Arcadiens prétendaient que leur race était antérieure à la venue de la Lune. C'est à eux que fut donné le surnom de Pélasges prosélènes.

La même légende se retrouve sur le plateau de Bogota : c'est là que les Européens rencontrèrent les débris d'une race puissante parmi les Muyscas qui, tombés en décadence, n'en accusaient pas moins une antique civilisation et qui avaient conservé parmi leurs traditions sacrées le souvenir d'un temps où la Lune n'éclairait pas encore la Terre.

Si l'on en croit ces légendes que l'on retrouve en divers lieux, notamment dans la vallée de Cachemire, c'était une époque de bonheur, un âge d'or, où tous les hommes jouissaient d'une félicité parfaite.

Quoi qu'il en soit, sans nous arrêter à chercher si notre satellite est un monde mort ou une comète, venue dans notre sphère d'attraction après la naissance de l'homme, nous allons faire connaissance avec elle.

### CE QU'ON VOIT DANS LA LUNE

On est habitué dès l'enfance à reconnaître dans la pleine Lune l'image d'une face réjouie qui semble promener dans l'espace son rictus continuel.

Dans certaines provinces du Nord, quelques personnes à l'imagination vive y trouvent Judas, pendu à une branche de sureau ; d'autres y voient un pauvre homme qui porte sur son dos un fagot volé dans le bois d'un seigneur, et qui enlevé dans la Lune pour ce fait est obligé de se montrer aux hommes pour leur donner un exemple salutaire.

La religion s'est aussi emparée de ces légendes ; la violation du repos dominical est sévèrement puni, aussi les habitants de certains départements reconnaissent-ils dans la Lune un homme portant un lourd fagot ramassé le dimanche. On raconte aussi qu'un paysan ayant voulu clôturer son champ un dimanche, fut enlevé dans la Lune, où il souffre cruellement du froid en portant sur son dos une lourde charge de bois.

On peut se rendre compte, qu'en fait, ces légendes ont un but fort moral et condamnent sévèrement les vices.

Les idées plus ou moins poétiques des diverses régions se retrouvent dans toute leur naïveté. Dans les Ardennes, Caïn, le meurtrier, appuyé sur sa bêche, contemple depuis des siècles le cadavre sanglant d'Abel étendu à ses pieds.

Jean des Navets, poussant sa brouette remplie de navets volés, est aussi connu dans l'Est et remplace le chasseur qui épaule son fusil et vise un lapin, ou l'homme chargé de l'inévitable fagot, ayant sa chèvre qui broute les buissons.

M. Niesten a rapporté une de ces fables, particulière à la Chine, et qui offre un intérêt de curiosité dans la question qui nous occupe.

Nous la retrouvons également chez les Chinois, dans les écrits les plus anciens de leur histoire (xxiiie siècle avant notre ère). « Eux aussi, nous dit Gustave Schlegel [1], plaçaient l'image d'un lièvre dans la Lune. On avait remarqué que les lièvres aiment à gambader, pendant les beaux clairs de lune, devant leurs terriers : c'est pour cette raison qu'on nommait le lièvre l'*essence de la pleine Lune*.

[1] G. Schlegel, *Uranographie chinoise ou preuves directes que l'astronomie primitive est originaire de la Chine et qu'elle a été empruntée par les anciens peuples occidentaux à la sphère chinoise.*

G. DALLET, Les Merveilles du ciel. 10

La croyance populaire ajoutait à ce lièvre un mortier dans lequel il est censé piler des médecines. C'est ainsi qu'on le trouve représenté sur les broderies des vêtements des plus anciens princes de la Chine.

La légende chinoise place aussi dans le disque de la Lune un arbre au pied duquel est un homme condamné à l'abattre. Les blessures qu'il porte au tronc se referment sans cesse; son supplice ne peut avoir de fin. Bien plus, la tradition populaire a conservé le nom de ce malheureux, — il s'appelait *Wou* et son petit nom était *Yang*, — le lieu de sa naissance était *Siho*, dans la province de *Chan-Si*. En se faisant instruire par un génie, rapporte la légende, il commit une faute pour laquelle il fut condamné par celui-ci à couper éternellement l'arbre.

De nos jours encore, une tradition analogue existe en Angleterre. Le *man in the Moon* des Anglais est un pauvre bûcheron qui ramassa un dimanche des branches mortes dans la forêt d'*Epsom*.

La fable chinoise paraît le prototype de toutes les autres légendes semblables que nous retrouvons chez les peuples occidentaux.

Nous savons ce que sont les taches de la Lune; depuis bien longtemps aussi les Chinois avaient sur le caractère de celles-ci des idées exactes. Ainsi, au VIII$^e$ siècle de notre ère, le célèbre Toaw-Tchingchi rapportait l'opinion d'un certain Fao-Chi suivant laquelle le lièvre et l'homme qu'on voyait dans la Lune n'étaient que des taches sombres, plus ou moins marquées, d'immenses terres et de grandes montagnes.

De la Chine cette superstition s'est propagée dans l'Inde, où les taches de la Lune se nomment *ça ça*, ce qui signifie lièvre ou lapin. On trouve aussi dans les anciens livres de ce peuple la Lune désignée sous le nom de *ça ça d'bara*.

La légende du lièvre et de l'homme dans la Lune est une des plus répandues, on la retrouve dans les fables de l'Inde et dans celles des races germaniques.

## CONSTITUTION PHYSIQUE DE LA LUNE

L'astronome ne voit point dans la Lune ce que bien des personnes croient y trouver. Dans tous les points brillants ou obscurs qui semblent dessiner divers tableaux, on aperçoit, lorsque l'on braque un télescope sur son disque, une infinité de volcans émergeant d'un sol tourmenté, d'aspect volcanique, qui laissent une impression de profonde tristesse.

Afin de faciliter leurs recherches, les astronomes ont donné à la plupart des taches dont le disque de la Lune est couvert des noms qu'on trouve sur tous les catalogues.

Nous reproduisons ci-dessous quelques considérations intéressantes empruntées à M. Biot au sujet de notre satellite :

« Comme il n'existe autour de la Lune aucune atmosphère sensible, il s'ensuit qu'il ne saurait y avoir de liquides à sa surface ; car on démontre en physique que, sans le poids de l'atmosphère terrestre et des vapeurs qui s'y trouvent, tous les liquides qui sont à la surface de la Terre se réduiraient en vapeurs jusqu'à ce qu'ils eussent formé une nouvelle atmosphère, à laquelle chacun d'eux contribuerait suivant le degré de sa force élastique. Si cette nouvelle atmosphère restait autour de la

Terre, l'évaporation s'arrêterait quand la tension de la vapeur de chaque liquide serait égale à ce qu'elle serait dans le vide, à la même température. Mais si quelque cause absorbante enlevait ces vapeurs à mesure qu'elles se forment, ce qui aurait dû être le cas de la Lune, puisque les observations prouvent qu'il n'existe point de vapeurs à sa surface, il faudrait bien que, par cette évaporation continuelle, tous les liquides finissent par s'épuiser.

« Ces circonstances physiques s'opposent à ce que la Lune, dans son état actuel, puisse être habitée par des êtres animés semblables à ceux qui peuplent la surface de la Terre, car ils ne pourraient y respirer, ni par conséquent y vivre. Tout doit être solide à la surface de cet astre, et il y règne sans doute un froid excessif. Mais peut-être cet état n'a-t-il pas toujours existé ; il est possible que la Lune ait eu autrefois une atmosphère, qu'alors elle ait été habitée, et que la pesanteur terrestre, favorisée par quelque circonstance particulière, ait attiré cette atmosphère et l'ait réunie à la nôtre.

« Enfin on a quelquefois remarqué sur le disque de la Lune des points lumineux qui ont brillé pendant un temps plus ou moins considérable. On en a vu de semblables, même pendant des éclipses de Soleil, lorsque la face que la Lune nous présente est directement opposée à cet astre. Ces circonstances indiquent que les points dont il s'agit sont lumineux par eux-mêmes. Il est donc possible que ce soient des volcans qui aient des intermissions, comme l'Etna et le Vésuve [1]. L'extrême rareté

---

[1] En Angleterre on a fait, sur ces volcans, une observation curieuse que nous a conservée Lalande à qui nous l'empruntons : Le 3 mars 1794. M. Wilkins vit une lumière sur la partie non éclairée de la Lune, semblable à une étoile.

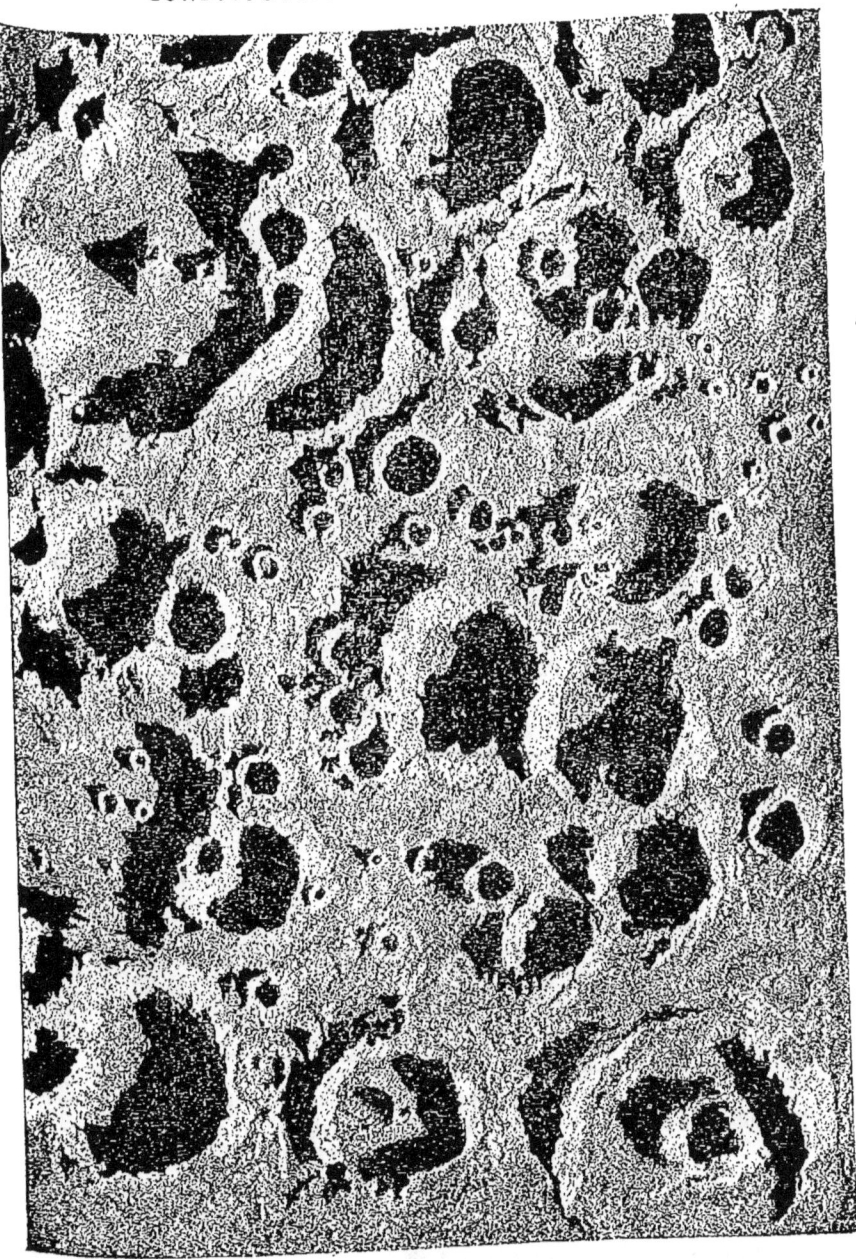

FIG. 22. --- Montagnes lunaires, d'après Nasmyth.

de l'atmosphère lunaire, si toutefois elle existe, n'est pas un obstacle à ces combustions, parce qu'on connaît des substances qui développent dans leur ignition le gaz oxygène nécessaire pour que les corps puissent brûler. »

Sur la Lune, il n'existe, dans la partie que nous pouvons apercevoir, aucun point inexploré. La hauteur des montagnes de notre satellite a été connue bien avant que celles de la Terre fussent mesurées. Le relevé topographique de la Lune que nous devons à Cassini, La Hire, Lohrmann, Gruithuisen, Beer et Mädler, Schmidt, Nasmyth, etc., nous a permis de nous rendre compte de sa conformation physique. Elle a même été photographiée par Rutherfurd, par Janssen, etc., ce qui nous a permis d'en conserver l'image.

On a tenté, à juste titre, des rapprochements entre la géologie de la Terre et celle de la Lune ; on peut, en effet, trouver sur notre planète des rapports d'aspects des plus curieux entre certains paysages lunaires et les régions volcaniques de l'Auvergne ou de l'Irlande.

Ce qui frappe, au premier abord, quand on consulte une grande carte de la Lune, c'est la généralité des formations circulaires dont elle est criblée (fig. 22).

Sur la Terre, la forme sphérique du globe est altérée sensiblement à nos yeux par de vastes dépressions, par

C'était à Norwich, à trente lieues de Londres ; la Lune était dans son premier quartier. M. Maskelyne apprit qu'un domestique intelligent de M. Booth disait avoir vu aussi une étoile sur la Lune, à Londres, sans pouvoir dire le jour. Il se fit conduire sur la place où le domestique était alors ; celui-ci lui désigna la maison au-dessus de laquelle il avait vu l'étoile ; et, calcul fait, il fut reconnu que c'était le même jour et à la même heure que cette lumière avait été aperçue dans les deux villes sans lunette et par des gens qui ne la cherchaient pas. C'est au même endroit de la Lune où Herschel l'avait remarquée, le 20 avril 1787, et le citoyen Caroché, le 27 février 1789.

de hauts plateaux; sur la Lune, rien de semblable : une vaste étendue de sol grisâtre, d'aspect volcanique, est sillonnée de cirques élevés; des étoilements semblables à la brisure d'une vitre étendent leurs rayonnements à distance. L'ensemble du paysage offre un aspect morne et désolé et répond bien à l'idée que nous pouvons nous former d'un pays privé d'air et d'eau, d'un monde mort dont on retrouve la raideur dans les pentes abruptes et arides, dans les contours aux arêtes aiguës.

On sait que la Lune est un corps obscur par lui-même; comme la Terre, elle n'a aucune lumière propre et n'est visible dans l'espace que parce qu'elle reçoit les rayons du Soleil et nous les renvoie, à la façon d'un miroir. Les phases que l'on aperçoit et qui ont tout d'abord attiré l'attention des premiers hommes, proviennent de ce que le Soleil, éclairant la moitié du globe lunaire, suivant les positions relatives de la Terre, de la Lune et du Soleil, nous ne voyons qu'une partie du disque éclairé; il peut même arriver que nous ne l'apercevions plus du tout : c'est le phénomène qu'on nomme *éclipse*.

Ces éclipses ont attiré vivement l'attention des astronomes de tous les temps. L'histoire de l'antiquité contient un grand nombre de récits qui prouvent combien étaient grandes la superstition et la frayeur causées par ce singulier phénomène.

L'imagination poétique des Grecs ne tarda pas à trouver dans ces éclipses le sujet d'une églogue amoureuse.

La Lune, sous le nom de Diane, s'était éprise d'une folle passion pour le berger Endymion, qu'elle venait visiter souvent dans une grotte du mont Lamus, lorsque celui-ci eut été chassé du ciel par Jupiter.

On pensait aussi, à cette époque, que les éclipses

étaient produites par les charmes des sorcières, qui, par
la force de leurs enchantements, faisaient descendre la
Lune du ciel et l'amenaient sur la Terre pour com-
mettre des maléfices, suivant les uns ; pour répandre
sur certaines plantes une écume spéciale aux incanta-
tions, suivant d'autres.

Les peuples sauvages, généralement moins poétiques,
éprouvent, pendant les éclipses, une frayeur considérable
et supplient leurs divinités de faire cesser la nuit. Les
Mexicains, dit-on à ce sujet, jeûnaient pendant les éclipses,
tandis que leurs femmes se frappaient la poitrine et se
meurtrissaient, pensant que la Lune avait été maltraitée
par son mari, le Soleil, dans une querelle de ménage.

De tout temps on a calomnié notre malheureux satellite. Il n'y a pas cinquante ans on prétendait que ses
volcans, encore en activité, lançaient dans l'espace des
pierres et d'autres matières enflammées, que nous ob-
servions dans le ciel, et qui étaient les bolides, les aérolithes ou les étoiles filantes dont on ne connaissait pas
encore l'origine.

On comprend qu'un voisin aussi brutal et aussi incom-
mode, qui nous lançait des pierres, fût l'objet de l'attention des savants.

Les connaissances modernes ont fait justice de ces
erreurs et aujourd'hui nous considérons notre satellite
comme un calme représentant des corps célestes, le
plus proche de nous, bien qu'il soit encore très éloigné.
Nous pouvons nous rendre facilement compte de sa distance par une comparaison fort simple.

Un train-express marchant avec une rapidité moyenne
y parviendrait en près de neuf mois, temps relativement
court. Un boulet de canon ne mettrait pas plus de neuf

jours pour y arriver, et une dépêche télégraphique serait reçue là-haut en une seconde et demie si nous pouvions y établir des postes.

On a toujours accusé la Lune d'inconstance, et les vers sublimes que Shakespeare met dans la bouche de Juliette nous en conservent un des plus charmants souvenirs.

On a fait une remarque ingénieuse au sujet de la forme qu'elle prend dans ses phases, et on en a tiré une preuve de plus pour justifier son nom de *luna mendax* (lune menteuse). En effet, quand elle a la forme d'un C elle décroît, et quand au contraire elle prend la forme approchée d'un D elle croît. Elle est donc chaque fois dans une phase dont son apparence ne donne pas l'initiale.

## LES HABITANTS DE LA LUNE

Le nombre de relations de voyages effectués dans la Lune est considérable, et, depuis Plutarque, plus d'un romancier laissa voguer son esprit vers les tristes régions de la Lune et nous créa des types spéciaux des habitants de cet astre.

Il n'est pas sans intérêt de suivre rapidement les écarts d'imagination de ces rêveurs. Nous en tirerons, en tout cas, une conclusion pleine de philosophie; c'est que tous les types de sélénites créés par l'imagination des poètes sont calqués sur notre existence même et que, quelque monstrueux assemblage qu'enfante notre esprit, ce sera toujours un composé hétérogène de toutes les choses qui nous entourent. L'homme ne sait rien créer, il ne peut que détruire.

L'un des plus anciens auteurs qui aient décrit les formes vivantes vues sur la Lune est Lucien (de Samosate),

l'auteur des *Dialogues des Morts*. Pour faire son aventureux voyage dans la Lune, il va la prendre dans l'Océan,
au moment où elle se lève, son navire peut y aborder
facilement et il a la chance d'assister à une sanglante
bataille entre Phaéton et Endymion. L'intérêt de cette
lutte c'est qu'elle nous montre les combattants dont les
formes sont les plus singulières : on y voit figurer les
Lacanoptères (ailes d'herbe), les Anémodromes (qui courent sur le vent), les Hippogérames (chevaux-grues).

Au milieu du XVII<sup>e</sup> siècle, Godwin publia son roman
de *l'Homme dans la Lune*, et Wilkins donna *le Monde
dans la Lune*.

Godwin représente les Sélénites comme semblables à
nous, avec un teint olivâtre et une taille double de la
nôtre. Leurs vêtements sont dissemblables de ceux que
nous portons et d'une couleur qui nous est inconnue.
Ils meurent fort âgés et leur corps ne se décompose
pas après leur mort ; ils passent leur existence dans un
sommeil profond pendant quinze jours et dans une
grande activité durant une autre quinzaine. Leur langage est une musique suave et agréable.

Wilkins ne donne aucune description des habitants de
notre satellite, il se borne à dire que c'est une terre comme
la nôtre, mais dont les habitants sont fort différents de
nous.

Il serait trop long d'analyser l'amusante relation que
vers la même époque Cyrano de Bergerac donna de son
*Voyage dans la Lune*. Il nous apprend que les Sélénites
ne diffèrent pas beaucoup de nous, qu'ils ressemblent
plutôt à des faunes qui marcheraient à quatre pattes. Ces
individus sont de taille énorme et Cyrano, malgré sa
haute stature, est pour eux comme un petit singe. Un pro-

cédé très *lunarien* pour connaître l'heure consiste, nous dit Cyrano, dans l'opération suivante : La personne à laquelle on demande l'heure se met en face du Soleil, de façon à ce que son nez soit dans le méridien ; elle ouvre la bouche et l'ombre du nez tombant sur telle ou telle dent indique l'heure. On pense bien que les Sélénites ne peuvent pas manger comme des terriens : aussi, à l'heure des repas, se couchent-ils sur des hamacs et reçoivent-ils des exhalaisons de viandes cuites qui pénètrent par les pores du corps tout entier qui baigne dans ces effluves nutritives.

Huyghens ne craignait pas d'affirmer que toutes les planètes étaient habitées par des hommes semblables à nous, car, d'après lui, notre constitution est des plus heureuses et on ne peut en imaginer une préférable.

Enfin, pour terminer cette énumération, en 1853, on colporta, sous le nom d'Herschel, une brochure dans laquelle les Sélénites étaient représentés comme des hommes, munis d'ailes de chauves-souris et volant au-dessus des lacs lunaires.

Les romanciers scientifiques se sont emparés de cette idée et leur imagination fertile a été tentée par ce voyage. Jules Verne lance vers notre satellite son boulet-wagon et Edgard Poë y envoie l'intéressant bourgeois Hans Pfaal.

Notre pauvre Lune a été tour à tour dotée des climats les plus différents. Elle a été tantôt un véritable paradis, séjour admirable habité par des êtres supérieurs ; tantôt un noir Tartare, sombre et désert, tombeau ambulant, entraîné par le sort au travers des espaces infinis.

Quoi qu'il en soit, s'il y a des habitants dans la Lune, notre Terre est pour eux un astre immense qui leur offre les mêmes phases que la Lune nous montre, mais dans un ordre inverse.

Ils voient la pleine Terre (fig. 23) lorsque nous observons la nouvelle Lune et ainsi de suite.

Fig. 23. — La Terre vue de la Lune.

Des Sélénites il n'y a rien à dire de plus.

Peut-être sur la Lune les savants suivent-ils les progrès

de notre monde grossier. Peut-être ont-ils assisté à nos dernières batailles, peut-être ont-ils vu nos défaites ? Qui sait s'ils ne verront pas le jour du châtiment ? Qui sait s'ils ne contempleront pas, effrayés et surpris, la lutte suprême ?

Mais laissons les rêves d'avenir sommeiller en paix dans nos cœurs, car, pour nous, l'avenir n'existe pas. Aujourd'hui, hier, demain, sont autant de termes vains qui passent devant l'infini des temps.

Lorsque, sur la Terre, le dernier souffle se sera perdu dans l'espace, lorsque la dernière paupière se sera fermée, d'autres soleils éclaireront encore d'autres mondes, où le printemps couvrira la terre de fleurs, où la vie se manifestera avec la même intensité que sur notre globe.

Emportés dans un mouvement constant, les astres sont dans un perpétuel tourbillon, la Lune tourne autour de la Terre, qui suit le Soleil, tandis que l'astre radieux est emporté lui-même vers un foyer qui semble toujours fuir devant lui.

Nous allons terminer en indiquant les observations sérieuses sur lesquelles on a pu se baser pour se faire une idée de la constitution lunaire.

La Lune, comme notre Terre, nous offre des traces de révolutions successives ; on peut le constater sur certains cirques dont l'enceinte est double : la première étant beaucoup plus grande que la seconde, il semble évident que celle-ci s'est formée aux dépens de la première ; dans l'autre cas, le pic central paraît avoir émergé après les révolutions d'où sont provenues les enceintes.

Nous ne pouvons pas affirmer l'absence d'atmosphère sur la Lune, cependant aucune observation ne permet de lui en accorder une. En effet, si elle existait, elle aurait été signalée soit pendant les éclipses totales, soit par les occultations d'étoiles.

Rien, du reste, n'indique sur le disque lunaire la présence d'une végétation quelconque, ni le moindre changement ; de plus, l'absence d'air et d'eau semble faire de notre satellite un séjour de mort et de désolation.

Il peut être intéressant de savoir le rapport qui existe entre la quantité de lumière que nous envoie la Lune, et celle dont nous inonde le Soleil.

De nombreuses expériences ont conduit à admettre que l'éclat de la Lune est plusieurs centaines de milliers de fois plus faible que celui du Soleil ; Zöllner a déduit, d'une longue suite d'observations, la conclusion que le Soleil nous envoie 619 000 fois plus de lumière que la Lune quand elle est pleine.

La lumière que nous envoie la Lune est assez complexe : elle se compose des rayons du Soleil qu'elle nous renvoie et d'une partie de la lumière qu'elle reçoit de nous. Depuis la nouvelle Lune jusqu'au premier quartier, alors que le croissant, d'abord très délié, augmente de plus en plus jusqu'à devenir un demi-cercle, un observateur qui se trouverait placé sur la partie de la Lune non éclairée verrait une certaine partie de l'hémisphère éclairé de la Terre, qui enverrait de la lumière sur une portion de l'hémisphère obscur de la Lune.

Par une belle nuit, calme et pure, on observe cette lueur, qu'on appelle la *lumière cendrée de la Lune*, qui est assez forte pour nous permettre de distinguer le disque entier et pour rendre visibles les détails de la surface de la Lune opposée au Soleil.

Si la Lune nous envoie des rayons lumineux qu'elle

reçoit du Soleil, elle nous restitue aussi une partie des rayons calorifiques que cet astre lui déverse ; mais cette quantité de chaleur rayonnante est si faible que les thermomètres les plus sensibles permettent à peine de la constater.

Si on expose un thermomètre à boule noire aux rayons du Soleil, le mercure indiquera une température de 35 à 40° ; soumis à l'action de la Lune, le mercure ne devrait pas s'élever de plus de 1/1500 de degré ; or, en concentrant les rayons de la Lune dans un télescope, on aurait à peine une différence de 1/50 de degré ; cette différence tient au manque de sensibilité des thermomètres, qui ne peuvent indiquer une aussi faible variation ; on est conduit à utiliser un autre appareil thermométrique bien plus sensible, qui est fourni par les piles thermo-électriques.

Par l'emploi de cet instrument et à l'aide de son grand télescope, Lord Ross rechercha les variations de température qui pouvaient se faire sentir sur la Lune suivant qu'elle était exposée aux rayons solaires ou non ; cette différence atteignait 500°.

Par suite, on est conduit à accepter, malgré l'indécision de la détermination absolue, que la température, à la surface de la Lune, est de 200 à 300° au-dessous de zéro, quand elle n'est pas éclairée par le Soleil, et indique une valeur identique au-dessus de zéro quand les rayons de Soleil l'inondent.

En un mois, les habitants de la Lune subiraient donc des variations de température, qui dépasseraient 500°, passant d'un froid, que nous nous imaginons mal, à une température telle que les métaux seraient en fusion.

On conçoit qu'une constitution semblable à la nôtre ne pourrait résister à de tels changements et qu'on doit admettre pour les habitants de la Lune, s'il y en a, une organisation toute différente de celle qu'on leur prête volontiers.

La Terre vue de la Lune est un des plus beaux spectacles célestes qui existent; même en supposant que les astronomes lunaires soient munis de télescopes aussi puissants que les nôtres, ils ne verraient pas plus de preuves de la vie sur la Terre que nous n'en voyons sur la Lune.

## LE CALENDRIER

Lorsque M. Jourdain, dans la comédie de Molière, demande à son maître de philosophie qu'il lui apprenne l'*Almanach*, il obtient un vrai succès de rire, mais on ne sait généralement pas que les leçons qu'il demande ainsi sont loin d'être simples et que l'explication de l'almanach touche aux points les plus délicats de la science; aussi sommes-nous obligés de demander à nos lecteurs d'apporter une grande somme d'attention pour les premières questions de cette étude.

L'étymologie du mot *almanach* vient du mot *Man*[1], qui signifie *Lune*, et de *al*, qui équivaut à notre article *le* chez les Orientaux. Le mot calendrier vient de *calendes*, qui servait à désigner, chez les Romains, le premier jour de chacun de leurs mois. Les Grecs n'avaient pas de calendes dans la division qu'ils avaient adoptée, de là l'expression : renvoyer une affaire aux calendes grecques, c'est-à-dire à une époque indéterminée.

---

[1] On peut rapprocher de *Man* les mots grecs Μήν et Μήνη, qui signifient également Lune. Ne pourrait-on pas aussi y trouver l'étymologie des mots anglais et allemands *Mond* et *Moon*, qui représentent chez nos voisins d'outre-Manche et d'outre-Rhin le nom de notre satellite?

De tous temps, les hommes ont éprouvé le besoin de mesurer le temps par les unités qu'ils ont choisies comme points de comparaison; les plus usités sont le jour et ses subdivisions, l'heure ou 1/24 du jour, la minute ou 1/60 d'heure; la seconde ou 1/60 de minute.

Il y a plusieurs sortes de *jours* aussi; comme la détermination de cette unité de temps est assez complexe, nous devons prévenir d'avance nos lecteurs que son explication sera fort délicate.

On sait que l'on donne le nom de *jour* au temps pendant lequel le Soleil nous éclaire : c'est le jour *naturel*, opposé à la nuit; ces deux portions de temps varient dans nos climats, en raison inverse; deux fois seulement par année, aux équinoxes, la durée des jours et des nuits est égale.

Les variations dont nous venons de parler ne permettaient pas de baser une unité de temps sur le jour naturel; il fut bientôt évident, pour les astronomes, qu'il était nécessaire d'avoir recours à une autre méthode d'estimation de la durée du jour.

En astronomie, le jour représente le temps que la Terre met à exécuter une révolution entière autour du firmament; par conséquent, il exprime des durées plus ou moins longues, suivant que l'astre auquel on compare le mouvement de la Terre est fixe ou mobile.

On donne le nom de *jour solaire, jour vrai, jour astronomique*, à l'espace de temps qui s'écoule entre deux passages successifs du même méridien devant le Soleil.

Les jours astronomiques varient de longueur suivant l'inégale vitesse avec laquelle la Terre se meut dans son orbite; on sait, en effet, que le mouvement diurne apparent du Soleil est plus rapide en hiver qu'en été. L'obliquité de l'écliptique a aussi une certaine influence sur la longueur du jour astronomique, car le mouvement diurne apparent du Soleil, en ascension droite, est plus faible aux équinoxes qu'aux solstices.

Le *jour civil*, ou *jour moyen*, est égal au temps que met la Terre pour faire un tour complet sur elle-même, en supposant que la vitesse de son mouvement soit constante et qu'elle exécute $365^{révol.},2425$ dans une année moyenne du calendrier grégorien.

C'est du jour civil qu'on se sert toujours dans les besoins courants de la vie, c'est sur lui que les horloges doivent être réglées. Sa durée est égale à 12 heures, comptées de *minuit* à *midi* ; 12 heures de minuit à midi forment la nuit ; le jour astronomique, dont nous avons parlé plus haut, commence à midi, au moment du passage du Soleil au méridien, et l'on compte les heures de 0 heure à 24 heures, c'est-à-dire d'un midi à l'autre.

Pour bien fixer les idées à ce sujet, le 19 décembre 1887, à 8 heures du matin, temps civil, équivaudra au 18 décembre 1887 à 20 heures, temps astronomique.

L'unité la plus employée étant le jour civil, la plupart des nations le font partir de minuit, ainsi que faisaient les Romains. Dans l'antiquité, cependant, plusieurs peuples suivaient une méthode différente. Les Perses, les Babyloniens, le faisaient commencer avec le lever du Soleil ; les Juifs, les Grecs, avec le coucher de cet astre ; tandis que les Romains et les Arabes l'avaient fixé à midi.

Le *jour sidéral* est le temps écoulé entre deux retours successifs d'une étoile quelconque à un méridien terrestre donné ; sa durée est fixe, mais un peu plus courte que celle du jour solaire ou du jour moyen ; elle est égale à $23^{h}.56^{m}4^{s}$ en temps moyen.

Le *jour lunaire*, autrement dit le temps que la Lune met à revenir au même méridien, est de $24^h 54^m$, temps moyen.

Jusqu'à l'époque de la seconde Restauration, les horloges de Paris étaient réglées sur le temps vrai, c'est-à-dire sur le passage du Soleil vrai au méridien.

Leur marche devait donc être modifiée presque chaque jour; maintenant, elles sont réglées sur le temps moyen: elles sont donc tantôt en avance, tantôt en retard sur l'heure marquée par les cadrans solaires; de là est résultée la plus grande facilité dans le réglage de ces instruments et leurs indications sont plus comparables.

Lorsqu'il fut question de cette réforme, le préfet de la Seine, craignant une insurrection des ouvriers de Paris, si l'on changeait le midi auquel ils étaient accoutumés, s'arma d'un rapport du Bureau des longitudes et fit prononcer le changement; le peuple ne s'aperçut même pas de la modification qu'on avait apportée dans les horloges et les précautions de M. Chabrol restèrent inutiles.

Le mouvement croissant des affaires, les besoins nouveaux de l'industrie, ont fait une nécessité de ce qui, en 1816, n'était qu'une réforme rationnelle.

Aujourd'hui il faut encore faire un progrès. Nous empruntons à M. Angot les lignes suivantes qui en contiennent l'énoncé:

Parmi les réformes proposées par le Congrès de Washington et que l'on pourrait faire aisément et non sans avantages entrer immédiatement dans la pratique, est une nouvelle manière de compter les heures du jour. Dans la vie civile, on a, depuis l'antiquité, l'habitude de diviser le jour, non pas, comme on le dit généralement, en vingt-quatre heures, mais en deux fois douze heures, ce qui ne revient pas du tout au même. En effet, les heures étant numérotées seulement de zéro à douze, il y a dans la journée deux moments qui portent le même nom, et quand on parle de *huit* heures, par exemple, il faut avoir soin d'ajouter si c'est huit heures *du matin* ou huit heures *du soir* que l'on veut désigner. Cela est une source perpétuelle d'équivoques; qui de nous, pour ne citer qu'un cas, en consultant un indicateur des chemins de fer, n'a souvent perdu bien du temps et risqué de s'embrouiller dans les désignations *matin* et *soir* qu'il faut aller chercher tout au haut des colonnes?

Un moyen bien simple d'éviter ces embarras serait de se mettre à compter les heures de zéro à vingt-quatre, depuis minuit; c'est là certainement une des recommandations du Congrès de Washington que l'on peut suivre le plus aisément. Dans ce système les noms des heures jusqu'à midi ne subiraient aucun changement, mais une heure du soir deviendrait treize heures ; huit heures du soir, vingt heures; et ainsi de suite en ajoutant toujours douze. Pour répandre plus vite cette habitude, il suffirait de donner aux horloges publiques la disposition que représente notre figure 24 : les chiffres des heures seraient marqués de zéro à vingt-quatre sur deux cercles concentriques, le cercle intérieur correspondant aux heures de jour (de six heures à dix-huit heures) et le cercle extérieur aux heures de nuit. Cela ne nécessiterait aucun changement dans les mouvements. Le Congrès de Washington a invité les astronomes à reporter à minuit leur point de départ de l'heure, pour rétablir l'uniformité ; espérons que dans la vie civile on ne se montrera pas plus entêté que dans le monde des savants; puisqu'ils ont adopté le point de départ du

FIG. 24. — Horloge pneumatique à cadran de vingt-quatre heures.

public, le public voudra à son tour adopter la manière de compter des savants; au bout de quelques jours d'expérience, il aura bien certainement reconnu que c'est pour lui tout profit.

Malheureusement, jusqu'à ce jour, il semble que tous les essais tentés dans cette voie de progrès soient restés infructueux.

## LA SEMAINE

Maintenant que nous savons apprécier la durée d'un jour, étudions ce qu'on entend par semaine ou durée de sept jours. Cette division existe depuis la plus haute antiquité; cette tradition se perpétua, dit-on, en souvenir des sept jours de la création; ce furent les Chaldéens qui nommèrent les jours de la semaine d'après les planètes qu'ils connaissaient.

Notre *dimanche* était, chez les anciens, le jour du Soleil; en allemand et en anglais, il a la même signification : *(Sonntag* et *Sunday)*; le lundi était le jour de la Lune *(Lunæ dies* [1], *Montag, Monday)*; le mardi devenait jour de Mars *(Martis dies)*; le mercredi, celui de Mercure *(Mercurii dies)*; le jeudi, celui de Jupiter *(Jovis dies)*; le vendredi, celui de Vénus *(Veneris dies)*; et enfin le samedi, celui de Saturne *(Saturni dies)*.

Au temps des Juifs, le samedi ou jour du sabbat, était le premier de la semaine; il était consacré au repos en souvenir de la création du monde; les chrétiens ont adopté le dimanche, en mémoire de la résurrection de

[1] Les personnes qui connaissent les patois du Midi retrouveront dans les noms de jours leur ressemblance encore plus frappante : *di-lun, di-mar, di-mer,* etc.; quant au dimanche, son étymologie vient de *dies dominica* (jour du Seigneur).

Jésus-Christ; les mahométans ont choisi le vendredi,
parce que, suivant leur religion, c'est le jour où l'archange Gabriel remit le *Coran* à Mahomet.

Les Grecs et les Romains comptaient les jours par
décades; ce n'est qu'avec l'établissement du christianisme qu'ils adoptèrent la nouvelle mesure du temps.

## LE MOIS

Le mois, qui vient ensuite comme unité de temps,
semble avoir eu, comme point de départ, le mouvement
de la Lune; en effet, en grec Μήν veut dire la Lune, et il
ne faut pas beaucoup de bonne volonté pour y voir le
radical de mois; en anglais *Moon* (Lune) et *month* (mois);
en allemand *Mond* (Lune) et *Monat* (mois), sont également bien proches parents.

Si nous partons de ce principe, la révolution synodique
de notre satellite, autrement dit, le temps qui s'écoule
entre deux nouvelles Lunes, est de $29^j,5$ environ.

Les Égyptiens se servaient d'une période de 12 mois
de 30 jours chacun; ils ne recommençaient cette période
qu'après avoir complété la précédente par cinq jours
complémentaires, dits *épagomènes*.

Chez les Grecs, on comptait d'abord deux mois sans
compter le mois intercalaire; ces mois étaient alternativement *pleins* et *caves*, c'est-à-dire égaux à 30 ou à
29 jours; on les partageait ensuite en 3 décades dont la
troisième, dans les mois caves, n'avait que 9 jours.

Pendant la première décade, on allait de 1 à 10, le
premier jour ayant le nom particulier de νεομηνία (nouvelle Lune); la deuxième décade se comptait de même;
quant à la troisième, on nombrait les jours par rapport à

la disparition de la Lune ; ainsi, le 21 se disait le dixième
ou le neuvième jour avant la *Lune évanouissante, suivant que le mois était plein ou cave.*

Les mois romains, dont nous avons tiré les nôtres,
doivent appeler notre attention. Romulus, qui n'était
pas astronome, institua une période de dix mois après
laquelle on recommençait les mois dans le même
ordre.

Le premier de ces mois s'appela *Mars*, pour rappeler
le nom du dieu dont Romulus croyait descendre.

Le second mois *(Aprilis)* viendrait, dit-on, de *aperire*
(ouvrir), parce que c'est le moment où la terre s'ouvre;
on pense également qu'il peut venir, par corruption,
d'*Aphrodite*, un des noms de Vénus.

Le troisième mois était consacré à Maïa, mère de Mercure ; le quatrième, *Junius*, à Junon ; il aurait été an-
ciennement *Junonius;* le nom des six autres mois indiquait
seulement leur rang. C'est ainsi que *Quintilis* signifiait
cinquième, *Sextilis* sixième, *September* septième, *October*
huitième, *November* neuvième, *December* dixième.

Deux mois furent ajoutés, dit-on, par Numa ou par
Tarquin ; l'un prit le nom de *Januarius*, dérivant de Janus ;
le second ayant pour étymologie, suivant certains savants, le mot *februalis*, représentant les sacrifices expia-
toires, venant, suivant d'autres, de *Februo,* dieu des
morts.

Les mois de mars, de mai, *Quintilis* et *October* avaient
chacun 31 jours, les autres 30 jours seulement : on arrivait ainsi à un total de 304 jours. On y ajouta pour les
deux mois supplémentaires, d'abord 51, puis 57 jours,
répartis 29 à janvier et 28 à février.

Les mois romains étaient partagés en trois périodes

inégales séparées par le jour des calendes [1], par celui des nones et celui des ides.

Comme nous l'avons vu chez les Grecs pour désigner les jours de la troisième décade, les Romains comptaient en revenant du jour des calendes, par exemple, vers le moment considéré, c'est-à-dire qu'ils énonçaient le nombre de jours qui les séparaient de la fête; ainsi ils disaient : Trois jours avant les nones, cinq jours avant les calendes, etc.

Pour compléter le désordre dans lequel leur année se trouvait plongée, ils créèrent un mois supplémentaire qui s'ajoutait tous les deux ans aux mois ordinaires. Ce mois, qui recevait le nom de *mercedonius*, s'intercalait tout entier entre le 23 et le 24 février, de sorte qu'on disait : Le 23 février, le 1er, le 2e... *mercedonius*... puis le 24, le 25 février, etc.

En 1793, on proposa de nouvelles divisions pour les mois de l'année. On comptait dans ce système 12 mois de 30 jours = 360 jours et les jours complémentaires ou épagomènes, au nombre de 5 ou 6 [2] complétaient l'année sans être intercalés dans aucun mois particulier.

Chaque mois était divisé en trois décades, dont les jours portaient les noms de *primidi, duodi, tridi, quartidi, quintidi, sextidi, septidi, octidi, nonidi, decadi.*

Les mois avaient reçu le nom de *vendémiaire, brumaire, frimaire, nivôse, pluviôse, ventôse, germinal, floréal, prairial, messidor, thermidor, fructidor.*

Ce calendrier fut appliqué pendant treize ans.

---

[1] Les calendes étaient toujours fixées au 1er de chaque mois; les nones arrivaient le 5 ou le 7 et les ides le 13 ou le 15.

[2] Ce sont ces jours complémentaires qui portèrent le nom de sans-culottides.

## L'ANNÉE

L'année, une des plus longues périodes en usage pour mesurer le temps, varia, ainsi que les autres unités de temps, suivant les peuples.

En Égypte, où l'année était de 365 jours, il y avait une petite différence avec l'année astronomique qui est de 365$^j$,25 : l'année était donc vague.

L'année grecque était en moyenne de 365 jours également; or, un oracle avait prescrit aux Grecs de célébrer certaines fêtes aux mêmes jours de l'année et aux mêmes phases de la Lune; avec une année vague il était bien difficile de déterminer ces dates avec précision jusqu'au moment où Méton eut découvert le cycle qui porte son nom et qu'on fit connaître en 433 avant notre ère, pendant la célébration des jeux Olympiques.

Ce cycle, qu'on appelle *nombre d'or* parce que les Grecs, dans leur enthousiasme, le firent graver en lettres d'or sur les monuments publics, était basé sur la remarque que 19 années contenaient 235 lunaisons; après 19 années les phases de la Lune revenaient aux mêmes jours.

Les Romains avaient fini par avoir une année de 366 jours, qui était aussi bien en désaccord avec l'année astronomique que les années vagues dont nous avons parlé. Devant cette difficulté, on se décida à donner aux pontifes le droit de donner au mois intercalaire *mercedonius*, le nombre de jours nécessaire. Malheureusement, les abus les plus éhontés résultèrent de ce pouvoir discrétionnaire qui permettait aux pontifes d'avancer les échéances, de prolonger ou d'abréger la durée des magistratures.

On en était arrivé à célébrer les fêtes connues sous le

nom d'*automnalia* au printemps et les fêtes de la moisson en hiver.

Jules César résolut de porter un remède énergique à
tous ces désordres. Soutenu par les conseils d'un astronome égyptien, Sosigène, il opéra ce qu'on appelle la
réforme *julienne*.

César assigna à l'année 708 de Rome une durée de
445 jours ; ces 445 jours se composèrent de l'année ordinaire, d'un *mercedonius* de 23 jours et de deux mois
intercalaires de 33 et 34 jours, qui furent placés entre
novembre et décembre. Cette année fut appelée l'année *de confusion* et répond à la 46ᵉ avant notre ère.

Pour perpétuer le maintien de cette réforme, le mois
de *Quintilis*, dans lequel Jules César était né, reçut le
nom de *Julius* (juillet).

Plus tard (730 de Rome) le mois de *Sextilis* reçut
le nom d'*Augustus* (août), en souvenir de l'empereur
Auguste.

Devant un semblable exemple, Tibère, Claude, Néron,
Domitien, tentèrent de faire inscrire leurs noms dans le
calendrier. Heureusement pour l'histoire de l'humanité,
ces tentatives demeurèrent vaines.

Des erreurs commises dans l'emploi des bissextiles
amenèrent le plus grand désordre dans l'année courante ;
ce fut Auguste qui y porta remède en retranchant les
bissextiles de trop qu'on avait indûment comptées.

Une autre réforme, plus grave que la précédente, reçut le nom de réforme *grégorienne*. La période julienne
avait fixé à 365ʲ,25 la longueur de l'année ; or, elle est
exactement de 365ʲ,2422. Cette légère différence produisit
après quelques siècles de grandes différences. Au concile
de Constance, le cardinal Pierre d'Ailly proposa de réfor-

mer cette erreur. Après de longues discussions, Grégoire
XIII réussit en 1582 à opérer cette réforme, avec l'aide
d'un savant calabrais du nom de Lilio.

A l'aide d'intercalations, on finit par faire cadrer l'année
julienne avec l'année rationnelle et on prit ce moyen
terme de n'admettre comme bissextiles que les années
composées d'un nombre de siècles divisible par 4.

A Rome, la réformation commença le 5/15 octobre, en
France le 10/20 décembre 1582 ; les autres nations se
rallièrent peu à peu à ce changement.

## ÈRE

Ajoutons maintenant quelques mots au sujet des *ères*
adoptées par les diverses chronologies.

L'ère du monde, d'après les commentateurs de la
Bible, pourrait varier de 5500 ans à 4004 ; ce dernier
nombre est celui qu'ont adopté Bossuet et Rollin.

L'ère olympique correspond à l'an 776 avant Jésus-
Christ et rappelle la reprise des jeux Olympiques.

L'ère de la fondation de Rome, d'après Varron, remon-
terait à 753 avant Jésus-Christ.

L'ère de Nabonassar s'ouvrit 747 ans avant la naissance de Jésus-Christ.

L'ère chrétienne fut fondée par un moine de l'Église
romaine, nommé à cause de sa petite taille Denys le
Petit. Il supposa que Jésus-Christ était venu au monde le
25 décembre de l'an de Rome 753, et il désigna l'année
suivante (754) comme l'initiale de l'ère dyonisienne.

L'ère mahométane ou de l'hégire correspond à l'an
622 de l'ère chrétienne.

L'ère du calendrier républicain commence au 22 septembre 1792, date de la fondation de la première République en France.

## CALENDRIER PERPÉTUEL

En dehors des questions que nous venons d'indiquer, il peut être intéressant de voir, d'une façon générale, ce qu'on entend sous le nom de *calendrier* ou *almanach perpétuel*.

Comme tous les procédés employés ont de grandes analogies, il nous suffira d'en présenter un, qui nous a paru curieux.

Veut-on trouver le jour de la semaine à une date quelconque? Ajoutez au millésime de l'année les entiers contenus dans le quart de ce millésime. Ajoutez ensuite le rang du jour, en partant du commencement de l'année, faites la somme, soustrayez ensuite les chiffres du siècle, le reste de la division par 7 de cette différence exprime le jour de la semaine en attribuant au samedi une valeur 0, au dimanche 1, au lundi 2, au mardi 3, etc.

Ces opérations semblent peu claires au premier coup d'œil; pour fixer les idées, nous allons donner un exemple des calculs à effectuer.

Veut-on savoir, par exemple, quel jour tombera le 31 décembre de l'année 1887? Nous aurons :

| | |
|---|---:|
| Millésime.. | 1887 |
| Quart de l'année. | 471 |
| Quart de siècle.. | 4 |
| Rang du jour dans l'année. | 365 |
| | 2727 |
| | 18 |
| Siècle.. | |
| Valeur définitive. | 2709 |

$$\frac{2709}{7} = 0$$

Or, 0 correspond au samedi, le 31 décembre 1887 sera donc un samedi.

Il y a une petite modification à apporter aux règles

précédentes, lorsque l'année est bissextile. Dans ce cas, il y a lieu de soustraire une unité au reste final pour les deux premiers mois et d'attribuer le rang des années ordinaires aux jours des dix derniers mois.

On opère alors de la manière suivante :

Quel jour tomberont, en 1888, le 7 janvier et le 15 août?

|  | 7 JANVIER | 15 AOUT |
|---|---|---|
| Millésime.. . . . . . . . . | 1888 | 1888 |
| Quart de l'année. . . . . . | 472 | 472 |
| Quart du siècle.. . . . . . | 4 | 4 |
| Rang du jour dans l'année. . . | 7 | 227 |
|  | 2371 | 2591 |
| Siècle.. . . . . . . . . | 18 | 18 |
| Valeur définitive. . . . . . | 2353 | 2573 |

2353 devant être diminué d'une unité, puisque l'année est bissextile devient 2352, tandis que la valeur définitive ne changeant pas pour les dix derniers mois le nombre 2573 ne varie pas.

En faisant la division par 7 on obtient les restes :

$$\frac{2352}{7} = 0. \text{ Or, } 0 = \text{samedi.}$$

$$\frac{2573}{7} = 4. \text{ Or, } 4 = \text{mercredi.}$$

Le 7 janvier 1888 sera donc un samedi et le 15 août tombera un mercredi.

On peut ainsi rechercher les dates anciennes qui ont quelque utilité, sans être obligé de se livrer à des calculs bien difficiles, comme on a pu le voir, si on a suivi avec attention les développements qui précèdent.

Nous empruntons à M. Édouard Lucas[1] les quelques détails suivants qui nous paraissent pleins d'intérêt :

[1] Lucas, *Science et Nature*, 1884. t. I, p. 207.

*Calendrier perpétuel julien et grégorien.* — Une date quelconque se compose de quatre données : 1° le *quantième* ou numéro du jour dans le mois ; 2° le nom du *mois ;* 3° le numéro de l'*année* dans le siècle ; 4° le numéro du siècle *julien* ou *grégorien.* A ces quatre données correspondent quatre nombres Q., M, A et J ou G, dont la somme permet de trouver immédiatement le nom du jour de la semaine qui correspond à une date quelconque, depuis l'année 45 avant l'ère chrétienne jusqu'à la fin des siècles, en admettant que le calendrier ne subisse plus de modifications (fig. 25). Vérifions d'abord l'un ou l'autre des deux calendriers, pour une date quelconque, celle du 23 février 1884, par exemple.

On conçoit que la somme des quatre nombres Q, M, G ou J, et A, augmente d'une, de deux, de trois,..., unités, quand le quantième augmente, et que l'on peut supprimer tous les multiples de 7. Aussi la colonne Q contient le reste de la division du quantième par 7, et l'on peut se passer du premier tableau des quantièmes. De même, en passant de mars à avril, le nombre M augmente de 3 ; il est devenu 6 ; cela tient a ce que mars a 31 jours, c'est-à-dire quatre semaines plus trois jours ; en passant d'avril à mai, on doit augmenter M de 2 unités, puisque avril a 30 jours, ou quatre semaines, et deux jours en plus ; M devient donc 8, ou en supprimant sept jours, M devient 1, et ainsi de suite. On observera d'ailleurs que nous avons reporté à la fin du tableau des mois, les mois de janvier et de février, parce que le jour intercalaire de l'année bissextile se trouve après le 28 février, et ainsi pour trouver un jour de janvier ou de février 1800, par exemple, on doit se reporter à l'année 1799.

FIG. 25. — CALENDRIER PERPÉTUEL.

**RÈGLE POUR LE CALENDRIER GRÉGORIEN.** — Ajouter les quatre nombres Q, M, G, A, qui correspondent à la date donnée: chercher le total dans le tableau des quantièmes et prendre le jour correspondant. — EXEMPLE. Déterminer le jour qui correspond au 15 octobre 1582. — *Quantième*, 15, Q = 1. — *Mois*, octobre: M = 0. — *Siècle*, 15; G = 1. — *Annie*, 82; A = 4. — *Total*, 6. — *Réponse*: Vendredi. — Ce calendrier est indéfiniment valable à partir du 15 octobre 1582, date du commencement du calendrier grégorien.

**RÈGLE POUR LE CALENDRIER JULIEN.** — Ajouter les quatre nombres Q, M, J, A, qui correspondent à la date donnée: chercher le total dans le tableau des quantièmes et prendre le jour correspondant. — EXEMPLE. Déterminer le jour qui correspond au 12 octobre 1492 (découverte du Nouveau Monde). *Quantième* 12; Q = 5. — *Mois*, octobre; M = 0. — *Siècle*, 14; J = 5. — *Annie*, 92; A = 3. — *Total*, 13. — *Réponse*: Vendredi. — Ce calendrier, encore en usage en Russie, est valable à partir du 1er janvier 45 avant l'ère chrétienne.

**QUANTIÈMES**

| Q | QUANTIÈMES | | | | | JOURS |
|---|---|---|---|---|---|---|
| 1 | 1 | 8 | 15 | 22 | 29 | Dimanche. |
| 2 | 2 | 9 | 16 | 23 | 30 | Lundi. |
| 3 | 3 | 10 | 17 | 24 | 31 | Mardi. |
| 4 | 4 | 11 | 18 | 25 | | Mercredi. |
| 5 | 5 | 12 | 19 | 26 | | Jeudi. |
| 6 | 6 | 13 | 20 | 27 | | Vendredi. |
| 0 | 7 | 14 | 21 | 28 | | Samedi. |

**SIÈCLES GRÉGORIENS**

| G | SIÈCLES GRÉGORIENS | | | | |
|---|---|---|---|---|---|
| 1 | 15 | 19 | 23 | 27 | 31 |
| 0 | 16 | 20 | 24 | 28 | 32 |
| 5 | 17 | 21 | 25 | 29 | 33 |
| 3 | 18 | 22 | 26 | 30 | 34 |

Au-delà du XXXVe siècle on doit retrancher 28 autant de fois qu'il est nécessaire pour obtenir l'un des nombres de 00 à 34.

**MOIS**

| M | MOIS |
|---|---|
| 3 | Mars |
| 6 | Avril |
| 1 | Mai |
| 4 | Juin |
| 6 | Juillet |
| 2 | Août |
| 5 | Septembre |
| 0 | Octobre |
| 3 | Novembre |
| 5 | Décembre |
| 1 | Janvier * |
| 4 | Février * |

\* Pour les mois de janvier et de février on doit diminuer de un la date de l'année.

**SIÈCLES JULIENS**

| J | SIÈCLES JULIENS | |
|---|---|---|
| 5 | 0 | 14 |
| 4 | 1 | 15 |
| 3 | 2 | 16 |
| 2 | 3 | 17 |
| 1 | 4 | 18 |
| 0 | 5 | 19 |
| 6 | 6 | 20 |
| 5 | 7 | 21 |
| 4 | 8 | 22 |
| 3 | 9 | 23 |
| 2 | 10 | 24 |
| 1 | 11 | 25 |
| 0 | 12 | 26 |
| 6 | 13 | 27 |

**ANNÉES**

| A | ANNÉES | | | A | ANNÉES | | | A |
|---|---|---|---|---|---|---|---|---|
| 0 | 00 | 28 | 56 | 81 | 3 | 14 | 42 | 70 |
| 1 | 01 | 29 | 57 | 82 | 4 | 15 | 43 | 71 |
| 2 | 02 | 30 | 58 | 83 | 6 | 16 | 44 | 72 |
| 3 | 03 | 31 | 59 | 84 | 0 | 17 | 45 | 73 |
| 5 | 04 | 32 | 60 | 85 | 1 | 18 | 46 | 74 |
| 6 | 05 | 33 | 61 | 86 | 2 | 19 | 47 | 75 |
| 0 | 06 | 34 | 62 | 87 | 4 | 20 | 48 | 76 |
| 1 | 07 | 35 | 63 | 88 | 5 | 21 | 49 | 77 |
| 3 | 08 | 36 | 64 | 89 | 6 | 22 | 50 | 78 |
| 4 | 09 | 37 | 65 | 90 | 0 | 23 | 51 | 79 |
| 5 | 10 | 38 | 66 | 91 | 2 | 24 | 52 | 80 |
| 6 | 11 | 39 | 67 | 92 | 3 | 25 | 53 | 81 |
| 1 | 12 | 40 | 68 | 93 | 4 | 26 | 54 | 82 |
| 2 | 13 | 41 | 69 | 94 | 5 | 27 | 55 | 83 |

L'année commune se compose de cinquante-deux semaines et d'un jour en plus; l'année bissextile de deux jours en plus; aussi les nombres A, en passant d'une année à l'autre, augmentent trois fois d'un, et une fois de deux, en supprimant les multiples de sept. Enfin, pour les siècles juliens, en y reportant l'année bissextile séculaire, un siècle se compose d'un nombre exact de semaines augmenté de 100 jours, plus 25 pour les années bissextiles; ce qui fait un nombre exact de semaines diminué d'un jour ; aussi les nombres J décroissent-ils successivement d'un, d'un siècle au suivant, tandis que les nombres G décroissent de deux à partir de 7 ou 0, et d'un seulement en passant de 1500 à 1600, ou de 1900 à 2000.

L'utilité de ce calendrier se comprend d'elle-même pour les recherches historiques. Nous ajouterons quelques nouveaux développements qui permettent de retrouver le jour de la semaine d'une date quelconque, par un procédé de calcul très simple. Avec un peu d'habitude, on peut arriver à résoudre ce problème sans le secours de la plume ou du crayon, par un petit effort de calcul mental. Il suffit pour cela de retrouver, de mémoire, les quatre nombres : Q, M, G ou J et A, et de faire leur somme en supprimant les multiples de 7.

1º *Calcul mental du nombre* Q. — Ce nombre est égal au reste de la division du quantième par 7.

2º *Calcul mental du nombre* M. — On forme le double plus 2 du numéro du mois dans l'année ; on ajoute à ce nombre le triple du dixième ; le reste de l'entier de ce nombre divisé par 7 donne le nombre M. Par exception, on donne aux mois de janvier et de février les numéros 13 et 14 de l'année précédente.

3° *Calcul mental du nombre* G. — Ce nombre est 0, si le reste de la division du numéro du siècle par 4 est 0; dans le cas contraire, on retranche de 7 le double de ce reste.

4° *Calcul mental du nombre* J. — On ajoute deux unités au numéro du siècle, on divise le nombre par 7 et on retranche le reste de 7.

5° *Calcul mental du nombre* A. — Au numéro de l'année dans le siècle, on ajoute l'entier du quart et on prend le reste de la division par 7.

## DÉTERMINATION DE LA FÊTE DE PAQUES

Une détermination intéressante est celle de la date de la fête de Pâques; on a beaucoup écrit pour déterminer par des procédés simples le calcul du retour de cette fête. Voici les bases de cette détermination.

La fête de Pâques ayant été instituée pour perpétuer le souvenir d'un événement qui avait suivi l'équinoxe du printemps, l'Église a voulu maintenir cette concordance.

Le concile de Nicée ordonna, en 315 de notre ère, que la Fête de Pâques fût célébrée le dimanche *après* la pleine Lune [1] qui arrive le jour ou après le jour de l'équinoxe de printemps.

Dans ces conditions, la fête ne peut avoir lieu avant le 22 mars ni après le 25 avril.

Ceci s'explique facilement par les considérations suivantes : lorsque la pleine Lune arrive le jour de l'équinoxe et que ce jour-là est un samedi on est dans le premier cas cité. Si, au contraire, la pleine Lune arrive le

[1] Il s'agit ici, d'une lune *moyenne*, de convention, qui peut arriver un ou deux jours avant ou après la Lune *vraie*.

20 mars, c'est-à-dire avant l'équinoxe, on doit attendre la pleine Lune suivante qui arrive le 18 avril, et si ce jour tombe un dimanche, on reporte la fête de Pâques au 25 avril suivant.

En 1883, la fête de Pâques a été célébrée exceptionnellement tôt ; elle n'est arrivée plus tôt qu'en 1818 (22 mars), en 1845 (23 mars), en 1856 (23 mars). Jusqu'à la fin du siècle, elle n'arrivera plus que deux fois dans le mois de mars, en 1891, le 29 mars, et en 1894, le 25 mars.

En 1886, Pâques est tombé, au contraire, exceptionnellement tard, le 25 avril.

On peut se baser sur le dicton suivant qui donne une règle approximative de la détermination de la fête de Pâques :

De mars après le 7, cherchez lune nouvelle,
Trois dimanches comptés, le troisième Pâques s'appelle.

La détermination des nombres d'or, des épactes, des lettres dominicales, etc., sont des problèmes pleins d'intérêt, qui touchent à l'étude du calendrier.

On peut encore chercher à connaître s'il arrivera un temps où les jours seront égaux entre eux et jouiront de la même température toute l'année, etc.

Ces questions ainsi que d'autres d'un grand intérêt ont été traitées par Arago dans l'*Annuaire du bureau des longitudes* avec cette sûreté et cette simplicité d'exposition qui fait la puissance en même temps que le charme des œuvres de l'astronome français ; nous ne pouvons qu'y renvoyer nos lecteurs curieux d'acquérir sur ce sujet des connaissances plus étendues.

# CHAPITRE X

## CONSTITUTION PHYSIQUE DES PLANÈTES SUPÉRIEURES

### MARS

Nous arrivons au monde le plus étudié du système planétaire. Mars, en effet, a attiré à plus d'un titre l'attention des astronomes. Cette planète est la première qu'on rencontre après nous en s'éloignant du Soleil[1], elle est généralement considérée comme l'astre le plus semblable à la Terre.

Elle constitue pour les esprits aventureux, qui ne craignent pas de sonder les secrets les plus cachés de la création, la planète sœur sur laquelle des conditions climatériques presque identiques aux nôtres, une atmosphère épaisse, chargée de vapeurs d'eau, des continents et des mers, une zone torride et des neiges polaires, doivent nécessairement entraîner l'existence de végétaux et d'habitants semblables à ceux de la Terre. Seulement, en raison de la faible pesanteur à sa surface, ces végétaux et ces animaux sont bien plus élevés que les nôtres, et c'est surtout la série des espèces ailées qui s'est déve-

---

[1] La proximité de Mars nous permet d'apercevoir ses phases, qui deviennent invisibles pour les autres planètes.

loppée. « Les espèces supérieures d'animaux y sont pourvues d'ailes. Là-bas, les grandes races vertébrées et la race humaine elle-même, qui en est la résultante et la dernière expression, ont conquis le privilège, très digne d'envie, de jouir de la locomotion aérienne. » Voilà ce qu'on ne craint pas de nous représenter

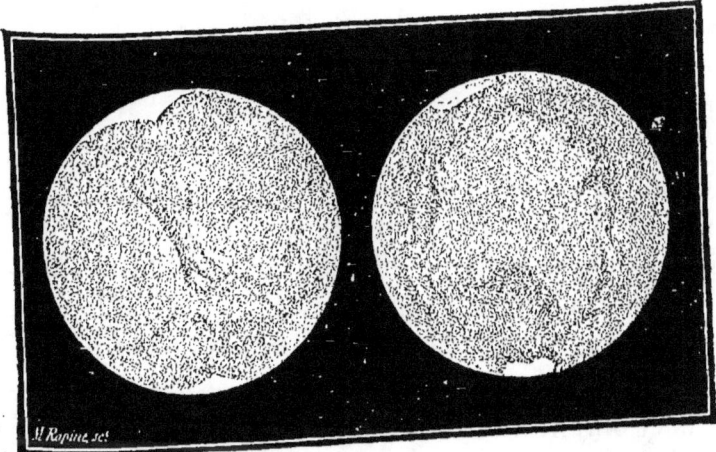

Fig. 26. — Vue de Mars d'après Warren de la Rue et A. Guillemin.

comme la conclusion logique des découvertes de l'astronomie touchant la planète Mars.

M. Faye a montré d'un mot le néant de ces conceptions; qu'il manque à l'atmosphère de Mars les quelques millièmes d'acide carbonique que contient la nôtre et voilà la vie animale et végétale impossible sur cette planète. Or, la science est impuissante à affirmer ou à nier l'existence de cet acide carbonique dans l'atmosphère de Mars[1].

Les faiseurs de systèmes de monde ne manquent pas, malgré la critique des savants, de continuer à prétendre

[1] Wolf, Les Satellites de Mars.

que Mars subit, comme nous, l'influence de quatre saisons;
ils prétendent même pouvoir suivre, sur cette planète
voisine, la formation des orages ou des glaces. La géographie de Mars n'a pas été négligée et des cartes nombreuses de ses aspects ont été dressées (fig. 26).

Il suffit de jeter un coup d'œil sur ces cartes pour
concevoir quelques doutes sur la véritable interprétation
à donner aux aspects de cette planète.

La large tache du haut, qu'on veut bien reconnaître
comme représentant la région des glaces, n'est pas
acceptée dans ce sens par tous les observateurs.

Les longues observations de Mars qui nous ont été
léguées par de nombreux astronomes, depuis les Maraldi
jusqu'à Schiaparelli, nous montrent les continents avec
des formes pointues et anguleuses. Ces aspects sont
donc absolument dissemblables de ceux qu'on remarque
sur notre Terre où les mers sont creusées dans les continents et offrent des rivages peu accidentés, tandis que
les terres présentent des corps aigus et des côtes déchi-
quetées.

Les mers, sur Mars, se réduisent souvent à des bras
allongés ou à des canaux excessivement étroits qui se
déplacent et changent de forme entre deux observations.
A quoi attribuer ces variations? Les explications proposées sont encore très vagues.

Le savant directeur de l'observatoire de Milan,
M. Schiaparelli, a découvert dans la planète Mars des
canaux de 1000 à 5000 kilomètres, qui sillonnent les
continents et font communiquer entre elles ce que nous
pensons être les mers de Mars.

M. Schiaparelli a observé un mouvement dans les
taches claires et sombres de la planète. Ces variations

amènent le savant professeur à se prononcer pour un agent mobile et liquide comme auteur de ces changements.

Mais l'observation la plus intéressante est celle des canaux, quoiqu'on n'en connaisse pas au juste la nature. Déjà Dawes, en 1864, les avait signalés. Ces lignes courent entre les taches sombres que l'on considère comme les mers et forment sur les régions claires ou continentales un réseau bien défini. Leur disposition paraît invariable et permanente à l'observateur d'après les observations qu'il poursuit depuis près de cinq ans : on en a cependant vu en 1879 un grand nombre qui n'ont été visibles ni en 1877 ni en 1882; on en a retrouvé qu'on avait déjà vus, accompagnés de nouveaux.

En certaines saisons ces canaux se doublent et ce phénomène semble se produire à des époques déterminées; tout porte à croire que c'est une particularité due à l'organisation de Mars et dépendant du cours des saisons.

Il se présente une autre dissemblance au sujet de la couleur de ces océans et de ces continents. Les mers sont vertes et les terres rouges, et les partisans de l'identité de Mars et de la Terre sont bien imprudents en assignant des noms à des accidents de la surface de Mars absolument différents de ceux qu'on rencontre sur notre globe (fig. 27).

Les incorrigibles rêveurs se basant sur ce que le spectroscope a montré dans l'atmosphère de Mars les raies d'absorption de la vapeur d'eau, dotent cette planète de mers semblables aux nôtres, et, par conséquent, de neige, de pluie et de nuages. D'après eux, les habitants de Mars, en raison de la faible densité de la planète, doivent être susceptibles de voler dans l'espace.

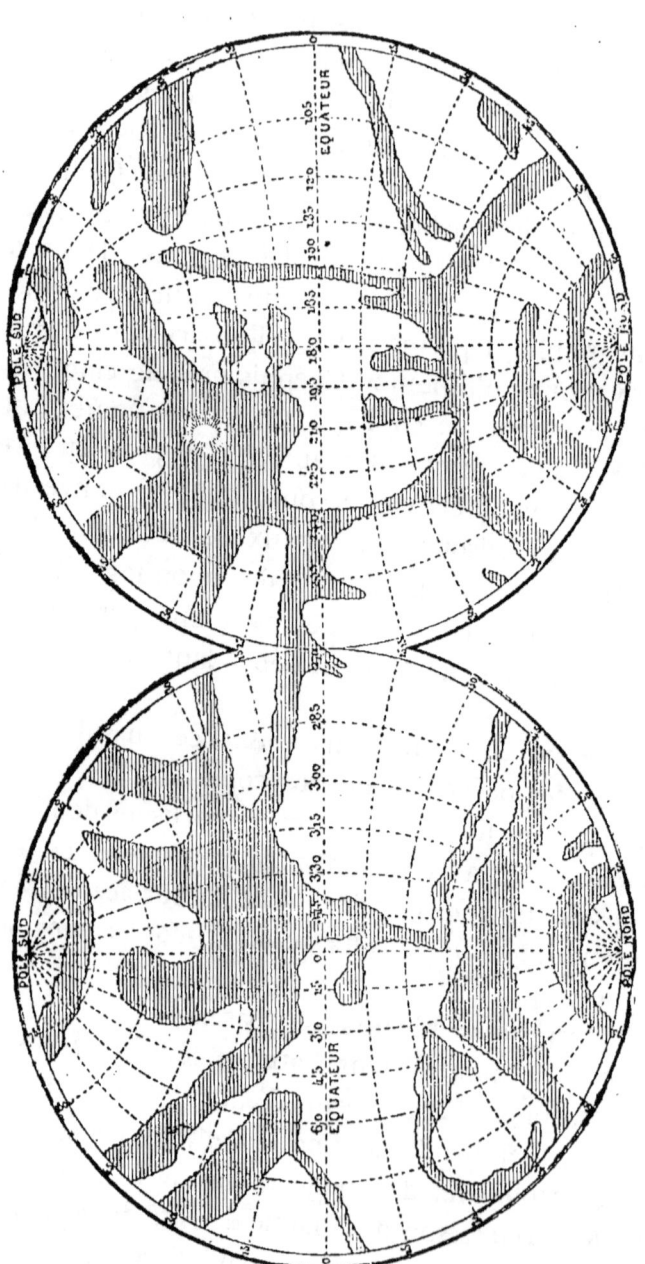

Fig. 27. — Géographie de Mars.

La découverte de deux satellites, faite en 1877 par
M. Asaph Hall, est venue compléter la ressemblance

Fig. 28. — La Terre vue de Mars.

avec la Terre. En effet, Mars, dénué de satellites, faisait
dans le cortège du Soleil une exception à la règle qui
donne un ou plusieurs satellites à toutes les planètes

supérieures. L'observation du savant américain est venue lever tous les doutes à cet égard.

Ces deux satellites, dont les diamètres ne dépassent pas l'étendue de Paris, ont reçu les noms de *Phobos* et *Deimos*, la Crainte et la Terreur, qui sont, d'après la Fable, les coursiers de Mars. Ils sont fort rapprochés de la planète ; en effet, ils n'en sont distants, le premier, que de 1400 lieues ; le second, de 5000 lieues seulement.

Dans le ciel des *Martiens* un point brillant se détache, c'est la Terre qui roule dans l'espace, entraînant dans sa course sans fin les riches et les pauvres les puissants et les humbles (fig. 28).

Étant donné que Mars peut avoir des habitants et que ces êtres sont constitués pour voler, comme l'atmosphère de la planète doit être assez dense, les habitants de Mars pourraient donc s'élever jusqu'à leurs satellites et faire ainsi, en quelques heures, le tour de leur planète.

Quelle différence avec notre Lune !

« Sur la Lune, dit M. Wolf, nous voyons, malgré la distance, bien des détails curieux. Que dire du magnifique spectacle que présente le système de Mars à l'astronome placé sur la planète ou mieux encore sur le satellite inférieur. A 1500 lieues au-dessus de sa tête apparaît dans le ciel un énorme globe de 1700 lieues de diamètre couvrant, par conséquent, la sixième partie du ciel visible, tantôt d'un écran opaque et obscur, illuminé seulement sur les bords, tantôt d'une surface brillamment éclairée par le Soleil, sur laquelle se détachent avec leurs contours, leurs couleurs et leurs reliefs, et avec des effets très marqués de perspective aérienne, tous ces accidents dont nous ne pouvons d'ici que soupçonner l'existence.

## LES DERNIÈRES PLANÈTES SUPÉRIEURES

Après avoir étudié les caractères physiques de Mars, nous allons passer en revue les autres planètes supérieures.

On sait qu'entre Mars et Jupiter se trouvent les petites planètes.

*Petites planètes.* — Le premier jour de notre siècle, le 1ᵉʳ janvier 1801, un astronome, Piazzi, observait à Palerme les petites étoiles de la constellation du Taureau et notait avec soin leurs positions, lorsqu'il en aperçut une qu'il n'avait pas encore observée. Il l'étudia avec soin et parvint à la suivre dans sa marche. Il crut d'abord que c'était une comète, mais il acquit la certitude que c'était une planète, dont la distance au Soleil répondait au manque de planète signalé entre Mars et Jupiter. On lui donna le nom de Cérès.

Depuis cette époque, on a découvert plus de 260 corps semblables. Un astronome zélé, Peters, en a déterminé 34 à lui seul ; Goldschmit, 14 ; Hind, 8 ; M. Palisa est aussi un découvreur infatigable auquel on en doit déjà plusieurs.

On connaît peu, en somme, ces corpuscules de petite dimension ; on est en droit cependant de supposer que ce sont les débris de la planète qu'on cherchait après Mars, qui se sont répandus dans l'espace, après la désagrégation de ce corps et qui gravitent depuis des siècles sans avoir jamais modifié leur route.

*Jupiter.* — Si l'on observe Jupiter à l'œil nu, on a peine à s'imaginer que ce point brillant est un globe 1230 fois plus gros que la Terre. Jupiter a été observé depuis bien des siècles, sa grosseur le signale tout particulièrement à l'attention des observateurs. Un simple grossissement de 40 fois le rend aussi gros que la Lune.

Fig. 29. — La Terre vue de Jupiter.

Si les astronomes de Jupiter ont découvert l'existence de la Terre (fig. 29), ce ne peut être qu'à l'aide de puissants instruments que l'on peut parvenir à distinguer notre petit globe, soit à l'Orient, avant le lever du Soleil, soit à l'Occident, après son coucher, de six mois en six

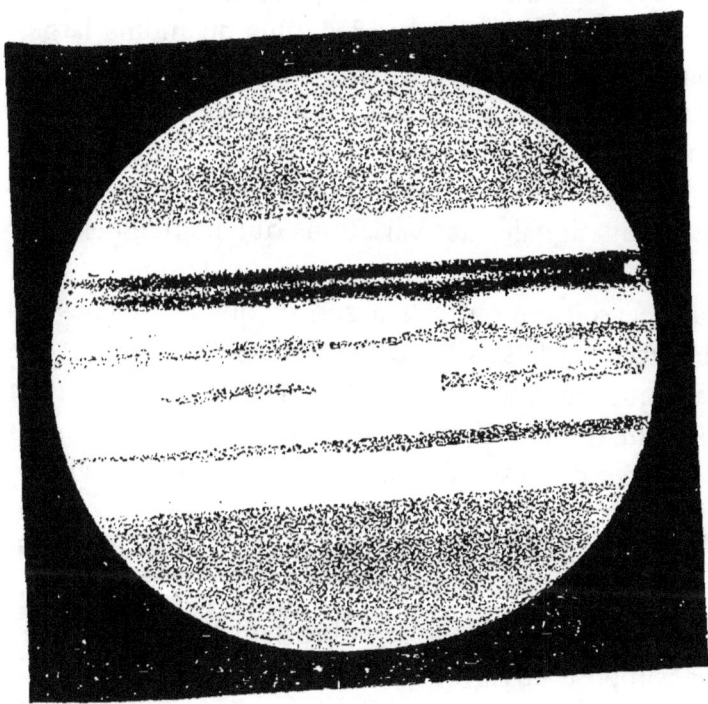

Fig. 30. — Aspect de Jupiter.

mois, et pendant quelques minutes seulement, au crépuscule ou à l'aurore. Nous ne pouvons donc être classés que comme un petit satellite du Soleil, perdu dans ses feux.

Nous allons rentrer dans la voie des hypothèses hasardées, au sujet de sa constitution intime. Le spectroscope a signalé des traces de vapeur d'eau dans son atmosphère, qui est fort dense. On a fait de Jupiter un séjour enchanteur, un paradis perpétuel, car son axe étant droit, il n'a ni saison ni climat. Il faut cependant penser que ce géant des mondes reçoit du Soleil 27 fois moins de chaleur que nous.

Une intéressante observation physique a signalé sur le disque de Jupiter des bandes plus ou moins larges, qu'on remarque surtout dans la région équatoriale. Ces bandes, qu'on a vues depuis fort longtemps, disparaissent rarement et constituent un des signes distinctifs de la planète dont il s'agit ; elles sont loin d'être constantes et semblent signaler des variations qui n'atteignent que l'atmosphère de Jupiter (fig. 30).

On aperçoit, en outre, sur son disque des taches qui se déplacent de l'est à l'ouest et qui sont différentes des bandes que nous avons signalées, elles sont de couleur grisâtre nuancées de jaune ; on a essayé de les assimiler aux nuages de notre Terre, mais il y a peu de vraisemblance dans cette supposition.

On a présenté l'hypothèse suivante au sujet des habitants de Jupiter ; ce seraient des hommes mous comme de la gélatine, à cause de la faible densité de la planète. On a supposé aussi qu'ils devaient posséder des yeux trois fois plus grands que les nôtres, à cause du peu de clarté qu'ils reçoivent du Soleil.

La découverte des quatre satellites de Jupiter est une des premières observations télescopiques ; elle confirmait l'hypothèse de Copernic en montrant dans le ciel tout un petit monde organisé comme le nôtre. On leur a donné différents noms; ceux de Io, Europe, Ganymède et Calisto ont prévalu.

C'est par le moyen des éclipses de ces satellites que Rœmer est parvenu à déterminer la vitesse de la lumière en observant que ces éclipses arrivaient toujours $16^m 26^s$

plus tard quand Jupiter était en conjonction avec le Soleil de l'autre côté de l'écliptique que lorsqu'il était de notre côté en opposition. Il conclut de là que la lumière mettait ce temps à franchir tout le diamètre de l'orbite terrestre, c'est-à-dire environ 70 000 000 de lieues.

*Saturne.* — Nous touchons, avec Saturne, à la limite du monde céleste connu des anciens, la découverte de Saturne et celle de Neptune ont reporté bien loin dans l'espace les bornes de l'empire du Soleil.

La teinte plombée de Saturne lui avait fait attribuer par les anciens une action néfaste sur nos actions. Au point de vue physique, l'inclinaison de l'axe de Saturne est à peu près la même que celle de la Terre ; aussi serions-nous en droit de supposer qu'il a les mêmes saisons que nous, sous cette réserve qu'il reçoit environ 90 fois moins de lumière et de chaleur.

Huyghens, en 1659, complétant les travaux de Galilée et de Hévélius, indiquait la véritable nature des anneaux qui entourent la planète (fig. 31).

Du Séjour[1] trouva, par le calcul, que la durée de rotation de cet anneau devait être d'environ dix heures pour que toutes les parties qui le composent pussent se tenir ensemble. « Monsieur, écrivait-il à Voltaire, en lui adresssant son *Essai sur les phénomènes relatifs aux dis-*

[1] Du Séjour, bien qu'il fût conseiller au Parlement, produisit des travaux estimés en astronomie. Sa philosophie et sa justice éclairée se signalèrent plus d'une fois dans ses jugements de la Tournelle. On raconte qu'un jour un prêtre de province éprouvant quelques difficultés à faire pénétrer l'hostie dans l'ostensoir proféra, dans son impatience, des imprécations qui furent entendues et dénoncées par quelque âme dévote. Condamné à mort par la rigueur des lois, le pauvre abbé allait passer de vie à trépas, quand il eut la chance de passer en appel devant du Séjour. Grâce à la considération dont il était entouré, le savant conseiller parvint à faire réformer la sentence et le prêtre irritable ne fut condamné qu'à une année de séminaire.

*paritions périodiques de Saturne*, recevez, je vous prie, l'histoire d'un vieillard respectable dont on s'occupera sur la Terre tant que le savoir sera en honneur parmi les hommes. Son front est orné d'une couronne immortelle : il nous éclaire et nous offre un des phénomènes les plus singuliers de la nature. Ce vieillard est Saturne. Je m'empresse de le nommer, de peur qu'on n'en désigne un

Fig. 31. — Les anneaux de Saturne.

autre dont votre modestie vous empêcherait de reconnaître le portrait. Puisse cette analogie mériter à mon ouvrage un accueil favorable de votre part ! »

On voit que l'urbanité n'est pas bannie des relations que les savants ont entre eux et que quelques-uns savent, à l'occasion, être hommes d'esprit.

Des observations de M. Trouvelot, il semble qu'on puisse conclure que les anneaux de Saturne ne sont pas des masses solides, puisqu'il se produit en eux des changements de forme que l'on ne saurait expliquer par leur rotation tout d'une pièce. L'hypothèse que ces anneaux sont composés d'une multitude de corpuscules décrivant

FIG. 32. — Vue de Saturne.

des orbites indépendantes autour de la planète paraît absolument probable.

G. DALLET, Les Merveilles du ciel.

13

Le spectre de Saturne présente la plus grande analogie avec celui de Jupiter. Il n'en est pas de même de ses anneaux qui ne présentent pas certaines raies caractéristiques ; on est donc amené à supposer que l'anneau manque d'atmosphère ou du moins n'est entouré que d'une couche de gaz mince et légère.

Saturne est le corps céleste le plus favorisé au point de vue des satellites ; il n'en compte pas moins de 8, qui sont Mimas, Encelade, Thétis, Dionée, Rhéa, Titan, Hypérion et Japet.

Si les Saturniens[1] pouvaient apercevoir notre petit monde, quelle pitié n'auraient-ils pas de nous, et pourraient-ils douter que l'univers tout entier n'ait été créé

---

[1] Parmi les auteurs qui ont soutenu l'idée de la pluralité des mondes habitables, il faut distinguer les rêveurs tels que le P. Kircher. Son livre *Iter extaticum cœleste* (voyage extatique) est le résumé de l'opinion de ce Père touchant les habitants des autres planètes.

Kircher feint d'être porté dans le ciel et de le parcourir sous la conduite du génie *Cosmiel,* et, après avoir sacrifié le système de Copernic qu'il remplace par celui de Tycho-Brahé, il décrit les planètes du système solaire.

Arrivé au globe de Saturne, il voit des vieillards mélancoliques revêtus d'habits de couleurs sombres, marchant à pas comptés et secouant des torches funèbres. L'enfoncement de leurs yeux, la pâleur de leur visage et l'austérité de leur front annoncent assez qu'ils sont des ministres de vengeance, et que Saturne est rempli d'influences malignes.

Kircher manque d'expressions pour faire passer jusqu'à nous l'admiration que lui causèrent les habitants de Vénus. C'étaient des jeunes gens d'une taille et d'une beauté remarquables. Leurs vêtements, transparents comme le cristal, se coloraient, aux rayons du soleil, des couleurs les plus brillantes et les mieux assorties. Les uns dansaient au son des lyres et des cymbales ; les autres embaumaient l'air en y répandant à pleines mains des parfums qui renaissaient sans cesse dans les corbeilles qu'ils portaient.

Tout ce qu'il vit dans Mars était horrible ; il reconnut aussi que dans Jupiter et dans Mercure les influences y étaient heureuses et salutaires ; enfin, parmi les questions *intéressantes* qui figurent dans ce livre, on doit placer en première ligne celle de savoir si l'eau qu'on trouve dans la Lune serait propre à baptiser, ou si le vin qu'on fabrique dans Jupiter pourrait servir au sacrifice de la messe.

pour eux qui sont dotés de huit lunes et de plusieurs anneaux brillants (fig. 32)?

On a remarqué sur Saturne des bandes semblables à celles qu'on observe sur Jupiter. La bande équatoriale est la plus fixe. Herschel les attribuait à des nuages. Quant aux taches polaires, qui offrent un aspect blanchâtre, on n'a pas hésité à en faire des régions de neiges éternelles.

*Uranus.* — On connaît l'histoire de la mémorable découverte d'Uranus par Herschel, le 13 mars 1781.

Cet astre est si éloigné de nous que le peu de renseignements que nous possédons sur sa constitution offrent un grand intérêt.

L'analyse spectrale a fait connaître qu'il est fort probable que l'atmosphère d'Uranus offre des bandes d'absorption, mais il est impossible de déterminer quels sont les corps qui produisent cette absorption. On a constaté également qu'une des bandes du spectre de cette planète coïncide avec une de celles de Jupiter et de Saturne.

On a obtenu, d'après les observations de MM. Perrotin et Thollon, une connaissance fort intéressante d'Uranus. Vers le milieu du disque de cette planète, on a observé des taches sombres semblables à celles de Mars. On a même distingué sur les bords une tache blanche qu'on a assimilée à la région du pôle.

On connaît quatre satellites à Uranus, ce sont : Ariel, Umbriel, Titania et Obéron ; une particularité remarquable signale ces satellites à l'attention des astronomes ; au lieu de tourner comme la Lune de l'ouest à l'est dans le plan de l'équateur, ils se meuvent perpendiculairement à l'équateur de leur planète, de l'est à l'ouest ; il en est de même des satellites de Saturne.

*Neptune.* — Nous voici arrivés à la dernière planète connue, Neptune, qui rappelle le nom d'un grand génie français, Le Verrier.

On sait comment, par la seule puissance de l'analyse mathématique, l'illustre directeur de l'Observatoire, alors tout jeune, sut fixer dans le ciel la place de la planète inconnue, qui fut aperçue à Berlin, le 23 septembre 1846, par M. Galle, à une faible distance du point indiqué.

La date récente de la découverte de Neptune et la grande distance qui nous en sépare expliquent le peu de données que l'on possède sur elle.

On peut seulement dire que son spectre ressemble sensiblement à celui de Saturne.

Quant à savoir quelle est sa constitution intime, on n'a encore aucune donnée sur cet astre qu'on n'observe que depuis quarante ans et qui n'a pas encore parcouru le quart de son orbite.

Ce qu'on est en droit de dire, c'est que Neptune offre l'image de ces bandes que l'on observe sur Jupiter et sur Saturne et qui semblent caractériser ainsi les membres les plus éloignés de notre système.

Le satellite de Neptune a été découvert par M. Lassel, le 10 octobre 1846.

On nous pardonnera les digressions que nous nous sommes permises afin de présenter les hypothèses, parfois un peu aventureuses, de quelques esprits plus hardis que sensés, au sujet des habitants des planètes.

Quant à nous, nous croyons que la nature, toujours sage, a su peupler les divers mondes d'êtres qui ne ressemblent certainement en rien aux conceptions fantaisistes des rêveurs dont nous avons reproduit les idées.

LA PLANÈTE ULTRA-NEPTUNIENNE

Nous allons présenter le résumé de nos connaissances relatives à un astre remarquable, situé sur les confins de l'empire du Soleil.

Cet astre hypothétique n'a jamais été vu ; l'état de la science actuelle ne permet pas de le soumettre au calcul analytique. Sa durée de révolution est de quatre siècles et sa lumière doit à peine permettre de le découvrir dans le ciel.

Et d'abord, un tel astre existe-t-il ?

Oui !

Des perturbations de Neptune, dont la théorie ne peut donner l'explication, font pressentir un tel astre ; mais le peu de temps que cette planète a été observée ne paraît pas permettre de dégager de ses observations les erreurs résultant des perturbations d'un astre extérieur. C'est pourquoi on a cherché à déterminer approximativement, par divers procédés, la position de l'astre hypothétique.

Nous mettons en regard les deux systèmes d'éléments de Neptune : le premier déduit des calculs de Le Verrier avant la découverte, le second déduit des observations de l'astre depuis sa découverte.

ÉLÉMENTS DE LE VERRIER.

$a = 36,154$
$T = 217^{ans},387$
$e = 0,010761$
$\pi = 284^{o},45$
$\mu = 1/9300$

ÉLÉMENTS RÉELS.

$a = 30,03697$
$T = 164^{ans},78$
$e = 0,0087194$
$\pi = 47^{o},14$
$\mu = 1/20000$ environ.

$a$ est la distance au Soleil ; $T$, le temps de révolution ; $e$, l'excentricité ; $\pi$, la longitude du périhélie, et $\mu$, la masse.

La comparaison de ces deux systèmes d'éléments

montre quelle différence les sépare ; en effet, la révolution de Neptune calculée est de 217 ans, c'est-à-dire le 1/3 du temps de sa révolution en plus de ce qu'elle est en réalité.

La longitude du périhélie se trouve être de 284° dans le premier cas, et de 47° dans le second.

Et il ne faudrait pas croire que cela vînt d'un défaut de la théorie ou d'une faute de calcul. Le Verrier, pour se guider dans la détermination de la distance de sa planète, n'avait que la loi de Titius, dite de Bode, qui lui assignait un éloignement du Soleil de 36 fois la distance qui sépare cet astre de la Terre ; or, la loi de Bode ne satisfait plus aux planètes extérieures à Uranus, car la distance observée n'est que de 30 fois la distance du Soleil à la Terre, ce qui explique comment les déterminations qui en dépendent se sont trouvées erronées ; de plus, le problème était de l'ordre de ceux qui offrent plusieurs solutions, mais ce qui est remarquable, c'est que toutes les planètes théoriques avaient sensiblement des longitudes héliocentriques semblables, ce qui explique comment le résultat définitif se trouva exact.

Nous avons dit que la loi de Bode ne suffisait plus pour déterminer les distances des planètes extérieures à Uranus ; on a donc cherché d'autres lois empiriques donnant ces distances d'une manière approchée. Babinet, par certaines recherches, pose, pour la planète inconnue, cette distance égale à 47 fois la distance moyenne de la Terre au Soleil.

Gaussin arrive à une distance de 48,3 que l'on peut réduire à 47, si on tient compte des différences dans la marche de la progression.

Un procédé assez semblable à la loi d'Oltramare sur les

satellites et d'autres considérations donnent une approximation semblable et permettent de supposer que cette distance est égale à 47.

Si maintenant nous comparons entre elles les durées de révolution des planètes, celle de Neptune est le double de celle d'Uranus. Voyons si le nouvel astre a une révolution double de celle de Neptune ; le ciel nous offre déjà un exemple de ce phénomène dans la durée de rotation des satellites de Jupiter ; Laplace a, en effet, démontré la nécessité de la durée de révolution du deuxième satellite égale à deux fois celle du premier et celle du troisième double du deuxième.

La durée des révolutions sidérales exprimées en jours moyens nous sera donnée par la troisième loi de Képler. Les carrés des temps employés par les différentes planètes pour accomplir leur révolution sont entre eux comme les cubes des grands axes de ces ellipses, d'où :

$$\left(\frac{1}{47}\right)^3 = \left(\frac{365,25637}{x}\right)^2 = 138\,181^j,55$$

La durée d'Uranus est de. . . .   30 686 jours.
Celle de Neptune.  . . . . .   60 126   —
Celle de la planète extra-neptunienne   138 481   —

Pour les déterminations de masse et de diamètre, qui n'ont pas une importance réelle et qui ne peuvent être données que par des approximations grossières, Babinet trouve une masse de 1/25 900 comparée à celle du Soleil, on peut plutôt croire qu'elle serait un peu plus faible soit de 1/20 590 environ. Comme pour toutes les planètes extérieures, l'excentricité doit être très faible et la planète doit se trouver dans un plan très peu incliné sur l'écliptique

Pour la vitesse moyenne de la planète, il existe une relation simple ; en effet, si on élève les vitesses au carré et qu'on les multiplie par la distance, on a un nombre constant ; on a donc 1,04 lieue environ en 1 seconde de temps. Mais toutes ces déterminations n'ont aucune importance immédiate ; en effet, la seule donnée qui permette de déterminer le lieu d'un astre par rapport à la Terre, c'est sa longitude héliocentrique ; or, dans tout ce que nous avons vu, nous n'avons rien trouvé qui ait rapport à la position de l'astre hypothétique.

Babinet avait proposé, pour la déterminer, une théorie s'appuyant sur la planète théorique qui avait permis à Le Verrier de calculer Neptune ; malheureusement ce procédé, qui eût été fort élégant, fut complètement détruit par Le Verrier, qui ne laissa subsister que le nom dont l'avait baptisé Babinet (Hypérion), qui servit plus tard à la dénomination d'un simple satellite.

Une autre théorie, toute d'analogie, est basée sur l'état particulier des distances des trois planètes extrêmes se rapportant à une position semblable des satellites de Jupiter. Cette progression des satellites entraîne une relation particulière entre leurs longitudes : une relation du même ordre ne s'appliquerait-elle pas aux planètes considérées ? Cette hypothèse se trouve en quelque sorte corroborée par une relation tout empirique qui s'applique à l'année 1850, 1er janvier.

|  |  | $L_c$ | $L_o$ |
|---|---|---|---|
| Mercure, Vénus, Terre. . | $l' + 1,62\ l''' = 2\ l''$ | 491° | 492° |
| Vénus, Terre, Mars. . . | $l' + 1,88\ l''' = 4\ l''$ | 404° | 404° |
| Jupiter, Saturne, Uranus. . | $l' + 2,85\ l''' = 16\ l''$ | 243° | 240° |
| Saturne, Uranus, Neptune. | $l' + 1,95\ l''' = 24\ l''$ | 668° | 671° |

La première colonne $L_c$ est la longitude calculée par

l'expression précédente et la colonne $L_o$ est la longitude observée. La concordance est, comme on le voit, des plus satisfaisantes. Il nous reste à savoir d'où proviennent les coefficients de $I'''$. Ils sont ainsi obtenus :

$$1,62 \; \frac{m^t \; moy. \; Vénus.}{m^t \; moy. \; Terre.} \qquad 2,85 \; \frac{m^t \; moy. \; Saturne.}{m^t \; moy. \; Uranus.}$$

$$1,88 \; \frac{m^t \; moy. \; Terre.}{m^t \; moy. \; Mars.} \qquad 1,95 \; \frac{m^t \; moy. \; Uranus.}{m^t \; moy. \; Neptune.}$$

Mais tout cela ne nous donne rien de précis au sujet de la longitude héliocentrique de la planète.

Nous allons étudier une dernière hypothèse à ce sujet.

## HYPOTHÈSE DU DOCTEUR FORBES

Le professeur Georges Forbes présenta, il y a quelque temps, à la Société royale d'Édimbourg, un mémoire dans lequel il se servait des comètes pour déterminer les positions d'une planète à un moment quelconque dans de certaines conditions données[1]. Je me fais un devoir d'en présenter le développement. L'éminent professeur commence par établir les propositions dont il recherche la démonstration. D'abord il veut démontrer les raisons de croire à l'existence de deux planètes dont les orbites seraient plus grandes que celle de Neptune et ensuite il tente d'indiquer la position probable de ces planètes.

Le principe de ces recherches est fondé sur la théorie de l'introduction des comètes comme membres permanents de notre système solaire, en adoptant, comme démontré, que les comètes sont des corps, de composition et de caractères particuliers, qui se meuvent à

---

[1] Reproduit par *The Observatory*, nº 38, juin 1880.

travers les espaces stellaires, sujets aux lois de l'attraction.

Lorsqu'une comète se trouve sensiblement dans la sphère d'attraction d'une étoile, que nous pouvons supposer être notre Soleil, elle est attirée vers lui et tend à décrire une section conique qui sera probablement une parabole.

Les orbites des comètes ainsi attirées dans la sphère d'attraction de notre Soleil peuvent être paraboliques, mais leurs orbites sont transformées, par les attractions planétaires, soit en hyperboles, soit en ellipses.

Si la comète approche d'une planète avec un mouvement d'une vitesse accélérée, elle décrira dans l'avenir une orbite hyperbolique et ne reviendra jamais vers le Soleil. Mais, si l'action de la planète réduit la vitesse de translation du corps, elle l'entraînera dans une orbite elliptique ayant pour foyer notre Soleil.

On sait que les distances aphélies des comètes sont groupées en classes particulières autour du Soleil. Ainsi, nous connaissons un groupe nombreux de comètes qui correspondent à la distance de Jupiter au Soleil ; cette distance est égale à 5 rayons terrestres, en appelant *rayon terrestre* l'espace qui sépare la Terre du Soleil. Nous voyons 11 comètes dont les distances aphélies varient de 4 à 6 rayons terrestres. Deux sont sensiblement égales à la distance aphélie de Saturne et deux à celle d'Uranus. A Neptune correspondent 6 comètes dont les distances sont égales à la distance de 30 rayons terrestres et varient de 32 à 35 rayons.

*Distances aphélies des comètes elliptiques.*

| COMÈTES | DISTANCE APHÉLIE | |
|---|---|---|
| Enke. . . . . . . . | 4,1 | |
| Pons. . . . . . . | 4,8 | |
| 1844 I. . . . . . . | 5,0 | |
| 1743 I. . . . . . | 5,3 | |
| 1766. . . . . . . | 5,5 | |
| 1819. . . . . . . | 5,5 | Distance aphélie de |
| Brorsen. . . . . . | 5,6 | Jupiter, 5,203. |
| Lexell. . . . . . | 5,7 | |
| 1846 III. . . . . . | 5,7 | |
| D'Arrest. . . . . . | 5,7 | |
| Faye. . . . . . . | 6,0 | |
| Biéla. . . . . . . | 6,2 | |
| 1783 I. . . . . . . | 7,8 | |
| 1846 VI. . . . . . . | 9,4 | Distance aphélie de |
| 1853 I. . . . . . . | 11,0 | Saturne, 9,539. |
| 1866 I. . . . . . . | 19 | Distance aphélie |
| 1867 I. . . . . . . | 19 | d'Uranus, 19. |
| 1846 I. . . . . . . | 28 | |
| 1873 II. . . . . . . | 29 | |
| 1852 IV. . . . . . . | 32 | |
| 1812. . . . . . . | 33,4 | Distance aphélie de |
| 1815. . . . . . . | 34 | Neptune, 40. |
| 1846 III. . . . . . | 34,5 | |
| 1847 V. . . . . . | 35 | |
| Halley. . . . . . | 35,4 | |
| 1862 III. . . . . . | 49 | Distance de la |
| 1532. . . . . . . | 48 | planète, 47. |
| 1683 . . . . . . | 65,5 | |
| 1857 IV. . . . . . | 74,9 | |
| 1945 III. . . . . . | 78,9 | |
| 1840 IV. . . . . . | 96,7 | |
| 1843 I. . . . . . | 100,0 | Distance de la planète |
| 1846 VII. . . . . . | 108,2 | de Forbes, 100. |
| 1861 I. . . . . . | 110,3 | |
| 1793 II. . . . . . | 111,0 | |
| 1861 II. . . . . . | 111,2 | |
| 1855 II. . . . . . | 124,2 | |
| 1746. . . . . . . | 127 | |

En cataloguant les distances aphélies de toutes les orbites elliptiques connues, M. Forbes trouve qu'on peut
les grouper de telle sorte qu'elles correspondent à la

distance de certaines planètes et qu'après Neptune il n'y a que les distances 100 et 300 rayons terrestres qui forment des groupes nombreux, d'où il conclut qu'à ces distances existent des planètes.

Eu égard à la théorie de H. A. Newton, relative à l'introduction des comètes dans le système solaire, on conçoit que la planète troublante a dû, au temps où la comète s'y est introduite, s'être trouvée en un point quelconque, très rapproché de la position aphélie de la comète.

Deux hypothèses se présentent à la fois : la première d'après laquelle on établit que la planète peut avoir été extrêmement près de la comète lorsqu'elle l'a influencée. Dans ce cas, il serait nécessaire de prouver que les positions aphélies d'une grande partie de ces comètes se trouvent dans un plan passant par le Soleil. Nous pourrions ainsi déterminer la date à laquelle la planète était dans une position définie et prédire, par ce moyen, sa position présente.

Dans la seconde hypothèse, nous pouvons supposer que la planète fait sa révolution dans quelque orbite, près de l'écliptique, et assurer qu'elle a attiré la comète dans notre système solaire lorsqu'elle s'est trouvée près de la position aphélie de la comète.

L'auteur, prenant les distances aphélies qui varient de 96,7 à 124,2, en fait le groupe correspondant à la première planète qu'il recherche ; il donne ensuite les longitudes mesurées sur l'écliptique et les latitudes des positions aphélies qu'on trouvera plus loin.

L'idée qui a guidé M. Forbes dans le choix des distances peut sembler assez arbitraire, surtout si on en compare les résultats à ceux qui ont été donnés par les savants qui se sont occupés de la détermination de lois empiriques pour le calcul de ces distances; ainsi par la loi de Titius, dite de Bode, $4 + 3 . 2^{n-2}$ en prenant la distance de la Terre $= 10$, on aurait la distance de 77.

Par les calculs de Babinet et les nombres de M. Gaussin, on a 48 environ.

M. Roche, le savant professeur de Montpellier, à propos de la distance de la planète intra-mercurielle, a fait remarquer que, dans la formule de Titius, il fallait faire $n = 1$ pour Vénus, mais $n = -\infty$ pour Mercure. Or, sa loi peut s'écrire :

$$5 + 3 \times 2^{n-2} 1, 1 . 2^{-n} - 4^{n-6} \cdots$$

En faisant varier $n$ de 0 à 11, on aura les distances suivantes, la distance de la Terre étant 1.

| | DISTANCE CALCULÉE | DISTANCE OBSERVÉE | | | DISTANCE CALCULÉE | DISTANCE OBSERVÉE |
|---|---|---|---|---|---|---|
| 0 Vulcain. . | 1,35 | . . . | 6 Jupiter. . . | | 52 | 52 |
| 1 Mercure. . | 4,3 | 3,9 | 7 Saturne. . | | 97 | 95 |
| 2 Vénus. . . | 6,9 | 7,2 | 8 Uranus. . . | | 181 | 192 |
| 3 Terre. . . | 10,4 | 10,0 | 9 Neptune. . | | 325 | 300 |
| 4 Mars. . . | 16,7 | 15,2 | 10 X . . | | 517 | . . . |
| 5 Astéroïdes.. | 29 | 27 | 11 X . . | | 517 | . . . |

On conviendra que la distance moyenne de la planète considérée est encore bien indéterminée : bien qu'on soit amené à lui donner, ainsi que nous l'avons vu plus haut, une valeur égale à 47.

## CALCUL DE L'HYPOTHÈSE

En marquant les coordonnées des comètes 1861, 1840, 1855 et 1843 sur un globe céleste, on voit qu'elles ont leurs positions placées sur un grand cercle.

L'exactitude de cette coïncidence est si remarquable

qu'elle fournit de fortes raisons pour croire que la planète a dû se rapprocher de chaque comète au temps où elle fit varier leur orbite et la changea, de parabolique qu'elle était, en elliptique.

On en conclut une longitude du nœud de 250° et une inclinaison de 50°. Cette inclinaison semble forte, mais M. Forbes, considérant diverses anomalies qui se produisent dans le cours des mouvements célestes, n'est pas éloigné d'accepter cette particularité dans des planètes placées sur les confins de notre système solaire.

De la distance de 100 rayons terrestres, on conclut une période d'environ 1000 ans qui ramènerait la planète à son aphélie aux dates indiquées par les comètes, dates qui devraient rester dans la dernière ou dans l'une des dernières révolutions de la planète. Si la comète était caractérisée par un mouvement elliptique et n'avait pas été entraînée dans l'une des dernières révolutions, elle serait retournée très souvent dans le voisinage d'autres planètes qui, probablement, auraient altéré entièrement son orbite et l'auraient rendue semblable à celle des comètes, qui n'ont pas leur aphélie dans le plan des comètes I, II, IV et VII.

Une semblable planète se trouverait en juxtaposition avec les quatre aphélies dans le cours de deux révolutions, arrivant chacune au temps où la comète correspondante peut avoir été en aphélie, comme on peut le voir dans le tableau suivant :

| COMÈTES | PÉRIODE EN ANNÉES | DATES APHÉLIES | LONGITUDES APHÉLIES | LONGITUDE DE LA PLANÈTE | DIFFÉRENCES |
|---|---|---|---|---|---|
| IV 1861 I. . . | 415 | 409 | 29 | 19 | — 10° |
| I 1840 IV. . . | 493 | 968 | 203 | 218 | + 15 |
| VII 1855 II. . . | 376 | 1608 | 82 | 87 | + 3 |
| II 1843. . . . | 344 ± 8 | 1655 | 115 | 105 | — 10 |

En accordant à l'hypothèse que les comètes VII et II furent affectées par la planète lorsqu'elle était dans la dernière position, et les comètes IV et I dans une révolution précédente de la planète, la période de révolution étant de 1006 ans;

En supposant que les comètes VII et II aient apparu une seule fois dans le voisinage du Soleil, les comètes I et IV ont été affectées dans la troisième et quatrième révolution antérieure.

La comète I a été supposée identique avec la comète de 1490, qui apparut en 1140, en lui donnant une période de 350 ans et fixant ses aphélies aux années 1668, 1318, 968.

La comète IV a été calculée avec une période de 415 ans, qui donne pour dates d'aphélies 1654, 1239, 824 et 409.

Cette comète a été visible à l'œil nu en 1861 et a été aperçue dans les années 1446, 1031, 616. Comme preuve de ce fait, nous trouvons dans l'historique des comètes qu'on en a observées en 1444, 1032 et 616, que toutes ces comètes furent vues à la même époque, lorsque la Terre était dans la même position et qu'elles passèrent toutes près de B du Lion. On se rappelle qu'en juillet 1861, la comète passa près de l'étoile B du Lion, ce qui peut permettre de supposer son identité avec les quatre autres comètes que nous avons étudiées.

La position actuelle de la planète est ainsi déterminée. La moyenne des quatre dates des perturbations de l'aphélie par la planète cherchée est l'an 1106, et la moyenne de la longitude est 287° pour les années 1160 à 1880; le mouvement moyen étant de 1° pour 2,96 ans il faut ajouter 258° à 287, qui donne la longitude de 1880 égale à 185°.

En excluant certains éléments, M. Forbes arrive à ce dernier résultat, 1880. Long. 174° $\mathcal{R}$. 11ʰ 40ᵐ. N. P. D. 87°.

Nous empruntons encore au savant mémoire que nous signalons la détermination de la longitude de Neptude à l'aide des comètes.

| COMÈTES | DISTANCE APHÉLIE | Ω | ι | π | μ | DATE | PÉRIODE EN ANS | DATE DE L'APHÉLIE |
|---|---|---|---|---|---|---|---|---|
| I | 32 | 346° | 41° | 43° | + | 1852 IV | 70 | 1817 |
| II | 33 | 253 | 74 | 92 | + | 1812 | 71 | 1777 |
| III | 34 | 83 | 44 | 149 | + | 1815 | 70 | 1780 |
| IV | 34 | 78 | 85 | 70 | + | 1846 IV | 72 | 1810 |
| V | 35 | 310 | 19 | 79 | + | 1847 V | 75 | 1810 |
| VI | 35 | 55 | 18 | 305 | — | 1835 | 75 | 1798 Halley. |

En exceptant la comète de Halley, dont les retours sont si bien constatés et si nombreux, nous formons le tableau suivant :

| COMÈTE | PÉRIODE | DATE APHÉLIE | LATITUDE APHÉLIE | LONGITUDE APHÉLIE | LONGITUDE DE LA PLANÈTE | DIFFÉRENCE |
|---|---|---|---|---|---|---|
| I 1852 IV | 70 | 1817 | — 33 | 215 | . . . | . . . |
| III 1815 | 70 | 1500 | — 39 | 321 | 329 | + 8 |
| II 1812 | 71 | 1635 | + 9 | 256 | 256 | 0 |
| IV 1846 IV | 72 | 1810 | — 12 | 260 | 259 | — 1 |
| V 1847 V | 75 | 1810 | — 15 | 260 | 260 | 0 |

Les comètes IV et V ont même longitude et même date de passage aphélie. Il est donc très probable que Neptune les a perturbées dans sa dernière révolution. Si nous adoptons comme distance moyenne 30 rayons terrestres, nous aurons un mouvement de 2°,2.

De 1810 à 1880, en 70 ans, si nous acceptons un mouvement moyen de 2°,08, nous avons la longitude de Neptune pour 1880, égale à 45°, que le *Nautical Almanach* indique être 48°.

Cette coïncidence prouve la probabilité de la deuxième hypothèse, celle qui indique que la planète doit se trouver dans le plan de l'écliptique et qui donne exactement la longitude de la planète égale à 174°.

Sans suivre le savant professeur dans la recherche des observations qui pourraient correspondre à la découverte de la planète extra-neptunienne, nous nous bornerons à rappeler combien les suppositions qu'il fait sont arbitraires, mais nous n'en ferons pas moins ressortir les résultats importants auxquels il est arrivé; à ce sujet, disons que M. Todd, ayant fait un travail sur les planètes dont nous nous occupons, arrive, par un procédé de calcul différent, en adoptant une distance moyenne plus petite, à un résultat qu'il rapproche de celui de M. Forbes et dont la coïncidence est remarquable.

Je rappellerai ici l'analogie curieuse que Schiaparelli démontra le premier, entre les éléments déduits des observations de la comète de 1862, et ceux de l'anneau d'astéroïdes d'août. Cette théorie, qui s'est trouvée confirmée par une remarque identique faite par M. Peters fils, au sujet de la comète de 1866, et de l'anneau météorique de novembre, fut de nouveau constatée pour l'essaim d'avril avec la comète de 1861, et pour l'essaim de décembre avec la comète de Biéla.

Kirkwood, le savant professeur de Postville, démontra, au sujet des deux comètes de 1812 et 1846, qu'elles avaient été amenées à graviter autour de notre Soleil par l'attraction de Neptune, 695 ans avant notre ère.

Le Verrier établit que l'essaim de novembre avait été attiré par Uranus, l'an 126 de notre ère.

Or, nous savons que la distance aphélie de la comète de 1862, et par conséquent de l'essaim d'août, correspond à celle de la planète que nous pouvons supposer au delà de Neptune ; nous pouvons donc chercher à établir le lieu de la planète à un instant donné, lieu qui sera déterminé par les positions relatives de la comète et de la planète.

Si nous connaissions la date exacte à laquelle la planète et la comète, suivie des astéroïdes qui l'accompagnent dans son orbite, se sont trouvées en connexion, nous pourrions déterminer, à l'aide du mouvement annuel de la planète que nous avons déterminé, la situation qu'elle doit occuper à un instant donné.

C'est à un calcul de ce genre qu'on devra, vraisemblablement, la découverte de l'astre hypothétique qui nous occupe.

# CHAPITRE XI

## HISTOIRE DU CIEL

### LES ZODIAQUES

On donne le nom de *Zodiaque*[1] à une zone céleste idéale, large de 18° environ, qui fait le tour du ciel et se trouve coupée par l'écliptique en deux parties égales. C'est dans cette zone que se meuvent les planètes.

Cette bande céleste doit son nom à ce que presque toutes les constellations, au nombre de douze, qui l'occupent, représentent des figures d'animaux. Le Zodiaque n'a aucune utilité en astronomie, il marque seulement la région du ciel où se voient les mouvements apparents du Soleil, de la Lune et des grandes planètes. Quant aux petites planètes comprises entre Mars et Jupiter, plusieurs sortent des limites du Zodiaque.

Le Zodiaque est divisé en douze parties que l'on appelle *signes*. Chaque signe comprend donc 30° (12 × 30° = 360°). Chaque signe reçoit le nom des constellations qui y répondaient autrefois.

Ces douze divisions ont reçu les noms suivants, en les comptant de l'ouest à l'est : le Bélier, le Taureau, les

1. De ζώδια, petits animaux.

Gémeaux, l'Ecrevisse, le Lion, la Vierge, la Balance, le Scorpion, le Sagittaire, le Capricorne, le Verseau et les Poissons [1].

A l'origine, les constellations qui portent ces noms correspondaient à la place des signes que nous venons d'indiquer, mais, par suite de la précession des équinoxes, la position des signes ne répond plus aux constellations du même nom. Ainsi, vers le temps d'Hipparque [2] (160 av. J.-C.), les premiers points des constellations du Bélier et de la Balance répondaient aux équinoxes du printemps et d'automne, et, par conséquent, ceux du Cancer et du Capricorne correspondaient aux solstices d'été et d'hiver.

Aujourd'hui, la différence due à la précession est d'environ 30°, et l'équinoxe du printemps arrive dans la constellation des Poissons, etc. Néanmoins, l'équinoxe du printemps correspond toujours au signe du Bélier. Il peut y avoir confusion par suite de ces diverses appellations

---

[1] Les douze constellations du Zodiaque sont nommées dans ces deux vers latins attribués à Ausone :

> Sunt Aries, Taurus, Gemini, Cancer, Leo, Virgo,
> Libraque, Scorpius, Arcitenens, Caper, Amphora, Pisces.

On les a traduits par ces vers français :

> Bélier, Taureau, Gémeaux, Ecrevisse, Lion,
> Vierge : voilà les six pour le septentrion.
> Nous en comptons encor six pour l'autre hémisphère,
> Balance, Scorpion, Chasseur ou Sagittaire,
>     Capricorne, Verseau, Poissons.
> Étant pris trois à trois, ils marquent les saisons.

[2] Hipparque fut le premier qui dressa un catalogue d'étoiles, entreprise que Pline croyait tellement au-dessus de la puissance de l'homme, qu'il la regardait comme une chose désagréable à Dieu, rem Deo improbam.

L'apparition d'une nouvelle étoile qui se montra tout à coup de son temps détermina Hipparque à cet important travail ; en effet, c'était le seul moyen de mettre la postérité en état de reconnaître les changements qui, dans la suite, pourraient arriver au ciel. Ses longs et pénibles travaux furent récompensés par la découverte du mouvement de précession, que les Égyptiens avaient connu autrefois, mais dont la tradition était alors tout à fait perdue.

et il serait fort à propos de simplifier cette manière de s'exprimer.

On voit d'après ce qui précède avec quel soin il faut distinguer les signes et les constellations du même nom.

Il y a peu de sujets sur lesquels il ait été autant discuté que sur l'invention du Zodiaque. Tandis que certains savants veulent l'attribuer aux Égyptiens, d'autres le font venir des Indes; encore n'est-on pas sûr de l'époque à laquelle furent exécutés ceux qui nous sont parvenus.

On s'est accordé, à la suite des travaux de savants fort respectables, à considérer les Égyptiens comme ayant possédé les connaissances les plus étendues dans les diverses branches de la science. En astronomie, particulièrement, on leur a attribué la plus grande partie des découvertes qui ont été faites dans les siècles anciens.

Il n'est cependant pas sans intérêt de connaître l'opinion des hommes compétents qui affirment que le berceau des sciences doit être placé dans les Indes.

On cite comme preuve de la grande antiquité des sciences en Égypte les zodiaques d'Esneh et de Dendérah. Dans celui d'Esneh, qui est le plus ancien, le solstice d'été est dans le signe du Lion, et dans celui de Dendérah, il est dans le signe du Cancer.

Or, nous pouvons calculer l'époque à laquelle correspondent les signes de ces zodiaques. Ainsi, pour le zodiaque de Dendérah, Biot a déterminé par une étude scrupuleuse des signes astronomiques et des symboles religieux qu'il contient, la date approchée de l'époque qu'il représente. Le savant mathématicien ne lui donne pas une antiquité bien considérable, il ne le fait dater que de l'an 716 avant l'ère chrétienne.

Il peut être curieux de connaître plus exactement le Zodiaque de Dendérah dont on a tant parlé.

A première vue, on n'aperçoit qu'une masse de signes bizarres, des figures symétriquement disposées autour d'un cercle renfermant des caractères sacrés. On distingue bientôt un cercle intérieur porté par des cariatides debout à têtes de femme ou accroupies à têtes d'épervier.

Dans ce cercle qui représente le ciel, on remarque, au-dessous du centre, à gauche, un lion suivi d'une femme marchant sur un serpent. Cet emblème répond bien au signe zodiacal du *Lion*. On aperçoit ensuite une femme tenant à la main une tige de blé, qui rappelle parfaitement le signe de la *Vierge*. On voit aussi la *Balance*, avec ses deux plateaux; le *Scorpion*, fort reconnaissable; le *Sagittaire*, représenté par un centaure ailé; le *Capricorne*, qui affecte la forme d'un monstre moitié chair et moitié poisson; le *Verseau* offre l'aspect d'un homme qui renverse de l'eau contenue dans deux verres; les *Poissons*, le *Bélier*, le *Taureau*, les *Gémeaux* et le *Cancer* sont représentés sous les mêmes apparences que nous leur donnons encore.

Sans contester aux Égyptiens leur haute antiquité, il est bon de jeter un regard sur l'Inde, la région la plus civilisée du monde des anciens. Malgré les faibles connaissances que nous avons de l'astronomie des Indous, nous pouvons juger, par ce que nous connaissons de leurs découvertes, de l'état avancé de cette science qui était spécialement cultivée par leurs prêtres.

Cassini, Bailly, Playfair, soutiennent qu'ils nous ont laissé des traces d'observations remontant à près de 3000 ans avant Jésus-Christ; on leur accorde au moins quatorze ou quinze siècles de vieillesse.

Le Gentil et Bailly, qui ont soutenu l'opinion des antiques connaissances astronomiques de l'Inde, ont établi d'une façon formelle qu'il a existé des communications entre l'Inde et l'Egypte.

Or, il est prouvé que la chronologie des Indiens date de 3600 ans avant Jésus-Christ, et que, de toute antiquité, les Indiens ont été en rapport avec les Perses et les Chinois, dont l'antiquité remonte à la même époque.

Un fait capital, qu'il est bon de rappeler dans ces circonstances, c'est que les brames indiens connaissaient de temps immémorial la précession des équinoxes, qu'ils avaient fixée à 54″ [1] par an, ce qui donne une haute idée de l'exactitude de leur science.

Que penser, en effet, d'un peuple dont les connaissances sont aussi avancées. On doit lui accorder une antiquité bien plus reculée que celle qu'indique l'époque de ces découvertes merveilleuses. Si l'on songe à la lenteur avec laquelle se propagent les sciences et le progrès, au temps nécessaire pour reconnaître les mouvements célestes, pour les calculer sans instruments optiques, pour imaginer et calculer ces périodes qui supposent une série de longs siècles d'observation, on reste indécis sur l'âge à attribuer à un tel peuple.

Le Gentil et Bailly citent un zodiaque indou que l'on voit dans la pagode de Salsette (Elephanta), où le solstice d'été est dans la *Vierge*, ce qui lui donne une antiquité considérable. On le croit généralement antérieur de 200 ans à celui d'Esneh, le plus ancien de ceux d'Égypte.

Si on croit certains auteurs, il en existerait un plus

[1] Ce qui est très approché de la vérité.

antique encore. On voit dans les *Transactions philoso-phiques* de 1772, un zodiaque trouvé dans les ruines d'une ancienne pagode près du cap Comorin et dont M. John Call a rapporté une copie fidèle. Suivant la disposition des figures zodiacales, certains savants rapportent ce monument à une époque datant de 30 000 ans avant notre ère ; suivant d'autres, il serait de 10 000 ans plus ancien que celui d'Esneh.

Si l'astronomie de l'Inde a été plus savante et plus perfectionnée que celle de l'Egypte ; si ses zodiaques sont beaucoup plus anciens, n'est-on pas en droit de supposer que le berceau de l'astronomie se trouve dans les Indes et que les Égyptiens n'ont fait que copier, en les dénaturant parfois, les inventions de leurs devanciers ?

Pour étudier plus facilement les étoiles et pour les retrouver facilement on les a divisées en constellations. On fait généralement remonter à 1400 ans avant notre ère l'origine de ces constellations, du moins de celles qui nous viennent des Chaldéens, car les Chinois semblent avoir eu les leurs plusieurs siècles auparavant.

Les figures des constellations que nous avons conservées ne correspondent aucunement aux objets qu'elles représentent. Les Chaldéens, les prêtres d'Égypte ou les Grecs leur ont donné l'aspect que nous leur connaissons, à cause d'une ressemblance vague avec une croix, une couronne, un chariot, ou pour perpétuer le souvenir d'un héros.

Il serait bien difficile de décrire toutes les constellations avec les détails qu'elles comportent ; il est intéressant cependant d'en esquisser les principaux traits, de façon qu'avec une carte, il soit possible de les reconnaître dans le ciel.

On a coutume de désigner, ainsi que Bayer l'avait imaginé, les diverses étoiles d'une même constellation d'abord par les lettres de l'alphabet grec; puis quand ces lettres sont épuisées, par des lettres romaines, et enfin par des chiffres arabes.

Les principales étoiles, les plus brillantes, sont *Sirius*, dans la constellation du Grand Chien; *Procyon*, qui est à l'épaule droite d'Orion; *Rigel*, qui est à son pied gauche; *Aldébaran*, ou l'œil du Taureau; *Capella* ou la Chèvre; *Wéga* ou la Lyre; *Arcturus*, dans le Bouvïer; *Antarès*, ou le cœur du Scorpion; l'*Épi* de la Vierge; *Régulus*, ou le Lion; *Altaïr*, ou l'Aigle; *Castor*, l'un des Gémeaux; *Fomalhaut*, ou le Poisson austral; *Canopus*, dans le navire Argo; *Achernar*, dans l'Éridan; on considère aussi parfois comme étoiles de première grandeur le cœur de l'Hydre et la queue du Cygne.

Depuis qu'on a décidé de distinguer, comme nous venons de le dire, les étoiles d'une constellation, les noms inviduels des étoiles ont peu à peu disparu. Ces noms particuliers sont restés à certains astres brillants et nous croyons intéressant d'en signaler l'origine telle que l'a donnée l'*Annuaire de l'Observatoire royal* de Bruxelles.

Dans la colonne « Langue originelle »

$\left\{\begin{array}{l}\end{array}\right.$
a signifie *arabe* ;
c    —    ancien *égyptien* ou *copte* ;
g    —    grec;
l    —    latin.

| NOM ASTRONOMIQUE DE L'ÉTOILE | NOM PROPRE | LANGUE originelle. | SIGNIFICATION DU NOM PROPRE |
|---|---|---|---|
| α Eridani. . . . | Achernar. . . | a. | Pour *achir el nahr*, fin du fleuve. |
| g Ursæ majoris. . | Alcor. . . . | a. | Vue perçante. |
| α Tauri.. . . . | Aldebaran. . . | a. | Le successeur, celui qui vient après, qui suit. |
| γ Pegasi. . . . | Algenib. . . | a. | L'aile. |
| β Persei. . . . | Algol. . . . | a. | Le diable. |
| α Aquilæ. . . . | Altaïr. . . | a. | Le vautour, le volatile. |
| α Scorpii. . . . | Antarès. . . | g. | De ἀντὶ et Ἄρης, anti-Mars (autre Mars), à cause de sa couleur rouge. |
| α Bootis. . . . | Arcturus. . | g. | De ἄρκτος, Ourse, et οὐρός, garde, c'est-à-dire garde de l'Ourse. |
| γ Orionis. . . . | Bellatrix.. . | l. | Guerrière. |
| a Orionis. . . . | Betelgeuze. . | a. | Corruption de *ibt el dschaurâ*, épaule de Géant (Orion). |
| α Navis. . . . | Canopus. . | c. | Sol doré (terre d'or). En copte *Kahi* est terre, et *noub*, or. |
| α Aurigæ. . . . | Capella. . . | l. | La chèvre. |
| α Geminorum.. . | Castor. . . | | Castor. |
| α Cygni. . . . | Deneb. . . | a. | La queue. |
| β Leonis. . . . | Denebola. . | a. | Pour *deneb al ezeth*, queue du lion. |
| α Piscis australis.. | Fomalhaut. . | a. | *Fom el bhout*, bouche du poisson. |
| α Coronæ borealis. | Margarita. . | l. | La perle. |
| α Pegasi. . . . | Markab.. . | a. | La selle. |
| o Ceti. . . . . | Mira.. . . | l. | L'étonnante. |
| β Geminorum. . | Pollux. . . | l. | Pollux. |
| α Canis minoris. . | Procyon. . | g. | Προκύων, de πρὸ τοῦ κυνὸς, avant le Chien parce qu'elle précède, sur l'horizon de la Grèce, le Grand Chien. |
| α Leonis. . . . | Regulus. . | l. | Traduit du grec βασιλίσκος, royal. |
| β Orionis. . . . | Rigel. . . | a. | Le pied (cette étoile est au pied d'Orion). |
| β Pegasi. . . . | Scheat. . . ou Séat. | a. | L'épaule (parce qu'elle est placée à l'épaule de Pégase). |
| α Canis majoris. . | Sirius. . . | c. | Forme latine de Siris, pour Osiris. |
| α Lyræ.. . . . | Wéga. . . (Prononcez *ouéga*.). | a. | La pupille. |

## CONSTELLATIONS ZODIACALES

Sans donner l'histoire détaillée des douze constellations du Zodiaque nous rappellerons l'origine qu'on leur suppose.

Le Bélier des constellations rappelle le souvenir de la fuite d'Athamas, de Phryxus et d'Hellé sur un *bélier à toison d'or ;* il est célèbre par la conquête qu'en firent les Argonautes, qui, sous le commandement de Jason, rapportèrent sa toison.

FIG. 33. — Le Lion.

Le Taureau consacra la mémoire de l'enlèvement d'Europe, cette princesse si belle qu'on prétendait qu'une des compagnes de Junon avait dérobé du fard de cette déesse pour le lui donner. Jupiter s'étant épris d'elle prit la forme d'un taureau pour l'enlever, traversa la mer avec elle et l'emporta dans la partie du monde qui porte son nom.

Les *Pléiades* font partie de la constellation du Taureau : on les nommait aussi *Atlantides* ou *Hespérides*. Nous aurons occasion d'en parler plus loin ; disons cependant que ce groupe ne compte plus que six étoiles visibles à l'œil nu. Les anciens en comptaient sept et prétendent que l'une d'elle, nommée *Électre*, se cacha lors de la prise de Troie. On distingue aussi dans cette constellation les *Hyades*, aussi nommées *Héliades* ou *Titanides*. Aldébaran, l'une des belles étoiles du Taureau, est une des cinq étoiles de ce groupe.

Les GÉMEAUX sont connus dans la fable sous le nom de *Castor* et *Pollux ;* ils sont l'emblème de l'amitié : les phénomènes de leurs levers et de leurs couchers ont donné lieu à la fable qui veut que Pollux ait partagé l'immortalité avec son frère et qu'alternativement ils apparaissent à nos yeux

L'ÉCREVISSE ou le CANCER fut placée au ciel par Junon, parce qu'elle avait piqué Hercule au pied pendant son combat contre l'Hydre de Lerne. On remarque dans cette constellation une petite nébuleuse appelée la nébuleuse du Cancer.

Le LION céleste (fig. 33) rappelait l'épisode du lion de *Némée*, fameux dans l'histoire d'Hercule. Le cœur du Lion est remarquable par la belle étoile nommée *Régulus*. On distingue aussi dans cette constellation un groupe observé séparément depuis quelques siècles et connu sous le nom de *Chevelure de Bérénice*. La princesse en l'honneur de qui on donna ce nom à un groupe d'étoiles avait fait vœu d'offrir sa chevelure à Vénus si son mari Ptolémée Évergète revenait victorieux. Ptolémée vainqueur, elle accomplit son vœu, et ses cheveux, d'une beauté remarquable, furent en effet déposés dans le temple ; mais ils disparurent le lendemain, et comme le roi s'en affligeait, l'astronome Conon lui montra un groupe d'étoiles dont on fit une constellation nouvelle en lui assurant que la chevelure avait été enlevée au ciel. Malgré cela, Ptolémée, l'auteur de l'*Almageste*, laissa ces étoiles dans la constellation du Lion.

La VIERGE, fille de Jupiter et de Thémis, est représentée (fig. 34) avec des ailes qui furent données à sa mère quand elle s'envola aux cieux. On distingue dans cette constellation une étoile de 1re grandeur qui porte le nom de l'*Épi* de la Vierge. Dans quelques sphères très anciennes, et surtout dans celles qui paraissent rappeler le culte de Mithra, au lieu d'un épi la Vierge tient un enfant entre ses bras.

La Balance était pour les Égyptiens le symbole de l'égalité des jours, car elle représentait pour eux l'époque du passage à l'équinoxe.

Fig. 34. — La Vierge.

Le Scorpion est l'emblème des maladies et des fléaux destructeurs : on disait dans la mythologie qu'il était la terreur d'*Orion*. Cette constellation, la plus brillante du ciel, se couche en effet quand le Scorpion se lève. On remarque une belle étoile dans le Scorpion, c'est *Antarès*.

Le Sagittaire (fig. 35) représente le centaure Chiron, instituteur d'Achille, de Jason, d'Esculape, et, dit-on, l'inventeur de l'art de l'équitation.

Le Capricorne rappelle un bouc qui fut élevé avec Jupiter sur le mont Ida. Il découvrit et emboucha la conque marine qui jeta l'effroi parmi les Titans dans leur guerre contre l'Olympe.

Fig. 35. — Le Sagittaire.

Le Verseau (fig 36) consacre le nom de Ganymède que Jupiter fit enlever par son aigle pour servir d'échanson aux dieux. On a dit aussi que le Verseau représentait Deucalion, qui, après avoir échappé au déluge avec sa femme Pyrrha, débarqua sur le Parnasse.

Les Poissons enfin sont, dit-on, ceux dont Vénus et l'Amour prirent la forme pour échapper à la poursuite du cruel Typhon. Une légende pleine de charme nous dit que deux poissons ayant trouvé un œuf le roulèrent sur le rivage : une colombe le couva, et Vénus en sortit.

Voilà quelques-unes des fables que l'on contait sur les signes représentatifs du Zodiaque.

Un système, dû à M. Dupuis, tend à expliquer tous ces signes par la représentation dans le ciel des diffé-

FIG. 36. — Verseau.

rents travaux des mois de l'année, correspondant aux signes dans lesquels le Soleil entrait successivement.

## CONSTELLATIONS BORÉALES

LA GRANDE OURSE. — Les deux constellations des Ourses sont placées de telle sorte que la tête de l'une touche à la queue de l'autre. La Grande Ourse, qu'on nomme aussi le Grand Chariot, est facile à trouver. On distingue dans cette constellation (fig. 37) sept étoiles principales, six de 2e grandeur et une de 3e, dont quatre sont disposées en rectangle et trois forment une ligne courbe. Ces sept étoiles ont fait appeler la Grande Ourse *Septem Triones*, d'où est venu le mot *septentrion*.

La Petite Ourse (fig. 38). — Est aussi remarquable par la disposition semblable de ses sept étoiles qui s'étendent en sens contraire. C'est dans cette constellation que se trouve l'Étoile polaire. Pour trouver cette étoile, il suffit de tirer une ligne qui passe par les deux dernières étoiles du rectangle de la Grande Ourse, et de la prolonger jusqu'à ce qu'on rencontre une étoile assez apparente.

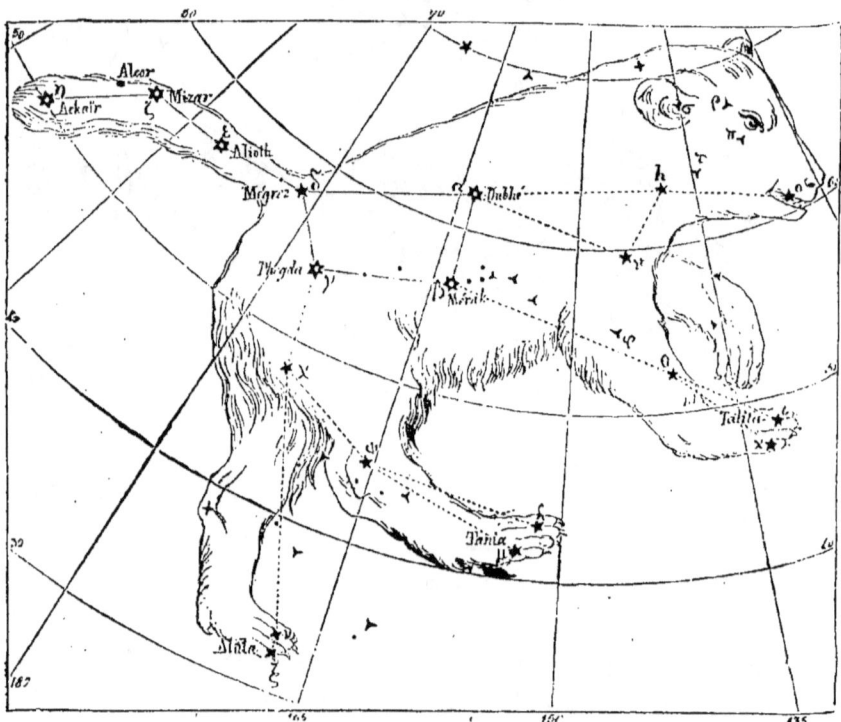

Fig. 37. — La Grande Ourse.

Cette étoile, que les Chinois appellent le *Roi*, parce qu'elle est le centre du mouvement général, est à environ 1° du pôle.

Les Italiens lui donnent le nom de *Tramontane* (ce qui a donné lieu à un proverbe connu), parce que, en Italie, la Polaire, vue de la Méditerranée, semble au delà des monts *(transmontana)*.

Les deux Ourses passent dans la fable pour être Calisto et son chien. Jupiter, ayant pris la forme de Diane, surprit la nymphe Calisto dont il eut un fils, *Arcas* ou le *Bouvier*. Jupiter les plaça tous deux dans le ciel. On pense aussi que ce peuvent être les nymphes qui ont nourri le maître des dieux sur le mont Ida.

CÉPHÉE. — Cette constellation est celle qui se rapproche le plus du pôle après la Petite Ourse. Elle se fait remarquer par trois étoiles de 3° grandeur presque en ligne droite, et qui portent les noms de genou, ceinture et épaule de Céphée. Au sud des précédentes on voit quatre petites étoiles qui forment la couronne de Céphée.

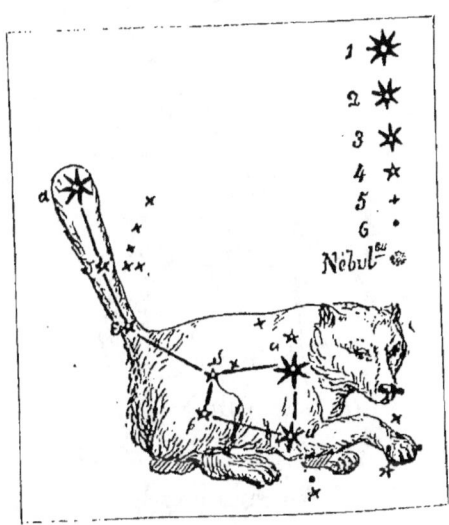

FIG. 38. — La Petite Ourse.

Céphée était un roi d'Éthiopie, époux de Cassiopée et père de cette Andromède que Persée épousa après l'avoir délivrée du monstre marin auquel elle avait été exposée. Minerve enleva aux cieux tous ces héros pour en perpétuer le souvenir.

On représente Céphée les bras étendus, dans l'attitude de la douleur.

LE DRAGON. — Le Dragon est une constellation fort allongée qui se replie entre les deux Ourses. La queue contient une étoile de 2° grandeur et un grand nombre de petites étoiles dessinent comme un serpent dont la tête est formée de quatre étoiles, disposées à peu près en carré. Ce Dragon est celui qui gardait les pommes d'or du jardin des Hespérides, et qui fut mis au ciel par Junon, quand Hercule l'eut tué. Voici la légende d'après Virgile :

> Calisto, dont le char craint les flots de Thétis,
> Vers les glaces du Nord brille auprès de son fils ;
> Le Dragon les embrasse ainsi qu'un fleuve immense.
>
> (Virgile, trad. de DELILLE.)

FIG. 39. — Andromède.

CASSIOPÉE. — Cassiopée était la femme de Céphée ; comme elle voulait disputer le prix de la beauté aux Néréides, Neptune envoya en Éthiopie un monstre marin qui ravagea la contrée. Cassiopée, pour apaiser le monstre, fut contrainte d'exposer à sa fureur sa fille Andromède.

On distingue dans cette constellation cinq étoiles en forme d'M.

La troisième étoile est la ceinture, les autres astres qui s'en rapprochent sont la chaise, le genou, la jambe et la poitrine.

ANDROMÈDE. — On connaît l'histoire de cette belle princesse. La constellation qui porte son nom est remarquable par trois étoiles

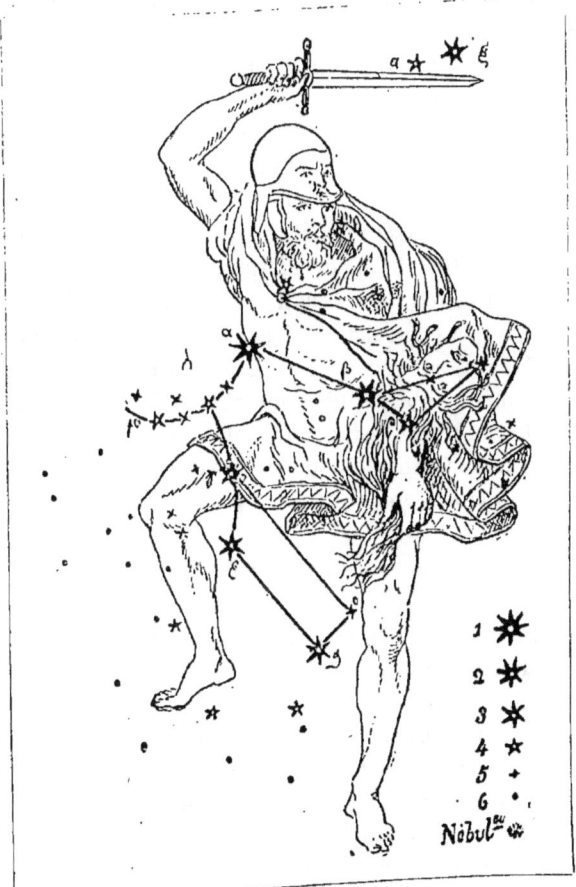

FIG. 40. — Persée.

en ligne droite qui forment la tête, la poitrine et le pied d'Andromède. Elle est représentée la tête tournée vers le nord, et a les mains attachées comme lorsqu'elle était exposée (fig. 39).

PÉGASE. — La tête d'Andromède forme avec trois autres étoiles assez distantes les unes des autres le carré de Pégase. Le fameux cheval Pégase a une histoire bien connue : c'est lui, on le sait, qui, sur le mont Hélicon, fit jaillir la fontaine d'Hippocrène.

Le Triangle boréal. — Ainsi que son nom l'indique, cette constellation affecte la forme d'un triangle. Ce triangle se trouve situé entre le pied d'Andromède, celui du Bélier et la main gauche de Persée.

Persée et la Tête de Méduse (fig. 40). — Persée est remarquable par cinq étoiles dont la plus proche du pôle est la tête ; les quatre autres reçoivent les noms de la luisante, la ceinture, le genou et le pied. La Tête de Méduse, orientale par rapport à ces étoiles, renferme une belle étoile variable nommée *Algol*.

Les exploits de Persée étaient aussi renommés dans l'antiquité que ceux d'Hercule. Il était fils de Jupiter et de Danaé, auprès de laquelle Jupiter s'était introduit sous la forme d'une pluie d'or.

Le Cocher et la Chèvre. — La belle étoile de 1<sup>re</sup> grandeur, *Capella*, la Chèvre, fait partie de la constellation du Cocher. Cette Chèvre n'est autre qu'Amalthée qui allaita Jupiter. La constellation affecte la forme d'un pentagone dont les deux plus petits côtés sont dans l'épaule du Cocher. On remarque aussi trois étoiles qu'on nomme les *Chevreaux* ou les *Boucs* qui forment un petit triangle isocèle étroit placé près de Capella.

On peut encore penser que c'est la représentation de la fable qui nous rapporte qu'un fils de Vulcain et de Minerve, Erichtonius, inventa le premier les chars à quatre chevaux et fut placé au ciel en souvenir de cette invention. On y voit aussi le malheureux Phaéton, qui périt dans le fleuve Éridan.

La Girafe et le Lynx. — Ces deux constellations formées d'étoiles informes, c'est-à-dire n'appartenant à aucune constellation reconnue, sont comprises entre les Ourses et le Cocher.

Le Bouvier (fig. 41). — L'étoile la plus belle de cette constellation est *Arcturus*. La main du Bouvier, formée de trois étoiles de 4<sup>e</sup> grandeur, tient en laisse deux lévriers dont l'un porte sur le cou l'étoile de 3<sup>e</sup> grandeur, le *Cœur de Charles*.

Le Bouvier est, dit-on, cet Arcas, fils de Calisto, qui donna son nom à l'Arcadie.

La Couronne boréale. — Au-dessus de la tête du Dragon un demi-cercle d'étoiles de 4<sup>e</sup> grandeur forment la couronne boréale. L'étoile du milieu, de 2<sup>e</sup> grandeur, brille d'un vif éclat au milieu des autres

astres et a reçu le nom de *la Perle*. Elle est entre le Bouvier et Hercule.

Cette couronne est celle d'Ariane que Bacchus plaça au ciel.

LA LYRE ET LE VAUTOUR. — La plus belle étoile de la Lyre est

FIG. 41. — Le Bouvier.

celle de 1re grandeur, *Wéga*; un peu au-dessous, on remarque un
petit triangle formé de deux étoiles de 3e grandeur et d'une de 4e;
elles appartiennent au Vautour qui porte la lyre dans ses serres.

La lyre est celle que Mercure fit d'une écaille de tortue et qu'il
donna ensuite à Orphée.

LE CYGNE. — Les cinq étoiles de cette constellation présentent l'aspect d'une grande croix placée sur la voie lactée. Ce Cygne rappelle la forme que Jupiter emprunta pour conquérir les bonnes grâces de Léda.

L'AIGLE. — La belle étoile *Altaïr* ou α de l'Aigle se trouve placée entre deux autres étoiles de 3e grandeur. Ces trois étoiles sont presque en ligne droite. Cet aigle n'est autre que celui de Jupiter qui enleva Ganymède aux cieux.

ANTINOÜS. — Cette constellation est formée des débris de celle de l'Aigle. Antinoüs était un favori de l'empereur Adrien, qui lui fit élever des autels comme à une divinité en l'an 131 de notre ère. Ptolémée ne la compte pas comme une constellation spéciale.

LE DAUPHIN. — Le Dauphin se trouve à l'orient de l'Aigle et se compose de cinq étoiles dont quatre de 3e grandeur, et une de 4e grandeur qui forment un petit losange.

Bacchus changea, dit-on, en Dauphins les pirates qui l'avaient attaqué, sauf Acetès qui avait pris sa défense et qu'il plaça dans le ciel. Ce serait, suivant d'autres, un Dauphin que Neptune aurait envoyé à la découverte d'Amphitrite et qui l'aurait décidée à épouser son maître. C'est peut-être encore le Dauphin qui sauva le poète Arion du naufrage.

LE PETIT CHEVAL. — Cette constellation offre l'aspect d'un petit trapèze formé d'étoiles de 4e grandeur.

On pense que ce petit cheval a été placé au ciel en souvenir de la forme que prit Neptune lorsqu'il fut surpris avec Phylise, mère du centaure Chiron.

LA FLÈCHE. — Se trouve entre l'Aigle et le Cygne et se compose de cinq étoiles de 4e grandeur et de 5e grandeur.

On croit que c'est l'emblème d'une des flèches dont Hercule se servit pour détruire le vautour qui dévorait le foie de Prométhée.

HERCULE. — Cette constellation est formée de quatre étoiles de 3e grandeur. La tête du héros contient une étoile de 2e grandeur. Hercule paraît dans l'attitude d'un homme agenouillé, il semble combattre le Dragon qui gardait les pommes du jardin des Hespérides (fig. 42).

LE SERPENT ET LE SERPENTAIRE OU OPHIUCHUS. — Le Serpent est enroulé autour du Serpentaire. Ces deux constellations, qu'on réunit généralement, occupent un grand espace dans le ciel. La tête du Serpentaire, placée sous la Couronne boréale, est remarquable par la forme qu'elle effecte : elle ressemble à une sorte d'Y dont la queue serait formée de deux étoiles de 3e grandeur, entre lesquelles se trouve une belle étoile de 2e grandeur, qui forme le cœur du Serpent ; le reste du corps se prolonge en une file d'étoiles et descend beaucoup au-dessous de l'équateur.

Fig. 42. — Hercule.

Le Serpentaire a sa tête marquée par une étoile secondaire.

Le Serpentaire était nommé Ophiuchus par les Grecs et Anguitenens par les Latins. On croit que c'est Esculape, et le Serpent qui l'enveloppe celui qui fut mis sous la protection du dieu de la médecine et qui fut placé aux cieux.

Le Serpentaire a reçu encore d'autres noms ; on l'appelle Jason, Sérapis, Pluton-Tantale, etc., et la fable de Tantale a pris naissance dans ce fait que le fleuve Éridan se couche au lever de Tantale, et comme ils ne peuvent se joindre, c'est là l'origine de la fable singulière de l'eau qui fuit toujours devant la bouche du malheureux.

Nous avons négligé la description de quelques petites constellations qui ne présentent pas un grand intérêt : le Renard et l'Oie, l'Écu de Sobiesky, le Lézard, le Messier, etc.

Parmi les constellations que nous venons d'examiner, il en est qui ne se couchent jamais pour l'horizon de Paris, c'est-à-dire qui sont toujours visibles pour nous : ce sont les deux Ourses, Céphée, Cassiopée, le Dragon, la Girafe, etc.

## CONSTELLATIONS AUSTRALES

LA BALEINE. — Sous le Bélier et les Poissons on rencontre un groupe de sept étoiles qui forment la Baleine. Quatre de ces étoiles sont de 4ᵉ grandeur et forment un quadrilatère au-dessous duquel on voit les trois autres étoiles disposées en triangle. La brillante étoile connue sous le nom de *Mira Celi*, l'Admirable de la Baleine nous occupera quand nous étudierons les étoiles variables.

On prétend que la Baleine est ce monstre qui fut envoyé par Neptune pour dévorer Andromède et qui fut tué par Persée.

LE POISSON AUSTRAL. — Il est placé sous le Verseau et n'est remarquable que par une brillante étoile de 1ʳᵉ grandeur qui est cataloguée α de la constellation et qui porte le nom de *Fomalhaut*.

ORION. — L'aspect d'Orion (fig. 43), une des plus belles constellations du ciel, frappe tout d'abord. La ceinture est formée de trois étoiles de 2ᵉ grandeur, situées presque en ligne droite. On les appelle aussi les *Trois Rois* ou le *Râteau*. Orion forme un quadrilatère dont les diagonales sont terminées par deux étoiles de 1ʳᵉ grandeur et deux étoiles de 2ᵉ grandeur. Les deux astres de 1ʳᵉ grandeur forment son épaule et son pied gauche. La seconde porte le nom de *Rigel*.

Au-dessus de la ceinture, on distingue trois étoiles très rapprochées qui forment l'*épée*. Il y a, près de ces étoiles, une nébuleuse célèbre dont nous aurons lieu de nous occuper plus loin.

Orion, dit la fable, avait reçu de son père, Neptune, le don de marcher sur l'eau aussi bien que sur la Terre; c'était un chasseur intrépide d'une taille prodigieuse. C'est encore, d'après la légende, Orus, Arion, le Minotaure, etc.

Fig. 43. — Orion.

Le Petit Chien. — Une étoile de 1re grandeur, *Procyon*, signale cette constellation qui est située entre les Gémeaux et l'Écrevisse. Une ligne tirée de la Polaire par la tête de Castor rencontrerait Procyon. On a supposé que c'était le Chien d'Orion. Les Latins désignaient cette constellation sous le nom de *Canicula*, et lui attribuaient les influences les plus funestes.

Le Grand Chien. — Le Grand Chien (fig. 44) renferme la plus brillante étoile du ciel, *Sirius*. Elle est à la base d'un grand quadrilatère dont la base s'étend jusque sur Paris. Le Grand Chien était, avec le Dragon, chargé de la garde d'Europe, après son enlèvement.

Jupiter le donna à Minos. Si on en croit la légende, Procris, Céphale, l'Aurore, Orion, Hélène etc., l'auraient possédé.

L'Éridan et le Lièvre. — L'*Éridan* est le Nil ou le fleuve d'Orion; il est aussi fameux par la chute de Phaéton; le *Lièvre* est un des attributs de ce Nemrod assyrien, sous les· pieds duquel on l'a, du reste, placé. Le Lièvre est formé d'un quadrilatère composé de quatre étoiles de 3ᵉ grandeur. La source de l'Éridan est marquée par une belle étoile, *Achernar*.

FIG. 44. — Le Grand Chien.

L'Hydre, le Corbeau et la Coupe. — L'Hydre occupe le quart de l'horizon sous le Cancer, le Lion et la Vierge. La tête est à gauche de Procyon, formée de quatre étoiles de 4ᵉ grandeur.

La ligne tirée sur le côté occidental du trapèze du Lion va rencontrer l'étoile de 1ʳᵉ grandeur, *Alfard*, ou mieux le cœur de l'Hydre. Une file de dix étoiles forme les replis de l'Hydre, qui porte sur son dos la Coupe et le Corbeau.

On suppose que l'Hydre a symbolisé le Nil, et que la Coupe est celle de Bacchus ou d'Icare.

Le Navire. — La plupart des étoiles de cette constellation ne s'élèvent jamais au-dessus de l'horizon de Paris. Le Navire possède une étoile de 1re grandeur, *Canopus*, qu'on ne voit jamais en Europe, et qui est, paraît-il, la plus belle après Sirius.

Cette constellation rappelle le navire Argo, le premier qui, dit-on, fut construit et qui porta les Argonautes en Colchide.

LE CENTAURE. — Une faible partie de cette constellation s'élève au-dessus de l'horizon de Paris. C'est la tête. Le reste de la constellation, que nous ne pouvons voir, contient la *Croix du Sud* formée de quatre belles étoiles secondaires.

On croit que c'est en l'honneur de Chiron que cette constellation a reçu le nom de Centaure.

Le Loup, le Solitaire, le Télescope, l'Antre, la Couronne australe, la Grue, le Phénix, le Paon, l'Indien, la Dorade, la Mouche, etc., sont des constellations peu importantes.

Aujourd'hui, pour éviter toutes les constellations douteuses dont quelques étoiles ne faisaient pas partie, on a pris la sage mesure d'en tracer des délimitations à l'aide de lignes ponctuées, comme on a l'habitude de séparer les provinces ou les départements sur les cartes terrestres.

# CHAPITRE XII

## LES ÉTOILES

Si nous pouvons nous enorgueillir, à juste titre, de la connaissance exacte du système solaire, il est loin d'en être de même de la constitution du monde des étoiles dont la structure semble devoir rester pour nous un mystère impénétrable.

L'une des manifestations les plus brillantes de la grandeur de l'esprit humain s'affirme par les découvertes des lois de la gravitation. Ces lois remarquables, qui déterminent la marche des éléments de notre petit système solaire, s'appliquent aussi aux milliers de soleils qui gravitent dans l'univers.

Le monde qui nous est connu semble perdu dans l'immensité du ciel, et bien que les distances qui séparent ces mondes, qui ne constituent qu'une infime partie de l'univers, nous paraissent énormes et peu accessibles à notre imagination, ces valeurs deviennent faibles en comparaison de celles qui représentent les distances des étoiles.

M. Radau, dans un livre que nous aurons occasion

de citer souvent [1], a indiqué un procédé fort simple pour apprécier l'éloignement des étoiles les plus proches de nous.

Supposons l'orbite de Neptune représentée par l'enceinte de Paris, l'orbite de la Terre occupera au centre de cet espace une aire à peu près égale à celle de la place de la Concorde. Si nous voulons atteindre l'étoile la plus rapprochée de nous, α du Centaure, il nous faudra nous éloigner de plus de 30 000 kilomètres, c'est-à-dire parcourir le chemin qui va du Havre en Chine par le cap Horn.

Or, l'étoile que nous avons choisie est la plus proche de nous ; celle qui vient ensuite, dans l'ordre des distances, la 61e du Cygne, est déjà deux fois plus éloignée et les étoiles dont on a pu jusqu'ici déterminer l'éloignement sont situées à des distances beaucoup plus considérables encore.

Nous pouvons donc dire, d'après ce qui précède, que sur des distances énormes qui, dans l'hypothèse présente, sont de plusieurs milliers de kilomètres, la partie qui nous est connue a quelques centaines de mètres carrés à peine.

La difficulté de l'étude de la structure du monde des étoiles provient de l'incertitude de nos évaluations relatives à la distance qui nous en sépare ; il nous est possible de fixer exactement, par rapport à notre système solaire, la direction qu'elles occupent dans l'espace, mais cette détermination est insuffisante ; il est nécessaire, en effet, pour déterminer la position d'un astre par rapport à un point fixe, de connaître sa direction et sa distance.

[1] Radau, *Progrès récents de l'astronomie stellaire.*

Jusqu'à ce jour, la distance n'a pu être déterminée que pour un petit nombre d'étoiles, et encore pour les moins éloignées de nous, mais cet élément n'est encore connu que d'une manière bien douteuse.

Revenant à la comparaison que nous avons établie plus haut, nous nous rendrons compte de la difficulté de la détermination de la distance des étoiles en nous rappelant que α du Centaure se trouverait éloignée de Paris de plus de 30 000 kilomètres. La méthode employée pour déterminer le lieu d'un point inaccessible consiste à prendre aux extrémités d'une ligne de longueur déterminée deux visées sur le point considéré, de façon à former un triangle, dont on connaît un côté et deux angles adjacents, et dont on peut ensuite calculer facilement les éléments, entre autres, la hauteur qui donne l'éloignement du point dont il s'agit. Si l'orbite de la Terre est représentée par la place de la Concorde, on peut se rendre compte de la petitesse des angles obtenus si, des deux coins de la place on braque une lunette sur un phare situé en Chine !

C'est cependant par un procédé analogue que les astronomes sont arrivés à déterminer la distance d'un certain nombre d'étoiles ; c'est l'observation d'une même étoile, à deux époques opposées de l'année, quand la Terre est aux deux points extrêmes de son orbite, qui nous permet d'établir la distance à laquelle l'étoile se trouve de nous.

On conçoit que la détermination dont il s'agit offre de grandes difficultés ; la distance prodigieuse du point considéré, par rapport à la faible dimension de la base, l'intervalle de temps qui s'écoule entre les deux observations, sont autant d'obstacles qui compliquent l'opération. Les distances, dans les cas les plus favorables, dépassent des centaines de mille fois la longueur de la base, et les écarts d'où on les conclut sont représentés par de simples fractions de seconde qui sont, dans la plupart des cas, dissimulées dans les erreurs d'observation.

Quoi qu'il en soit, dès le commencement du siècle, quelques astronomes reprirent les recherches tentées par les anciens pour la détermination de la distance des étoiles. Piazzi, par ses observations de déclinaison, obtint, pour Sirius une parallaxe de 3″. Pour Procyon, 4″. Callandrelli trouva pour Wéga une parallaxe de 4″. Or, les meilleures observations modernes donnent des valeurs inférieures à 1″ pour toutes les étoiles. On doit donc considérer ces résultats comme fautifs.

Le progrès réalisé dans la construction des micromètres permit d'obtenir des observations plus exactes et amena les savants à tenter la recherche des parallaxes dans une voie nouvelle, qui devait conduire au succès.

Struve porta son attention sur la brillante étoile Wéga α de la Lyre, tandis que Bessel observait la 61ᵉ du Cygne; les résultats qu'ils obtinrent furent un parallèle d'environ un tiers de seconde pour l'étoile du Cygne et d'une demi-seconde pour Wéga.

Pour estimer des distances aussi considérables que celles dont il est question en ce moment, les mesures usitées généralement sont impuissantes à nous exprimer des relations compréhensibles; le diamètre de l'orbite terrestre (300 millions de kilomètres) est complètement insuffisant; nous sommes obligés de chercher une unité plus grande encore. Nous la trouvons dans la vitesse de propagation d'un rayon lumineux pendant une année.

Une parallaxe d'une seconde indique une distance

égale à 206 000 fois la distance du Soleil à la Terre, et représente 3 années et 3 mois de lumière; une parallaxe de
0″,5 correspond à une distance double et ainsi de suite.

La valeur exacte de la parallaxe de la 61ᵉ du Cygne,
trouvée par Bessel, atteignait 0″,37. Ces mesures semblaient confirmées par celles de Peters et de Johnson,
lorsque M. Otto Struve prouva que cette parallaxe devait être portée à 0″,5.

Si on adopte cette valeur, on aurait pour la 61ᵉ du
Cygne une distance que la lumière met 6ᵃⁿˢ,5 à parcourir.

L'étoile la plus proche de nous, α du Centaure, pour
laquelle Henderson et Maclear ont trouvé une parallaxe
de 1″, nous enverrait sa lumière en 3 ans et 3 mois
environ.

Une quarantaine d'étoiles ont été l'objet de recherches
semblables et ont toutes donné des parallaxes très faibles; c'est ainsi que Wéga donnerait pour le transport
de sa lumière 21 ans; Sirius, 16 ans; l'Étoile polaire,
36 ans, etc., en acceptant pour ces étoiles des parallaxes
respectives de 0″,15, de 0″,20 et de 0″,9.

Nous devons dire, du reste, que les mesures de parallaxes varient beaucoup avec les observateurs et avec
les méthodes employées. Ainsi :

| L'ÉTOILE POLAIRE DONNE UNE PARALLAXE″ | | L'ÉTOILE SIRIUS DONNE UNE PARALLAXE″ | |
|---|---|---|---|
| De 0,144 | à Lindenau, | De 0,34 | à Henderson. |
| 0,075 | W. Struve | 0,16 | Maclear. |
| 0,172 | Struve et Preuss. | 0,23 | Henderson et Maclear. |
| 0,147 | Lundahl. | 0,193 | H. Gylden. |
| 0,067 | Peters. | 0,274 | Abbe. |
| 0,025 | Sindhogen. | | |

Une étoile fort curieuse à étudier (1830, Groombridge) a présenté les résultats les plus curieux : tandis
que certains auteurs lui donnent une parallaxe de 0″,02,

d'autres vont jusqu'à o",23 et même jusqu'à 1". Il en
de même de l'étoile $\alpha^2$ du Centaure dont on fait varier la
parallaxe de o",48 a 1",21.

On voit, en résumé que, bien que la lumière soit un
terme commode à employer, elle laisse encore quelque
incertitude dans son application.

On suppose que les étoiles diminuent de grandeur à
mesure que la distance augmente ; dans ces conditions,
M. Peters a trouvé que la distance moyenne des étoiles
de 1$^{re}$ grandeur correspondait à 16 ans ; celle des étoiles
de 2$^e$ grandeur, à 28 ans, etc. ; pour les étoiles de 7$^e$ grandeur, que quelques vues perçantes peuvent encore apercevoir à l'œil nu, il ne faudrait pas moins de 170 ans
pour nous apporter leur lumière. Quant aux étoiles
télescopiques qui vont jusqu'à la 16$^e$ grandeur, on peut
estimer à 10 000 ans au moins le temps qu'il faudrait à
leur lumière pour nous parvenir.

Où sont les bornes de l'univers ? Quelles sont les
distances auxquelles gravitent les derniers mondes ?
Herschel supposait qu'à l'aide de son grand télescope il
avait pu contempler des étoiles 2000 fois plus éloignées
de nous que les étoiles de 1$^{re}$ grandeur.

Les astres dont la lumière nous parvient si lentement
se présentent alors à notre esprit sous une forme absolument nouvelle ; en effet, qui nous prouve que ces points
brillants que nous apercevons en ce moment au ciel y
seront demain ? car, malgré la sensation momentanée que
nous percevons en les regardant, nous savons qu'ils étaient
où nous les voyons il y a 15, 30, 100, 10 000 ans, mais
rien ne nous prouve qu'ils existent encore et que la
lumière n'a pas continué son chemin tandis qu'ils ont
été emportés dans les infinis des univers stellaires.

G. DALLET, Les Merveilles du ciel.                    16

## MOUVEMENTS PROPRES

Lorsqu'on a une longue suite d'observations d'étoiles, on s'aperçoit que ces astres que nous nommons *fixes* se déplacent dans le ciel d'une quantité que nous évaluons en moyenne à une dizaine de secondes pour cent ans; c'est-à-dire à un dixième de seconde environ par an. C'est ce qu'on appelle le *mouvement propre* des étoiles.

On conçoit facilement que ces résultats restent noyés dans les erreurs d'observation, et nous les aurions seulement mentionnés si leur étude n'avait un intérêt considérable.

Les mouvements propres qui ont été constatés par la comparaison des catalogues se présentent généralement comme des déplacements progressifs, qui s'accroissent régulièrement avec le temps. On y découvre parfois des sortes d'inégalités périodiques qui proviennent d'une parallaxe ou bien sont le résultat de l'attraction d'un corps voisin.

Les mouvements propres les plus forts s'observent pour les étoiles les plus proches de nous; s'ils peuvent atteindre parfois $7''$ et $8''$ par an, leur valeur ne dépasse pas généralement quelques fractions de seconde.

Ces mouvements, fort peu sensibles à nos sens, sont les indices de déplacements prodigieux, étant donné la distance énorme à laquelle ils se produisent.

C'est ici que nous allons voir reparaître les distances des étoiles; en effet, pour pouvoir constater les mouvements de translation qui correspondent à un mouvement propre observé, il faut connaître la distance de l'astre à la Terre. On est arrivé à la déterminer pour un petit nombre d'étoiles qui ont un mouvement propre assez sensible.

Ainsi, la 61ᵉ du Cygne a un mouvement propre de 3″ d'arc et une parallaxe de 0″,5, on peut en conclure qu'elle se meut dans l'espace avec une vitesse de 50 kilomètres par seconde.

L'étoile 1830 Groombridge, dont nous avons signalé la parallaxe égale à 0″,12, a un mouvement propre de 7″, auquel correspond une vitesse de translation d'environ 290 kilomètres[1] par seconde.

Les étoiles, dans quelque partie du ciel que ce soit, se meuvent dans toutes les directions, avec toutes les vitesses possibles, et il paraît au premier abord impossible d'y découvrir une loi; bientôt, cependant, une étude attentive fait apparaître une loi, qui ne s'applique pas à une orbite particulière mais bien à la généralité des étoiles, à un mouvement propre, commun à tous ces astres, qui est probablement dû à un mouvement réel de notre Soleil et des planètes qui l'accompagnent.

Il est facile de comprendre, en effet, que si le système solaire est emporté vers un point quelconque du ciel, les étoiles qui seront situées dans cette région sembleront s'écarter du côté de sa marche, tandis que le phénomène contraire se produira en sens inverse. Il en résultera une sorte de courant qui semblera entraîner les étoiles du point d'arrivée vers le point de départ de la trajectoire solaire. Or, un tel mouvement ne peut passer inaperçu et doit laisser des traces dans la comparaison des observations faites à un long intervalle de temps.

[1] La Terre ne se meut dans son orbite qu'avec une vitesse de 30 kilomètres à la seconde.

L'hypothèse d'un mouvement de translation du Soleil dans l'espace avait déjà été présentée à plusieurs reprises; Fontenelle, Bradley, l'avaient supposé ; Laplace l'avait affirmé, et Herschel ne craignit pas d'assurer que le Soleil était transporté vers un point qu'il fixa, dès 1783, dans la constellation d'Hercule.

La théorie faisait déjà prévoir que le Soleil devait se mouvoir dans une orbite très allongée, que pour la faible durée de nos observations nous devions considérer comme rectiligne. L'observation a justifié cette hypothèse.

Voici les déterminations les plus sérieuses qui ont été proposées par les astronomes :

| OBSERVATEURS | ASCENSION DROITE | DÉCLINAISON |
|---|---|---|
| Argelander. | $257°49'$ | $28°50'$ N. |
| Otto Struve. | 261 12 | 37 36 N. |
| Lundahl. | 252 24 | 14 26 N. |
| Galloway. | 260 1 | 34 23 N. |
| Mädler. | 261 38 | 39 54 N. |
| Airy et Dunkin. | 262 29 | 28 58 N. |

Nous devons à M. Otto Struve une valeur approchée de ce déplacement; d'après ses calculs elle serait de 7 kilomètres à la seconde.

Depuis longtemps on s'est posé la question de savoir si tous ces mouvements n'avaient pas un centre commun, si l'univers tout entier ne gravitait pas autour d'un soleil central. Kant a proposé Sirius comme centre du monde. Argelander a placé ce point dans la constellation de Persée.

Mädler, au lieu de chercher un astre central, se contenta de proposer l'hypothèse suivante : il pensait que les étoiles, au lieu de tourner autour d'un astre, décrivent leurs orbites autour d'un point qui est leur centre de gravité commun. Il trouvait dans les Pléiades un groupe immobile au milieu du mouvement général et l'étoile *Alcyone* qui forme le centre du groupe marquait dans son hypothèse le centre d'attraction.

Il semble que cette dernière opinion soit hasardée et que, bien qu'elle paraisse satisfaisante, on doive ne l'accueillir qu'avec une grande réserve, car elle est basée sur des éléments encore mal déterminés et dont les valeurs sont loin d'être exactement connues.

## LES PLÉIADES

L'hypothèse de Mädler nous amène à dire un mot des Pléiades qui jouent un rôle considérable dans son système. En effet, Alcyone, la plus brillante des Pléiades, qui serait le soleil central, a été reconnu pour tel aux âges primitifs. La dénomination d'Alcyone ou Alkyone, qui signifie *centre-pivot*, répond bien à l'idée qu'on pouvait s'en faire dans les âges reculés.

Les Pléiades qu'on aperçoit à l'œil nu dans le cou de la constellation du Taureau (fig. 45) se composent de six étoiles ; autrefois, on en comptait sept dont les noms étaient : Taygète, Mérope, Alcyone, Celæno, Électre, Astérope et Maïa (la plus brillante est Alcyone) ; à ces noms, les astronomes modernes ont ajouté ceux d'Atlas et de Pléione, le père et la mère de ces Atlantides.

Comme on n'en voit plus que six à l'œil nu et que cependant, du temps d'Ovide, on en connaissait encore sept, dont l'une avait diminué d'éclat, il imagina d'expliquer cette disposition par la fiction poétique qui, à la prise de Troie, fait disparaître Électre du ciel.

Des personnes ayant une vue très puissante comptent à l'œil nu dans les Pléiades dix étoiles; Mœstelin, le maître de Képler, en voyait quatorze.

Le premier télescope qui fut dirigé sur ce point en montra près de quarante; en réalité, elle semble en contenir des milliers ; M. Wolf en a dressé une carte qui en contient plus de six cents.

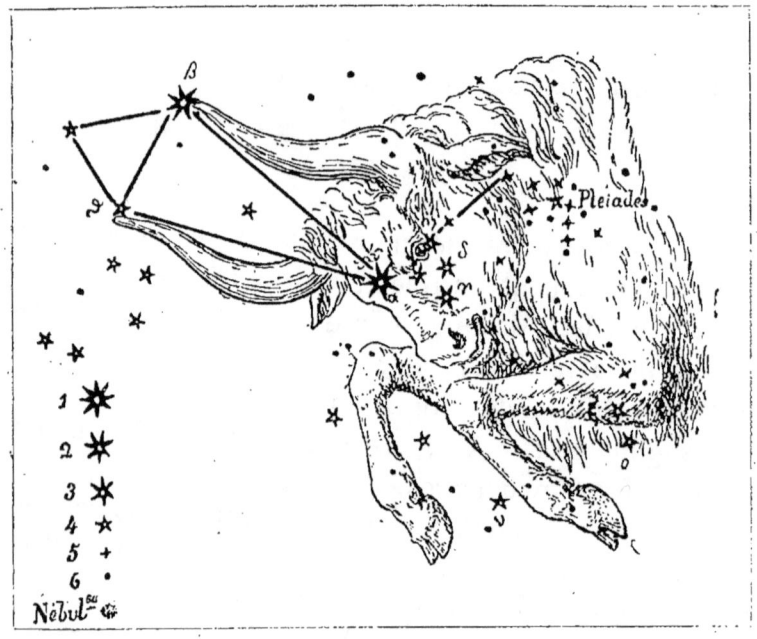

FIG. 45. — Constellation du Taureau.

Nous empruntons les détails curieux qui suivent à un article de M. Haliburton, paru dans la revue anglaise *Nature*, et qui présentent un intérêt spécial au point de vue des traditions de différents peuples au sujet des Pléiades.

M. Haliburton fut amenée à constater que le jour des *Morts*, la fête des ancêtres, était généralement célébrée chez tous les peuples au commencement du mois de novembre ; il pensa que cette fête devait être réglée par un phénomène simple, tel que le lever d'une étoile, et il demanda au professeur Everett si les Pléiades ne s'étaient jamais levées au mois de novembre.

M. Everett répondit que les Pléiades ne s'étaient levées à cette époque qu'à une date remontant à douze mille ans, mais que dans un des plus anciens calendriers qu'on connaisse, celui des brames, le mois de novembre s'appelait *Kartika*, le mois des Pléiades.

Guidé par ces recherches, M. Haliburton ne tarda pas à constater qu'on faisait usage aujourd'hui encore, dans la Polynésie, d'une année réglée sur les levers et les couchers des Pléiades, ou sur leur visibilité pendant la nuit tout entière ; il découvrit en même temps que les trois jours de la fête des morts étaient célébrés chez les sauvages australiens par de grandes danses nocturnes en l'honneur des Pléiades.

Depuis, il a trouvé partout, sur la surface du globe, le calendrier primitif des Pléiades, ou du moins ses traces, en ce sens qu'une foule de traditions, de mythes, de pratiques religieuses, avaient pour point de départ ou pour objet l'année des Pléiades.

Il signale comme extrêmement curieuse la tradition commune à presque toutes les nations sauvages de la *Pléiade perdue*. Les Pléiades vues à l'œil nu sont seulement au nombre de six, et cependant, dans le monde entier, chez les nations civilisées comme chez les races les plus barbares, en Europe, aux Indes, en Chine, au Japon, en Amérique, dans l'Afrique entière, cette constellation n'est pas seulement dite formée de sept étoiles, mais elle est désignée universellement, exclusivement sous le nom des *Sept Étoiles*, dénomination qui semble-

rait convenir beaucoup mieux au groupe de la Grande
Ourse.

La disparition de cette septième étoile a reçu des explications fort diverses et correspondantes aux mythes des
différents peuples.

Les uns pensent qu'on ne peut l'apercevoir, quoiqu'elle
soit au ciel, parce qu'elle se cache. Au dire des sauvages,
les Pléiades sont sept jeunes femmes : six très belles
consentent à se montrer, tandis que la septième se cache
parce qu'elle ne se croit pas assez jolie; c'est, comme
on le voit, presque le conte de Cendrillon.

## LA VOIE LACTÉE

Comme tous les phénomènes dont nous ne pouvons
avoir une explication immédiate, les théories les plus
dissemblables ont été proposées pour expliquer la formation de la voie lactée.

Képler avait pressenti que le Soleil pouvait bien être
une étoile fixe, mais, embarrassé dans les idées de Soleil,
âme de l'univers, il s'arrêta dans son hypothèse, et son
système ne s'étendit pas au delà des sphères cristallines
des anciens.

Le philosophe Kant s'occupa aussi de ce problème
et publia en 1755 un ouvrage anonyme dans lequel il
établissait que chaque étoile était un soleil, centre d'un
système semblable au nôtre et autour duquel gravitent
des corps obscurs. Il considérait la voie lactée comme
un disque allongé qui enveloppe notre système et dans
lequel nous devons être plongés, puisque la zone brillante a l'aspect d'un cercle passant à peu près par le
centre de la sphère.

Il fut ensuite conduit, en raisonnant par analogie,

à considérer le plan principal de la voie lactée comme étant une sorte de zodiaque des étoiles. Il supposa que ces astres se mouvaient lentement sous l'action d'un corps central qu'il rapporta à Sirius.

Malheureusement, ces hypothèses, qui prennent leur base sur les lois de l'attraction, ne se vérifient pas complètement, en ce qui concerne les mouvements propres des étoiles.

Lambert a publié, en 1760, dans sa *Photométrie*, un système, basé également sur l'analogie du tout et de ses parties, de notre système solaire et de l'univers entier.

D'après lui, le monde est constitué par des groupes maintenus en équilibre par la force d'attraction d'un corps central. Les premiers groupes sont représentés par les planètes avec leurs satellites; les seconds forment des systèmes qui obéissent à l'action d'un soleil, comme notre système solaire; plusieurs de ces groupes font un amas, et la *voie lactée* elle-même constitue un système général dont les éléments sont des amas d'étoiles placés dans le voisinage d'un plan principal.

Le principe de l'analogie qui guidait Lambert l'amena à supposer des corps obscurs comme corps dominant sur chacun de ses groupes. Pour la voie lactée, il croyait à l'existence d'un de ces corps obscurs dirigeant le mouvement de notre univers; il plaçait le corps, auquel il accordait ce pouvoir, dans la nébuleuse d'Orion.

Herschel est le premier qui ait amené la question dans le domaine de la pratique; c'est lui qui, à l'aide de puissants télescopes, découvrit un grand nombre de nébuleuses, établit l'existence des systèmes d'étoiles doubles et contribua à asseoir l'idée de déplacement du système solaire.

Ce grand astronome tenta ses recherches relatives à la

FIG. 46. — Voie lactée.

voie lactée au moyen de *jauges*, c'est-à-dire qu'en comptant le nombre des étoiles visibles dans le champ

d'un télescope grossissant 180 fois, il obtint la preuve

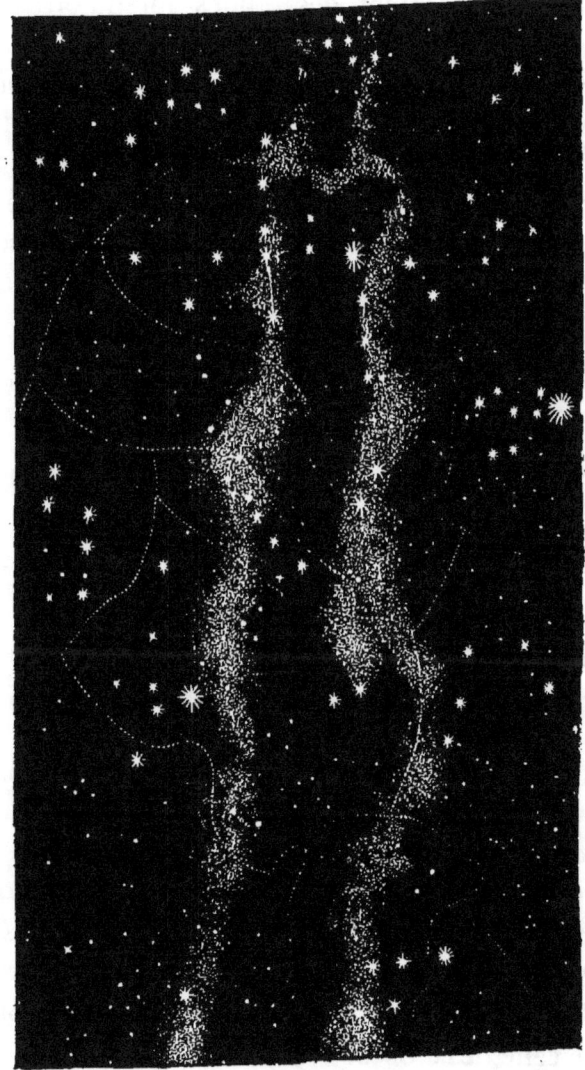

FIG. 47. — Voie lactée.

de l'accumulation des étoiles vers ce plan général.
Plus tard, son fils John Herschel continua cette étude

au Cap de Bonne-Espérance; les résultats firent encore ressortir l'accroissement des étoiles lorsqu'on se rapproche de la voie lactée.

M. Houzeau, l'ancien directeur de l'Observatoire de Belgique, a donné un catalogue de 5719 étoiles visibles à l'œil nu. Ayant déterminé les pôles de la voie lactée d'une manière approchée, il a partagé la sphère en tranches de 2°, avec les pôles pour centre. De l'ensemble de ses observations, il conclut le tableau suivant [1].

| Limites de distance au pôle nord de la voie lactée | | 1re gr. | 2e gr. | 3e gr. | 4e gr. | 5e gr. | 6e gr. | Total. |
|---|---|---|---|---|---|---|---|---|
| 0o à | 20o | 0 | 1 | 4 | 8 | 42 | 86 | 141 |
| 20 | 40 | 3 | 6 | 18 | 42 | 74 | 295 | 438 |
| 40 | 60 | 1 | 4 | 21 | 70 | 148 | 439 | 683 |
| 60 | 80 | 4 | 7 | 34 | 114 | 190 | 625 | 974 |
| 80 | 100 | 7 | 11 | 46 | 108 | 243 | 730 | 1145 |
| 100 | 120 | 3 | 11 | 34 | 111 | 257 | 619 | 1035 |
| 120 | 140 | » | 7 | 28 | 65 | 141 | 465 | 706 |
| 140 | 160 | 2 | 2 | 13 | 65 | 81 | 281 | 444 |
| 160 | 180 | 0 | 2 | 2 | 12 | 37 | 100 | 153 |
| | | 20 | 51 | 200 | 595 | 1213 | 3640 | 5719 |

Des travaux importants et une étude remarquable de M. Cleveland Abbe sur la distribution des nébuleuses, dont nous aurons occasion de nous occuper plus loin, ont permis d'établir que, si les étoiles et les amas d'étoiles se remarquent sur la voie lactée, les nébuleuses irrésolubles sont systématiquement concentrées vers les pôles de ce disque stellaire. Leur distribution serait donc inverse de celle des étoiles.

M. Abbe suppose une bande de 30° de largeur, qui s'étend sur la sphère de 15° en dessus et 15° en dessous de

---

[1] Annales de l'Observatoire de Bruxelles.

la voie lactée. Cette zone comprend les 9/10 des étoiles et seulement le 1/10 des nébuleuses irrésolubles.

Bien que les conclusions à tirer de ces faits ne soient pas encore bien établies, on peut déjà remarquer que dans ce système tout ce que nous voyons se rattacherait à un système unique, pouvant n'être qu'un élément du système de l'univers, mais formant cependant une unité bien séparée[1].

## LES ÉTOILES DOUBLES OU MULTIPLES

Un sujet des plus dignes d'attirer l'attention de ceux pour qui la science n'est pas indifférente a été signalé par Herschel. C'est lui qui a inauguré l'étude des étoiles doubles ou multiples que les observations de M. Struve ont fait avancer d'une manière considérable.

La distance angulaire de deux étoiles doubles varie avec les systèmes et peut atteindre 32"; aussi, pour faciliter les recherches a-t-on formé quatre catégories de ces astres. La première classe renferme les groupes dans lesquels l'écartement angulaire ne dépasse pas 4" d'éloignement entre les deux; la deuxième comprend ceux qui vont de 4" à 8"; la troisième renferme ceux qui se trouvent compris de 8" à 19", et la quatrième ceux qui atteignent jusqu'à 32".

Les catalogues d'Herschel contenaient :

|     |     |                  |     |
| --- | --- | ---------------- | --- |
| 97  | étoiles de la 1re classe. |        |     |
| 102 | —   | 2e               | —   |
| 114 | —   | 3e               | —   |
| 132 | —   | 4e               | —   |

Le catalogue de M. Struve, en 1837, renfermait dix

1 Mabilon, *Ciel et Terre.*

fois plus de groupes de la première catégorie et environ 6 fois plus de chacun des autres. Il s'élevait à 3000 étoiles; les observations modernes ont permis d'établir le mouvement de plus de 6000 couples.

Le calcul des probabilités est intervenu pour fixer l'opinion des astronomes au sujet de ces systèmes binaires ou multiples d'étoiles. Au premier abord, il paraissait difficile que des rapprochements d'étoiles aussi fréquents et aussi proches fussent le résultat des hasards de la perspective; l'analogie avec notre système solaire était encore une preuve de plus de la possibilité de ces systèmes.

Arrêtons-nous un instant et contemplons dans un légitime orgueil une des plus brillantes manifestations du génie humain. Perdu sur ce globe infime qu'on appelle la Terre, emporté sans secousse dans un tourbillon fantastique, l'homme a pu déterminer la marche des mondes et découvrir dans les conceptions de son cerveau les lois universelles des corps célestes.

Toutes les étoiles, nous le savons, sont placées à des distances énormes et cependant elles sont dirigées par les mêmes forces que les éléments de notre système solaire; elles se plient aux lois de la gravitation et se calculent suivant les mêmes principes. Ainsi, le même mouvement, les mêmes règles mathématiques, s'observent dans le satellite de telle étoile placée à l'infini, et se déterminent de la même façon que ceux de la Lune autour de la Terre.

Généralement, les révolutions des systèmes d'étoiles sont très longues et demandent des siècles pour leur complet établissement; aussi, les astronomes qui les ont signalées n'en voient généralement pas l'achèvement; il est cependant des périodes plus courtes pour des étoiles dont on a observé une révolution complète et qui sont ainsi parfaitement déterminées. Les plus remarquables sont :

| | | | |
|---|---|---|---|
| 42 de la Chevelure. . . 26 ans | ξ de la Petite Ourse. . . 63 ans |
| ξ d'Hercule. . . . . . 34 | η de la Couronne boréale. 67 |
| 3121 de Struve. . . . . 40 | α du Centaure. . . . . 77 |
| η de la couronne. . . . 40 | μ d'Ophiuchus. . . . . 92 |
| Sirius. . . . . . . . 50 | λ d'Ophiuchus. . . . . 96 |
| ξ de l'Écrevisse. . . . 58 | ξ du Scorpion. . . . . 98 |

D'autres étoiles ont des révolutions qui atteignent 1200 ans (γ du Lion) ou près d'un demi-siècle comme la 61e du Cygne,

Si on recherche parmi les observations des savants les détails relatifs à ces étoiles dont les éléments offrent une grande certitude et à celles qui sont moins bien déterminées, on peut se rendre compte que :

Dans la Grande Ourse, on remarque deux petites étoiles de 4e grandeur, ce sont : ν et ξ de la Grande Ourse, qui se trouvent placées dans le pied gauche de la figure. ξ de la Grande Ourse est la première étoile à laquelle on ait appliqué le calcul ; la durée de révolution de la petite étoile autour de la grande est d'environ 60 ans.

On se rappelle que nous avons fixé, à l'aide de la parallaxe, la distance d'α du Centaure, et que nous avons reconnu que cette étoile était la plus proche de nous ; elle jouit de l'avantage de posséder un satellite ; c'est même l'une des plus belles parmi les étoiles doubles.

On est arrivé à fixer la distance à laquelle gravite l'étoile satellite ; elle ne dépasse pas, par rapport à notre système, la place que Saturne occupe vis-à-vis du Soleil.

Le satellite de la 61e du Cygne, la plus proche de nous

après α du Centaure, ne se trouve pas plus éloignée de l'étoile principale que Neptune ne l'est du Soleil et met un demi-siècle à accomplir sa révolution.

La nature nous réservait d'admirables surprises. Nous avions pu pénétrer, pour ainsi dire dans la constitution intime des étoiles, bien que dans les plus forts télescopes elles ne paraissent que comme des points brillants sans dimension appréciable ; mais en considérant ces merveilleux systèmes doubles d'étoiles, il nous semble que ce soit là un phénomène heureux qui nous amène vers un problème dont la solution semblait au-dessus de notre intelligence.

On trouve souvent parmi les systèmes dont nous nous occupons des groupes de trois, quatre étoiles. Généralement, on commence par les considérer comme un système binaire, puis, une des étoiles est bientôt reconnue pour en contenir plusieurs.

Par exemple, l'étoile μ d'Hercule fut signalée comme double par Herschel, son compagnon étant à 30' environ et un peu plus gros que l'étoile principale. En 1856, M. Alvan Clark prouva que le satellite était lui-même double et se composait de deux étoiles d'égale grosseur fort rapprochées l'une de l'autre.

Un cas semblable fut observée pour γ d'Andromède qui avait été indiquée par Herschel comme étant une étoile double dont le compagnon était distant de 10". Struve reconnut que ce compagnon était lui-même double.

## LES ÉTOILES COLORÉES

Jusqu'ici, nous nous sommes appliqué à approfondir les principes de l'existence des corps célestes, les particularités de leurs mouvements : il convient maintenant de contempler un instant les singuliers effets qui doivent se produire dans leurs apparences extérieures.

Supposez un instant que le Soleil qui nous éclaire, au lieu de déverser sur nous une lumière blanche éclatante, nous enveloppe de rayons bleus : on s'imagine difficilement, étant donné la constance de la lumière solaire, les effets terrifiants dont notre monde deviendrait le théâtre.

Que deviendrait cette impression si, aux rayons de ce soleil bleu, venaient se mêler ceux d'un soleil rouge écarlate? Nous laissons vainement errer notre imagination et nous ne pouvons guère nous faire une idée exacte des sensations profondes de terreur et d'effroi dont nous serions envahis devant un pareil phénomène.

Or, l'hypothèse que nous venons de faire se réalise dans le ciel ; c'est le monde de η de Persée que nous venons de dépeindre. D'autres mondes encore nous offrent le même spectacle. ο d'Ophiuchus présente le même aspect avec une couleur un peu affaiblie pour le soleil bleu et toujours avec des variantes dans les tons des soleils. ο du Dragon, ψ du Taureau, etc. se composent d'étoiles bleues et rouges.

Voilà nos sentiments bien troublés pour une des mille transformations de la nature ; mais nos étonnements grandiront encore devant les variétés infinies de la couleur des soleils lointains.

On trouve dans différents systèmes des soleils blancs accouplés à des étoiles des tons les plus divers : tels sont les mondes de 35 des Poissons, de la 51ᵉ et de φ de la même constellation, de ε du Sculpteur, de 53 du Verseau, de σ de Cassiopée. On retrouve encore la même disposition dans α du Bélier, β d'Orion, Régulus et tant d'autres.

Les systèmes binaires colorés produisent encore les beaux couples de γ d'Andromède dont le soleil central est de couleur jaune orangé et dont les deux, satellites offrent un aspect bleu verdâtre. D'autres systèmes présentent le même aspect, tels sont : 84 et γ de la Baleine, 84 de la Vierge, β d'Orion, etc.

ε de Persée offre les tons les plus délicats de ces mondes bizarres ; il marie les couleurs tendres d'un soleil lilas à la pâle clarté des rayons d'un soleil d'un blanc pâle.

α d'Hercule nous montre des soleils rouge et vert ; η d'Orion, jaune et pourpre ; 36 d'Ophiuchus, rouge et vert, etc., etc. ; β du Cygne, jaune d'or et bleu ; η de Cassiopée, rouge et vert, etc.

Quelles ne sont pas les effets bizarres de ces tonalités tendres ou bruyantes qu'on remarque sur ces mondes éloignés et quel vaste champ ne laissent pas à notre imagination les changements rapides qu'on peut observer lors des phénomènes d'éclipse de l'un des deux soleils ou lorsqu'ils projettent ensemble leurs rayons sur les objets qui les environnent.

Quel poète redira les longues nuits colorées de ces terres où les objets revêtent les aspects les plus singuliers! Quel peintre trouvera sur sa palette des tons assez chauds, des couleurs assez brillantes pour représenter à nos yeux les merveilles de ces régions lointaines dont notre petit monde ne peut nous donner aucune idée et dans lesquels nous pouvons admirer les sublimes variétés de la nature!

## LE COMPAGNON DE SIRIUS

Nous avons passé sous silence les circonstances qui ont assuré la découverte du compagnon de Sirius, elles sont cependant dignes d'être connues.

Il est dans le ciel une étoile brillante, dont l'aspect varie, et qui semble attirer, malgré l'éclat des autres astres, l'attention de l'observateur : c'est Sirius. Sa clarté est si grande que Bond croit l'avoir aperçue en plein jour. D'après le témoignage des anciens, elle aurait eu dans l'antiquité une couleur rouge foncé. Aujourd'hu on s'accorde à lui reconnaître une lumière bleue très claire.

Cet éclatant soleil, qui fut une divinité de l'antiquité, est quatorze fois plus gros que notre Soleil [1].

Tandis qu'un mouvement de translation rapide nous entraîne vers un point du ciel qui semble correspondre à la constellation d'Hercule, un déplacement analogue entraîne Sirius en sens inverse et l'éloigne, par conséquent, journellement de nous. Malgré le temps consi-

[1] Lorsqu'on connaît la parallaxe de l'étoile principale d'un groupe binaire, on peut arriver à une détermination absolue des orbites des deux étoiles et en calculer les masses : c'est ainsi qu'on a pu s'assurer que la masse de Sirius est quatorze fois plus grande que celle du Soleil, tandis que celle de $\alpha$ du Centaure dépasse à peine un tiers de la masse du Soleil.

dérable qui s'est écoulé depuis qu'il poursuit sa route, la lumière qu'il nous envoie ne semble pas avoir diminué sensiblement d'intensité, et le phénomène s'explique facilement si on se rappelle l'énorme distance qui nous sépare de l'étoile dont il s'agit : en réfléchissant un peu on se rendra compte que l'éloignement qui s'est opéré depuis quatre mille ans n'est pas la 50ᵉ partie de la distance qui nous sépare de Sirius.

Si aucune perturbation n'intervenait pour altérer le mouvement propre de Sirius, il se produirait uniformément; or, Bessel avait constaté pour cette étoile un mouvement de balancement particulier et avait cru pouvoir l'expliquer par l'action sur l'astre en question d'un corps invisible de masse considérable.

Pendant longtemps l'hypothèse d'un corps obscur pour la masse troublante fut admise; en effet, il était rationnel de croire à ces masses obscures, débris de mondes éteints, circulant dans l'espace.

Le Verrier, en 1854, ne craignait pas de préconiser cette proposition ; Bessel la soutenait également et pensait que le satellite de Sirius ne nous serait jamais connu. Les partisans de cette hypothèse trouvaient, du reste, une preuve nouvelle dans les inégalités périodiques que présentait Procyon, à qui on n'avait pu trouver de satellite.

En 1851, M. Peters calcula exactement les éléments de l'orbite du compagnon de Sirius : il assignait cinquante années à une révolution complète du satellite qui se mouvait sur une ellipse très allongée.

MM. Auwers et Safford vinrent plus tard et confirmèrent les résultats de Bessel. Avant la découverte du compagnon, la théorie avait indiqué un angle de position de 85°,4, pour l'année 1862, à une distance angulaire de 10″,6.

Bien que les astronomes connussent la position du corps cherché, ils ne purent le découvrir même avec les instruments les plus puissants et explorèrent sans succès les environs de Sirius, lorsque, le 31 janvier 1862, M. Alvan Clark fils, en essayant un télescope de 18 pouces qu'il venait de construire, eut l'idée de le diriger sur Sirius ; il aperçut aussitôt à gauche de cette étoile un point lumineux qu'il signala immédiatement.

Comme il arrive souvent, en pareille circonstance, pour un objet difficile à voir, dès que le satellite eut été aperçu une fois, plusieurs astronomes en firent l'observation, même avec des lunettes d'un assez faible grossissement.

L'angle de position déterminé pour l'année 1862 était égal à 85°,4 ; l'observation donna 84°,6 ; la différence n'atteignait donc pas 1°.

L'éclat du satellite est à peu près égal à celui d'une étoile de 9e grandeur. Si on en croit M. Auwers, sa masse serait à peu près de la moitié de celle de Sirius, c'est-à-dire 7 fois celle du Soleil, bien que la lumière de ce compagnon soit d'environ 5000 fois moindre que celle de l'étoile principale.

M. Auwers reprit alors les calculs du satellite hypothétique de Procyon et détermina son orbite avec soin. Il lui assigna une durée de révolution de 40 ans. Encouragés par le succès des recherches du satellite de Sirius, les calculateurs et les astronomes redoublèrent de zèle ; ce fut en vain.

Ce satellite que M. Otto Struve a vu le 19 mars 1873, distant de l'astre principal de 11″ à 12″, n'a pu être retrouvé ; en revanche, on a découvert autour de Procyon jusqu'à quatre compagnons nouveaux sans retrouver celui de M. Struve.

Les calculs d'autres étoiles laissaient quelques doutes sur la manière dont ils représentaient les observations, on n'hésita pas à doter ces étoiles de satellites et à leur chercher des mouvements oscillatoires semblables à ceux qu'on avait remarqués sur les deux étoiles Sirius et Procyon.

Tour à tour, β d'Orion (Rigel), α de l'Hydre, l'Épi de la Vierge, ont été successivement signalés comme pouvant être perturbés par un compagnon, mais on a été obligé de constater que rien ne justifiait cette prétention qui ne se basait que sur de mauvaises observations.

Quoi qu'il en soit, ces nouvelles conquêtes ne sont pas les dernières, et l'espace que les efforts de notre intelligence nous font découvrir tous les jours repousse vers l'infini la limite de nos investigations.

### LA CONSTITUTION DES ÉTOILES

On est frappé de l'analogie des spectres que donnent la lumière du Soleil et celle des étoiles; devait-il en être autrement? Non, puisque nous avons déjà dit que les étoiles étaient les soleils des mondes lointains.

D'après ce qui précède, nous sommes en droit de dire que les étoiles sont évidemment des soleils absolument semblables au nôtre, entourés d'atmosphères composées de gaz qui renferment, à l'état de vapeur, une grande quantité des éléments que nous possédons sur notre Terre.

D'après le P. Secchi, on peut rapporter à quatre types principaux les spectres des étoiles que l'on rencontre dans le ciel :

1° Le premier type comprend les étoiles blanches telles

que Wéga (α de la Lyre) et Sirius. Il est caractérisé par de grosses raies sombres, dont plusieurs dénotent la présence de l'hydrogène à une haute température. Spécialement, si on étudie la lumière de Sirius au spectroscope, on y reconnaît les raies noires profondes, caractéristiques de l'hydrogène, et on est amené à conclure de la finesse des raies des métaux qu'on y rencontre, qu'ils y sont moins condensés que sur notre Soleil, tandis que la température de l'enveloppe d'hydrogène qui l'entoure est plus élevée que l'atmosphère analogue du Soleil.

2° Le second type se rencontre parmi les étoiles jaunes, telles que la Chèvre et Arcturus (α du Bouvier); il semble que ce dernier soit, dans le ciel, le représentant le plus parfait de notre Soleil dont il présente, au spectroscope, les raies fines et nombreuses.

3° Le troisième type a peu de représentants au ciel. Ce sont des étoiles rouges dont les spectres offrent à la vue de larges zones brillantes coupées de zones obscures qui sembleraient, jusqu'à un certain point, justifier l'hypothèse d'atmosphères gazeuses à basses températures : telles sont α d'Orion, α d'Hercule, 19 des Poissons, etc.

4° Le quatrième type n'est qu'une modification du troisième : elle est caractérisée par les raies brillantes des gaz incandescents qu'on rencontre dans γ de Cassiopée.

Lorsque nous avons étudié la constitution de la Lune, nous avons été amené à constater que notre satellite est une sorte de monde éteint, de scorie brûlée, sans trace d'air ni d'eau. M Huggins vient de trouver des représentants de cette catégorie d'astres dans les étoiles α d'Orion et η de Pégase. En effet, on constate, dans le spectre de ces astres l'absence des deux lignes caractéristiques de l'hydrogène qui correspondent aux raies C et F de Fraunhofer.

En général, les éléments terrestres se retrouvent dans la constitution des mondes stellaires ; ceux que l'on rencontre le plus souvent sont justement ceux qui sont le plus répandus sur la terre : l'hydrogène, le sodium, le fer, le magnésium, etc., et on est en droit de supposer que la plupart des atmosphères de ces corps sont remplies de vapeurs d'eau.

Cependant, ainsi que nous l'avons déjà fait remarquer, les étoiles présentent diverses colorations : or, le spectroscope nous apprend que ces différences dans les teintes sont dues aux enveloppes gazeuses qui entourent les corps célestes. Les vapeurs en suspension dans ces atmosphères, absorbant une partie des rayons émis par les noyaux incandescents, les couleurs qui n'ont pas été encore affaiblies sont conservées et nous parviennent, nous donnant des sensations de rouge, de bleu, de jaune, etc., de même que la lumière blanche qui passe au travers d'un verre coloré en rouge, en jaune, etc., nous paraît rouge, jaune, etc.

En conséquence, nous sommes autorisé à dire que les étoiles rouges ont des atmosphères qui absorbent les couleurs bleue et verte ; les étoiles bleues sont celles qui conservent les rayons rouges et jaunes, etc.

Les étoiles blanches, au dire de M. Huggins, seraient celles qui sont en pleine combustion et dont les atmosphères sont portées aux plus hautes températures.

Or, Sirius, qui était rouge au temps d'Homère et qui est blanc aujourd'hui, serait passé par une phase de transformation pour arriver, de nos jours, à une température excessive.

Cette dernière hypothèse semble tellement peu vraisemblable qu'on doit attendre, avant d'en adopter les conséquences, sa consécration par les découvertes de la chimie moderne.

## LES ÉTOILES VARIABLES

Nous avons vu que les étoiles sont soumises à des variations singulières dans leur coloration ; cette variabilité est insignifiante à côté de celle qu'on remarque dans la lumière même des astres.

Le ciel, d'après les errements d'Aristote et de ses successeurs, était l'emblème du repos continuel. Son immuable mouvement de rotation dépendant de notre globe et le principe des cieux incorruptibles se sont tellement répandus qu'on a peine à s'imaginer le ciel comme doué de mouvement.

Combien on modifie son opinion quand on étudie les merveilles du ciel. Les travaux de W. Herschel nous ont appris que le repos n'existe pas dans la nature et que les mondes éloignés se meuvent et tourbillonnent comme les petits astres de notre système solaire.

D'une façon générale, nous croyons pouvoir affirmer qu'il n'existe pas un astre dont l'éclat soit constant ; notre Soleil même, vu des autres mondes, doit donner des alternatives d'éclat et d'obscurité.

Nos connaissances sur les étoiles variables peuvent se diviser ainsi qu'il suit :

I. Les étoiles qui subissent de légers changements d'éclat, suivant des lois encore inconnues.

II. Les variables à courte période, dont la lumière subit

des variations continuelles, se reproduisant périodiquement avec les mêmes valeurs durant une période de quelques jours.

III. Les variables à longue période, qui subissent de grandes variations de lumière, se reproduisant continuellement avec la même intensité pendant un cycle de plusieurs mois.

IV. Enfin, un certain nombre d'étoiles qui paraissent constantes pendant un petit nombre de jours, mais qui subissent périodiquement une diminution graduelle de lumière suivie d'un retour à leur éclat primitif. L'étoile Algol (β Persée) est le type de ces variables singulières; l'étoile δ de la Balance appartient également à ce groupe: elle conserve son éclat maximum, voisin de la 5° grandeur, pendant $1^j 20^h$, puis elle met $5^h 30$ à diminuer jusqu'à la 6° grandeur, pour reprendre ensuite son maximum au bout de $6^h 30$. La période de cette étoile est donc approximativement de $2^j 8^h$; mais il est curieux de noter que, d'après Schmidt, cette période semblerait soumise à certaines inégalités repassant par des valeurs égales après un cycle de neuf années.

Parmi les astres qui brillent au ciel, il en est un dont la variabilité est des plus singulières. C'est η d'Argo dont les changements d'éclat ont été observés depuis plus de deux siècles.

A. de Humboldt nous a conservé l'historique de cette curieuse observation : « Dès 1677, Halley, à son retour de l'île Sainte-Hélène, émettait des doutes nombreux sur la constance d'éclat des étoiles du navire Argo; il avait surtout en vue celles qui se trouvent sur le bouclier de la proue et sur le tillac dont Ptolémée a indiqué les grandeurs. Mais l'incertitude des désignations anciennes, les nombreuses variantes des manuscrits de l'*Almageste*, et surtout la difficulté d'observer des évaluations exactes sur l'éclat des étoiles, ne permirent point à Halley de transformer ses soupçons en certitude. En 1677, Halley rangeait η d'Argo parmi les étoiles de 4° grandeur ; en 1751, Lacaille la trouvait déjà de 2° grandeur. Plus tard, elle reprit son faible éclat primitif, puisque Burchell la vit de 4° grandeur pendant son séjour dans le midi de l'Afrique (de 1811 à 1815). Depuis 1822 jusqu'en 1826, elle fut de 2° grandeur pour Fallous et Brisbane (Nouvelle-Hollande); Burchell, qui était, en 1827, à San Paulo, au Brésil, la trouve de 1re grandeur et presque égale à σ de la Croix. Un an plus tard, elle était revenue à la 2° grandeur. C'est à cette classe qu'elle appartenait quand Burchell l'observait à Goyaz le 29 février 1828 ; c'est sous cette grandeur que Johnson et Taylor l'inscrivirent dans leurs catalogues de 1829 à 1833, et quand sir John Herschel alla observer au Cap de Bonne-Espérance, il la plaça constamment, de 1834 à 1837, entre la 2° et la 1re grandeur. »

Herschel rapporte que sous ses yeux, en 1837, l'étoile passa par la 1re grandeur, atteignant presque l'éclat de Sirius ; elle s'affaiblit jusqu'en mars 1843, sans redescendre jusqu'à la 2° grandeur, mais en avril, elle rivalisa de nouveau avec Sirius et conserva cet éclat jusqu'en 1850.

En 1596, Fabricius, le père de celui qui découvrit les taches du Soleil, aperçut dans la constellation de la Baleine une étoile de 3° grandeur qui disparut. Plusieurs observateurs étudièrent les variations d'éclat de cette étoile nommée à juste titre *Mira Ceti*, l'*Admirable* de la constellation de la *Baleine*, qui passe de l'éclat d'étoile de

2ᵉ grandeur à la disparition complète [1]. Une période de près de 333 jours rend compte de ces apparences et ramène les mêmes variations.

On rencontre des étoiles variables parmi les étoiles doubles. χ du Cygne, α d'Hercule, β de la Lyre sont des variables connues ; les périodes d'éclat de ces étoiles sont : pour la première 404 jours ; elle passe de la 4ᵉ grandeur à la disparition. La deuxième varie de 67 jours et modifie son éclat sans dépasser la 3ᵉ grandeur. Enfin la troisième a une périodicité de 12 jours et passe de la 3ᵉ à la 10ᵉ grandeur, avec les alternatives de maxima et de minima.

Certaines étoiles ont des variations considérables : ainsi, T de Cassiopée passe de 6ᵉ,7 grandeur à la 11ᵉ,1 ; R d'Andromède varie de la 7ᵉ,1 à la 12ᵉ,8 ; R du Lynx, de 7ᵉ,8 à la 12ᵉ,7 ; R du Petit Lion, de 6ᵉ,8 à la 12ᵉ ; T du Verseau, de la 6ᵉ,8 à la 12ᵉ,6 grandeur ; R de Cassiopée, de la 5ᵉ,8 à la 12ᵉ, etc., etc.

On rencontre également des variations de toutes les grandeurs et de toutes les couleurs. α d'Orion est de 1ʳᵉ grandeur, α de l'Hydre est de 2ᵉ, β de la Lyre, de 3ᵉ, etc.; μ de l'Aigle est jaune ; o de la Baleine, rouge, etc.

Des cas d'exagération accidentelle dans ces variabilités d'éclat semblent pouvoir être proposés pour expliquer ces étoiles temporaires qui ont tant intrigué les anciens.

### LES ÉTOILES TEMPORAIRES

Les étoiles nouvelles qu'on voit mentionnées par certains auteurs sont assez intéressantes et méritent que

---

[1] Nous entendons exprimer par disparition complète l'idée que l'étoile devient trop faible pour être perçue à l'aide de nos instruments, mais il ne nous vient pas à l'idée d'entendre qu'elle s'éteint tout à fait.

nous nous y arrêtions un instant ; la plus remarquable
est celle de Tycho-Brahé. Cette étoile, qui apparut sou-
dainement dans la constellation de Cassiopée au commencement de novembre 1572, disparut complètement
en mars 1574, après avoir brillé d'une manière très variable. D'après Tycho-Brahé, son éclat à l'origine sur-
passait celui des astres les plus brillants, tels que Wéga
de la Lyre, Sirius et même Jupiter. On ne pouvait lui
comparer que Vénus dans tout son éclat. Elle commença
bientôt à pâlir et, au bout de sept mois, il n'en restait
plus trace.

L'astrologue bohémien Cyprianus Leovitius, qui vivait à cette époque, ayant recherché si semblable apparition n'avait jamais été signalée antérieurement, pré-
tendit avoir découvert dans une chronique manuscrite,
qu'il ne désigna pas, le témoignage de l'apparition d'une
étoile temporaire entre les constellations de Céphée et de
Cassiopée en l'an 945, et d'une autre à peu près vers le
même endroit du ciel en 1264. L'égalité presque parfaite de l'intervalle de temps qui sépare ces trois apparitions suggéra l'idée de la périodicité du retour de l'étoile
en question, et le professeur Reisacherus crut pouvoir
annoncer son retour 313 ans après 1572, c'est-à-dire vers
l'année 1885.

L'hypothèse d'une durée de 313 ans pour le retour de
la période d'activité de l'astre semble acquérir un grand
degré de probabilité par les observations précédentes ;
cependant, jusqu'à ce jour, il n'y a aucune observation
de cette étoile.

On sait que c'est en apercevant une étoile nouvelle,
qu'Hipparque, 130 ans avant le commencement de notre
ère, eut l'idée de dresser le premier catalogue d'étoiles

en faisant le dénombrement de toutes les étoiles du ciel connues de son temps.

Les astronomes observèrent du 10 octobre 1604 au 8 octobre 1605 une étoile temporaire ; elle porte le nom d'étoile de Képler. A son apparition elle égalait en éclat l'étoile de 1572, mais s'affaiblit graduellement jusqu'au moment où elle disparut complètement.

Les savants ont signalé d'autres apparitions semblables. M. Hind, au mois d'avril 1848, découvrit une étoile nouvelle d'un jaune orangé et d'un éclat égal à celui d'une étoile de 5e grandeur ; deux ans plus tard, elle avait diminué de clarté et égalait une étoile de 11e grandeur à peine, puis elle disparut peu à peu.

En 1850, la constellation d'Orion fut signalée par une étoile rouge qui ne resta que fort peu de temps visible et s'affaiblit graduellement jusqu'à ce qu'il fût devenu impossible de l'apercevoir.

Mais la plus singulière apparition fut certainement celle du 12 mai 1866 ; elle fut observée avec beaucoup de soins à l'aide des instruments les plus parfaits de la physique moderne. Cette étoile nouvelle fut signalée dans la constellation de la Couronne boréale. Trois jours plus tard, M. Huggins braquait la fente de son spectroscope sur cet astre et était amené à conclure qu'il était en présence de deux spectres superposés : le premier continu et caractérisé par des raies sombres et fines, répondait bien au spectre de toutes les étoiles, tandis que le second était formé de quatre raies brillantes dont deux appartenaient à l'hydrogène.

L'étoile s'affaiblit peu à peu et le 24 mai elle n'atteignait plus que la 8e grandeur.

L'étoile dont il s'agit avait été également observée du

4 au 10 mai au Canada. On put, du reste, constater que cet astre était connu et catalogué comme une étoile de 9ᵉ ou 10ᵉ grandeur.

La curieuse observation dont il s'agit a servi de base à une hypothèse hasardée sur la nature du phénomène : ce serait une étoile qui aurait été subitement noyée dans des flammes d'hydrogène en combustion [1].

Une remarque pleine d'intérêt doit nous revenir à l'esprit au sujet de ces phénomènes. Quelque rapide que soit l'émission de la lumière, c'est un messager boîteux qui met bien longtemps à nous apporter des nouvelles des autres mondes. En effet, il faut se rappeler que tous les cas d'étoiles temporaires que nous avons signalés plus haut n'étaient point des événements contemporains de l'époque à laquelle ils ont été observés, mais que, au moment où leur éclat appelait notre attention, il y avait plusieurs siècles que l'événement avait cessé.

[1] Une observation analogue a été faite en 1876 au sujet d'une étoile subitement apparue dans la constellation du Cygne.

# CHAPITRE XIII

## LES NÉBULEUSES

### ÉTUDE GÉNÉRALE DES NÉBULEUSES

Si l'on a suivi avec soin les développements qui précèdent, on a été à même de se rendre compte d'un fait
qui a une importance capitale au point de vue de la
philosophie de l'astronomie; on a pu, en effet, constater un grand nombre de motifs d'assimilation entre
les étoiles qui parsèment le ciel et le Soleil.

Un nouveau rapport le lie encore à la classe des
étoiles. Depuis deux siècles environ les astronomes ont
constaté l'existence d'une sorte de nébulosité aplatie
qui enveloppe notre Soleil ; elle serait formée de corpuscules obscurs circulant autour de lui, et qui doivent
lui donner de loin, par la lumière qu'ils réfléchissent,
l'apparence d'une étoile noyée dans une atmosphère
brillante. Cet aspect curieux se retrouve dans diverses
étoiles.

Ce phénomène, signalé en 1731 par Mairan, puis par
Lacaille, a été observé par Herschel qui a donné à ces
nébulosités le nom de *nébuleuses*, sous lequel elles sont
encore étudiées aujourd'hui.

Si on en croit Herschel, il aurait mesuré des nébulosités ayant un diamètre de plus de 5 milliards de lieues et même d'autres qui atteignaient même un diamètre de 11 milliards de lieues.

Ces dimensions considérables ont rencontré peu de croyants dans le monde savant, et l'on a préféré supposer que ces nébulosités, au lieu de faire corps avec l'étoile, étaient des amas de matière parcourant le ciel d'un mouvement propre et venant à certains moments s'interposer entre les étoiles et nous.

On sait que, malgré la fixité apparente de certains objets célestes, la caractéristique de la vie des cieux, c'est le mouvement, c'est-à-dire le changement dans la forme et dans la route.

Les nébuleuses, si différentes des autres astres par leur forme, leur constitution, échappent-elles à cette loi générale de variabilité? Non, quelques exemples que nous empruntons à M. Wolf vont en servir de preuve.

Le 11 octobre 1852, M. Hind découvrit dans la constellation du Taureau une petite nébuleuse, que Chacornac en 1854, d'Arrest en 1855 et 1858, Hugh Breen en 1856 retrouvent et observent. En 1858, Auwers ne la voit plus qu'avec difficulté, en 1861 Schönfeld la cherche en vain, d'Arrest n'en voit plus trace. En 1862, Chacornac ne la voit plus au grand télescope de L. Foucaut (80 centimètres), ni Lassell, à Malte, avec son télescope géant. Seul, O. Struve en retrouve une trace avec le puissant appareil réfracteur de Pulkowa, le plus beau triomphe peut-être de l'objectif de Fraunhofer. Depuis, elle n'a plus été revue.

En 1862, d'Arrest découvre, dans la même constellation du Taureau, une deuxième nébuleuse variable d'éclat.

En 1852, Chacornac à Marseille fixe la position, toujours dans cette même constellation, d'une petite étoile
de 11ᵉ grandeur. Le 19 octobre de l'année suivante, cette
étoile est entourée d'une petite nébulosité rectangulaire,
qui, le 27 janvier 1856, est remarquablement brillante.
Mais, le 20 novembre 1862, la nébulosité a disparu et
l'étoile est redevenue de 11ᵉ grandeur; depuis elle n'a
point changé.

D'où proviennent ces variations si singulières d'éclat
de la matière nébuleuse ? Nous ne pouvons nous en faire
aucune idée. Argelander, remarquant que ces trois nébuleuses appartiennent à une même région du ciel, que leurs
variations se sont produites presque à la même époque.
se demande s'il ne faudrait pas les attribuer à l'interpo-
sition d'une masse inconnue, comme celle à laquelle sir
J. Herschel attribuait les variations de couleur de Sirius.

Ne pourrait-on pas risquer, pour la dernière observation de Chacornac, une explication moins vague? Une
étoile devient tout à coup nébuleuse, puis reprend son
état primitif. N'est-ce pas là un phénomène du même
ordre que celui que nous avons vu et étudié en 1866 dans
l'étoile temporaire de la Couronne, et en 1876 dans celle
du Cygne? Ces étoiles ont été tout à coup entourées
d'une atmosphère gazeuze incandescente, dont le spectroscope seul, il est vrai, démontrait l'existence, et qui,
après quelques jours ou quelques semaines, avait disparu. Agrandissez le phénomène aux dépens de l'éclat,
vous aurez une étoile nébuleuse que le refroidissement
ramènera bientôt à son état primitif.

Dans un cas précédent, lorsque nous avons eu besoin
d'indiquer la distance énorme des corps célestes, nous
nous sommes servi d'une comparaison facile à saisir.

Qu'il nous soit permis d'y revenir pour donner une idée de l'éloignement des nébuleuses.

Nous avons supposé le Soleil placé au centre de Paris, à la place de la Concorde, par exemple, et nous avons

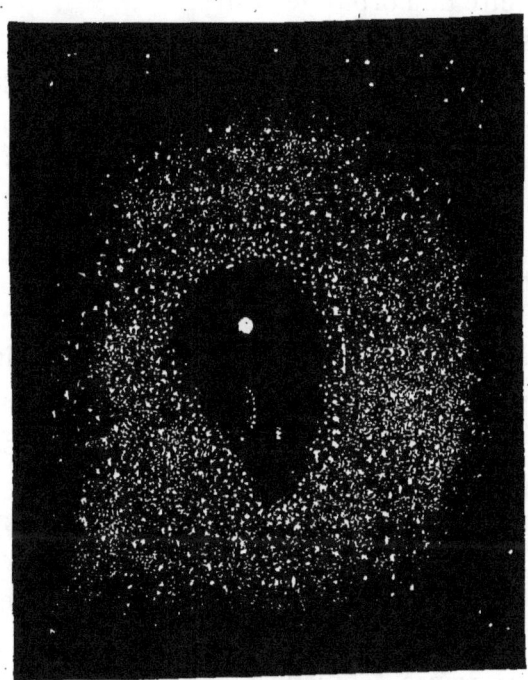

Fig. 46. — Nébuleuse perforée.

supposé que la trace de l'orbite terrestre coïncidait avec les boulevards extérieurs. Dans ces conditions, les nébuleuses les plus proches seraient par rapport à cette réduction de monde à la distance actuelle de la Lune, c'est-à-dire à près de 100 000 lieues de nous.

On conçoit aisément qu'à cette distance, pour saisir quelque changement appréciable dans la structure des nébuleuses, il faut que, depuis moins de cent années,

époque à laquelle ont commencé les observations sérieuses, des mouvements considérables aient agité ces
astres et aient entraîné des portions de leur matière à
des distances énormes, bien des fois plus considérables
que le diamètre de l'orbite terrestre.

Si l'on songe encore à la difficulté de l'observation
résultant de l'indécision des contours, de la faiblesse de
la lumière, de l'interprétation de l'observateur qui a cru
dans son dessin rendre l'effet qu'il avait sous les yeux,
on comprend la difficulté que présente la question de la
variabilité.

Et pourtant cette étude présente un immense intérêt. Parmi les nébuleuses, quelques-unes apparaissent
comme des disques arrondis ou elliptiques, uniformément éclairés, qui présentent des apparences les plus
bizarres et sont tantôt pleins tantôt perforés (fig. 48) ;
d'autres offrent au milieu ou en divers points du disque un noyau où la lumière se condense; d'autres,
enfin, une véritable étoile dont le spectre est celui du
Soleil, tandis que la nébulosité émet une lumière presque simple.

La plupart de ces nébuleuses observées avec un téles-
cope puissant se résolvent en un grand nombre d'étoiles.
La figure 49 montre une portion de la nébuleuse de la
Vierge dont les étoiles sont séparées par le grossissement.

Herschel, Kant, Laplace, n'ont pas hésité à voir dans
ces nébuleuses les types des états successifs par lesquels
passe la matière cosmique pour former, par sa condensation, des soleils semblables au nôtre. Mettez plusieurs
centres de condensation, vous aurez des étoiles doubles, multiples, c'est-à-dire l'état primitif d'un système dont les éléments, par leur refroidissement pro-

gressif, vont devenir des planètes. Et les découvertes de
Lord Rosse sont venues fournir encore de nouvelles pro-

Fig 49. — Région nébuleuse de la Vierge, d'après un dessin de M. Proctor,
fortement grossi.

babilités en faveur de cette hypothèse, en nous montrant
les nébuleuses en spirales (fig. 50), dont les branches,

s'irradiant autour d'un centre, présentent des nœuds ou condensations de matières, évidemment entraînées dans un mouvement gyratoire commun, Soleil et planètes d'un système naissant. Inversement, nous trouvons encore avec Laplace, dans les anneaux de Saturne, « des preuves toujours subsistantes de l'extension primitive

FIG. 50. — Nébuleuse spirale de la Vierge.

de l'atmosphère de Saturne et de ses retraites successives ».

### LES NÉBULEUSES PLANÉTAIRES

L'étude des étoiles nébuleuses nous conduit naturellement à nous occuper d'une catégorie importante d'objets célestes auxquels W. Herschel a donné le nom de *nébuleuses planétaires*.

En dirigeant la fente d'un spectroscope sur ces nuées blanchâtres, qu'on n'observe que par les nuits sans Lune, M. Huggins est parvenu à saisir le spectre de certaines nébulosités.

Ses premiers essais s'étaient portés sur une nébuleuse assez petite, mais relativement brillante, de la constellation du Dragon. A sa grande surprise, il constata que ce spectre était absolument dissemblable de celui d'une étoile et qu'il ne présentait que trois raies brillantes isolées.

Ces trois raies prouvaient que les corps observés étaient de constitution gazeuse et révélaient la présence de l'azote ou du moins en présentaient la raie caractéristique.

Une difficulté s'éleva alors : Comment expliquer l'absence des autres raies remarquées dans l'azote? La plus faible des trois raies observées par Huggins correspondait à la raie verte de l'hydrogène, et la troisième n'a pu être identifiée avec celle d'aucun corps connu.

Est-on en droit, d'après ces constatations, de conclure que le spectre d'Huggins révèle une matière qui est plus élémentaire que l'azote, et dont nous n'avons aucune idée sur Terre? Faut-il rechercher là la matière-origine des mondes?

On doit remarquer encore que, derrière ce spectre bizarre, se dessinait une faible trace d'un spectre continu qui signalait la présence derrière la nébulosité d'une étoile très peu lumineuse.

Une étude sérieuse de la question devait amener aux conclusions les plus intéressantes. Poursuivant ses belles recherches sur les spectres, M. Huggins a observé plus de soixante nébuleuses ou amas stellaires.

Sur ces soixante objets observés, vingt environ lui don-
naient un spectre gazeux, et les quarante autres, au contraire, fournissaient un spectre continu.

Une vérification remarquable a été bientôt donnée à
ces intéressantes recherches ; le fils de Lord Rosse a revu
avec soin toutes les observations de Huggins. Le résultat de cette comparaison a fourni les conclusions suivantes :

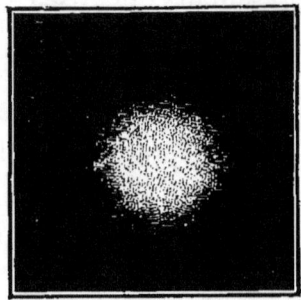

FIG. 51. — Nébuleuse des Poissons.

La plupart des nébuleuses à spectre continu avaient
déjà été résolues en amas d'étoiles ; quant à celles dont
le spectre indiquait une agglomération de matière cosmique à l'état lumineux, pas une n'avait été résolue.

La nébuleuse du Dragon se présente à l'observation
sous la forme d'un petit disque rond d'un éclat uniforme,
caractéristique des nébuleuses planétaires ; c'est également sous cette forme qu'on observe la nébuleuse des
Poissons (fig. 51).

D'autres nébuleuses planétaires ont encore été observées et ont présenté les mêmes résultats : un spectre
continu très faible provenant d'un noyau central et trois
raies brillantes correspondant à des gaz. Certaines nébuleuses ne présentent que deux ou même qu'une raie.

FIG. 52. — Nébuleuse d'Orion.

Deux des nébuleuses dont le spectre indique un gaz lumineux présentent la forme curieuse d'anneaux, qu'on pourrait, jusqu'à un certain point, rapprocher des apparences de Saturne : telle est la nébuleuse de la Lyre, par exemple.

La grande nébuleuse d'Orion (fig. 52) a été soumise à un examen approfondi [1] et a donné sur toute sa surface la même apparence : trois raies brillantes, nettement définies et séparées par des intervalles sombres.

Le P. Secchi a trouvé dans ce fait matière à réflexion en remarquant que, sauf α de la constellation d'Orion, toutes les autres étoiles avaient cette coloration bleu verdâtre qui semble spéciale aux nébuleuses planétaires. L'observateur romain en concluait que le groupe entier d'étoiles semblait « participer à la nature de la grande nébuleuse par cette teinte verte exagérée ».

Arago avait déjà rendu compte de la disparition de l'étoile centre de ces nébuleuses, en faisant observer que l'étoile n'étant qu'un point, paraîtra d'autant plus faible qu'elle sera plus éloignée, tandis que la nébulosité ayant parfois une très large surface (2°,40) dans la nébuleuse planétaire proche de β de la Grande Ourse, découverte par Méchain, offrira toujours à peu près le même éclat, parce que, par l'effet de la distance, les points lumineux sembleront se rapprocher les uns des autres et tendront à

---

[1] Le 7 mars 1882, le docteur W. Huggins a réussi à obtenir une photographie du spectre de la grande nébuleuse d'Orion. La plaque photographique a révélé l'existence d'un spectre continu qu'il suppose dû à la lumière stellaire, et celle d'un spectre de raies brillantes, qui est certainement causé par la lumière de la nébuleuse.

Le célèbre spectroscopiste pense que, par l'emploi de la photographie, on parviendra rapidement, en combinant ses résultats avec une série d'expériences particulières, à acquérir des données plus précises sur la constitution des corps célestes.

noyer, à mesure de l'éloignement, l'éclat de l'étoile centrale, dont on retrouve cependant une trace dans le spectre continu dont nous avons parlé.

Herschel ne pensait pas ainsi; pour lui, ces masses de matière lumineuse tendraient à s'agglomérer graduellement, à constituer des corps compacts et, par suite, à produire des étoiles nouvelles, témoin l'étoile nébuleuse de Persée (fig. 53).

L'opinion de M. Huggins, dont les curieuses études

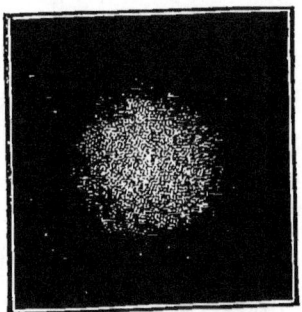

Fig. 53. — Nébuleuse de Persée.

ont fait faire un si grand pas à la question qui nous occupe, doit être prise en considération. Ce savant fait remarquer que dans l'hypothèse de la condensation des étoiles proposé par Herschel, l'observation spectrale devait donner des raies brillantes aussi nombreuses que les raies sombres qu'on a observées. Le résultat semble donc contraire à la théorie. Du reste, ajoute M. Huggins, comment se fait-il, si on admet que les trois raies caractéristiques soient l'indice d'une matière élémentaire, qu'on la remarque sur toutes les nébuleuses planétaires, au même point de condensation, sans que l'un de ces astres paraisse plus avancé que les autres, car, dans ce cas, la matière primitive aurait donné naissance à plusieurs corps simples qui seraient signalés dans le spectre par des raies semblables à celles que donne notre Soleil.

D'après ces considérations très justes, M. Huggins est amené à croire que les nébuleuses à spectre gazeux sont des systèmes ayant une structure et un rôle spécial, des systèmes d'un autre ordre que le groupe cosmique dont fait partie notre Soleil.

## LES AMAS STELLAIRES

Si nous suivons la classification que M. Faye a indiquée, nous diviserons les étoiles qui sont groupées dans le ciel en deux classes : les amas irréguliers et les amas réguliers.

Les amas irréguliers sont fort communs dans le ciel et présentent des formes fort variables. Le type le plus connu est l'amas des *Pléiades*. Il a été observé pour la première fois, en 1859, à Venise, par Tempel qui le découvrit près de l'etoile Mérope (une des Pléiades visible à l'œil nu). Il le signala d'abord comme une comète ; il faut bien dire qu'au premier aspect il est fort difficile de reconnaître une comète d'une nébuleuse, et ce n'est guère que par la constatation du déplacement de la première qu'on peut les distinguer.

D'autres amas, tels que la Crèche, la Chevelure de Bérénice, sont encore des agglomérations d'étoiles, mais avec ce caractère que leur constitution est appréciable à l'œil nu.

L'examen du ciel à l'aide des instruments puissants que nous possédons a apporté à notre connaissance un grand nombre d'amas : tels sont ceux qu'on remarque dans les constellations des Gémeaux et d'Hercule (fig. 54).

L'un des aspects les plus curieux des singuliers objets
que nous étudions sont, sans contredit, les amas d'étoiles
en forme de spirale.

Les plus remarquables sont celui du Lion, de la Vierge

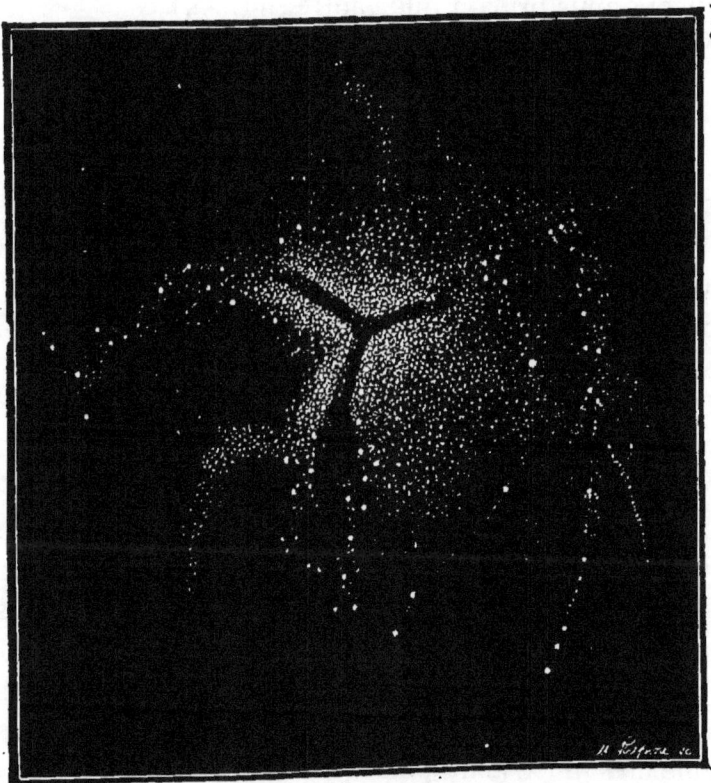

FIG. 54. — Lactée d'Hercule.

et celui des Chiens de chasse. L'historique de ce dernier
amas est assez intéressant pour que nous en emprun-
tions les détails à M. Wolf.

La forme spirale de la nébuleuse des Chiens de
chasse a été reconnue par Lord Rosse, qui en a donné
le dessin en 1850. Les spirales présentent deux branches

plus brillantes, formées de plusieurs filets; les intervalles
de ces branches sont remplis de lumière, les deux noyaux
sont reliés l'un à l'autre par une nébulosité presque
continue; enfin, le noyau centre des grandes spirales est
beaucoup plus brillant que l'autre (fig. 55).

M. Wolf a trouvé, dans les cartons de l'Observatoire,
un dessin très fini de la même nébuleuse, exécuté en
1862 par Chacornac, d'après ces observations au télescope de 0$^m$,80 de L. Foucault, aujourd'hui à Marseille.
Les mêmes branches existent encore, mais plus condensées; les intervalles sont moins lumineux; les deux
noyaux ont à peu près le même éclat, le noyau excen-
trique s'étant bien dégagé de la nébulosité. De plus,
la structure spirale des filets qui l'entourent est marquée.

Le troisième dessin date de 1876. Pendant les essais
du grand télescope de 1$^m$,20 de l'Observatoire de Paris,
M. Wolf eut, de nouveau, occasion d'étudier attenti-
vement la merveilleuse spirale des Chiens de chasse. On
y retrouve les mêmes différences signalées dans le dessin de Chacornac avec la gravure de Lord Rosse, mais
bien plus marquées encore. Les spirales se sont condensées et réduites à trois, bien nettement séparées par des
intervalles presque complètement obscurs; les filets
secondaires n'existent plus que dans une seule région.
L'intervalle des deux noyaux est devenu absolument
noir, les filets qui les réunissaient en 1862 s'étant amincis
et affaiblis encore. Le second noyau est devenu une brillante étoile d'éclat intrinsèque supérieur à celui du
premier, dans lequel les points de condensation ont augmenté en nombre et en lumière. Il ne paraît pas possible que la lumière si abondamment répandue dans les
intervalles des spires en 1850, encore visible en 1862,

ait échappé à l'attention des observateurs; car M. Wolf
a vu tout autour de la nébuleuse un nuage lumineux
extrêment pâle, entourant une sorte de fourche absolu-

FIG. 55. — Nébuleuse des Chiens de chasse

ment noire, qui n'avait été aperçue ni par Lord Rosse,
ni par Chacornac.

Ce qui frappe surtout dans la comparaison de ces
trois dessins et qui donne quelque confiance pour en
tirer la conclusion d'un changement réel, c'est la pro-

gression croissante du même effet de condensation depuis 1850 jusqu'à 1876; progression qui fait absolument défaut dans les observations des nébuleuses irrégulières.

Les amas réguliers offrent une particularité intéressante au sujet de la force centrale qui les régit. Signalons dans cette catégorie les amas globulaires du Centaure et du Toucan, dont il serait presque impossible de compter exactement le nombre d'étoiles agglomérées, qu'on peut évaluer à plusieurs milliers sur une surface dix fois plus petite que le disque de la Lune.

L'aspect général de ces amas semble permettre de croire que tous ces soleils sont plus pressés au centre que sur les bords. Si cette hypothèse était vérifiée, on en conclurait qu'une force centrale exercée par l'amas entier sur chacun d'eux serait proportionnelle à la distance au centre.

Chaque étoile décrivant un cercle concentrique à l'amas, il n'y a pas de raison pour qu'il ne soit absolument aussi stable que notre système, tout en dérivant d'une force centrale qui suivrait une tout autre loi que celle à laquelle obéit notre système solaire.

## DISTRIBUTION DES NÉBULEUSES

Qu'il nous soit permis de nous arrêter un instant pour faire remarquer la singulière loi qui semble ressortir des travaux de M. Cleveland Abbe au sujet de la distribution des amas stellaires et des nébuleuses.

M. Abbe suppose que la voie lactée s'étend sur une largeur moyenne de 30°, et, jaugeant les amas stellaires et les nébuleuses irréductibles, il fait voir comment se répartissent les représentants de ces deux classes (fig. 56).

Nous extrayons de son travail le tableau suivant :

| | NOMBRE | | DENSITÉ RELATIVE | |
|---|---|---|---|---|
| | des amas et néb. stell. | des néb. irréduct. | en amas et néb. stell. | en néb. irréduct. |
| Au N. de la voie lactée. | 281 | 2215 | 0,693 | 1,332 |
| Dans la voie lactée. | 512 | 255 | 2,368 | 0,287 |
| Au S. de la voie lactée. | 126 | 1299 | 0,424 | 0,781 |

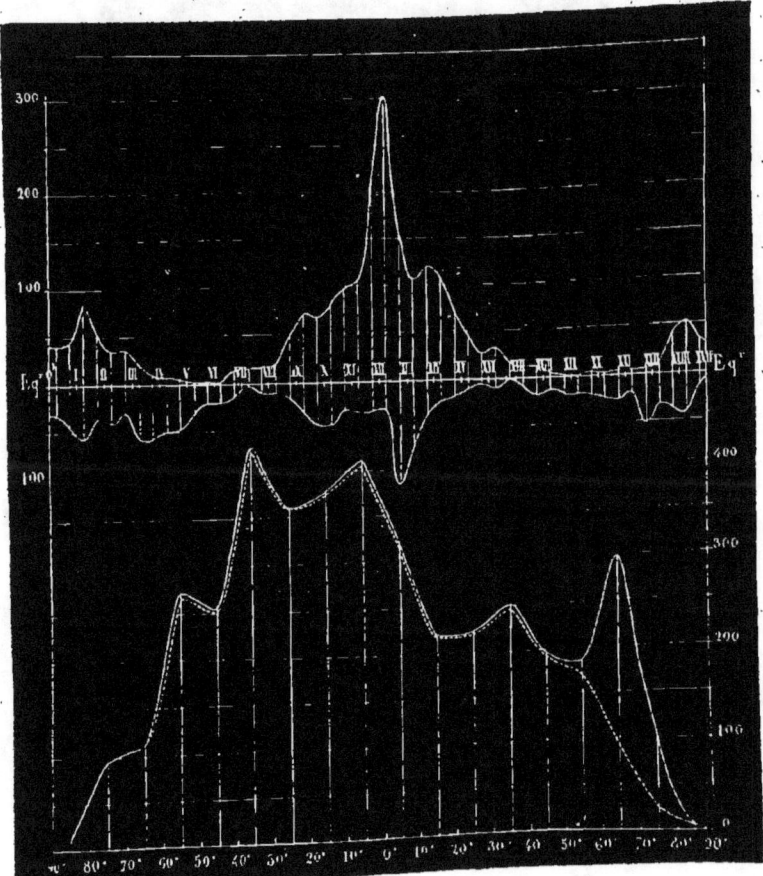

Fig. 56. — Courbes de distribution des nébuleuses, d'après M. Cleveland Abbe : 1° suivant les ascensions droites ; 2° suivant les déclinaisons.

La richesse de la voie lactée en amas stellaires, sa

pauvreté en nébuleuses ressort évidemment de la lecture
du tableau ci-dessus.

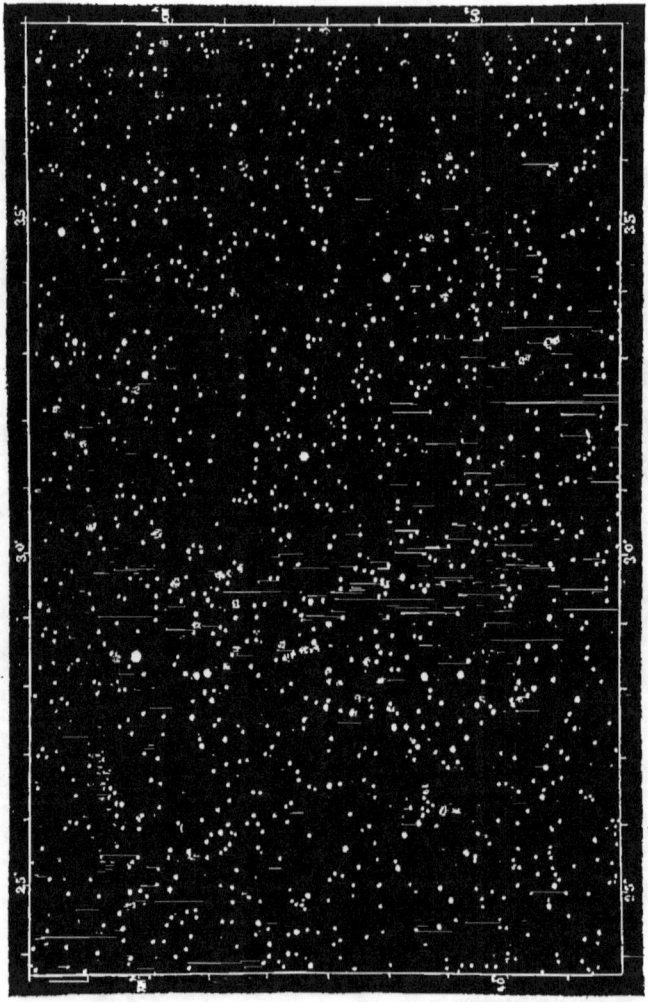

Fig. 57. — Région nébuleuse de la Chevelure de Bérénice,
d'après un dessin de M. Proctor.

Un simple coup d'œil permet de constater, en outre,
que les deux régions situées au-dessus et au-dessous de

cette zone sont mieux fournies en nébuleuses et contiennent fort peu d'amas stellaires,

Nous indiquons dans la figure 57, qui est la reproduction d'un dessin de M. Proctor, la région nébuleuse de la Chevelure de Bérénice.

Ces innombrables étoiles, disséminées dans les espaces célestes, forment des traînées de points lumineux qui ne semblent pas jetés au hasard, mais paraissent plutôt répondre à une sorte de loi.

## LA NÉBULEUSE D'ANDROMÈDE

Quand nous portons nos regard vers les astres brillants de la sphère céleste, nous restons émerveillés du nombre de ces mondes qui gravitent dans l'immensité de l'espace, et, si nous songeons qu'à ces soleils gigantesques succèdent d'autres terres, et à celles-ci, d'autres encore, notre esprit se refuse à concevoir cet infini.

Le spectacle que nous donnent les nébuleuses est plus merveilleux encore.

A côté d'une étoile brillante qui présente à notre œil quelque chose de matériel, nous apercevons une petite tache indécise et tremblante.

Le télescope, dirigé sur ce pâle et tranquille objet, le décompose en une multitude d'étoiles qui, toutes, sont des mondes.

Ces amas d'étoiles ont reçu le nom de *nébuleuses;* la plupart sont invisibles à l'œil nu, mais on s'en formera une idée assez juste en regardant cette traînée blanchâtre qui traverse notre ciel obliquement, et qui est généralement connue sous le nom de la *voie lactée* ou *chemin de Saint-Jacques.*

La nébuleuse d'Andromède est digne d'attirer notre attention : sa beauté et la nature de son spectre nous y convient. En effet, elle ne ressemble à aucune autre apparence nébuleuse, elle affecte une forme de fuseau qui rappelle sensiblement celle que l'on attribue à la lumière zodiacale; par son spectre, elle en diffère totalement; en effet il est continu comme celui des amas d'étoiles.

Ce fut la nébuleuse d'Andromède qui fut observée la première à l'aide d'un télescope et dans laquelle on signala un objet d'une nature spéciale.

C'est au Franconien Mayer (Simon Marius), qui disputa à Galilée la gloire de la découverte des satellites de Jupiter, que nous devons la description exacte de cette nébuleuse.

Le 15 décembre 1612, il signalait une étoile fixe qui lui parut singulière. Vue au télescope, elle ne présentait aucun des caractères des amas stellaires. Ce qui l'en distinguait, c'était sa lumière blanchâtre qui ressemblait, dit-il, « à la lumière d'une chandelle vue de loin au travers d'une feuille de corne ». On savait donc, à cette époque, distinguer les nébuleuses proprement dites des amas d'étoiles.

La nébuleuse d'Andromède a été considérée longtemps comme absolument irréductible, c'est-à-dire de composition gazeuse. Il y a cinquante ans à peine que Georges Bond, de Cambridge, la résolut et y compta plus de 1500 étoiles. On hésitait cependant à la classer parmi les nébuleuses stellaires.

Depuis longtemps, divers astronomes suivaient les changements curieux qui se produisaient au centre de cette nébuleuse.

Le noyau en était condensé vers le centre et donnait une lumière comparable à celle d'une étoile de 10ᵉ ou 11ᵉ grandeur quand on découvrit, presqu'à la place de ce noyau, une belle étoile de 7ᵉ grandeur.

Il convient de faire remarquer que plusieurs observateurs ont signalé cette particularité presque simultanément : à Poulkowa, l'observation date du 30 août. M. Faye transmit une dépêche de M. P. Lajoye qui signalait cette étoile ; Hartwig, Schönfeld (de Bonn) et M. Bigourdan en ont fait une étude spéciale.

Des mesures prises par ce dernier il résulte que l'étoile ne se confond pas avec le noyau de la nébuleuse.

On se trouve donc en présence d'un phénomène particulier. Si l'étoile se fût trouvée au centre de la condensation, on aurait pu en tirer, au point de vue cosmogonique, des conclusions du plus haut intérêt ; mais cette agglomération de matière cosmique se produisant près du centre n'a pas permis d'affirmer qu'on se trouvât en présence de la formation d'un nouveau soleil.

Herschel, Kant, Laplace n'ont pas hésité à voir dans les nébuleuses, dont les formes variables présentent les apparences les plus diverses, les états successifs par lesquels passe la matière cosmique pour former par sa condensation des soleils et des planètes.

Si l'on suppose plusieurs centres de condensation, on a des étoiles doubles, des systèmes planétaires comme le nôtre.

Les nébuleuses en spirales sont venues donner un nouvel appui à cette théorie en montrant des branches qui se contournent autour d'un centre de matière ; ces nébuleuses, évidemment entraînées dans un mouvement

gyratoire commun, formeront un jour le soleil et les planètes d'un nouveau système.

L'anneau de Saturne est une preuve de cette formation.

Ainsi serait établi le lien qui réunit les nébuleuses aux
autres astres de l'univers.

Rappelons, en terminant, que la variabilité de forme
et d'éclat des nébuleuses permettrait probablement
d'expliquer l'apparition de la nouvelle étoile dans Andromède.

Qu'on se rappelle les variations d'éclat de la nébuleuse du Taureau, sa disparition complète et sa réapparition. Le fait capital, c'est qu'une étoile qui lui est
adjacente participe à ces variations d'éclat.

Une nébuleuse, dans la Baleine, semble aussi variable; une autre, dans le Dragon, n'est pas moins instable.

Mais le fait que je dois signaler et qui semble donner
une explication exacte de la nouvelle étoile, c'est ce qui
s'est passé dans la nébuleuse du Scorpion qui s'est transformée en étoile, puis est redevenue nébuleuse.

Quoi qu'il soit de ces embryons de monde, on voit
l'intérêt qui s'attache à leur étude et les surprises que
l'avenir nous réserve dans cette branche de recherches.

# CHAPITRE XIV

## LES COMÈTES

Les lois de Képler, de Newton, de Laplace, comme l'astronomie entière, comme toute science positive, sont la conséquence des observations de vingt à trente siècles. Ce temps, considérable pour l'homme, disparaît dans l'infini du temps des révolutions des phénomènes célestes en général ; mais la régularité constante des mouvements, la réapparition exacte des phénomènes présentés par les planètes et leurs satellites pendant ce temps d'observations, permettent à la science de supposer que l'ordre et la régularité resteront constants, et, en conséquence, de prédire leur retour.

L'unité qui enchaîne ces mouvements et qui en fait la grandeur, la fixité de leurs périodes, ont fini par devenir aux yeux des hommes des phénomènes inséparables de leur vie habituelle.

Cependant, il leur arriva de voir dans le ciel des météores brillants qui leur étaient inconnus ; d'un aspect terrifiant, apparaissant subitement, ces événements les émurent ; les aurores boréales, les chutes d'aérolithes, les étoiles filantes et surtout l'apparition soudaine des comètes, les portèrent à leur attribuer une influence néfaste sur leur destinée ou sur celle de leur pays.

La superstition et l'ignorance des premiers âges, souvent encouragées dans un but coupable, contribuèrent à affermir ces craintes.

Fig. 58. — Ce qu'on croyait voir dans le ciel au xvi⁰ siècle.

Les idées les plus invraisemblables avaient cours dans le peuple pour qui ces phénomènes revêtaient, même aux yeux des hommes intelligents de ces époques anciennes, les apparences les plus horribles.

C'est ainsi qu'à une date encore assez rapprochée de nous, au xvi⁰ siècle, on s'imaginait voir dans le ciel, lorsque apparaissait une comète, une armée de combattants (fig. 58) ou d'autres signes aussi terribles.

## HISTOIRE THÉORIQUE DES COMÈTES

Les Chaldéens, auxquels Apollonius de Mynde devait ses théories sur les comètes, auraient eu, dit-on, des notions assez exactes sur ces astres; plusieurs philosophes grecs, et, parmi eux, les pythagoriciens, croyaient que les comètes étaient des astres soumis à des lois déterminées.

Deux autres systèmes formaient la base des théories anciennes : l'un, dû à Panésius, qui croyait rendre compte du phénomène des comètes par une illusion d'optique ; le second, qui faisait de ces corps des météores sublunaires.

Sénèque essaya une lutte impossible contre ces théories; ce fut en vain qu'il démontra les probabilités du système d'Apollonius, ce fut en vain qu'avec cet esprit prophétique qui caractérise les hommes de génie, devançant son siècle, dévoilant l'avenir, il osa prédire les découvertes futures accomplies par l'astronomie cométaire contemporaine.

« Pourquoi, disait-il, n'y aurait-il pas des astres qui suivraient des routes particulières et fort éloignées de celles des planètes ? Pourquoi quelque région du ciel serait-elle inaccessible ? »

Pour comprendre comment ces idées n'ont pas suivi le cours glorieux que leur présageait leur origine, nous sommes obligé de rappeler qu'Aristote émit cette opinion bizarre, basée sur la seule apparence des faits, et qui fut d'autant mieux enracinée qu'elle était plus fausse : que les comètes ne sont que des émanations provenant de la Terre et qui s'enflamment dans les régions supérieures de l'atmosphère, l'embrasement durant tant qu'il y a du combustible, et le feu s'éteignant après un certain temps, faute d'aliment.

Le mérite d'Aristote, l'influence que ses œuvres exercèrent pendant le Moyen Age, formèrent en quelque sorte une inviolabilité à cette théorie ridicule, et empêchèrent les esprits sérieux de revenir aux belles théories des anciens pythagoriciens sur la constitution de l'univers.

Le Moyen Age laissa stationnaire la science des comètes.

Ce ne fut que vers le xvᵉ siècle que Régiomontanus, Appian et Cardan apportèrent des idées plus saines et commencèrent à faire des observations sur le mouvement de ces corps.

Tycho-Brahé annonça que ce sont de véritables corps célestes qui tournent autour du Soleil, en suivant des orbites extrêmement allongées.

Képler croyait que la trajectoire des comètes était une ligne droite ; après lui, Galilée reprit cette idée en ne considérant ces astres que comme des météores.

Cassini Iᵉʳ essaya la solution du problème de l'orbite par un cercle, et Hévélius forma un système des théories de Képler et d'Aristote.

Newton, après avoir démontré les lois de Képler, les étendit aux comètes ; mais il appartenait à Halley, son contemporain et son ami, d'en démontrer l'exactitude ; il calcula l'orbite et prédit le premier le retour d'une comète, celle qui porte son nom.

Laplace a résumé à grands traits les résultats de quarante années de méditation sur la mécanique céleste, et s'exprime ainsi au sujet des comètes[1] : « On peut les

---

[1] Laplace, *Exposition du système du monde.*

regarder comme de petites nébuleuses errant de systèmes en systèmes solaires, et formées par la condensation de la matière nébuleuse répandue avec tant de profusion dans l'univers. Les comètes seraient ainsi, par rapport à notre système, ce que les aérolithes sont relativement à la Terre à laquelle ils paraissent étrangers. Lorsque ces astres deviennent visibles pour nous, ils offrent une ressemblance si parfaite avec les nébuleuses, qu'on les confond souvent avec elles, et ce n'est que par leur mouvement ou par la connaissance des nébuleuses renfermées dans la partie du ciel où ils se montrent, qu'on parvient à les distinguer. Cette hypothèse explique d'une manière heureuse l'extension que prennent les têtes et les queues des comètes, à mesure qu'elles approchent du Soleil; l'extrême rareté de ces queues qui, malgré leur immense profondeur, n'affaiblissent point sensiblement l'éclat des étoiles que l'on voit à travers; la direction du mouvement des comètes dans tous les sens et la grande excentricité de leurs orbites. »

Pour qu'une comète attire l'attention du public, il faut qu'elle présente un éclat considérable et surtout une queue brillante et longue.

Généralement une comète se compose d'une *tête* formée par *un noyau* brillant entouré d'une nébulosité appelée chevelure qui se prolonge en une queue toujours dirigée dans le sens opposé au Soleil.

La tête est généralement arrondie, tandis que la queue s'infléchit plus ou moins en s'allongeant à la suite du noyau.

Parfois, on observe des queues latérales (fig. 59) et même des queues dirigées du côté du Soleil, mais ce fait est fort rare et ces appendices n'ont, dans ce cas, qu'une importance absolument secondaire.

Tel est l'aspect sous lequel se présentent générale-ment les comètes lorsqu'elles passent au périhélie. Ce-

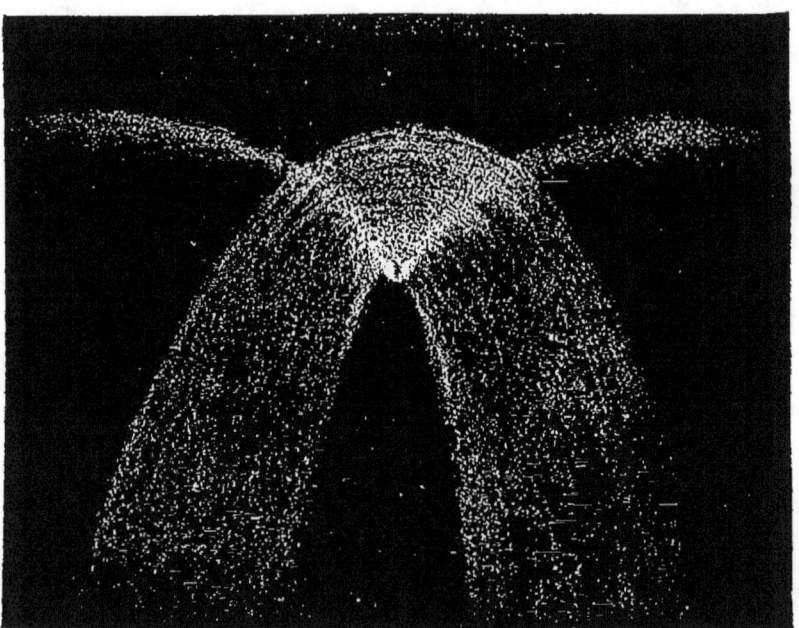

Fig. 59. — Développement des queues cométaires.

pendant leur forme est si changeante et leurs apparen-ces si bizarres qu'elles varient à chaque point de leur trajet.

Lorsqu'elles paraissent, elles offrent généralement l'as-pect d'une nébulosité arrondie dont le centre présente un noyau plus condensé; au fur et à mesure qu'elles approchent du Soleil, elles se modifient, la queue se développe peu à peu (fig. 60) et finit par atteindre une longueur parfois prodigieuse.

On conçoit aisément la terreur que les comètes ont pu inspirer à des gens d'un esprit grossier, lorsqu'on réfléchit aux dimensions que présentent certains de ces astres.

Fig. 60. — Aspect d'une comète.

Le noyau de la comète de 1798, ainsi que celui de la comète de 1805, avait près de 50 kilomètres de diamètre.

Celui de la grande comète de 1811 atteignait près de 2 millions de kilomètres, c'est-à-dire quatre fois la distance de la Terre à la Lune (fig. 61).

Fig. 61 — Grande comète de 1811.

Dans la troisième comète qui parut en 1845, la queue avait acquis un développement de 12 000 kilomètres. Une queue analogue avait été vue lors de la cinquième comète de 1847. Mais ces dimensions n'approchent pas de celles que peuvent présenter certaines queues de comètes qui embrassent dans le ciel des arcs de 30, 60 et même 100°.

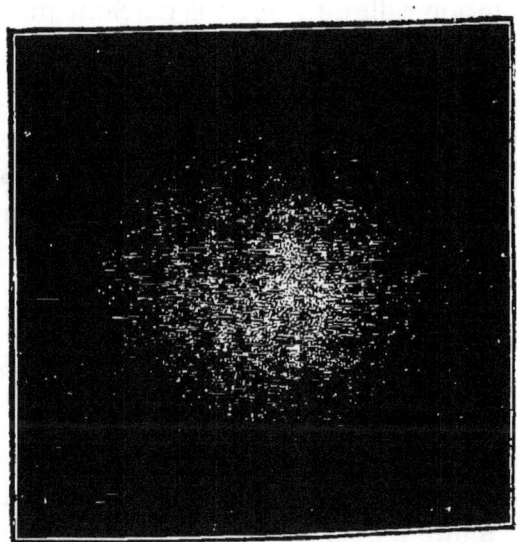

Fig. 62. — Comète de Donati, le 6 décembre 1858.

Malgré ces dimensions considérables, la masse et la densité des comètes sont excessivement faibles.

La masse de la comète de Donati (fig. 62) n'a que la valeur d'une fraction invraisemblablement petite de celle de la Terre.

Les plus petites étoiles se voient très bien non seulement au travers des queues, mais aussi au travers des noyaux.

Or, il est prouvé par des expériences nombreuses

qu'un brouillard de quelques centaines de mètres éteint l'éclat des étoiles et les cache à nos yeux, tandis qu'une épaisseur de matière cométaire de 10 000 à 15 000 lieues de diamètre en diminue à peine la lumière.

On a conclu de ce fait que la matière qui constitue ces corps s'y trouve en un état de dilution extraordinaire.

M. Faye a estimé la densité moyenne des noyaux cométaires à neuf fois celle du vide de la machine pneumatique et la densité des queues à moins d'un billionième de cette quantité.

Je rappellerai ici, dans un bref exposé, les idées modernes admises sur les mouvements cométaires :

Les comètes participent au mouvement diurne comme les autres corps célestes, mais en se déplaçant parmi les constellations, à la façon des planètes, elles apparaissent dans tous les points du ciel avec des vitesses apparentes, fort différentes, qui s'ajoutent parfois au mouvement de la Terre. Ainsi, les comètes de 1472 et 1739 parcouraient en un jour 42° et 120°, celle de 1843 (fig. 63) parcourait 550 000 mètres par seconde (c'est la plus grande vitesse qui soit connue); par contre, celle de 1680, à son aphélie, ne parcourait pas plus de 5 mètres par seconde.

Nous savons que les comètes se meuvent selon des ellipses, mais quelques-unes parcourent des paraboles ou des hyperboles, c'est-à-dire des courbes non fermées qui portent à nos regards ces astres éphémères que nous ne reverrons plus.

Sur 311 comètes connues en 1874 nous trouvons :

     177 orbites paraboliques ;
     120     —     elliptiques, en comptant les réapparitions ;
     14     —     hyperboliques.

Néanmoins, ainsi que le faisait remarquer Mädler, à

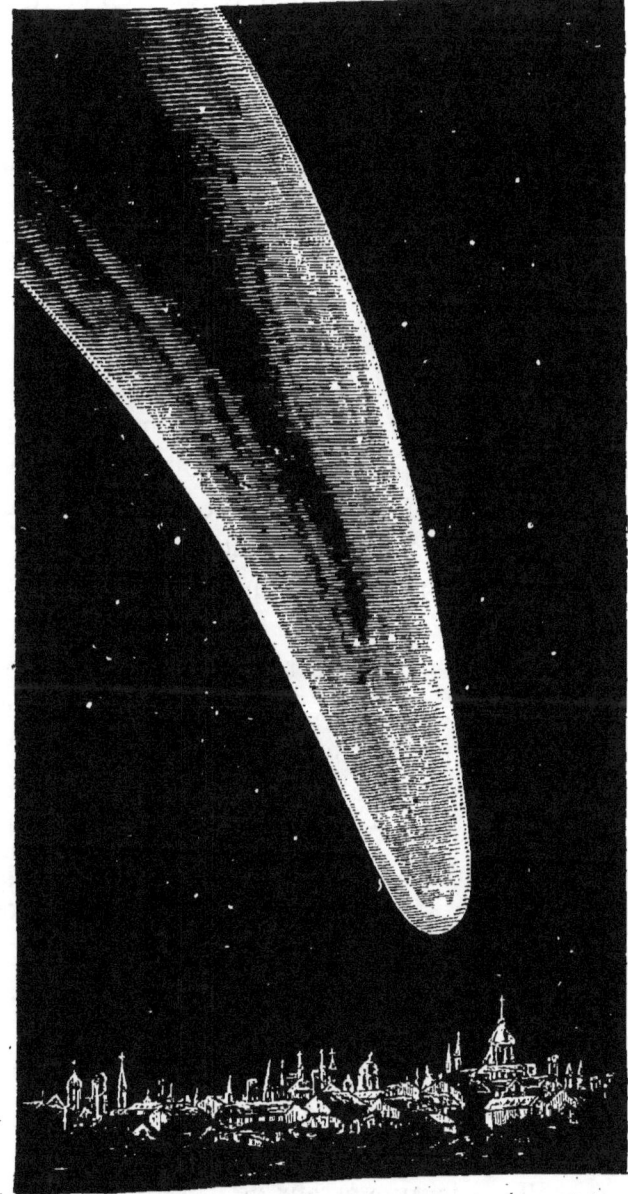

Fig. 63. — Grande comète de 1843.

l'aide des valeurs qu'il avait obtenues, on arrivait à ce résultat :

| | | | | | | | | |
|---|---|---|---|---|---|---|---|---|
| Avant | 1678 | sur les orbites connues, | aucune n'est elliptique ; |
| De 1678 à | 1750 | 27 | — | | — | 4 | sont elliptiques. |
| 1750 | 1800 | 43 | — | | — | 19 | — |
| 1800 | 1850 | 77 | — | | — | 22 | — |
| 1850 | 1877 | 80 | — | | — | 33 | — |

On voit que la proportion des orbites elliptiques s'est ainsi toujours accrue avec le nombre et la précision des observations.

On peut donc admettre que la moitié des comètes ont leur mouvement elliptique, car il y en a beaucoup qui sont observées trop peu de temps pour qu'on puisse déterminer exactement la nature de la section conique qu'elles décrivent autour du Soleil, et qu'on se borne alors, pour la plus grande commodité du calcul, à représenter par une parabole.

Leur mouvement héliocentrique, c'est-à-dire vu du Soleil, semble assez indifférent ; il y en a presque autant de directes que de rétrogrades.

La grande excentricité de l'orbite des comètes établissait jusqu'à ces derniers temps une différence caractéristique qui séparait ces corps des planètes, mais plusieurs comètes à courte période ont une excentricité dont se rapprochent les petites planètes comprises entre Mars et Jupiter.

Les traits distinctifs de ces corps sont leur aspect nébuleux, et les rapides changements qui se produisent dans leur forme, dans leur éclat et dans leur mouvement.

Je rappellerai ici une erreur de Kant qui semble s'être perpétuée presque jusqu'à nos jours :

« On reconnaîtra un jour, dit ce philosophe, que les planètes, qui, par la suite, seront découvertes au delà de Saturne, forment une série de membres intermédiaires qui se rapprochent de plus en plus de la nature des comètes et ménagent la transition entre ces deux espèces de corps planétaires. La loi d'après laquelle l'excentricité des orbites décrites par les planètes est en raison de leur distance au Soleil vient à l'appui de cette conjecture. Il en résulte, en effet, qu'à mesure que cette distance augmente les planètes répondent de plus en plus à la définition des comètes [1]. »

Uranus et Neptune sont venus détruire ce système harmonique; leur excentricité est moindre que celle de Saturne, et ces planètes n'ont rien des propriétés cométaires que leur assigne cette théorie.

## LES COMÈTES REMARQUABLES

Nous allons donner quelques détails sur certaines comètes qui sont particulièrement remarquables.

COMÈTE D'ENCKE. — La plus courte révolution, qui est celle de la comète d'Encke, est d'environ 1210 jours et se rapproche beaucoup de celle des astéroïdes Flore et Ariane; fort peu remarquable par son éclat, elle a cependant donné lieu à des discussions d'un haut intérêt scientifique.

Elle se présente généralement comme une nébuleuse d'environ 20' de diamètre avec un noyau comparable à une étoile de 5e grandeur et une petite queue qui se produit vers l'époque du passage au périhélie. Assez brillante, elle n'en reste pas moins une comète télescopique, pendant la plus grande partie de ses apparitions.

Découverte en 1786 par Méchain, en 1775 par Miss Caroline

[1] Kant, *Naturgeschischte des Himmels*, 6e p., p. 88 et 195.

Herschel, en 1805 par Thulis, on n'avait pu reconnaître sa période. En 1810, à Marseille, Pons la découvrit de nouveau; c'est vers cette époque qu'Encke, directeur de l'Observatoire de Seeberg, près de Gotha, fixa sa durée de révolution à 3 ans 1/3 dans une orbite directe.

Encke avait déterminé les perturbations que pouvait subir la comète à laquelle il donna son nom, mais il s'aperçut promptement que la durée de révolution comprise entre deux retours de la comète à son périhélie, c'est-à-dire au point le plus rapproché du Soleil, présentait une anomalie dont ses calculs ne pouvaient rendre compte. En effet, chaque révolution ramenait la comète environ $2^h\ 38^m$ plus tôt que ne l'assignait le calcul, de sorte que, depuis 1786, elle diminua de plus de 3 jours.

En recherchant d'où pouvait provenir cet accroissement de vitesse dans son moyen mouvement, il a trouvé qu'il devait être dû à une force tangentielle qui est dirigée en sens contraire du mouvement et qui, rapprochant le corps du Soleil, suivant la troisième loi de Képler doit accélérer son mouvement.

Pour rendre compte de cette accélération, Encke reprit l'hypothèse d'un milieu résistant dont la densité augmenterait proportionnellement à la distance au Soleil. Les effets ne s'en feraient sentir que dans un rayon représenté par les 7/10 de la distance du Soleil à la Terre. Cette question avait déjà tenté plusieurs mathématiciens; elle forma même le sujet d'un prix académique remporté par l'abbé Le Bossut. Encke a publié ses études dans les *Astronomische Nachrichten;* il y en a un extrait inséré dans les *Comptes rendus de l'Académie des sciences* du 15 novembre 1858, pages 763-778.

A ce sujet MM. Le Verrier et Faye soutinrent des opinions différentes, admettant le fait curieux et inexpliqué de l'accélération, mais ne s'accordant pas sur l'explication à en donner.

Après avoir exposé les systèmes proposés par ses illustres devanciers, M. Valz, entreprit des recherches analytiques sur les perturbations qu'un milieu résistant pourrait faire éprouver à une masse déterminée. Après en avoir développé les résultats pour la comète d'Encke et pour celles de 1618 et de 1652, il donna l'explication des variations de diamètre observées lorsque les nébulosités cométaires s'approchent où se reculent du Soleil, il appliqua de plus ses formules aux apparences des queues des comètes.

M. Faye, en 1878, a fait paraître dans les *Comptes rendus* l'hypothèse par laquelle il explique les phénomènes observés.

Le milieu résistant dont il est question est tout différent de l'éther impondérable des physiciens, mais ressemble fort à l'anneau qui, suivant l'opinion actuelle, doit former la lumière zodiacale; il est intimement lié au Soleil; mais on doit supposer ce milieu fixe, et M. Faye ne pense pas que, malgré sa rareté, il eût pu se dérober aux investigations des observateurs.

En se servant d'une formule empruntée à M. Roche, M. Faye en a déduit l'expression du rayon de la surface limite du noyau cométaire en fonction de la distance au Soleil et de la masse de la comète. Bessel avait proposé de rattacher à la formation de la queue l'accélération du mouvement, quoique M. Encke ait fait remarquer que ce fait ne pouvait modifier le mouvement, qui est indiqué par les observations. M. Faye croit que la formation de la queue a une importance marquée sur la marche de la comète.

M. Le Verrier étudia alors les conclusions de M. Faye, et quoique d'opinion opposée, il n'en reconnut pas moins l'intérêt et l'utilité; c'est de cette théorie qu'il disait : « Il est bon que des vues, même hasardées en quelques points, soient émises sur des phénomènes aussi complexes et encore inexpliqués, et pourvu qu'il soit permis d'en signaler les points douteux, la science ne peut qu'y gagner. » M. Faye a poursuivi courageusement la route qu'il s'était tracée, et M. Encke lui témoigna ses remerciements au sujet de l'intérêt qu'il avait pris à ces questions. Quoique ne partageant pas toutes les vues de l'illustre astronome, il en reconnaissait le mérite, mais croyait que le point important était de déterminer les perturbations périodiques de la force tangentielle.

M. E. Roche, professeur à Montpellier, a écrit plusieurs mémoires célèbres sur ces questions. Dans l'un d'eux, présenté en 1859, en étudiant les formes d'une atmosphère rendue analogue au cas étudié, il trouva qu'elle était limitée par une surface spéciale hors de laquelle il n'y a pas d'équilibre.

M. Durand, professeur de mathématiques, se ralliant aux anciennes théories, pensait que les queues des comètes étaient qu'une apparence trompeuse, analogue à l'image elle-même qui se reproduit derrière un globe de verre rempli d'eau.

Ce serait peut-être le lieu de faire remarquer que l'on ne semble pas avoir tenu compte des perturbations certaines produites sur la comète de Encke, par les corps qui ont une influence si marquée sur Mercure, je veux parler des Vulcains. Il est curieux que les autres comètes à courte période soient exemptes de cette accélération qui caractérise la comète d'Encke et je crois que, soumise au calcul, cette idée amènerait avec elle une perception plus nette des effets de l'anneau météorique ou de la planète troublante.

On se rappelle qu'on a été obligé d'admettre, pour expliquer les anomalies présentées par la comète d'Encke, une résistance formée par un fluide dense dont la composante rapprochait le centre de la comète du Soleil et par conséquent accélérait sa marche.

Cette résistance serait due à l'existence autour du Soleil, jusqu'à environ les 7/10 de la distance du Soleil à la Terre, d'un milieu transparent.

Klinkerfues qui a étudié la comète de janvier 1880, afin de ramener cet astre à des apparitions précédentes, admet l'hypothèse d'une résistance.

Sans nous attarder à l'étude de ce milieu résistant, nous rappellerons que M. Oppolzer s'en est occupé et nous allons donner très brièvement quelques-uns des résultats de ses recherches.

Il a commencé par l'étude de la comète de Winecke, dont la période est de 5 ans 1/2, qui a une distance périhélie de 0,77, et il a cherché des comparaisons avec les comètes d'Encke, et de Faye.

Pour la comète de Winnecke, observée en 1819, 1858, 1869, et 1875, son identité avec la comète de 1819, III de Pons, a été démontrée par Winnecke en 1858 ; elle passe au périhélie vers le mois de décembre. Pour satisfaire aux observations, Oppolzer trouve nécessaire de diminuer la masse de Jupiter de 1/1051 ou lui suppose une accélération moyenne de 0'',01436. La première hypothèse est très improbable, la masse de Jupiter ayant été déterminée par Airy et Bessel.

Le D$^r$ Oppolzer tenta ensuite l'application de la même théorie aux comètes de 1843 et de 1880, ayant remarqué de grandes analogies entre ces deux comètes.

La comète de Faye ainsi que les autres comètes qui passent près du Soleil semblent échapper à cette loi.

L'absence de toute accélération sensible dans le mouvement de la comète de Faye n'est pas une objection suffisante à l'hypothèse d'un milieu résistant.

De savants astronomes ont soumis à l'analyse les faits observés. M. Faye paraît toujours avoir repoussé l'hypothèse d'un milieu résistant, fixe, nécessaire à l'interprétation du phénomène, milieu qui n'aurait pu se dérober totalement à notre vue. Bessel croyait que la formation de la queue des comètes devait expliquer l'accélération, mais M. Encke fit remarquer que les faits sont loin de confirmer cette hypothèse. A ce propos, M. Faye faisait observer que le milieu résistant, s'il existait, serait dissipé par la force et la vitesse de propagation des queues cométaires.

Comète de Biéla. — En 1826, à Johannisberg, un capitaine au service de l'Autriche, M. Biéla, aperçut une comète d'une masse infiniment petite, mais d'un volume considérable; c'était une réapparition des comètes vues en 1772 et 1805. MM. Clausen, Gambart et Damoiseau en calculèrent les éléments et lui assignèrent une durée de 6 ans 3/4 sur une ellipse légèrement ovale qui tantôt la rapproche du Soleil à 34 000 000 de lieues, tantôt l'en éloigne de 230 000 000.

M. Olbers détermina que ce corps, fort difficile à voir, offrait en 1825 une nébulosité dont le volume était environ 120 fois plus gros que la Terre et qui ne mesurait pas moins de 14 000 lieues de diamètre•

Cette comète présente un degré d'intérêt tout particulier, qui se lie à la possibilité qu'elle vienne quelque jour envelopper la terre de son immense nébulosité.

Je saisirai cette occasion pour faire ressortir que, de l'examen de cette question, on peut décider si cette rencontre est possible ou probable. On peut d'abord affirmer que, en général et sauf les cas de circonstances rares, la rencontre d'une comète et de la Terre est toujours extrêmement invraisemblable [1]. Cela tient surtout à l'immensité de l'espace où ces corps se meuvent, aux variations dans leurs mouvements et à leur infinie petitesse.

Ici encore on a eu recours aux déterminations du calcul des probabilités; or, les géomètres qui s'y appliquèrent avancèrent que toute crainte devait être bannie à l'égard de ce choc tant redouté.

[1] Il est démontré que dans le cas d'une comète quelconque le nombre des chances pour une collision est dans le rapport de 1 à 189 999 999.

Cependant la comète de Biéla fournissait un cas particulier fort intéressant de ce problème ; sa route périodique passe fort près de l'orbite de la Terre, et ce corps devait couper l'écliptique le 29 octobre 1832... mais à une distance égale à 4 rayons terrestres à l'intérieur de l'orbite de la Terre qui n'atteignit ce point qu'environ un mois après.

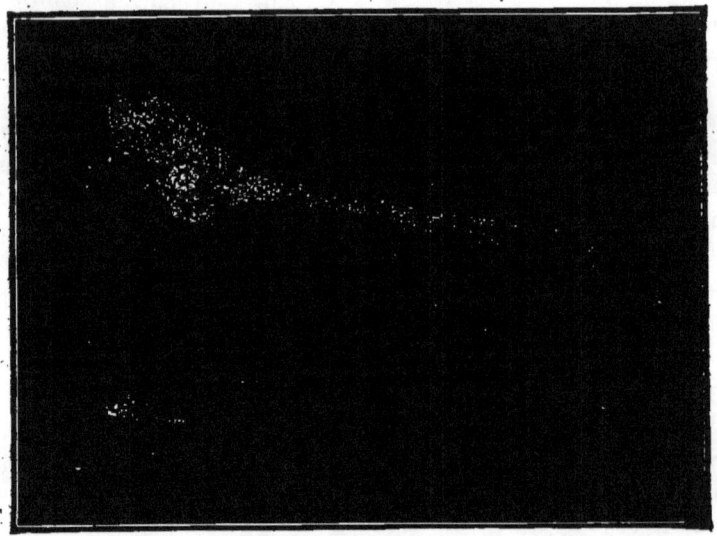

FIG. 64. — Comète de Biéla, le 19 février 1846.

Cet astre bizarre a joui encore d'une particularité remarquable.

En 1846 la comète principale s'est divisée en deux corps indépendants, de masse infiniment faible ; on croit même qu'en 1882, un de ces corps est venu frôler la Terre.

Cet exemple de dédoublement, sans être fréquent, n'est pas unique dans les annales cométaires. Nous pourrions citer à ce sujet la comète de l'an 371, qui, d'après l'historien grec Éphore, se partagea en deux ; les deux comètes de 1618 que Képler croyait être dues au dédoublement d'un même corps ; celle de 1661 qu'Hévélius dit avoir été double, et enfin récemment, en 1860, celle d'Olinda que M. Liais, directeur de l'Observatoire de Rio-Janeiro, a pu observer. Ajoutons qu'en 896, en Chine, on observa trois comètes accouplées ; en 1652 la comète se divisa en plusieurs parties de même que celle qui parut en 1664.

On rapporte à la comète de Biéla la pluie d'étoiles filantes qui tomba du ciel le 26 novembre 1877 (environ 60 000), ayant comme centre d'émanation l'étoile μ d'Andromède. Pogson, astronome américain, rechercha, d'après les indications de Klinkerfues, la comète qu'il crut découvrir, mais que le mauvais temps empêcha d'observer.

Ce ne serait pas le premier exemple du passage d'une comète, accompagné de pluies d'étoiles filantes. Celle de 1106 était également le point d'émanation d'étoiles filantes. Rappelons, de plus, que des étoiles filantes furent encore observées en même temps que la comète de 531.

Un fait digne de remarque au sujet des comètes qui nous occupent, c'est que le docteur Lersch a signalé, pour les époques calculées du retour de la comète de 1843, des chutes relativement fréquentes de météorites ou d'étoiles filantes.

| DATES DE RÉAPPARITION DE LA COMÈTE | | CHUTES D'ÉTOILES FILANTES |
|---|---|---|
| 1805,3 | 1806 | Pluie de pierres dans le Languedoc, en 1808, près de Stannern. |
| 1768,5 | 1768 | Pluie de pierres dans le Maine. |
| 1731,6 | 1732 | Explosion dans les airs. |
| 1694,7 | 1697 | 31 janvier, chute de météorites. |
| 1621,0 | 1621 | 17 avril, et 1622, 10 janvier, météorites. |
| 1584,2 | 1585 (?) | Des pierres tombent en Italie. |
| 1547,3 | 1458 | 6 novembre, météorites. |
| 1510,4 | 1510 | Des pierres tombent en Italie. |
| | 1511 | 4 septembre, bolide lançant des pierres. |
| 1473,6 | 1474 | Chute de pierres, près de Viterbe. |
| 1105,0 | 1106-1107 | Année d'étoiles filantes. |
| 1068,2 | 1071 | Chute de pierres. |
| 1141,9 | 1143 | Pierres ardentes tombent à Breisach. |
| 1031,3 | 1032 | Avril et juillet, étoiles filantes. |
| 920,7 | 921 | Beaucoup de pierres tombent près de Rome. |
| 883,9 | 885 | Pluie de pierres. |
| 589,0 | 590 | Météores ignés fréquents (Grégoire de Tours). |
| 220,4 | 220 | Étoiles filantes. |
| 187 av. J.-C. | 188 | Pluie de pierres (Tite-Live). |
| 260 — | 260 | — — |

Nous remarquerons, en passant, qu'un certain nombre de comètes coïncident avec des essaims d'astéroïdes. On a cherché une relation entre ces deux phénomènes. Les essaims sont-ils le développement de la queue de la comète ? La comète est-elle une agglomération d'astéroïdes ? La question est encore pendante et loin d'être résolue.

Cette coïncidence est affirmée par les exemples suivants[1] :

| ESSAIMS | COMÈTES | | AR | D |
|---|---|---|---|---|
| Janvier (1-15). . . . | Comète de 1680 | (Weiss) | 135° | + 45° |
| Janvier (1-15). . . . | — 1792 II | (Weiss) | 180 | + 35 |
| Avril, 25. . . . . . | — 1864 | | 273 | + 25 |
| Avril 25. . . . . . | — 1871 | (Weiss) | 378 | + 34 |
| Août, 10. . . . . . | — 1862 III | | | |
| Novembre, 13. . . . | — 1869 I | | | |
| Novembre, 30. . . . | — Biéla (Weiss et d'Arrest). | | | |

J'aurais pu multiplier les exemples mais je me suis borné aux essaims les plus connus.

LA COMÈTE DE FAYE. — La comète de Faye, dont la période est de 7 ans 1/2 a été découverte le 22 novembre 1843, par le savant astronome dont elle porte le nom. Son retour fut prédit pour 1851 et M. Le Verrier en fixa la date au 3 avril 1851. La comète fut exacte au rendez-vous et passa à son périhélie le 2 avril, à 10 heures du matin. Elle a été aperçue en 1858, en 1865, en 1873 et en 1881.

La comète était également, en 1880, exactement à l'endroit assigné par l'éphéméride; elle fut alors aperçue pour la première fois, le 2 août, par Common à Ealing. Dans cette dernière apparition, la comète est restée toujours petite.

La théorie de cette comète est, de toutes, la mieux assise. M. Moeller l'a établie rigoureusement d'après les lois de Newton, sans avoir recours à l'hypothèse d'un milieu résistant. L'action exercée par Jupiter, de 1843 à 1880, sur la comète, est tellement considérable que ces perturbations ont fourni un nouveau moyen pour déterminer la masse de cette planète.

COMÈTE DE BRORSEN. — La comète de Brorsen, dont la période de révolution est égale à 5 ans, a été découverte à Kiel, le 26 février 1846, par M. Brorsen.

Elle présente un grand intérêt à cause de son mouvement, qui la rapproche tous les 95 ans de Jupiter, cette planète modifie tellement l'orbite de la comète que, d'elliptique qu'elle est, elle pourrait bien devenir hyperbolique. Les diverses positions qu'elle occupe sur son

[1] L'essaim de janvier (1-15) signifie l'essaim dont la chute caractéristique a lieu vers cette époque.

orbite la placent si près de la planète dont il s'agit, que l'action de cette planète devient prépondérante et l'emporte de beaucoup sur celle du Soleil.

Pendant l'observation de 1879, l'apparition de cette comète a été plus brillante qu'elle n'avait été jusque-là, et on a pu soumettre sa lumière à l'analyse spectrale.

COMÈTE DE D'ARREST. — L'historique de cette comète est peu curieux : on l'a généralement peu observée, et quand on l'a aperçue, son faible éclat ne l'a laissé voir que dans des conditions peu favorables.

La théorie de cette comète a été fournie par MM. Yvon Villarceau et Leveau.

On doit savoir que Jupiter produit des perturbations considérables sur le mouvement et surtout sur l'orbite des comètes à courte période, aussi cette planète a-t-elle une influence considérable sur la marche de la comète de d'Arrest.

Un des exemlpes les plus frappants de ces perturbations est fourni par la comète dite de Lexell, qui, après avoir eu une durée de révolution de moins de 6 années, a été entraînée par Jupiter. Elle fut observée à l'œil nu en 1770, au mois de juin; mais alors qu'elle était à son aphélie, en 1779, la puissance de l'attraction de Jupiter suffit à changer entièrement son orbite, et Jupiter, qui l'avait dérobée aux espaces célestes, semble la leur avoir rendue.

COMÈTE DE TUTTLE. — Cet astre, qui a une durée de révolution de 13 ans 1/2 et a été découvert à Cambridge (États-Unis), le 4 janvier 1858, avait été vu par Méchain en 1790.

Son retour avait été calculé pour l'année 1871. M. Borelly l'a retrouvée dans la nuit du 12 au 13 octobre 1871, à Marseille, et a pu, à l'aide de ses observations, donner une heureuse confirmation des calculs qui avaient établi le retour de l'astre dont il s'agit.

COMÈTE DE WINNECKE. — Cet astre a une durée de révolution de cinq ans et demi environ et a été découvert, à l'Observatoire de Bonn le 8 mars 1858. Peu de temps après sa première observation, on put reconnaître son identité avec une comète observée en 1819 pour laquelle Encke avait calculé une durée de révolution presque absolument d'accord avec la durée réelle qu'on a observée. On suppose que cette comète est identique avec celles qu'on a aperçues en 1766 et en 1808.

On l'a revue en 1869, et c'est à cette époque que M. Wolf a pu

étudier son spectre. En 1875, à Marseille, Borelly ne l'aperçut que peu
de temps.

D'après l'étude spéciale qu'en fit Oppolzer, on est amené à conclure que les lois de Newton seules ne suffisent pas pour rendre
compte des observations, et que, dans ce cas encore, on doit recourir
à l'hypothèse d'un milieu résistant.

FIG. 65. — Comète de Halley.

COMÈTE DE HALLEY (fig. 65). — Le public veut qu'une comète
soit d'un aspect terrible, qu'elle ait une queue flamboyante traçant
dans le ciel un arc de feu ; il veut la voir pendant longtemps et avec
facilité ; sans quoi il laisse de côté cette blafarde nébulosité qui n'a
rien de terrible et qui suit sa route pâle et mélancolique. C'est le cas
de celle qui nous occupe.

Nous avons vu qu'E. Halley, capitaine de la marine anglaise, avait
le premier, en 1683, calculé l'orbite de la comète qui porte son nom

et en avait prédit le retour ; c'est dans une discussion sur ce travail que le mathématicien Clairaut dut au courage persévérant de M^me Le Paute de mener à bonne fin des calculs aussi complexes. Ces calculs sont si longs et si arides que Lalande ne put les achever sans y contracter une maladie chronique qui affaiblit son tempérament et hâta sa mort.

Pour donner une idée de la précision de ces travaux, pour l'apparition de 1835, il n'y eut qu'une différence de 9 heures entre l'observation et le calcul sur une durée de révolution de soixante-seize ans. Ce résultat analytique montre la perfection des procédés employés, et est dû à M. de Pontécoulant : Ces calculs nous apprennent que dans sa plus petite distance au Soleil (aphélie) elle en est éloignée de 19 000 000 de lieues, et que dans son périhélie, c'est-à-dire son plus grand éloignement, où elle arrive au bout de 38 ans environ, elle est à 1 200 000 000 de lieues du Soleil.

On peut se demander par quelles phases de chaleur et de froid extrêmes doit passer ce corps ; s'il est habité, les malheureux *Halleyens* doivent voir au périhélie le Soleil quatre fois plus gros que nous ne l'apercevons et dans leur aphélie treize cents fois plus petit qu'il ne nous paraît, c'est-à-dire qu'en supposant que les rayons solaires aient sur cette masse inconnue les mêmes effets qu'ils produisent sur notre globe, les malheureux habitants de cette comète ressentent à un point de leur orbite environ cinq mille fois plus de chaleur et de lumière qu'à l'extrémité opposée.

## COMÈTES DIVERSES

La magnifique comète de 1882 (fig. 66), qui commença à attirer l'attention du public le 18 et le 19 septembre avait été découverte à l'œil nu le 2 septembre à Auckland, le 4 à Cordoba (République Argentine), le 7 par Finlay au Cap, et ensuite par beaucoup d'autres personnes dans l'hémisphère austral.

Cette comète a non seulement, comme les grandes comètes de 1844 et de 1880, une très faible distance périhélie ; mais on peut constater que ses autres éléments ressemblent d'une manière singulière à ceux de ces deux astres.

On est amené à croire que ces trois comètes forment un système cométaire possédant la même origine. Les astronomes ont été cette fois-ci plus favorisés qu'en 1843 et 1880; dans ces apparitions il n'avaient pu observer les deux astres que dans une seule branche de leurs orbites. La comète de 1882 a pu être suffisamment étudiée et les astronomes du Cap ont été assez heureux pour pouvoir l'observer le 18 septembre jusqu'au moment de son entrée sur le disque solaire.

Les calculs semblent démontrer que si la comète a éprouvé des

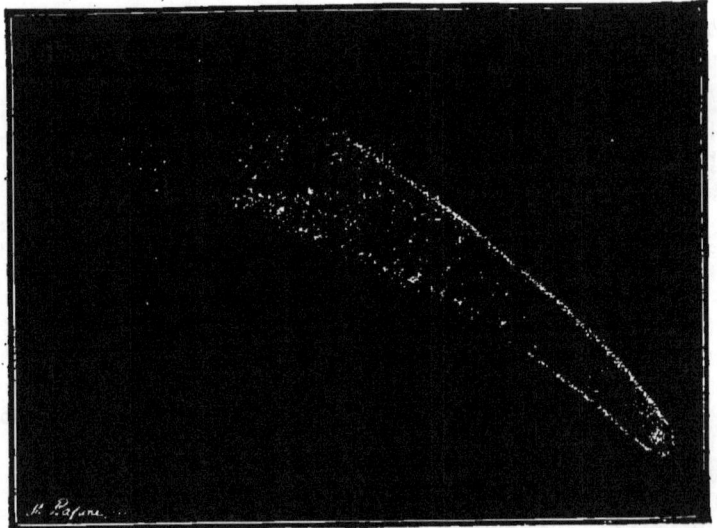

Fig. 66. — Grande comète de 1882.

perturbations pendant son passage à travers l'atmosphère solaire, ces perturbations doivent être très faibles.

A l'époque du passage au périhélie on a pu prendre quelques photographies de la comète. On a étudié son spectre en plein jour et on y a trouvé les raies du sodium qui devaient disparaître ensuite pour faire place aux raies du gaz oléfiant.

Le 9 octobre, M. Schmidt, à Athènes, a fait une importante découverte; il trouvait à 4° au sud-ouest de la comète une nébulosité très faible, très diffuse et très étendue, qui, tout en suivant la comète dans sa marche, avait un mouvement un peu plus rapide. Pendant trois jours consécutifs, il a pu observer cette nébulosité.

On a vu, au sud de la comète, d'autres masses cométaires. On a trouvé le 13 octobre, au sud de la comète, six à sept objets semblables.

J'aurais voulu rappeler brièvement à propos de la belle comète de 1680 les hypothèses qu'elle suggéra à Whiston, astronome et théologien.

Trouvant une période de 575[1] ans qui semblait correspondre à ses vues et remontant à travers les âges il finit par attribuer le déluge au choc de cette comète et de la Terre. Après avoir marqué aux yeux des hommes l'époque sanglante de la guerre de Troie, et la mort de Jules César, 45 ans avant Jésus-Christ, cette comète devait revenir un jour faire périr notre monde par le feu.

A côté de ces enfantillages, disons que c'est sur cette comète que Newton fit les calculs qui établissaient la théorie véritable des comètes, et voyez la bizarrerie de cette hypothèse, ce corps qui devait nous faire périr par le feu passa au périhélie le 8 décembre à 0,0062 de la distance du Soleil à la Terre et dut supporter une chaleur deux mille fois supérieure à celle du fer rouge pendant que le froid le plus insupportable nous glaçait sur notre globe.

Ce corps, fuyant avec la rapidité vertigineuse de plus de 500 000 mètres à la seconde, put passer presque contre le Soleil sans s'y volatiliser, sans même avoir été attiré par ce puissant foyer.

A propos de la chaleur du Soleil, je crois qu'il peut être de quelque intérêt de rappeler que les valeurs que lui assignent les astronomes sont fort différentes. Voici le tableau des températures proposées :

| | | | |
|---|---|---|---|
| Newton. . . . . . | 1 669 300° | Spœrer. . . . . | 27 000° |
| Pouillet. . . . . | 1 461 | H. Ste-Claire Deville. | 2 500 |
| Zöllner. . . . . | 102 000 | Soret. . . . . . | 5 801 846 |
| Secchi. . . . . | 5 344 840 | Vicaire. . . . . | 1 398 |
| Ericson. . . . . | 2 726 700 | Violle. . . . . | 1 500 |
| Fizeau. . . . . | 7 500 | Rossetti. . . . . | 20 000 |

D'après Helmholtz, le Soleil ne conserve plus que la 450e partie de sa chaleur primitive ; pour combler cette perte, on a proposé l'hypothèse des chutes d'astéroïdes ; ces corps venant de l'infini avec une vitesse de 444 kilomètres par seconde, produiraient autant de chaleur en tombant que celle qui serait développée par la combustion de 9000 fois leur poids de houille et entretiendraient la chaleur du

[1] D'après les calculs d'Encke, le temps véritable de la révolution de cette comète serait 8843 ans.

Soleil. Mais il en faudrait de grandes quantités et sa masse augmenterait rapidement, par suite, sa vitesse de rotation serait diminuée d'une heure en 53 ans, ce qui n'est pas.

M. Maxwell Hall propose la théorie suivante. Il suppose une contraction annuelle de 39 mètres sur le diamètre du Soleil; or, dans ce cas, il faudrait 18 263 ans pour que le Soleil diminuât de 1′ d'angle, diminution qu'il nous est même impossible de constater.

On reste stupéfait qu'une comète puisse passer auprès d'un astre aussi puissant sans paraître en être troublée alors que, loin du Soleil, certains de ces astres révèlent des modifications profondes.

L'étude des dédoublements remarqués chez certaines comètes a amené M. Hoek a établir sa théorie sur les systèmes de comètes; je vais en donner une rapide analyse.

Ce savant admet que l'orbite des comètes est de nature parabolique ou hyperbolique et que, dans le cas où elle devient elliptique, on doit en rechercher la cause dans les lois des attractions planétaires ou dans l'incertitude de nos observations. Admettre le contraire ferait croire que quelques comètes sont des membres permanents de notre système planétaire, qu'ils devraient y appartenir, depuis leur origine, et aussi affirmer la simultanéité de la naissance de ce système et de ces comètes. Pour lui, il leur attribue comme caractère distinctif une course vagabonde. En effet, dit-il, courant à travers l'espace elles se meuvent d'une étoile à l'autre pour fuir de nouveau jusqu'à ce qu'un obstacle les force à graviter dans sa sphère d'attraction. Un semblable obstacle a été Jupiter, dans le voisinage du Soleil, pour les comètes de Lexell et de Brorsen et très probablement pour un grand nombre de comètes périodiques.

Généralement, lorsque les comètes viennent à nous d'une étoile quelconque, l'attraction de notre Soleil change leur orbite, comme elle a déjà été modifiée lorsqu'elle a passé dans la sphère d'attraction d'autres étoiles. Nous pouvons donc nous proposer la question de savoir si les comètes vont seules dans l'espace ou forment des systèmes, et c'est sur ce point que le savant astronome présente la théorie suivante :

Il y a dans l'espace des systèmes de comètes qui ont été détournées par l'attraction de notre Soleil et dont les membres atteignent comme corps isolés le voisinage de notre Terre durant le cours de plusieurs années; c'est alors que, se basant sur l'intersection des orbites de ces comètes, M. Hoek prouve qu'elles sont parties d'un même point, à la même époque, animées de la même vitesse. Ce point d'intersection commun à trois orbites a encore d'après lui une autre signification; il croit qu'il y a de grandes probabilités pour que ce point soit placé sur la sphère dans le voisinage d'un foyer autour duquel les comètes faisaient leurs révolutions primitives, point focal probablement occupé par quelque étoile. Cette étude peut devenir fructueuse pour la science.

M. Hoek a donc déterminé un grand nombre de groupes de ces systèmes de comètes dont il a donné les coordonnées.

En développant ses idées, il arrive aux conclusions suivantes dont la valeur scientifique n'échappera à personne. Il pense que chaque étoile ou du moins plusieurs centres particuliers ont leur système propre de comètes, que l'influence attractive de l'une quelconque des planètes leur arrache parfois pour se les attacher temporairement.

Après ce court historique des principales comètes et des théories qu'elles ont suggérées, nous indiquerons, d'après l'*Annuaire du Bureau des longitudes,* les principaux éléments relatifs à ces corps.

| NUMÉROS | NOMS des comètes | Sens du mouvement | DURÉE des révolutions sidérales | ÉPOQUES des passages aux périhélies | DISTANCES périhélies | DISTANCES aphélies | EXCENTRICITÉ | INCLINAISON |
|---|---|---|---|---|---|---|---|---|
| | | | ans | | | | | ° |
| | | | | | h m | | | |
| 1 | Encke......... | D. | 3,307 | 1885. Mars 7.. | 15.49 | 0,342 | 4,097 | 0,846 | 12,53 |
| 2 | Tempel...... | D. | 5,209 | 1883. Nov. 20. | 4.16 | 1,345 | 4,665 | 0,552 | 12,45 |
| 3 | Tempel-Swift | D. | 5,446 | 1880. Nov. 8.. | 0. 4 | 1,067 | 5,127 | 0,655 | 6,23 |
| 4 | Brorsen...... | D | 5,462 | 1879. Mars 30. | 2. 0 | 0,590 | 5,613 | 0,810 | 29,23 |
| 5 | Winnecke. ... | D. | 5,730 | 1880. Déc. 4.. | 8.15 | 0,831 | 5 573 | 0,741 | 11,17 |
| 6 | Tempel...... | D. | 6,507 | 1885 Sept. 25. | 17.37 | 2,073 | 4,897 | 0,405 | 10,50 |
| 7 | Biéla ¹....... | D. | 6,587 | 1852. Sept. 23 | 17.14 | 0,860 | 6,167 | 0,755 | 12,33 |
| | Biéla ²....... | D. | 6,629 | 1852. Sept. 22. | 22 51 | 0,860 | 6,197 | 0,755 | 12,34 |
| 8 | D'Arrest..... | D. | 6,686 | 1884. Janv. 13. | 14. 0 | 1,326 | 5,772 | 0,626 | 15,42 |
| 9 | Faye..... ... | D. | 7,566 | 1881. Janv. 22. | 16 7 | 1,738 | 5,970 | 0,549 | 11,20 |
| 10 | Tuttle....... | D. | 13,76 | 1885. Sept. 11. | 3.35 | 1,024 | 10,459 | 0,821 | 55,14 |
| 11 | Pons-Brooks . | D. | 71,48 | 1884. Janv. 25. | 19. 3 | 0,775 | 33,671 | 0,955 | 74, 3 |
| 12 | Halley....... | R. | 76,37 | 1835. Nov. 15. | 0.15 | 0,589 | 35,411 | 0,967 | 17,45 |

¹ 1ᵉʳ noyau, plus boréal. — 2ᵉ noyau, plus austral.

## COMPOSITION CHIMIQUE DES COMÈTES

Avant de terminer le sujet qui nous occupe, nous devons ajouter quelques mots sur les observations spectroscopiques des comètes.

On se rappellera ce que nous avons dit au sujet du spectre des nébuleuses; en effet, la ténuité de la matière cométaire semble établir un trait de ressemblance entre ces astres et les nébuleuses.

Leur déplacement, que l'on peut constater, constitue seul leur différence, car elles nous apparaissent souvent sous des formes rondes peu lumineuses, d'aspect absolument nébuleux.

Les études d'analyse spectrale auxquelles ont été soumises les comètes ont prouvé que ces astres, bien qu'ils nous renvoient une partie de la lumière qu'ils reçoivent du Soleil, ont une lumière propre. C'est cette lumière qui forme dans les spectres cométaires les bandes continues sur lequelles se détachent les bandes brillantes du spectre des comètes.

En 1866, Donati et Huggins avaient cru pouvoir conclure de leurs observations que la matière cométaire et la matière nébuleuse étaient identiques; cette matière, ainsi que nous l'avons vu plus haut, ne pouvait être que de l'azote et une matière plus élémentaire.

Les études du P. Secchi semblaient dès cette époque infirmer ce résultat.

Depuis, M. Huggins, poursuivant ses recherches, a étudié, entre autres comètes, celles de 1866, 1870, 1871, 1873, 1874, etc.

Il a constaté que le spectre de la comète de 1868 II (Winnecke) était composé de trois raies brillantes et rappelait celui du carbone brûlé en faisant passer l'étincelle électrique dans un tube contenant du gaz oléfiant. L'observation de la comète 1868 I (Brorsen) ne donnait pas la même disposition dans les zones brillantes.

Dans la majorité des cas, on distingue trois raies brillantes, une jaune, une verte et une bleue, la verte étant de beaucoup la plus intense.

Les spectres des comètes sont caractérisés par trois bandes lumineuses dégradées vers le violet, et d'une analogie certaine avec le spectre du carbone, ou mieux, les bandes spectrales des comètes sont comparables à celles qui sont observées dans l'étude spectroscopique de la lumière émise par l'hydrogène carboné lorsqu'on la fait jaillir au travers de l'étincelle d'induction. La photographie a confirmé ces faits.

On a donc identifié le spectre des comètes à celui de l'hydrogène carboné; quelques observateurs croient même qu'il est légèrement modifié par les bandes de l'oxyde de carbone et du cyanogène.

M. N. C. Duner[1] a donné des observations sur la présence du sodium dans la comète Wells (1882).

Quand Donati, en 1867, eut donné l'idée d'observer une comète au spectroscope, la lumière de toutes les comètes, suffisamment brillantes, fut observée de cette façon.

Partout, jusqu'à présent, on avait constaté une unifor-

---

[1] *Revue des spectroscopistes italiens*, une des publications scientifiques les plus intéressantes, qui paraît sous l'habile direction de M. Tacchini.

mité surprenante caractérisée par trois bandes lumineuses vers le violet. On avait identifié leur nature à celle de
l'hydrogène carboné, légèrement modifié par de l'oxyde
de carbone, suivant quelques savants. Vingt comètes
soumises à ce procédé d'investigation avaient donné des
résultats d'une uniformité surprenante.

Malgré cela, M. Brédichin, directeur de l'Observatoire
de Moscou, émit l'opinion qu'il pouvait, y avoir des
comètes d'une composition chimique différente. On sait
que ce savant avait basé ces déterminations de la matière
cométaire sur les courbures des queues des comètes.
Cette hypothèse n'était appuyée sur aucune observation,
et se trouvait contredite au contraire, car on n'avait jusqu'alors reconnu qu'un type de spectre.

M. Duner, par sa découverte de la vapeur du sodium
dans le noyau et dans la tête de la comète de Wells,
ouvrit une voie nouvelle, et consacra par l'observation
la théorie de M. Brédichin.

Le docteur Huggins a obtenu le spectre photographique
de cette comète, après une exposition de une heure un
quart; le spectre α de la Grande Ourse a été pris sur la
même plaque, comme spectre de comparaison.

Les observations du spectre visible sur la photographie
ont démontré que cette comète s'éloigne du type spectral
des comètes d'hydrogène carboné qui ont été observées
auparavant. Cette anomalie se produit dans la partie la
plus réfrangible du spectre.

Dans le spectre visible, la raie brillante du sodium
s'est présentée avec une remarquable intensité.

Le professeur A. Herschel et le docteur V. Konkoly
avaient déjà indiqué que les spectres des anneaux météo-
riques changeaient avec les essaims.

Si l'on en croit le P. Secchi, la matière cométaire serait
un composé oxygéné, de la nature de l'oxyde de carbone ou de l'acide carbonique, ce qui s'accorde avec ce
que nous venons de dire.

On peut conclure de ce qui précède que la constitution
intime des comètes, qui tout d'abord s'était fort rapprochée de celle des nébuleuses, s'en écarte tout à fait à la
suite d'une étude sérieuse des spectres de ces deux
corps.

# CHAPITRE XV

## LES ÉTOILES FILANTES

### LES ANCIENNES CROYANCES

L'apparition des étoiles filantes annonçait à nos ancêtres la mort d'un grand personnage ou tout au moins un malheur, car on les confondait avec les comètes dans les funestes présages : aussi les chroniques sont-elles remplies d'indications sur ce phénomène ; c'est même à cause de leur trop grand nombre qu'elles sont moins certaines car, ainsi que le dit Lubienietz dans sa *Cométographie*, tel événement s'est présenté, *donc* il a dû apparaître une comète vers ce temps. Les savants modernes ont fait justice de ces croyances et trouvent ridicule le désespoir du cométographe qui se lamente de ne pouvoir trouver de comètes pendant dix-sept années environ pour annoncer les grands événements qui s'étaient déroulés pendant ce laps de temps.

La façon dont les auteurs les dépeignent varie tellement que l'on a peine à y découvrir la description d'un phénomène astronomique. Tantôt ce sont des signes qui ont paru au ciel, des croix ont été vues, une armée de combattants a été signalée, une flotte a été aperçue (fig. 67).

On voit quelle faible confiance on peut accorder au témoignage de semblables observateurs.

La Chine est pour nous une source sûre, car, d'après les prescriptions du *Tribunal scientifique*, les observateurs chinois devaient être continuellement à leur poste,

FIG. 67. — Ce qu'on croyait voir dans le ciel au XVIᵉ siècle.

formant un corps régulier et scientifiquement constitué, dont les infractions, même les plus légères, étaient punies de mort. E. Biot, à qui nous devons la traduction des Annales de ce pays, nous donne l'explication de la longue suite d'observations qu'on y a faites. « Leur conservation (des documents qu'il présente) dérive, non pas seulement d'un souvenir assez vague, comme dans les chroniques du Moyen Age, mais d'une institution spéciale établie en Chine depuis l'antiquité. En effet, depuis plusieurs siècles avant l'ère chrétienne, les Chinois ont attribué à divers groupes stellaires une influence directe sur les diverses provinces de leur pays. »

Pour les observations tirées des ouvrages du Moyen Age une apparition bien constatée est rapportée par Wil- ken dans l'*Histoire des croisades.*

« Déjà avant le concile de Clermont les étoiles avaient annoncé le mouvement de la chrétienté, car d'innom- brables yeux les virent en France, le 25 avril 1095, tomber du ciel aussi pressées que la grêle. »

On aperçoit des étoiles filantes en tout temps, et même, si le Soleil n'empêchait de les voir, on en distinguerait en plein jour ; on comprendra donc que, dans un espace de quarante siècles environ, on puisse retrouver une grande quantité d'indications sur ce phénomène ; néanmoins, le seul point important de ces recherches consiste à cons- tater la périodicité des essaims connus.

Les savants ont cherché l'explication du phénomène qui nous occupe, et diverses théories ont pris jour.

Les uns y ont vu le produit d'éruptions volcaniques qui auraient lieu dans la Lune ; d'autres, des traînées de gaz enflammé ; d'autres encore, des vapeurs métalliques condensées dans les régions supérieures de l'atmosphère et rendues lumineuses par le frottement sur l'air qui suit le mouvement de la Terre.

Les étoiles filantes ne sont pas circonscrites à certaines époques, on les aperçoit en tout temps ; mais les chutes éprouvent certaines fluctuations, des accroissements et des diminutions se produisant à des époques sensible- ment fixes. Les *maxima* varient tous les ans d'intensité, et on a tout lieu de croire qu'ils reviennent périodiquement tous les 33 à 34 ans pour l'essaim de novembre, d'après la remarque d'Olbers.

Toutefois le maximum de novembre semble depuis 1833 à peu près interrompu, tandis que celui d'août revient périodiquement.

Mentionnons en passant l'origine que Plutarque assignait aux étoiles filantes et qui se rapproche singulièrement des théories modernes.

« Quelques philosophes pensent que les étoiles filantes ne proviennent pas de parties détachées de l'éther qui viendraient s'éteindre dans l'air, aussitôt après s'être enflammées ; elles ne naissent pas davantage de la combustion de l'air qui se dissout en grande quantité dans les régions supérieures ; *ce sont plutôt des corps célestes qui tombent.* »

## LES OPINIONS MODERNES

C'est à Chladni que l'on doit les premières cartes ainsi que le catalogue de ces phénomènes ; il est aussi le premier qui nous en ait donné une théorie systématique et rationnelle. A un autre point de vue, M. Coulvier-Gravier, cet infatigable chercheur, qui pendant cinquante ans a suivi ces phénomènes pour en tirer des lois météorologiques, doit être cité.

L'opinion générale est que les étoiles filantes sont des corps de petites dimensions qui, sous l'influence de l'attraction, circulent entre les planètes comme des planètes elles-mêmes. Quand ces corps traversent notre atmosphère, le frottement développe une chaleur considérable qui les embrase et les consume entièrement, le plus souvent avant qu'ils aient atteint notre sol. Tant qu'ils n'ont pas touché la Terre, on les appelle *étoiles filantes* et *bolides*, et quand ces corps arrivent sur notre globe ils prennent le nom d'*aérolithes* (fig. 67).

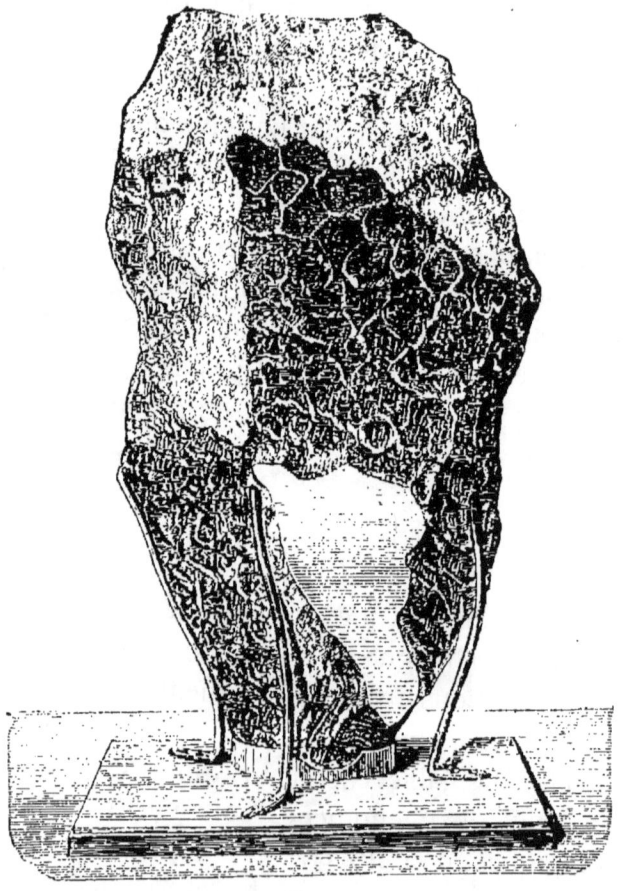

Fig. 68. — Aérolithe de fer météorique pesant 780 kilogrammes, tombé à Chierras, près de San Luis de Potosi, au Mexique *(Muséum d'histoire naturelle)*.

La seconde partie de cette opinion peut être très fortement contestée; en effet, la hauteur de l'atmosphère la plus communément admise est celle qui a été déterminée par l'observation des phénomènes crépusculaires et d'après les calculs de Biot.

Voici les différentes valeurs qui en ont été données :

| | |
|---|---:|
| Par le premier procédé environ. . . . . . . . . | 72 000$^m$ |
| A l'aide de déduction des expériences de la machine | |
| pneumatique. . . . . . . . . . . . | 70 000 |
| | 800 000 |
| Mairan lui donnait. . . . . . . . . . . | 47 000 |
| Biot ne trouvait que. . . . . . . . . . | 43 000 |
| Et de Humboldt et Boussingault. . . . . . . | |

Quant aux hauteurs des étoiles filantes observées elles sont :

| | MINIMUM | MAXIMUM | MOYENNE |
|---|---:|---:|---:|
| Pour Brandes et Bezenberg en 1798. . . | 9 700$^m$ | 226 000$^m$ | 68 000$^m$ |
| — Brandes en 1823. . . . . . . . | 24 000 | 740 000 | 96 500 |
| — Wartmann en 1838, 10 août. . . . | » | » | 885 000 |

Ainsi, sauf pour la détermination de Mairan, toutes les hauteurs moyennes des étoiles filantes dépassent de beaucoup la hauteur de notre atmosphère. C'est le cas de rappeler ici l'opinion émise par Poisson, opinion sur laquelle du reste nous reviendrons.

L'inflammation des bolides et étoiles filantes est due, d'après lui, aux causes suivantes : à une distance de la Terre où la densité de l'atmosphère est tout à fait insensible; il serait difficile d'attribuer, comme on le fait, l'incandescence des *aérolithes* à un frottement contre les molécules d'air. Ne pourrait-on pas supposer que le fluide électrique, à l'état neutre, forme une sorte d'atmosphère qui s'étend beaucoup au delà de la masse d'air qui est soumise à l'attraction de la Terre, et qui suit, quoique physiquement impondérable, notre globe dans ses mouvements. Dans cette hypothèse les corps dont il s'agit, en entrant dans cette atmosphère impondérable, décomposeraient le fluide neutre par leur action inégale sur les deux électricités, et ce serait en s'électrisant qu'ils s'échaufferaient et deviendraient incandescents.

## LA HAUTEUR DES ÉTOILES FILANTES

M. Alex. Herschel, qui a réuni les observations de 1798 à 1863, a trouvé pour la hauteur des étoiles filantes au-dessus de la Terre :

Au commencement de son apparition (178 observations). . 113$^{km}$
A la fin (210 observations). . . . . . . . . . . . . 87

M. Newton, de New Haven :

Au commencement (234 observations). . . . . . . . 118
A la fin (290 observations). . . . . . . . . . . . . 81

Le P. Secchi :

Au commencement (27 observations). . . . . . . . 120
A la fin. . . . . . . . . . . . . . . . . . . 80

Néanmoins, ces hauteurs paraissent généralement plus fortes que la moyenne observée, sauf pour l'observation du 10 août 1837 de Berlin et Breslau qui donne les plus grandes hauteurs connues, soit 942 kilomètres et 699 kilomètres.

Quant à la vitesse de translation, elle varie de 16 à 48 kilomètres. Comme la rapidité du phénomène ne permettait pas de déterminer dans un temps appréciable un arc de l'orbite suffisant pour en déterminer les éléments, on s'est servi des retours périodiques constatés par Brandes et Olbers.

Ainsi que nous l'avons dit plus haut, certains savants, entre autres Laplace, Berzélius et plusieurs autres chimistes, étaient partisans de la théorie des volcans lunaires.

Bezenberg, qui partageait ces idées, fait le calcul suivant :

En admettant que les aérolithes aient un pied de diamètre, et divisant la capacité d'un cratère par le volume d'une des pierres qui en est sortie, on aura la quantité des pierres sorties du cratère.

Il a fait ses calculs d'après les dimensions de sept cratères de la Lune données par Littrow; en les supposant vidés par l'expulsion des pierres; il est arrivé aux résultats suivants :

| CRATÈRES | NOMBRE DE PIERRES PROJETÉES |
|---|---|
| De Lambert. . . . . | 103 billions 680 millions |
| D'Euler. . . . . . | 103 — 680 — |
| D'Antolius. . . . . | 103 — 680 — |
| D'Eudoxe. . . . . | 50 688 — 000 — |
| De Pithéas. . . . . | 50 688 — 000 — |
| D'Hélicon. . . . . | 33 696 — 000 — |
| De Bernouilli. . . . | 20 736 — 000 — |
| | 156 119 billions 040 millions |

Vingt-huit cratères ont été mesurés et ont des profondeurs considérables, tels que celui de Newton dont le fond n'est jamais entièrement éclairé par le Soleil. Comme il y a au moins cent cratères, un nombre incalculable de pierres nous auraient été lancées par la Lune. C'est ici le cas de rappeler l'heureuse expression de Lichtenberg qui considérait la Lune comme un voisin malhonnête qui nous jette des pierres.

Arago a calculé qu'une force imprimant au mobile une vitesse de 2$^{km}$,500 par seconde suffirait pour faire parvenir ces corps dans la sphère d'attraction de la Terre, et cette vitesse, quelque grande qu'elle paraisse, reste dans la limite des forces de projection de nos volcans terrestres.

En admettant que les volcans de la Lune soient encore en activité, cette théorie pourrait rendre compte des étoiles filantes sporadiques, mais non des essaims périodiques.

On pourrait admettre que ces pierres sont de la nature

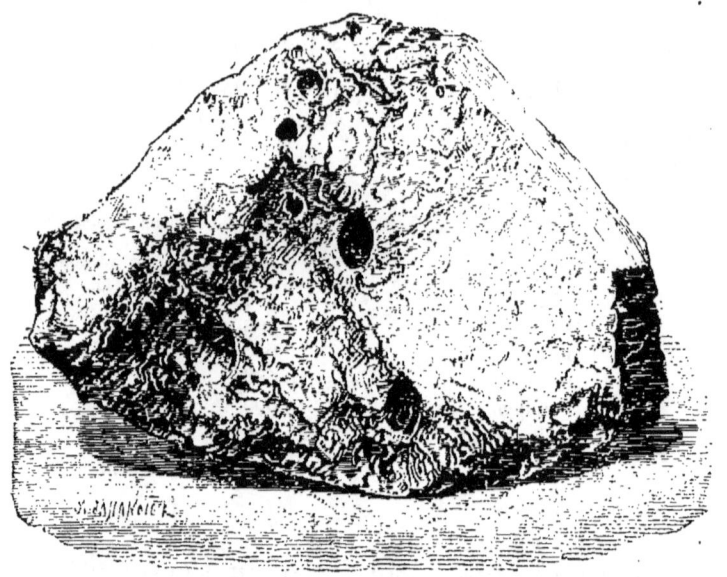

Fig. 69. — Aérolithe de fer météorique pesant 591 kilogrammes, tombé à Caille près de Grasse (Alpes-Maritimes) *(Muséum d'histoire naturelle)*.

de ces aérolithes qu'on a recueillis dans de nombreuses circonstances et dont nous donnons ci-dessus un second spécimen (fig. 69).

### HYPOTHÈSES

Nous allons examiner les idées émises par MM. Schiaparelli et Le Verrier, qui rallient le plus grand nombre de suffrages. Les deux savants présentèrent leurs hypothèses presque en même temps, néanmoins il fut reconnu que la priorité appartenait au savant italien et elle fut consacrée par le grand prix d'astronomie de fondation

Lalande que lui décerna l'Académie des sciences. Voici comment M. Le Verrier développa sa théorie à la séance du 21 janvier 1867.

« Le mouvement des météores autour du Soleil est rétrograde, comment ces corps feraient-ils partie de la nébuleuse dont sont sorties nos planètes ? D'après neuf cents années d'observations, on a déterminé un flux d'étoiles filantes tous les trente-trois ans et demi entre les deux maxima de novembre.

« La discontinuité du phénomène prouve qu'il n'est pas dû à un anneau d'astéroïdes que la Terre rencontrerait, comme cela a peut-être lieu en août, mais bien l'existence d'un essaim de corpuscules se mouvant dans des orbites très voisines les unes des autres et qui, à notre époque, vient couper l'écliptique vers le 13 novembre.

« Ils n'ont pas toujours rencontré l'écliptique à cette date, car le point où leur orbite rencontre l'orbite de la Terre a un mouvement propre et direct de 0',874 par année. Ce mouvement serait produit par l'action de la Terre, ce qui n'a rien d'impossible : on sait en effet que les astéroïdes de novembre divergent en venant d'un point de la constellation du Lion située par 142° de longitude et 8°,30, de latitude ; leur mouvement dans l'orbite étant rétrograde, le déplacement du nœud dû à l'action de la Terre doit être direct. L'essaim des corps qui produit ce phénomène est d'une longueur assez notable ; de plus, il doit être considéré comme étant venu après coup dans la partie du ciel qu'il parcourt actuellement.

« L'action d'Uranus aura changé inégalement les vitesses absolues des corpuscules ; et cette action surpassant l'attraction résultant de leur masse totale, l'essaim se sera désagrégé en s'étendant sur la périphérie de l'ellipse. Il y a lieu de croire que l'essaim de novembre nous vient des profondeurs de l'espace et que, dans l'intervalle de chacune des périodes, il retourne vers les planètes supérieures. »

Considérant l'essaim comme un corps céleste qui circule dans une orbite de 33 ans 1/4, M. Le Verrier a donné ses principaux éléments, qui sont presque identiques à ceux de la comète de 1866, ainsi que le fit observer M. Peters fils.

| | ESSAIM | COMÈTE DE TEMPEL 1866 |
|---|---|---|
| Durée de révolution. | 33ᵃ25 | 33ᵃ18 |
| Demi grand axe.. | 10°34′ | 10°32′ |
| Excentricité. | 0,904 | 0,905 |
| Distance périhélie. | 0,989 | 0,977 |
| Inclinaison de l'orbite. | 14°31′ | 17°18′ |
| Longitude du ☊. | 51°18′ | 51°26′ |
| Sens du mouvement. | Rétrograde | Rétrograde. |

La différence des théories de Schiaparelli et Le Verrier tient à ce que celui-ci croit que l'essaim a été attiré par Saturne ou Jupiter.

Tous les phénomènes observés s'expliquent par la présence d'un essaim globulaire jeté par la planète Uranus dans notre système, l'an 126 de notre ère.

Pour les périodiques d'août une pareille concordance a été trouvée par Schiaparelli.

| | ESSAIM | COMÈTE DE 1862 III |
|---|---|---|
| Longitude du périhélie. | 343°38′ | 344°41′ |
| Longitude du ☊. | 138°16′ | 137°27′ |
| Inclinaison. | 64°5′ | 66°25′ |
| Distance périhélie. | 0,9643 | 0,9626 |
| Sens du mouvement. | Rétrograde | Rétrograde |

Il convient d'indiquer ici l'explication de l'anneau d'août qui a été proposée par M. Faye :

« Supposons qu'il existe dans les espaces planétaires une sorte d'anneau large et épais formé d'un nombre

infini de petits corps circulant tous ensemble autour du
Soleil, et imaginons que cet anneau coupe l'écliptique
à peu de distance d'une région où la Terre doit passer.
Lorsque la Terre parvient dans le voisinage de cette
région, — et cela arrive une fois par an, — elle attire à
elle une grande quantité de ces petits corps ou astéroïdes
dont nous venons de parler. Ces petits corps deviennent
satellites de la Terre et se mettent à tourner autour d'elle,
mais un grand nombre d'entre eux continuant à suivre
l'impulsion qu'ils ont reçue, se rapprochent de la Terre
qui les attire, entrent dans son atmosphère, s'y enflamment et forment la pluie d'étoiles filantes qui revient périodiquement le 10 août, époque où la Terre a passé dans
le voisinage de l'anneau. Ceux de ces petits satellites qui
ne tombent pas immédiatement, retenus plus longtemps
dans l'espace par leur poids ou par l'influence de la
Lune, continuent à circuler autour de la Terre jusqu'à
ce qu'une cause quelconque en détermine la chute. Tous
les jours il en tombe quelques-unes : ce sont les étoiles
filantes sporadiques. Chaque année, au 10 août, la provi-
sion s'en renouvelle. »

Pour les essaims du 10 décembre on trouva la concordance de la comète de Biéla, et pour l'essaim d'avril celle
de la comète de 1861.

Ajoutons que, d'après les recherches de Kirkwood, les
comètes de 1812 et 1846 sont entrées dans notre système par l'attraction de Neptune près duquel elles ont
passé vers l'an 695 avant notre ère, formant leur premier
aphélie par 272°.

Notons en passant que l'on doit reporter à Chladni
l'honneur d'avoir eu le premier l'idée de rattacher les

comètes aux étoiles filantes. Nous extrayons de l'*An-nuaire du bureau des longitudes* un excellent résumé, qui complète ce que nous venons de dire au sujet des relations qui lient les étoiles filantes et les comètes.

Les points de divergence ou les points radiants indiquent, dans l'espace, le centre d'une petite région d'où paraissent se répandre sous la voûte céleste, périodiquement à certaines époques de l'année, des essaims de météores.

Dans chaque nuit de l'année, on peut, d'après les données fournies, évaluer, *grosso modo*, à environ six ou sept le nombre des points radiants qui apparaissent dans les diverses constellations du ciel, mais pour la plus grande partie de ces lieux on ne possède que des indications très vagues sur la position.

La quantité des météores appartenant à une même source et la durée de l'émanation sont très variables; pour quelques-unes, elle atteint à peine quelques heures; pour d'autres elle se prolonge au delà de quelques semaines, et les divers corpuscules d'un même flux sillonnent le ciel dans toutes les directions et s'éteignent après une courte visibilité à une distance plus ou moins considérable du point de départ (fig. 70).

## LES POINTS RADIANTS

I. *Janvier 2 à 3*. — Essaim peu considérable mais bien caractérisé.

II. *Avril 12 à 13*. — Courant qui paraît avoir la même origine que le suivant.

III. *Avril 19 à 23*. — Flux considérable d'étoiles

filantes qui a provoqué plusieurs fois de nombreuses

Fig. 70. — Chute d'étoiles filantes, vue prise à Biarritz.

chutes de météores. Les Annales chinoises fournissent
déjà, plusieurs siècles avant notre ère, des renseigne-

ments sur ce phénomène intéressant. Les points radiants qui se manifestent simultanément sont au nombre de dix ou quinze.

IV. *Juillet 26 à 29.* — Riche courant de météores avec centres d'émanation répandus sur toutes les parties de la sphère céleste. Dans nos latitudes aucune de ces sources ne se distingue d'une manière particulière ; mais les habitants de l'hémisphère austral aperçoivent un point radiant d'où se sont répandus dans l'espace, en 1840 et en 1865, une multitude de projectiles lumineux.

V. *Août 9 à 14.* — Durant cette période apparaît le riche essaim de corpuscules qui porte le nom de *courant de Laurentius*. Le nombre des points de divergence visibles est très élevé et atteint, selon J.-J. Schmidt, le chiffre de 40 ; ce flux de météores est en connexion avec la comète III de 1862.

VI. *Octobre 19 à 25.* — Dans ce laps de temps se sont produites, pendant plusieurs années, des averses d'étoiles filantes arrivant de plusieurs points radiants.

VII. *Novembre 13 et 14.* — Dans cet intervalle apparaît l'essaim si connu des Léonides, qui circule dans l'orbite de la comète I de 1866. Le nombre des météores aperçus devient un maximum après des périodes successives distantes les unes des autres d'environ 33 ans.

VIII. *Novembre 27 à 29.* — La ligne qui renferme la région d'émanation est très irrégulière ; cet essaim qui est en connexion avec la comète Biéla-Gambart, a donné lieu, en 1872, à un grand flux d'étoiles.

IX. *Décembre 6 à 13.* — Le courant de décembre ne renferme pas généralement beaucoup de ces corpuscules ; mais ce phénomène présente néanmoins un intérêt tout spécial : il y a eu à cette époque, dans le passé, des pluies d'étoiles d'une intensité exceptionnelle. Il existe plusieurs points radiants.

. Ed. Biot, en compulsant les Annales chinoises dont il a tiré le catalogue de plus de 1300 positions pour les années 960 à 1275, a prouvé par les résultats, qu'il existe deux maxima dans l'apparition du phénomène (18-27 juillet [julien] et 11-20 octobre) et deux minima (4 avril et 19-24 janvier) dans le rapport de 3 à 1.

Il résulte des observations qu'il y a plus d'étoiles filantes lorsque la Terre va de l'aphélie au périhélie ou du solstice d'été au solstice d'hiver, que du périhélie à l'aphélie, résultat confirmé par les bolides et les aérolithes.

Plusieurs observateurs italiens, et récemment V. Littrow, ont cherché à déterminer la différence des longitudes de deux stations à l'aide des étoiles filantes. Brandes et Bezenberg ont pu rectifier par cette méthode une erreur de 1,5 mille sur la carte de Silésie.

Il est inutile d'insister sur l'importance de l'étude des étoiles filantes, étude des plus simples ; car, pour en faire l'observation, il suffit de noter l'heure exacte de l'apparition de chaque étoile, principalement à la fin de sa course, et la direction de son mouvement à travers les constellations.

# CHAPITRE XVI

## OBSERVATIONS A TENTER

### EN DEHORS DES OBSERVATOIRES PUBLICS

#### LES OBSERVATIONS D'AMATEURS

Le champ des observations est tellement vaste, et les nuits sereines ou partiellement étoilées sont tellement rares (un observateur assidu, Herschel, qui travaillait loin des villes, estimait qu'il est difficile de trouver dans tout le cours d'une année cent heures d'observations véritablement bonnes), que les observatoires les mieux montés ne peuvent suffire aux travaux multiples que le ciel présente aux astronomes.

Le but de ces établissements est de déterminer, à l'aide de puissants instruments, les mesures précises qui forment la base de l'astronomie et dont l'exactitude et l'utilité ne pourront être constatées que dans un lointain avenir.

La carrière reste ouverte à tous, et la patience, la persévérance, l'esprit de méthode aidant, toutes les observations amènent un résultat nouveau, des déductions intéressantes.

C'est une erreur, malheureusement trop accréditée, de croire qu'il est nécessaire, pour faire des observations astronomiques, de disposer de grandes ressources. On ignore généralement à quels puissants résultats peuvent conduire les observations isolées d'un homme qui a le rare courage de réunir la persévérance à l'esprit de méthode.

M. Siméon Newcomb s'exprimait ainsi au sujet des observatoires publics :

« Depuis l'érection de l'observatoire d'Uranibourg par Tycho-Brahé, l'existence de spacieux établissements a toujours paru indispensable aux études astronomiques. Lorsqu'un prince a voulu être considéré comme un protecteur éclairé de l'astronomie, il s'est empressé de faire construire un monument proportionné à la grandeur de son ambition, l'a garni des instruments les plus perfectionnés, et s'est ensuite reposé dans la certitude d'avoir bien mérité de la science. »

Il n'en est pas ainsi maintenant, puisqu'il est question au contraire de transformer les observatoires, et de les établir d'après des plans plus modestes et mieux appropriés à leur destination.

L'Observatoire de Paris ne sert que de bureau de calcul et de laboratoire de physique; les observations principales sont faites dans le jardin ou sous des constructions d'une extrême simplicité.

Hæckel a rendu plaisamment cette pensée, quand il a dit que la somme des recherches originales produites par un établissement scientifique était presque toujours inversement proportionnelle à sa grandeur.

## LE RÔLE DE L'ASTRONOME AMATEUR

Considérons un instant le rôle de l'astronome amateur dans la science. Tout d'abord, loin du monde scientifique officiel, il y touche cependant par ses travaux et
en obtient la récompense; mais, dégagé de la lutte quoti-
dienne, il est à l'abri des sentiments trop humains qui
divisent les astronomes aussi bien que les autres hommes.

On me demandait, il y a quelques temps, quels services
un astronome amateur pouvait rendre. Quels services,
grand Dieu ! Il suffit de jeter un coup d'œil sur l'histoire
des sciences et on s'apercevra vite de l'influence de ces
observations isolées provenant des études diverses tentées par des savants amateurs, c'est-à-dire en dehors des
observatoires publics.

Copernic, auquel nous devons le véritable système du
monde, était un amateur; Newton, l'immortel inventeur
de la gravitation universelle, l'était également. Un autre
amateur, le musicien Herschel, s'est érigé en réforma-
teur de la science et lui a fait accomplir un pas gigantesque, tant par ses nombreuses observations que par ses
procédés de construction.

Le Verrier dirigeait la manufacture des tabacs, quand,
sur les conseils d'Arago, il commença à se livrer à l'étude
de la planète Neptune. C'était donc encore un illustre
amateur.

Lord Rosse qui découvrit tant de nébuleuses dans
son immense télescope; Dombowski et Burnham, deux
infatigables chercheurs dont les travaux sur les étoiles
doubles sont connus de tous les savants, n'étaient pas
plus des astronomes officiels.

Lalande, qui a fait, à l'École militaire, l'étude de 50 000 étoiles, formant l'un des plus beaux catalogues que l'on ait conservés, était encore un amateur.

M. Janssen, quand il a fait connaître le moyen d'observer les protubérances solaires sans être obligé d'attendre les éclipses, Carrington et Warren de la Rüe, quand ils ont publié leurs admirables observations du Soleil, étaient toujours des amateurs.

Nous devons signaler encore : Goldschmitt, un peintre qui avait son atelier à Paris, et découvrit avec une faible lunette 14 petites planètes ; le docteur Lescarbault, le savant médecin d'Orgères, qui, à l'aide d'un outillage rudimentaire, observa pendant vingt années avant de découvrir Vulcain et trouva la juste récompense de ses travaux dans la décoration de la Légion d'honneur, si bien méritée par sa persévérance.

Tous les observateurs d'étoiles filantes, Coulvier-Gravier en tête, ceux qui ont étudié les comètes comme Pingré, qui les ont découvertes comme Biéla, Pons, ont vu leur nom attaché à la découverte qu'ils avaient faite et la science a conservé à tout jamais leur mémoire.

Mais le plus beau trait nous est fourni par un obscur conseiller d'État de Dessau, Schwabe, qui, pendant trente années, continua d'envoyer ses observations des taches du Soleil au journal de Schumacher. Pendant tout ce temps, il ne reçut jamais un encouragement, car le monde scientifique jugeait ses travaux inutiles. Ce n'est que vers la fin de sa vie qu'un revirement complet s'opéra dans l'esprit des astronomes et que l'immense quantité d'observations qu'il avait accumulée fut estimée à sa valeur.

Et combien d'amateurs ne figurent pas sur cette liste déjà longue dont les travaux sont connus.

ORGANISATION D'UN OBSERVATOIRE D'AMATEUR

Deux instruments suffisent à un observatoire d'amateur : l'un sert à donner l'heure, l'autre à faire des recher-

Fig. 71. — Observatoire d'amateur. Instrument méridien.

ches dans le ciel ; ces deux instruments peuvent même se combiner en un seul.

Les recherches astronomiques qui exigent des instruments sont de deux espèces : 1° les unes consistent dans la détermination exacte de la position absolue des corps célestes à différentes époques, pour fournir les nombres nécessaires au calcul de leur mouvement et à l'étude des

Fig. 72. — Observatoire d'amateur. Lunette montée équatorialement.

lois qui les régissent ; 2° les autres consistent dans l'étude des corps célestes complétée par des mesures micrométriques.

Pour la détermination exacte de la position absolue d'un corps céleste, un instrument méridien, tel que le représente la figure 71, est le plus convenable. La lunette méridienne M et le cercle C, par une seule observation, donnent l'ascension droite d'un astre, d'où l'on déduit l'heure, et ensuite sa hauteur méridienne. Comme tous les corps célestes qui sont visibles au-dessus de l'horizon d'un pays quelconque doivent aussi passer par le méridien, quelle que soit leur hauteur, l'heure de leur passage s'observe à la lunette M, à l'aide de la pendule sidérale S, et leur hauteur au moyen du cercle C, sur lequel se lisent les degrés, minutes et secondes.

Cet instrument est porté par deux piliers P, P'. Ces deux piliers doivent être faits en briques recouvertes de ciment, et entièrement séparés du sol. Quant à la stabilité, point essentiel, il ne faut pas trop s'en préoccuper : il n'y a point de stabilité réelle ou absolue même dans les plus grands observatoires, et il faut toujours vérifier la position des instruments plusieurs fois par jour en appliquant aux observations les corrections qui y sont propres.

Les accessoires nécessaires sont : une pendule S placée près de l'observateur, qui marque la seconde exactement pendant un certain nombre d'heures; les observations d'étoiles ou passages au méridien offrent à chaque instant des moyens sûrs et exacts de vérification; ensuite une chaise à observer avec un dossier qui se lève et se renverse au besoin selon la hauteur de l'étoile qu'on observe, car, pour observer, il faut être à son aise et tranquille de corps et d'esprit, sans quoi les estimations s'en ressentent. Si l'on est installé à la campagne, ou dans un jardin, on peut abriter à peu de frais l'ins-

trument sous une cloison en planches recouverte d'une
toile sur laquelle on aura fait donner une couche de
peinture à l'huile, et que l'on aura fixée dans un état
encore un peu humide, pour qu'en séchant elle puisse
se tendre; l'instrument sera ainsi parfaitement protégé
contre la pluie. Une série de trappes, *t*, de 50 centimètres
de largeur, sera ménagé de haut en bas dans le sens
du méridien, pour que l'on puisse observer toutes les
étoiles qui sont au sud et au nord.

La description que nous venons de donner est celle
d'un instrument construit dans des conditions convenables, et qui permet de faire des observations de quelque
utilité à la science, tout en offrant l'occasion à un
amateur de passer son temps agréablement.

Une petite lunette méridienne, posée sur un bloc de
pierre ou de maçonnerie, peut sans doute servir à des
observations intéressantes; mais les résultats obtenus
avec de tels instruments ne sont point d'une grande utilité, parce que l'on n'arrive point ainsi à une précision
suffisante. On doit, en général, laisser ces sortes d'observations aux sociétés savantes et aux établissements
publics.

Il nous reste à décrire l'instrument qui sert à la contemplation des astres et à la détermination de leurs
positions.

La figure 72 représente une lunette montée équatorialement, c'est-à-dire dont l'axe A est incliné selon
la latitude du lieu, ce qui permet à la lunette L, une
fois pointée sur une étoile quelconque, de se mouvoir
dans le même sens que cet astre, et de le suivre si on
a adapté un mouvement d'horlogerie au pied de l'axe;
on peut aussi chercher en plein jour une étoile ou une

planète. Pour ce genre d'instrument, il est nécessaire d'avoir une lunette aussi grande et aussi bonne que possible : c'est la qualité qui décide des résultats. Veut-on voir, par exemple, des étoiles de 10°, 12° et 14° grandeur pour l'étude du ciel et pour la recherche des petites planètes, et veut-on faire des recherches sur les étoiles doubles et les nébuleuses, sur les comètes, sur la surface de la Lune (c'est surtout ce qu'un amateur doit tenter de faire), il faut une lunette de 10 à 15 centimètres de diamètre au moins.

Un cercle C, donnant l'altitude, et un autre A, donnant l'ascension droite, sont, avec la lunette, les parties principales de l'instrument; les accessoires sont un micromètre B, placé à l'oculaire, et plusieurs autres oculaires de différents grossissements. Deux piliers P, P', sont indispensables pour ce genre d'instrument; on peut les faire construire en brique comme ceux de la lunette méridienne, figure 71. Un toit, en forme de dôme et en bois recouvert de toile peinte goudronnée, que l'on fait tourner sur des sphères de métal S, S', est nécessaire pour abriter l'instrument et l'observateur ; on y laisse un espace, comme dans la toiture du premier instrument (fig. 71, t'), et l'on y met des trappes, qui s'ouvrent depuis Z jusqu'à H. Avec ce système de toits et de trappes, on peut diriger la lunette vers quelque point du ciel que ce soit et tourner le toit de manière qu'une trappe se trouve toujours dans la direction de l'astre que l'on veut regarder.

Un instrument de ce genre entraîne nécessairement à de plus grandes dépenses que le premier, car il faut une lunette meilleure et de plus grande dimension.

L'amateur qui hésiterait à faire les dépenses nécessaires

pour le second instrument, pourrait simplement avoir
une lunette de même grandeur sur un pied en bois que
l'on fait mouvoir à droite ou à gauche, sur une terrasse
ou dans un jardin. Ce serait tout ce qu'il faudrait pour la
pure contemplation des astres.

M. Léon Foucault a fait construire, chez M. Secrétan

Fig. 73. — Télescope d'amateur.

un télescope à miroir, d'une grande perfection et d'un
maniement très facile, où l'observateur n'est pas obligé
comme avec la lunette de prendre des poses incommo-
des. Un de ces instruments, réduit à sa plus simple
expression, est représenté ci-dessus (fig. 73). Il faut
d'abord pointer le télescope sur un objet, a l'aide d'une
petite lunette, dite *chercheur*, que l'on pointe sur l'astre
que l'on désire voir dans le champ du télescope principal. On trouve alors l'astre dans le champ du grand
télescope et on le suit commodément. Le miroir est de

verre argenté par les procédés de la galvanoplastie, et comme le verre se travaille avec bien plus de précision que le métal, le nouveau télescope est bien plus parfait que les anciens instruments. De plus, on n'y éprouve pas l'inconvénient des couleurs prismatiques qui rendent défectueuses les lunettes construites par des artistes médiocres ou avec des verres de mauvaise qualité. Les détails des terrains et des montagnes de la Lune sont admirablement rendus par ce télescope, qui a plus de lumière que les télescopes métalliques, qui s'altère peu à l'air et se repolit facilement. La scintillation des étoiles, quand on frappe des coups légers sur l'instrument, devient un phénomène d'une rare beauté. L'étoile s'y transforme en une suite de couleurs de toutes les nuances possibles. On y voit le rouge du rubis, le jaune de la topaze, le vert de l'émeraude, le bleu du saphir, et le violet de l'améthyste.

### LES CALCULS A EFFECTUER

Nous diviserons cette étude en deux parties ; nous chercherons d'abord les travaux à tenter dans la branche des calculs, puis les recherches à faire dans la voie des observations.

C'est à dessein que nous omettons la partie théorique de l'astronomie, laissant aux savants géomètres de notre époque le soin de résoudre ces questions ardues qui dépendent des lois de la mécanique céleste. Nous abandonnerons aux esprits puissants, qui peuvent embrasser l'ensemble de l'analyse mathématique, l'étude de ces questions qui ne peuvent sortir d'un cercle d'initiés ; leur esprit éclairé peut seul suivre ces formules superbes, d'où sont sorties les lois qui régissent notre monde.

Les problèmes de mécanique céleste réclament des mathématiciens consommés, et je crois inutile d'insister sur les recherches à faire dans les théories d'Uranus, de Saturne et de Jupiter, sur le perfectionnement des tables de Damoiseau, sur les satellites de Jupiter, sur la théorie de la Lune, pour laquelle M. Newcomb a déduit des conclusions nouvelles des calculs d'éclipses, sur Vulcain, cet astre introuvé qui a tenté Le Verrier ; nous passerons tout de suite à l'examen des calculs astronomiques.

Pour ce genre de travail, il faut d'abord bien saisir la théorie, assembler, classer, combiner les observations, les discuter ensuite et traiter les résidus de telle sorte que l'on montre des mouvements inaperçus jusqu'alors.

Römer, en discutant les observations des satellites de Jupiter, arriva au calcul de la vitesse de la lumière ; de même Bessel avait pu affirmer l'existence du satellite de Sirius sans l'avoir jamais aperçu.

Ainsi, la réfraction diminue les distances zénithales *proportionnellement* à leurs sinus ; l'excentricité d'un cercle affecte les angles mesurés *proportionnellement* au sinus de ces directions comptées à partir d'une certaine origine. En suivant la marche inverse, on découvre, par la discussion des observations, la loi et même les causes des erreurs dont ces observations sont affectées. La marche des déterminations doit avoir été débarrassée d'abord des erreurs accidentelles, faciles à reconnaître, car elle ne suivent aucune loi et sont indifférentes au signe. De la même manière on devra traiter les anciens catalogues d'étoiles et en extraire, par une discussion serrée, les résultats les plus satisfaisants.

Un travail de la plus haute importance est réclamé par l'astronomie moderne ; l'étude des anciens catalogues d'étoiles, de la valeur de leurs observations, la comparaison de leurs déterminations, le degré de confiance qu'on doit leur accorder, leur mode de réduction, en un mot la détermination de tous les éléments nécessaires pour les rendre comparables.

Le calcul d'un très grand nombre de comètes est également à recommencer. Les trois observations indispensables à la détermination de l'orbite ont été souvent choisies sans une discussion assez approfondie ; de plus, la plus grande facilité du calcul de l'orbite parabolique a amené plusieurs calculateurs à se contenter de résultats médiocres. La recherche de toutes les observations dont on n'a pas tenu compte ou qui sont restées inconnues ne sera pas moins féconde en découvertes heureuses [1]. Il y a également des travaux pleins d'intérêt à exécuter sur les positions des étoiles qui ont servi de comparaison à la comète considérée.

Le calcul des petites planètes absorbe tout un personnel en Allemagne ; mais des recherches spéciales dans certains cas sont nécessaires et rentrent dans les conditions des travaux qui nous occupent [2].

---

[1] MM. Schulhof et Bossert ont donné un exemple récent de ce genre de calcul dans les patients travaux qu'ils ont communiqués à l'Académie des sciences.

[2] Le calcul de la petite planète Maïa a valu à M. Schulhof le prix d'astronomie Lalande ; il y a quelques années, M. Ch. de Villedeuil, entre autres, a calculé les éléments de la petite planète Mœlibe ; d'autres calculateurs, aussi habiles, n'ont pas manqué de se consacrer à l'étude des nombreuses petites planètes qu'on a découvertes.

Des remarques précieuses peuvent naître de l'étude des mouvements propres des étoiles; ainsi, après une discussion approfondie, M. Ch. de Villedeuil a pu déterminer une différence de mouvement propre considérable pour l'étoile polaire 2320 de la *Connaissance des temps*, où l'erreur sur la position moyenne devient égale à 4ˢ.

Quoi qu'il en soit de tous ces travaux, il en est peu qui semblent à portée des amateurs; une connaissance approfondie des mathématiques est nécessaire, et de plus, des aptitudes spéciales aux calculateurs sont indispensables.

Néanmoins ces études rentraient dans le cadre que nous nous étions tracé, et nous devions en développer le programme succinct avant de passer à l'étude des observations célestes qui intéressent le plus grand nombre.

Avant de terminer disons quelques mots des recherches bibliographiques qui sont d'un intérêt si immédiat; là, un amateur éclairé rendra des services nombreux et incontestables.

## LES RECHERCHES BIBLIOGRAPHIQUES

Dans ce genre de recherches, MM. Houzeau et Lancaster ont publié la *Bibliographie générale de l'astronomie*, qui peut être considérée comme le modèle des études à faire dans cette voie.

Ce travail de longue haleine manquait absolument, et on doit louer les résultats obtenus par ces savants en raison des difficultés de la tâche qu'ils s'étaient imposée.

Les bibliographies que nous possédons datent du siècle passé; de plus, les procédés d'études adoptés par

MM. Houzeau et Lancaster donnent à leur travail les caractères d'une œuvre essentiellement nouvelle

Un travail de statistique, qui se trouve dans l'intro-duction, indique la proportion du nombre de publications dans chacune des langues :

LANGUES

| | |
|---|---|
| Français. | 5991 articles |
| Anglais. | 5809 — |
| Allemand. | 4438 — |
| Italien. | 791 — |
| Latin. | 547 — |
| Suédois. | 118 — |
| Russe. | 89 — |
| Néerlandais. | 85 — |
| Danois. | 39 — |
| Espagnol. | 29 — |
| Portugais. | 29 — |
| Polonais. | 7 — |
| Tchèque. | 6 — |
| Magyare. | 6 — |

Citons aussi le tableau qui donne le nombre de mémoires astronomiques publiés par décade :

| | | | |
|---|---|---|---|
| 1601-1610. | 5 | 1741-1750. | 241 |
| 1611-1620. | 4 | 1751-1760. | 311 |
| 1621-1630. | 4 | 1761-1770. | 372 |
| 1631-1640. | 6 | 1771-1780. | 557 |
| 1641-1650. | 15 | 1781-1790. | 669 |
| 1651-1660. | 17 | 1791-1800. | 712 |
| 1661-1670. | 72 | 1801-1810. | 979 |
| 1671-1680. | 128 | 1811-1820. | 865 |
| 1681-1690. | 71 | 1821-1830. | 1188 |
| 1691-1700. | 74 | 1831-1840. | 1234 |
| 1701-1710. | 115 | 1841-1850. | 1782 |
| 1711-1720. | 108 | 1851-1160. | 2712 |
| 1721-1730. | 139 | 1861-1870. | 3838 |
| 1731-1740. | 255 | 1871-1880. | 6372 |

NOMBRE D'AUTEURS PAR SIÈCLE

| | |
|---|---|
| 1601-1700. | 88 |
| 1701-1800. | 571 |
| 1801-1880. | 2901 |

NOMBRE D'ARTICLES PAR SIÈCLE

| | |
|---|---|
| 1601-1700.. | 396 |
| 1701-1800.. | 3479 |
| 1801-1830.. | 18970 |

PROPORTION

| | |
|---|---|
| 1601-1700.. | 4,5 articles par auteur. |
| 1701-1800.. | 6,1 — |
| 1801-1880.. | 6,6 — |

Les quatre auteurs les plus féconds ont été : A. Secchi, J.-J. Lalande, F.-X. von Zach et F.-W. Bessel.

On voit tout l'intérêt que peuvent prendre de semblables questions de statistique.

Un point curieux de ces recherches, dont M. Lancaster a été amené à s'occuper, c'est l'âge moyen des divers savants dont il avait signalé les œuvres.

La conclusion de son travail peut se résumer ainsi : Sur 100 individus de chacune des classes ci-dessous, il en est mort :

| | AVANT 1780 | APRÈS 1780 |
|---|---|---|
| Avant 70 ans. | 62 | 57 |
| De 70 ans à 79 ans. | 23 | 28 |
| De 80 ans à 89 ans. | 12 | 13 |
| De 90 ans à 99 ans. | 2 | 2 |
| Au delà de 100 ans. | 1 | 0 |

Parmi les manuscrits ou les ouvrages anciens de nos bibliothèques, écrits dans une langue étrangère, un amateur zélé découvrira une ample moisson de détails, d'observations et de renseignements qui le dédommagera de ses soins. Là est une voie à suivre, voie qui a été illustrée par E. Biot, qui, dans les livres chinois, découvrit des milliers d'indications de comètes. Grâce à ces recherches, on a pu remonter le cours des réapparitions de la comète de Halley jusqu'aux siècles les plus éloignés de l'histoire. Les éclipses, les aurores boréales, les apparitions d'étoiles filantes, n'ont pas moins d'intérêt.

On voit, par ce court aperçu, tous les services que la science serait en droit d'attendre de recherches systématiques faites dans ce but, et on peut imaginer de quelles ressources seraient ces documents mis sous la main et utilisés par des savants qui pourraient consacrer au calcul les recherches immenses qu'ils sont obligés de faire et le temps qu'ils y dépensent.

### LES OBSERVATIONS SUR LES COMÈTES

Bien que le climat de nos contrées paraisse peu favorable à cette sorte de travaux, il ne doit pas être considéré non plus comme absolument mauvais. Un chercheur patient, qui ne tient compte ni des saisons ni des heures, mais uniquement de l'état de l'atmosphère, est certain de voir, dans un temps plus ou moins long, ses efforts couronnés de succès.

Pour se livrer à un tel travail, il n'est pas nécessaire de posséder un instrument d'une grande puissance. Nous indiquons ci-desous un appareil bien simple à l'aide duquel il est possible de faire des observations fort intéressantes (fig. 74).

Malgré son prix, qui ne dépasse pas un millier de francs, on peut en obtenir les résultats les plus sérieux ; c'est un instrument que nous ne saurions trop recommander à l'attention de ceux qui veulent travailler.

Messier, surnommé le « furet des comètes », découvrit ses comètes avec une lunette ayant 6$^{cm}$,7 d'ouverture, 5 de grossissement et 4° de champ. Les faibles instruments ont d'ailleurs l'avantage de pouvoir être employés avec facilité et célérité, ce qui est d'une grande importance, lorsqu'on examine les régions situées dans le voisinage immédiat du Soleil. Les grands instruments peuvent être cependant nécessaires pour les recherches dans les régions plus éloignées, parce que les

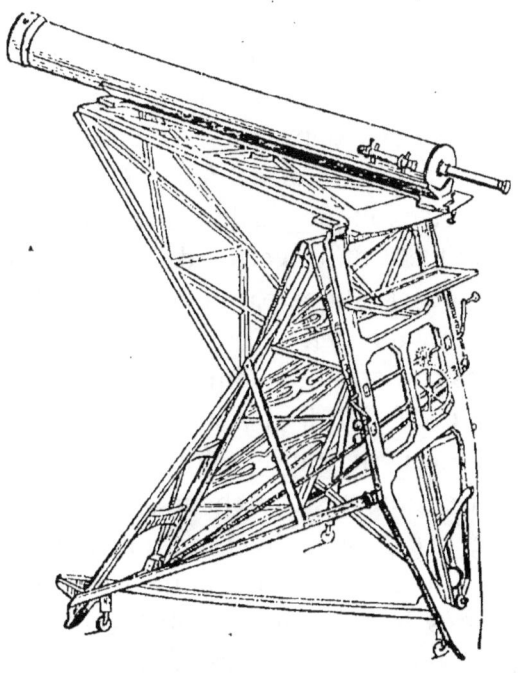

Fig. 74. — Télescope d'amateur.

comètes y sont généralement faibles et que le temps consacré aux observations est généralement beaucoup plus long. Les lunettes de grande puissance ont, pour la recherche des comètes, l'inconvénient d'avoir un champ restreint et de révéler la présence d'un grand nombre de nébuleuses de forme cométaire, surtout si l'observateur explore les régions de la *Vierge*, de la *Che-*

*velure de Bérénice* ou de la *Grande Ourse* qui sont particulièrement fertiles en nébuleuses; mais ce défaut ne
doit pas faire écarter les grandes ouvertures, parce qu'un
instrument capable de découvrir de faibles nébuleuses
est aussi capable de montrer de faibles comètes, de plus
il est toujours facile de distinguer celles-ci par leur mouvement propre.

Les mois d'été sont les plus convenables pour ces
recherches, car si l'on compte le nombre de comètes
découvertes par mois, depuis 1782, on verra que c'est
pendant les mois d'*août* et de *juillet* qu'on en a le plus
découvert. Ceci s'explique par le fait que presque toutes
les comètes ont été découvertes dans la saison la plus
favorable aux observations par la douceur de la température et la sérénité du ciel.

Bien que les comètes ne soient pas confinées dans une
région spéciale de ciel, il n'y a guère de doute que le
voisinage du Soleil ne soit le point qui doit attirer spécialement l'attention des chercheurs, car il est le foyer
de la convergence et de la divergence de ces astres.

La région la plus favorable pour les recherches est
l'occident, après le coucher du Soleil, ou l'orient avant
son lever; les inconvénients inséparables de ces observations se rencontrent dans la clarté que laissent le crépuscule et, dans certains cas, la lumière zodiacale.

L'observateur devra noter soigneusement la place
relative des étoiles à proximité de l'astre et rechercher,
après un court intervalle, si celui-ci ne présente pas de
trace de mouvement : dans ces comparaisons, les oculaires faibles doivent être remplacés par des oculaires
à fort grossissement qui rendent les déplacements plus
appréciables.

Si l'objet soupçonné paraît être une comète, la direction et la vitesse de son mouvement devront être calculées d'après les changements de position observés et télégraphiées ensuite à l'observatoire le plus voisin (le diamètre et l'éclat de l'astre devront aussi être indiqués). Le rôle des observatoires dans cette partie de l'astronomie deviendra ainsi excessivement restreint : il sera réduit à celui de vérificateur, les amateurs jouiront alors *complètement* du fruit de leur patient travail, car les premières observations d'une comète sont celles qui ont le plus de retentissement.

# CONCLUSION

Avant de terminer, qu'il nous soit permis de présenter quelques considérations sur les problèmes actuels de l'astronomie et sur les recherches à faire touchant certains points controversés ou quelques résultats douteux.

Depuis un demi-siècle, la science semble avoir subi une évolution complète. Nous possédons, en effet, de nouvelles méthodes mathématiques, une astronomie nouvelle, des préceptes nouveaux de chimie, d'électricité, de géologie et de biologie.

Tout d'abord, notre attention est appelée sur les questions relatives aux dimensions, à la figure de la Terre, à la fixité de ses mouvements. Nous ne connaissons, en effet, les dimensions de notre globe qu'avec une faible approximation et non avec une exactitude suffisante pour répondre aux besoins de l'astronomie. Cette question rentre dans la catégorie de celles que, seule, une société scientifique comme la nôtre peut arriver à résoudre en réunissant les efforts de tous ses membres.

Dans l'état actuel de la science, nous n'obtiendrons rien de plus que ce que nous possédons, sans une triangulation complète de la Terre entière, sans un réseau géodésique couvrant l'Europe, l'Asie, l'Afrique, et se liant à celui d'Amérique par des triangles jetés par-dessus le détroit de Behring.

Nous sommes amené à chercher, ici, si la rotation de la Terre autour de son axe est uniforme. Cette détermination emprunte un intérêt capital à ce fait que c'est elle qui nous fournit une autre de nos mesures fondamentales. Si la mesure exacte de la Terre est nécessaire pour nous donner une unité fixe de mesure, le mètre, à plus forte raison le mouvement de rotation doit-il nous occuper, car c'est lui qui nous donne l'unité de temps, l'heure.

Il semble que ces données soient suffisamment exactes pour les besoins journaliers de la vie; cependant, on soupçonne que des changements de forme et de dimension, produits par des tremblements de terre violents tels qu'on en a souvent ressentis depuis quelques siècles, les dépôts dus à l'action des fleuves, le déplacement des glaces du pôle, doivent modifier la durée du jour. La question, loin d'être résolue, est à peine posée, et la solution ne peut en être formulée actuellement.

Les mouvements de la Lune qui se rapportent à cette question laissent encore une grande indécision au sujet de leur origine. Proviennent-ils d'une théorie mathématique incomplète de la Lune, d'une observation trop superficielle du mouvement de rotation de la Terre, ou bien encore d'une force autre que l'attraction universelle?

La question encore pendante se présente sous une forme tellement complexe que bien des années se passeront vraisemblablement avant qu'on en ait donné l'explication : nous n'en devons pas moins reconnaître qu'un jour viendra où ces mouvements, inappréciables dans l'état actuel de nos moyens d'action, seront très marqués et ne tarderont pas à être disséqués avec précision.

Le problème de la constance dans la position de l'axe de notre globe s'est élevé à la suite des observations de Nyrèse. En comparant les observations de latitude faites pendant trente-cinq ans à l'observatoire de Pulkowa, on voit apparaître une diminution lente et continue dans la latitude de cet observatoire et s'élevant environ à une seconde par siècle.

Si la Terre nous est si peu connue, la Lune nous réserve aussi bien des problèmes attrayants ; qu'il nous suffise de mentionner les incertitudes qui existent encore dans la solution du problème du mouvement relatif d'un certain nombre de corps obéissant aux lois de l'attraction.

Quant aux études d'astronomie physique relatives à la Lune, à sa lumière, à sa chaleur, à sa température, à sa constitution, on a vu l'ensemble des connaissances que nous avons recueillies au sujet de ces phénomènes. Or, comme les résultats trouvés par les dernières recherches semblent contradictoires, on ne peut encore se prononcer avec certitude.

Ces mêmes questions se représentent dans le système planétaire avec quelques modifications intéressantes. En général, on peut dire que les observations rendent le compte le plus parfait de la théorie. Au milieu de cette harmonie des chiffres et de l'étude pratique de ces corps, Mercure semblait une anomalie. Le Verrier proposa alors sa théorie de Vulcain. On ne sait guère à quelle hypothèse se vouer pour rendre compte des mouvements signalés dans l'orbite de Mercure et,

jusqu'à ce jour, on n'en a pu donner d'explication satisfaisante.

Les petites planètes nous apprendront certainement
un jour des faits nouveaux sur la constitution et l'histoire du système solaire, mais leur étude nécessite de
grands progrès dans la branche de l'optique.

Vénus et Mars ne nous ont pas encore laissé pénétrer
le mystère de leur constitution ni de leur conformation, et
nous pouvons nous étonner à bon droit des aspects *supposés* que certains écrivains n'ont pas craint de donner
avec des détails que nos connaissances ne justifient point.

Les taches observées sur Jupiter sont sans explication.
Qu'est-ce que c'est que la tache rouge qu'on a aperçue et
qui a disparu ensuite? Que penser de ces larges bandes
blanches qui semblent se déplacer avec la planète?

Les satellites de Jupiter ne sont pas moins intéressants
à considérer; l'étude de leurs éclipses nous donnera la
clé de certains phénomènes : du temps employé par la
lumière pour traverser l'orbite terrestre, de la parallaxe
solaire ou de la constance de la rotation de la Terre.

Les problèmes que nous avons signalés sur Jupiter
conservent le même intérêt sur les autres planètes
extérieures, mais l'observation est difficile à cause
de leur éloignement du Soleil et du peu de lumière
qu'elles en reçoivent. De forts grossissements ont cependant permis d'entrevoir quelques détails sur le disque
d'Uranus.

Nous n'entrerons pas dans l'étude du grand problème
des dimensions absolues de notre système; il découle
naturellement de celui de la parallaxe solaire, qui est
loin d'être résolue.

Si on se rappelle ce que nous avons dit du Soleil, on

se souviendra des problèmes que laissent encore inso-
lubles sa constitution, la cause et la nature des apparences de sa surface, des taches qui couvrent son disque,
de leur périodicité, de sa température, de la nature de sa
couronne, de son atmosphère, etc., etc.

On sait que la théorie généralement reçue au sujet
de la constitution du Soleil regarde ce corps comme un
globe énorme nageant au milieu de vapeurs et de gaz à
une température très élevée, et entouré d'une sorte de
ceinture de nuages éblouissants.

Certains auteurs, Kirchhoff et Zöllner, pensent que la
photosphère est constituée par un océan liquide de métaux en fusion. On soutient même que l'hypothèse
d'Herschel qui pose en principe que le Soleil est un
globe froid et solide, habitable même, dont l'atmosphère
est recouverte de tous côtés d'une nappe de flammes,
n'est pas absolument sans fondement.

L'explication des taches laisse beaucoup à désirer et
leur spectre, loin de nous éclairer, est pour nous un
nouveau sujet d'étonnement. Il semble cependant indiquer que la tache est sombre, à cause de la présence
d'une lumière plus vive qui ne permet pas de la percevoir et non en raison d'un manque de lumière.

La rotation du Soleil et son accélération équatoriale
a beaucoup préoccupé les savants ; il en est de même de
la périodicité des taches dont nous avons déjà longue-
ment parlé plus haut.

De tous les problèmes solaires, celui qui doit le plus
exciter l'intérêt général se rapporte à la chaleur de notre
Soleil, à sa constance et surtout à sa durée.

Nous savons que Helmholtz croit à une contraction lente
de la sphère solaire. La seule objection qu'on semble en

droit de faire à cette hypothèse, c'est quelle limite à vingt millions d'années l'âge de notre Soleil et que ce laps de temps est en désaccord avec la durée des périodes déterminées par les géologues.

D'après cette théorie, la durée future de notre vie planétaire, dans les circonstances actuelles, ne dépasserait pas dix millions d'années.

Cette heureuse hypothèse de la genèse de notre système solaire semble cependant rendre un compte satisfaisant des phénomènes observés.

Malgré cela, il serait injuste de ne pas rappeler la théorie qui attribue la chaleur solaire à des chutes de météorites, ainsi que celle qu'a proposée M. W. Siemens pour rendre compte de la radiation du Soleil.

L'explication des phénomènes observés sur les comètes et les météores étendra beaucoup nos connaissances relativement à la nature, à la matière constitutive, à la température propre des espaces interplanétaires.

Le problème de l'origine des comètes, qui paraissait résolu après les recherches de Schiaparelli, de Heiss, du professeur Newton, ne semble plus aussi bien assis et résiste mal aux objections auxquelles on le soumet.

Quant à la constitution de ces astres bizarres, elle est restée jusqu'ici cachée à nos yeux, et nous pouvons dire que c'est encore un champ à peu près vierge d'observations.

Nous allons terminer par une courte revue de l'astronomie stellaire. Parmi les longs travaux qui doivent être faits dans les observatoires, signalons la comparaison des catalogues ainsi que l'observation permanente et un classement méthodique des étoiles. Ces travaux nous amèneront à une connaissance exacte des routes et de la vitesse propre à chacun des membres de la famille céleste, ainsi que le point encore presque inconnu vers lequel nous sommes entraînés à la suite de notre Soleil.

L'étude des parallaxes doit être continuée avec soin ; ainsi que celle de l'éclat et de la variabilité des étoiles ; les nébuleuses et leur pâle apparence sont également de nature à appeler notre attention.

La photographie a fait de tels progrès qu'elle constitue presque à elle seule une science nouvelle, et la chambre noire semble avoir complètement détrôné l'œil humain. C'est une faute ; la photographie rend certainement les plus grands services à la science, elle enregistre sans prévention les phénomènes qui passent dans le ciel et en conserve le souvenir indéfini avec la même exactitude qu'au premier jour ; malgré cela, elle ne remplacera jamais l'œil et surtout l'esprit de l'astronome, car elle ne permet pas de vue d'ensemble d'un phénomène et est incapable de le dégager d'autres qui l'enveloppent ; elle ne nous donne qu'une copie fidèle, mais brutale et rudimentaire du fait observé.

Ce résultat est déjà des plus heureux et nous devons profiter des avantages d'un procédé rapide, exact et surtout sans imagination, sans négliger cependant les autres procédés d'observation.

Actuellement, de nouvelles méthodes sont nécessaires. On peut s'en rendre compte par la lecture de ce qui précède. L'étude de la lumière est arrivée à un point où elle doit s'attaquer, non plus aux irrégularités qu'elle peut expliquer, mais aux anomalies possibles de mouvements qu'elle ne peut que supposer.

L'astronome ne cherche plus aujourd'hui les décou-

vertes nouvelles que dans les erreurs minimes des résidus des observations qui sont vraisemblement les
semences d'où nos futures connaissances s'élèveront un
jour dans un épanouissement sublime qui sera le cou-
ronnement des lois nouvelles.

Disons en terminant qu'en dehors des joies douces de
l'observation, de la gloire des découvertes, l'astronomie,
mieux que toute autre science, met en lumière la plus
belle manifestation des sentiments de l'homme dans la
continuelle opposition qu'elle élève entre sa faiblesse
physique et les aspirations élevées de son intelligence.

FIN

# TABLE DES MATIÈRES

LYON. — IMPRIMERIE PITRAT AÎNÉ, 4, RUE GENTIL.

# LIBRAIRIE J.-B. BAILLIÈRE ET FILS

#### Rue Hautefeuille, 19, près du boulevard Saint-Germain, Paris

---

# BIBLIOTHÈQUE SCIENTIFIQUE CONTEMPORAINE

## A 3 FR. 50 LE VOLUME

Nouvelle collection de volumes in-16, comprenant 300 à 400 pages,
imprimés en caractères elzéviriens et illustrés de figures intercalées dans le texte.

### 50 Volumes sont publiés.

La *Bibliothèque scientifique contemporaine*, d'un format commode et d'un prix modique, s'adresse à tous ceux qui, désireux de ne pas rester étrangers au mouvement scientifique de leur époque, n'ont ni le temps ni la facilité de recourir aux sources.

Les questions d'actualité sont présentées avec des développements en rapport avec leur importance, et débarrassées des formules techniques; les nouvelles découvertes et les nouvelles applications de la science sont exposées à mesure qu'elles se produisent; les recherches originales sont vulgarisées par leurs auteurs.

Ménager le temps du lecteur, et lui présenter ce qu'il a besoin de connaître sous une forme condensée et attrayante, tel est le but que se proposent les auteurs qui ont promis leur concours à cette œuvre de vulgarisation.

Aucune traduction n'est admise à prendre place dans la collection : il n'est publié que des livres originaux, par des auteurs écrivant en langue française.

Parmi les plus illustres représentants de la science, qui concourent à la rédaction de la *Bibliothèque scientifique contemporaine*, nous citerons: MM. de Quatrefages, Albert Gaudry, Claude Bernard, de l'Institut et du Muséum, M. Fouqué, de l'Institut et du Collège de France ; MM. Duclaux et Velain, de la Faculté des sciences; MM. Ed. Perrier et B. Renault, du Muséum; MM. Brouardel et A. Gautier, de la Faculté de médecine; M. G. Planté, lauréat de l'Institut; MM. Bouant et Maurice Girard, de l'Enseignement secondaire; M. Foville, inspecteur des établissements de bienfaisance; M. de Baye, de la Société des antiquaires de France; M. Knab, de l'École centrale; MM. Riant, Galezowski, Moreau (de Tours), etc.

Paris n'est pas seul à fournir à la *Bibliothèque* ses collaborateurs. Au nombre des savants qui lui prêtent le concours de leur talent, nous citerons : MM. Beaunis, A. Charpentier, Bleicher, Léon Garnier, Schmitt et Vuillemin, de la Faculté de Nancy; M. Azam, de la Faculté de Bordeaux; MM. Cazeneuve, Loret et Max Simon, de la Faculté de Lyon;

---

ENVOI FRANCO CONTRE UN MANDAT POSTAL

MM. Marion et Heckel, de la Faculté de Marseille; MM. Moniez, Debierre, de la Faculté de Lille; M. Imbert, de la Faculté de Montpellier; M. Girod, de la Faculté de Clermont-Ferrand; MM. Bourru et Burot, de l'École de Rochefort; M. Lefèvre, de l'École de Nantes; M. de Saporta, correspondant de l'Institut, à Aix; M. de Folin, à Biarritz; M. Cullerre, à la Roche-sur-Yon; M. Ferry de la Bellone, à Apt, etc.

En Belgique et en Suisse, M. Léon Frédéricq, de l'Université de Liège; M. Dollo, aide-naturaliste au Muséum de Bruxelles; M. Herzen, de l'Académie de Lausanne.

Dans le cadre de cette *Bibliothèque* sont comprises toutes les sciences physiques, chimiques, naturelles et médicales.

Parmi les sujets traités, nous signalerons :

En astronomie et en météorologie : *la Prévision du temps, les Phénomènes électriques de l'atmosphère, les Merveilles du ciel.*

En physique : *le Microscope, la Lumière et les Couleurs, les Anomalies de la vision.*

En Chimie : *le Lait, la Coloration des vins, les Ferments et les fermentations, l'Eau.*

En applications industrielles des sciences : *la Photographie, la Galvanoplastie et l'Électro-métallurgie, la Navigation aérienne, la Télégraphie moderne.*

En agriculture : *la Truffe, les Abeilles, l'Alcool.*

En minéralogie et en géologie : *les Tremblements de terre, les Vosges, les Minéraux utiles, les Volcans, les Glaciers.*

En paléontologie : *les Ancêtres de nos animaux, les Plantes fossiles, l'Origine des arbres cultivés.*

En anthropologie et en archéologie : *les Pygmées, l'Homme avant l'histoire, la France préhistorique, l'Archéologie préhistorique, l'Égypte au temps des Pharaons.*

En zoologie : *le Transformisme, Sous les mers, les Parasites, les Laboratoires de zoologie marine, la Famille et les Sociétés chez les animaux, les Industries animales.*

En botanique : *la Biologie végétale, la Vie des champignons.*

En physiologie : *Magnétisme et hypnotisme, le Somnambulisme provoqué, Double conscience et altérations de la personnalité, le Cerveau et l'Activité cérébrale, la Suggestion mentale, le Monde des rêves, Variations de la personnalité.*

En hygiène : *Nervosisme et névroses, le Cuivre et le Plomb, les Nouvelles Institutions de bienfaisance, Hygiène des orateurs, Hygiène de la vue.*

En médecine : *le Secret médical, Microbes et maladies, la Folie chez les enfants, Fous et Bouffons, les Frontières de la folie.*

ENVOI FRANCO CONTRE UN MANDAT POSTAL.

# OPINION DE LA PRESSE

Quand les savants qui ont travaillé à faire avancer la science veulen bien travailler aussi à la répandre, ils se montrent généralement des vulgarisateurs hors ligne, par cette raison que pour vulgariser il faut connaître à fond, et qu'on ne connaît bien les difficultés d'un sujet que lorsqu'on s'est efforcé de les résoudre. Les personnes qui s'intéressent aux progrès de la science, comme les savants de profession, auront donc plaisir et profit à la lecture des volumes de la *Bibliothèque scientifique contemporaine* : les premières y trouveront de la science sérieuse sous une forme lucide et élégante qui fait de ces livres non seulement des œuvres de vulgarisation, mais encore et plutôt des œuvres d'initiation à des méthodes et à des recherches dont ils développent le goût et la curiosité ; et les savants aussi aimeront à revoir, avec l'expression même que leur a donnée leur auteur, les théories qui leur sont familières, et à retrouver, à côté des faits acquis de la science fixée, toutes les prévisions de la science pressentie que l'avenir devra plus tard justifier. *Revue scientifique.*

La *Bibliothèque scientifique contemporaine* promet une série de livres utiles et pratiques, qui nous permettent de lui pronostiquer un succès complet et mérité. *Revue des Deux Mondes.*

Les sciences ont fait de rapides progrès. Les savants n'ont pas besoin qu'on leur décrive ce mouvement, qui est leur œuvre; mais les gens du monde, les personnes à l'esprit cultivé ne sauraient le contempler avec indifférence. C'est dans le but de mettre à leur portée les dernières acquisitions de la science que la librairie J.-B. Baillière et Fils a fondé la *Bibliothèque scientifique contemporaine:* en quelques pages d'une lecture facile, les hommes spéciaux y exposent les questions nouvelles, à la solution desquelles ils ont contribué. *Journal de Genève.*

Les gens du monde sont gens heureux, chacun s'empresse à leur faciliter l'accès des sciences qui resteraient lettre close pour eux, si toujours ne se rencontraient écrivains et éliteurs, désireux de récolter leurs suffrages. La *Bibliothèque scientifique contemporaine* est la preuve de ce fait. Nous suivons avec intérêt son développement, car nous sommes de ceux qui pensent que la science ne perd pas à être vulgarisée, et que, lorsque ses admirateurs seront plus nombreux, la haute culture à laquelle chaque nation doit tendre n'en sera que plus certaine. *Moniteur scientifique.*

Le succès de la *Bibliothèque scientifique contemporaine* est assuré, autant par la valeur des œuvres qu'elle publie que par son bon marché et son élégance. *La Science en famille.*

ENVOI FRANCO CONTRE UN MANDAT POSTAL.

# ASTRONOMIE, MÉTÉOROLOGIE

## PHÈNOMÈNES ÉLECTRIQUES

### DE L'ATMOSPHÈRE

#### Par Gaston PLANTÉ
Lauréat de l'Institut.

1 vol. in-16 avec 50 figures. . . . . . . . . . . 3 fr. 50

L'auteur cherchait à étudier et à expliquer les éclairs, cette forme extraordinaire de la foudre; il est arrivé à trouver la solution du problème, lorsqu'il a eu entre les mains une source d'électricité pouvant donner par conséquent des effets différents de ceux des machines ordinaires de l'électricité statique: il obtint ainsi l'*agrégation globulaire* d'un liquide électrisé autour d'un conducteur, puis le *globule de feu*, et enfin la *foudre globulaire*, la *grêle*, les *trombes* et les *aurores polaires*. Ce sont ces analogies et leurs conséquences que l'auteur a développées et qui jettent un grand jour sur la théorie de ces grands phénomènes naturels.

## LA PRÉVISION DU TEMPS
### ET LES PRÉDICTIONS MÉTÉOROLOGIQUES

#### Par G. DALLET

1 vol. in-16 de 336 pages, avec 38 figures. . . . . 3 fr. 50

## LES MERVEILLES DU CIEL

#### Par G. DALLET

1 vol. in-16 avec 80 figures. . . . . . . . . . 3 fr. 50

ENVOI FRANCO CONTRE UN MANDAT POSTAL

# PHYSIQUE ET CHIMIE

## LE LAIT

### ÉTUDES CHIMIQUES ET MICROBIOLOGIQUES

**Par DUCLAUX**

Professeur à la Faculté des sciences de Paris et à l'Institut agronomique.

1 vol. in-16, avec figures. . . . . . . . . . . . 3 fr. 50

## LA COLORATION DES VINS

### PAR LES COULEURS DE LA HOUILLE

Méthode analytique et marche systématique pour reconnaître la nature de la coloration

**Par P. CAZENEUVE**

Professeur à la Faculté de Lyon.

1 vol. in-16 avec 1 planche.. . . . . . . . . . 3 fr. 50

## FERMENTS ET FERMENTATIONS

### ÉTUDE BIOLOGIQUE DES FERMENTS

RÔLE DES FERMENTATIONS DANS LA NATURE ET L'INDUSTRIE

**Par Léon GARNIER**

Professeur à la Faculté de Nancy.

1 vol. in-16, avec 65 figures. . . . . . . . . . 3 fr. 50

## LE MICROSCOPE ET SES APPLICATIONS

### A L'ÉTUDE DES VÉGÉTAUX ET DES ANIMAUX

**Par E. COUVREUR**

Chef des Travaux à la Faculté des Sciences de Lyon.

1 vol. in-16, avec 120 figures. . . . . . . . . . 3 fr. 50

ENVOI FRANCO CONTRE UN MANDAT POSTAL

# APPLICATIONS INDUSTRIELLES DES SCIENCES

## LA PHOTOGRAPHIE

### APPLICATIONS AUX SCIENCES, AUX ARTS ET A L'INDUSTRIE

**Par Julien LEFEVRE**

Professeur à l'École des sciences de Nantes.

1 volume in-16, avec 100 figures et 3 spécimens de procédés de reproductions. . . . . . . . . . . . . . . . . . . 3 fr. 50

Aujourd'hui tout le monde est photographe. L'auteur, s'adressant à ce public d'amateurs, a consacré la plus large place aux procédés et aux appareils les plus récents, et s'est attaché à faire connaître les découvertes les plus nouvelles, notamment la méthode au gélatino-bromure d'argent maintenant si répandue ; il a passé en revue les applications si variées, la gravure photographique, la photographie en ballon, la photographie instantanée, la photographie médicale, astronomique, microscopique, etc.

## LA NAVIGATION AÉRIENNE

### ET LES BALLONS DIRIGEABLES

**Par H. de GRAFFIGNY**

1 vol. in-16, avec 40 figures. . . . . . . . . . . 8 fr. 50

## LA GALVANOPLASTIE

### LE NICKELAGE, LA DORURE, L'ARGENTURE ET L'ÉLECTRO-MÉTALLURGIE

**Par E. BOUANT**

Agrégé des Sciences.

1 vol. in-16, avec 24 figures. . . . . . . . . . . 3 fr. 50

ENVOI FRANCO CONTRE UN MANDAT POSTAL

# AGRICULTURE

## LA TRUFFE

### ÉTUDE SUR LES TRUFFES ET LES TRUFFIÈRES

**Par M. le docteur FERRY DE LA BELLONE**

1 vol. in-16, avec 21 figures et une eau forte de P. VAYSON. 3 fr. 50

*Table des matières.* — I. Historique. — II. Nature de la truffe. — III. Moyens d'étude, technique micrographique, étude histologique. — IV. Organisation générale de la truffe. — V. Variétés culinaires, commerciales et botaniques. — VI. Classification. — VII. Description des différentes espèces. — VIII. Usages. — IX. Truffières naturelles, truffières artificielles. — X. Création des truffières artificielles. — XI. Influence des terrains, de l'air, de la lumière, etc. — XII. Truffes d'été et truffes d'hiver. — XIII. Récolte. — XIV. Commerce des truffes. — XV. La truffe devant les tribunaux.

## LES ABEILLES

### ORGANES ET FONCTIONS, ÉDUCATION ET PRODUITS MIEL ET CIRE

**Par Maurice GIRARD**

Président de la Société entomologique de France.

*Deuxième édition.*

1 vol. in-16, avec 30 figures et 1 planche coloriée. . . . 3 fr. 50

## L'ALCOOL

### AU POINT DE VUE CHIMIQUE, AGRICOLE, INDUSTRIEL HYGIÉNIQUE ET FISCAL

**Par Albert LARBALETRIER**

Professeur à l'École d'Agriculture du Pas-de-Calais.

1 vol. in-16 avec 62 figures. . . . . . . . . . 3 fr. 50

ENVOI FRANCO CONTRE UN MANDAT POSTAL

# MINÉRALOGIE, GÉOLOGIE, PALÉONTOLOGIE

## LES ANCÊTRES DE NOS ANIMAUX
### DANS LES TEMPS GÉOLOGIQUES

**Par Albert GAUDRY**

Professeur au Muséum d'histoire naturelle, membre de l'Institut.

1 vol. in-16 de 320 pages, avec 49 figures. . . . . . 3 fr. 50

## LES TREMBLEMENTS DE TERRE

**Par F. FOUQUÉ**

Professeur au Collège de France, membre de l'Académie des sciences.

1 vol. in-16, avec 50 figures. . . . . . . . . . 3 fr. 50

### ORIGINE PALÉONTOLOGIQUE
## DES ARBRES CULTIVÉS
### OU UTILISÉS PAR L'HOMME

**Par le marquis G. de SAPORTA**

Membre correspondant de l'Institut.

vol. in-16, avec 44 figures. . . . . . . . . . 3 fr. 50

## LES MINÉRAUX UTILES
### ET L'EXPLOITATION DES MINES

**Par L. KNAB**

Répétiteur à l'École centrale des arts et manufactures.

1 vol. in-16, avec figures. . . . . . . . . . 3 fr. 50

ENVOI FRANCO CONTRE UN MANDAT POSTAL

# ANTHROPOLOGIE, ARCHÉOLOGIE

## L'ARCHÉOLOGIE PRÉHISTORIQUE

### Par le baron J. DE BAYE

Membre de la Société des antiquaires de France.

1 vol. in-16 avec 51 figures. . . . . . . . . . . 3 fr. 50

L'archéologie des temps primitifs est une science de date récente. Elle emprunte beaucoup à d'autres sciences presque aussi nouvelles. Elle est en effet intimement associée à la géologie, à la paléontologie, à la minéralogie et à l'anthropologie.

C'est par l'heureux accord de ces diverses sciences que M. le baron de Baye a étudié successivement l'époque néolithique, la pierre polie, les grottes, les sépultures, la trépanation préhistorique, les flèches, les haches, les parures, la céramique. C'est là un ensemble plein d'intérêt, qui ne peut manquer d'attirer l'attention des collectionneurs.

## LES PYGMÉES

LES PYGMÉES DES ANCIENS D'APRÈS LA SCIENCE MODERNE
LES NÉGRITOS OU PYGMÉES ASIATIQUES
LES NÉGRILLES OU PYGMÉES AFRICAINS
LES HOTTENTOTS ET LES BOSCHIMANS

### Par A. DE QUATREFAGES

Professeur au Muséum, membre de l'Institut.

1 vol. in-16, avec figures. . . . . . . . . . 3 fr. 50

## L'HOMME AVANT L'HISTOIRE

### Par Charles DEBIERRE

Professeur agrégé à la Faculté de Lille.

1 vol. in-16 de 304 pages, avec 84 figures. . . . . 3 fr. 50

ENVOI FRANCO CONTRE UN MANDAT POSTAL.

## ZOOLOGIE, BOTANIQUE

## LE TRANSFORMISME

### Par Edmond PERRIER

Professeur au Muséum.

1 vol. in-16, avec 80 figures. . . . . . . . . . 3 fr. 50

L'auteur étudie la doctrine transformiste pour arriver à une explication du monde vivant. Il fait connaître les origines de la question, ce qu'elle était avec Lamarck, Geoffroy Saint-Hilaire, Ch. Darwin et Hæckel, ce qu'elle est devenue entre les mains des naturalistes de l'époque actuelle, et comment elle est arrivée à grouper en un même faisceau les données si longtemps éparses de la paléontologie, de l'anatomie comparée, des sciences descriptives, et de l'embryogénie. En laissant de côté les hypothèses, il résume ce que l'on a réussi à savoir de plus précis sur l'origine des formes actuelles du Règne animal et sur celle de l'Homme.

## SOUS LES MERS

### Campagnes d'explorations du TRAVAILLEUR et du TALISMAN

### Par le marquis de FOLIN

Membre de la Commission scientifique d'exploration des grands fonds de la Méditerranée et de l'Atlantique.

1 vol. in-16. avec 46 figures. . . . . . . . . . 3 fr. 50

## LA BIOLOGIE VÉGÉTALE

### Par P. VUILLEMIN

Chef des travaux d'histoire naturelle à la Faculté de Nancy.

1 vol. in-16 avec figures. . . . . . . . . . . 3 fr. 50

ENVOI FRANCO CONTRE UN MANDAT POSTAL

# PHYSIOLOGIE, PSYCHOLOGIE PHYSIOLOGIQUE

## HYPNOTISME, DOUBLE CONSCIENCE
### ET ALTÉRATIONS DE LA PERSONNALITÉ

**Par le docteur AZAM**

Professeur à la Faculté de médecine de Bordeaux.

Avec une Préface par le Professeur CHARCOT

1 vol. in-16, avec figures. . . . . . . . . . . . . 3 fr. 50

## LE SOMNAMBULISME PROVOQUÉ
### ÉTUDES PHYSIOLOGIQUES ET PSYCHOLOGIQUES

**Par H. BEAUNIS**

Professeur à la Faculté de médecine de Nancy.

*Deuxième édition*

1 vol. in-16, avec figures. . . . . . . . . . . . . 3 fr. 50

## MAGNÉTISME ET HYPNOTISME
### EXPOSÉ DES PHÉNOMÈNES
OBSERVÉS PENDANT LE SOMMEIL NERVEUX PROVOQUÉ,
AVEC UN RÉSUMÉ HISTORIQUE DU MAGNÉTISME ANIMAL

**Par le docteur A. CULLERRE**

*Deuxième édition*

1 vol. in-16, avec 28 figures. . . . . . . . . . . . 3 fr. 5)

## LE MONDE DES RÈVES

**Par P. Max SIMON**

Médecin en chef de l'Asile public des aliénés de Bron.

*Deuxième édition*

1 vol. in-16. . . . . . . . . . . . . . . . . . 3 fr. 50

ENVOI FRANCO CONTRE UN MANDAT POSTAL

# LA SUGGESTION MENTALE

## ET L'ACTION A DISTANCE

## DES SUBSTANCES TOXIQUES ET MÉDICAMENTEUSES

**Par les docteurs H. BOURRU et P. BUROT**

Professeurs à l'École de médecine de Rochefort.

1 vol. in-16 de 311 pages, avec figures. . . . . . . 3 fr. 50

# VARIATIONS DE LA PERSONNALITÉ

**Par les docteurs H. BOURRU et P. BUROT**

Professeurs à l'École de médecine de Rochefort.

1 vol in-16 de 315 pages avec 15 photogravures. . . 3 fr. 50

# LE CERVEAU ET L'ACTIVITÉ CÉRÉBRALE

## AU POINT DE VUE PSYCHO-PHYSIOLOGIQUE

**Par le docteur Al. HERZEN**

Professeur à l'Académie de Lausanne.

1 vol. in 16 de 312 pages. . . . . . . . . . . . 3 fr. 50

# LA SCIENCE EXPÉRIMENTALE

**Par le professeur Claude BERNARD**

Membre de l'Institut.

*Nouvelle édition*

1 vol. in-18 de 450 pages avec figures. . . . . . . 3 fr. 50

ENVOI FRANCO CONTRE UN MANDAT POSTAL

## LIBRAIRIE J.-B. BAILLIÈRE et FILS

BOUDIN (J.-Ch.-M.), *Traité de géographie médicale*, comprenant la météorologie, la géologie, les lois statistiques. 2 vol. gr. in-8, avec 9 cartes et tableaux. . . . . . . . . . . . . . . . . . 20 fr.

CONTEJEAN, *Éléments de géologie et de paléontologie*, par Contejean, professeur à la Faculté des sciences de Poitiers. 1 vol in-8 de 859 pages, avec 467 figures, cartonné. . . . . . . . . . . . . 16 fr.

DALLET (G.), *La Prévision du temps* et les prédictions météorologiques, par G. Dallet. 1 vol. in-16 avec 40 figures *(Bibliothèque scientifique contemporaine)*.. . . . . . . . . . . . . . 3 fr. 50

DE LA RIVE, *Traité d'électricité* théorique et appliquée, par A. de la Rive, professeur de l'Académie de Genève, 3 vol. in-8 avec 447 figures. . . . . . . . . . . . . . . . . . . . 27 fr.

FOUQUÉ (F.), *Les Tremblements de terre*, par F. Fouqué, professeur au Collège de France, membre de l'Institut. 1 vol. in-16 avec 50 figures *(Bibliothèque scientifique contemporaine)*. . . . . . . 3 fr. 50

GORDON (J.-E.-H.), *Traité expérimental d'électricité et de magnétisme*, avec une introduction, par M. A. Cornu, membre de l'Institut, professeur de physique à l'École polytechnique. 2 vol. in-8, ensemble 1332 pages, avec 58 planches et 371 figures. . . . . . . 35 fr.

HOGARD, *Recherches sur les formations erratiques.* 1 vol. gr. in-8, VIII-235 pages, avec un atlas in-folio de 19 planches. . . . 7 fr. 50

—— *Recherches sur les glaciers* et sur les formations erratiques des Alpes de la Suisse. 1 vol. gr. in-8, XVI-322 pages, avec un atlas in-folio de 35 planches noires et col. . . . . . . . . . . 15 fr.

KNAB (L.), *Les Minéraux utiles*, par M. Knab, répétiteur à l'École centrale. 1 vol. in-16 avec 80 figures *(Bibliothèque scientifique contemporaine)*. . . . . . . . . . . . . . . . 3 fr. 50

LECOQ (H.), *Éléments de géographie physique et de météorologie*, 1 vol. in-8, avec 4 planches. . . . . . . . . . . . . . . 3 fr.

—— *Éléments de géologie et d'hydrographie.* 2 vol. in-8, avec 8 planches. . . . . . . . . . . . . . . . . . . . . . 5 fr.

—— *Les Saisons.* 1 vol. gr. in-8. . . . . . . . . . . . . 3 fr.

—— *La Lune* de l'Auvergne. 1 vol. gr. in-8. . . . . . . . 2 fr.

LOMBARD, *Traité de climatologie médicale*, comprenant la météorologie médicale et l'étude des influences du climat sur la santé, par le docteur H.-C. Lombard, de Genève. 4 vol. in-8. . . . . . . . . 40 fr.

PLANTÉ (G.), *Phénomènes électriques de l'atmosphère*, 1888. 1 vol. in-16 de 320 pages avec 45 figures *(Bibliothèque scientifique contemporaine)*. . . . . . . . . . . . . . . . . . 3 fr. 50

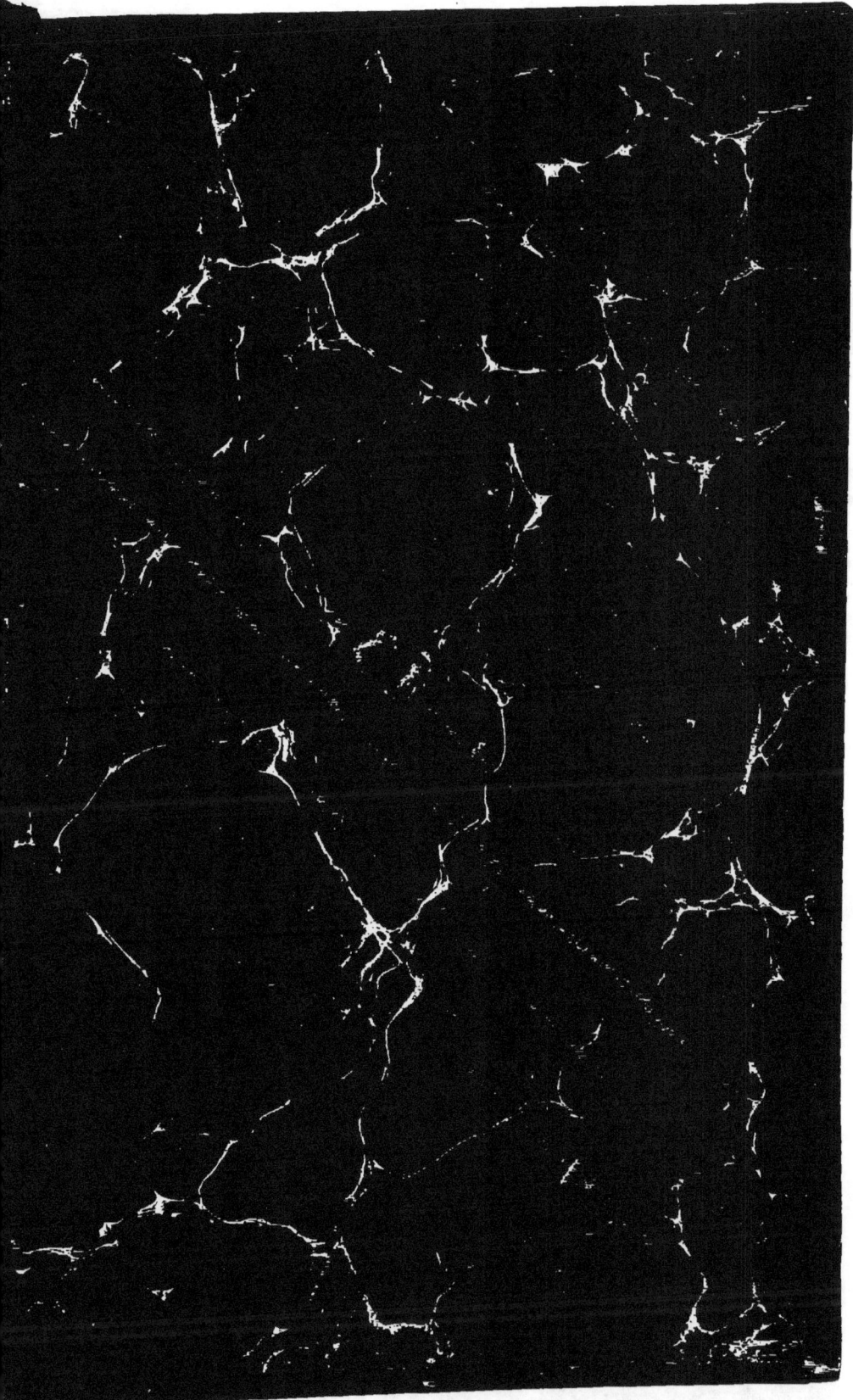

www.ingramcontent.com/pod-product-compliance
Lightning Source LLC
Chambersburg PA
CBHW050306030726
47505CB00003B/587